MARIE-ANTOINETTE

**DU MÊME AUTEUR
CHEZ LE MÊME ÉDITEUR**

Jeanne de l'Estoille :

1. La Rose et le Lys.
2. Le Jugement des loups.
3. La Fleur d'Amérique.

Orages sur le Nil :

1. L'Œil de Néfertiti.
2. Les Masques de Toutankhamon.
3. Le Triomphe de Seth.

Saint-Germain, l'homme qui ne voulait pas mourir :

1. Le Masque venu de nulle part.
2. Les Puissances de l'invisible.

GERALD MESSADIÉ

MARIE-ANTOINETTE

LA ROSE ÉCRASÉE

ARCHIPOCHE

www.archipoche.com

Si vous souhaitez recevoir notre catalogue et être tenu au courant de nos publications, envoyez vos nom et adresse, en citant ce livre, aux Éditions Archipoche,
34, rue des Bourdonnais 75001 Paris.
Et, pour le Canada, à
Édipresse Inc., 945, avenue Beaumont, Montréal, Québec, H3N 1W3.

ISBN 978-2-35287-089-0

Copyright © L'Archipel, 2006.

1
Pourquoi l'ange devint maussade

Ce 21 mai 1770, un ange qui, du haut des airs, aurait aperçu le cortège quittant Vienne, eût froncé les sourcils. Peste ! Cinquante-sept voitures tirées par trois cent soixante-seize chevaux ! Qui donc enterrait-on ? Et dans ce cas, où était le corbillard ?

S'il avait voltigé à hauteur de ces équipages, il aurait dénombré cent trente-deux personnes. Mais quoi, des domestiques, pages, laquais, gardes du corps, femmes de chambre, coiffeurs, chirurgiens, secrétaires, dames d'honneur ! Dans la première voiture, un personnage pétri de suffisance, le prince Stahremberg, commissaire évidemment impérial de Sa Majesté impériale Marie-Thérèse d'Autriche, et l'abbé de Vermond, lecteur et confesseur du roi de France, chargés d'escorter une certaine voyageuse de Vienne à Paris. Celle-ci, dans la deuxième voiture, était une demoiselle de quatorze ans et demi, mince et droite, dont une mousse de cheveux blonds nimbait les roseurs : l'archiduchesse Antonia. Une des filles de Sa Majesté impériale, qui supportait les cahots sans trop de patience.

Il ne faut pas se hâter de juger les filles sur leur joliesse, et la jouvencelle réclamait encore plus la prudence.

Elle était née le Jour des morts, c'est-à-dire celui de tous les saints. Inquiétant présage quand on connaît le nombre de martyrs qui en illustrent le calendrier.

Antonia était promise par sa mère Marie-Thérèse à un glorieux destin ; elle en avait pourtant envisagé un plus souriant. Jadis, quand un jeune musicien prodige, Wolfgang Gottlieb – plus tard Amadeus, aimé de Dieu, Mozart, était venu jouer à la cour, elle s'en était éprise. Car Antonia, à l'instar de son père François, adorait la musique et les musiciens. Et ce Mozart était tellement gracieux ! À la fin du petit concert, ils s'étaient juré l'un l'autre de se marier.

Les courtisans avaient ri de ces serments d'enfants. Antonia ignorait alors que les princesses n'épousent pas qui elles veulent et encore moins des musiciens. Pourtant…

Elle y songeait encore quand elle plongea la main dans le panier de biscuits qui faisait partie des provisions de route : des gaufrettes aux violettes cristallisées dans le sucre.

Elle se croyait née en Autriche. Erreur : elle était née dans une autre époque.

Soudain, un choc. Le frein de la voiture grinça dans les vociférations d'un cochon qu'on égorge et les dames de la deuxième voiture, elles, freinèrent du pied et se raccrochèrent aux poignées vissées dans la buffleterie des montants. La tablette de voyage sur laquelle les voyageuses jouaient au lansquenet leur échappa des mains. Les cartes s'envolèrent et tombèrent. De petits cris jaillirent. Personne n'entendit l'une des dames laisser fuir un vent.

Antonia tourna la tête vers la portière. Son profil mutin, la lèvre inférieure proéminente – comme chez tout bon Habsbourg – et le front bombé de la dernière enfance se reflétèrent sur la vitre ternie par les intempéries. Encore une halte de relais. On en comptait une toutes les quatre heures. Une dame d'honneur lui tendit un flacon d'eau de senteur. Antonia se gratta la tête, recueillit trois gouttes du parfum et s'en enduisit les poignets. Un laquais sauta de son siège, près du postillon, et s'élança pour ouvrir la portière et rabattre le marchepied.

— Où sommes-nous ? demanda-t-elle en français.

C'était en effet la langue de toutes les cours.

— Enns, Altesse.

Elle se disposa à descendre. Le prince et l'abbé l'avaient précédée. Tous les regards se tournèrent vers elle. Elle savait ce qui l'attendait et réprima une moue : des notables endimanchés et rougeauds, des bourgeois émerveillés, des manants béats et puis des discours ampoulés et fleuris, qui célébraient surtout l'éloquence des orateurs. Elle écouterait d'un air sérieux et bienveillant, un léger sourire aux lèvres. Les femmes dans l'attroupement détailleraient la mise de l'illustre, de la merveilleuse voyageuse, dans l'espoir de pouvoir la copier. Puis des jeunes filles lui tendraient des bouquets de roses piqués de bleuets et de pâquerettes.

Et ce fut exactement ce qu'elle avait prévu. L'équipage s'était arrêté devant la vieille forteresse construite neuf siècles auparavant par les Bavarois, comme avant-poste contre les invasions magyares.

Les temps avaient changé : les Magyars étaient maintenant fidèles serviteurs de la Couronne impériale.

Elle écouta un compliment, puis un autre. On lui offrit des fleurs et un rafraîchissement, au choix du sirop d'orgeat, du café, du vin coupé. Il était près de midi. Elle accepta le vin coupé.

À la vue des bouquets, l'ange fronça les sourcils : mais c'étaient là des modèles de cocardes tricolores !

Les horaires étaient à peu près respectés. Le prince Stahremberg décida d'organiser une collation. Les dames d'honneur accompagnèrent Antonia dans les appartements privés du château, où un pot de chambre avait été disposé, garni d'une rose. Elle retira la fleur et rejeta l'eau de son corps.

Puis elle appela Johanna-Frederica, sa dame d'honneur préférée. Cette dernière accourut, portant la cassette de toilette de voyage. Un miroir, une brosse à cheveux, des flacons d'eau de senteur, de la poudre, une brosse à dents, de l'eau de bouche, une lime, des ciseaux…

Antonia, rafraîchie, ressortit quelques moments plus tard pour affronter les regards énamourés de son escorte. Aux cent trente-deux personnes qui l'accompagnaient depuis Vienne s'étaient jointes trente-quatre autres, occupants du château et notables. Ils admiraient l'aisance de Madame la Dauphine.

Car elle était déjà dauphine. La future reine de France.

Elle repensa à son mariage.

Le 19 avril précédent, quatre jours après Pâques, à l'église des Augustins à Vienne, Antonia de Habsbourg avait épousé un fantôme.

L'impératrice sa mère l'avait conduite au pied de l'autel et là, l'archiduc Ferdinand, troisième frère de l'épousée, avait tenu la place du Dauphin de France, Louis Auguste, duc de Berry. Les noces avaient été célébrées par le nonce du pape, Mgr Visconti.

Le soir, un bal exceptionnel avait réuni la cour et la noblesse de Vienne au palais du Belvédère.

Hymen, ô hyménée! Pas plus de mari, toutefois, que de saucisses fleuries. Elle ne verrait son époux qu'à Versailles. De toute façon, elle ignorait ce qu'impliquait le mariage, sinon que l'homme auquel elle devrait soumission, amour et attention aurait le privilège de privautés qu'en toute autre circonstance on eût qualifiées d'inconvenantes, et même de répréhensibles.

— Devrai-je donc me dévêtir devant lui?

— Altesse, l'affection vous fera oublier cet embarras, avait répondu l'abbé de Vermond, cachant le sien du mieux qu'il put.

Les dieux et déesses quasi nus sur les plafonds des palais n'eussent pas davantage informé Antonia. D'ailleurs, elle se demandait parfois pourquoi ces gens ne s'habillaient pas.

En guise de jeux de l'amour, elle contempla une fois de plus la miniature que l'ambassadeur extraordinaire de France, M. de Durfort, lui avait fait remettre par Sa Majesté l'impératrice; elle représentait le dauphin Louis Auguste, fils aîné de feu le Dauphin Louis Ferdinand et donc petit-fils du roi régnant, Louis le Quinzième. Un charmant visage aux yeux profonds et aux lèvres incarnates. Mais elle le savait, tous les princes sont ravissants pour les artistes. Il fallait attendre de voir l'homme en chair et en os.

Souper et coucher précoces : l'on repartirait de bonne heure.

Les étapes s'égrenaient comme les perles d'un chapelet : Lambach. Altheim. Munich. Augsbourg. Ulm. Donau-Eschingen. Fribourg.

— Altesse, la prochaine étape sera la dernière avant la France, répondit le prince Stahremberg quand Antonia se plaignit d'une certaine lassitude.

Le corset qu'elle portait pour rectifier sa posture (sa colonne vertébrale était légèrement déformée) avait tant frotté contre ses reins et ses omoplates qu'il lui avait irrité la peau. Et sa robe de voyage en gros de Tours n'était plus si blanche et s'imprégnait des relents de cuir qui se dégageaient de la voiture.

Mais la sollicitude du prince était inspirée par d'autres raisons que les fatigues du voyage de la Dauphine. Il connaissait le rapport de l'ambassadeur impérial à Versailles, le comte de Mercy-Argenteau : le futur mari n'était pas un cadeau ! « La nature, avait-il écrit à l'impératrice, semble avoir tout refusé à M. le Dauphin. Ce prince, par sa contenance et ses propos, n'annonce qu'un esprit très borné, beaucoup de disgrâce et nulle sensibilité. » Lors d'un entretien confidentiel à Vienne, avec Stahremberg, Mercy-Argenteau avait encore chargé le Dauphin :

— Il est négligé comme vous ne pouvez savoir et ignore les usages les plus élémentaires.

Mais les raisons pour lesquelles l'impératrice avait concédé la main de sa fille à ce disgracié dépassaient de loin des considérations d'étiquette : pareille union assurerait la mainmise des Habsbourg sur la France ; elle constituerait le traité d'alliance le plus efficace de tous. Ainsi Vienne pourrait-elle faire face aux menées agressives du vautour prussien, Frédéric II, et aux manigances de l'autre impératrice, la pseudo-Russe, Catherine II, en fait une Allemande née Anhalt-Zerbst, qui, huit années auparavant, s'était débarrassée de son mari Pierre III à la faveur d'un coup d'État ourdi par ses amants et un mystérieux comte de Saint-Germain.

Après Fribourg, le cortège longea la rive orientale du Rhin en montant vers le nord, puis s'arrêta en vue de Strasbourg, sur l'autre rive. Antonia fut priée de descendre, et elle prodigua ses adieux à tous ceux qui l'avaient accompagnée jusque-là, à l'exception du prince de Stahremberg, de l'abbé de Vermond et d'une petite suite. Les deux hommes la conduisirent vers un bateau orné de guirlandes et l'aidèrent à embarquer ; une dame d'honneur, deux femmes de chambre portant une malle d'osier et un coiffeur montèrent aussi. Des rameurs s'activèrent et un quart d'heure plus tard, la barque accostait à une île sur laquelle s'élevait un ravissant pavillon de bois.

On lui en ouvrit les portes. Elle se retrouva dans une antichambre. Les femmes de chambre l'aidèrent à se défaire de sa robe de voyage, tirèrent de la malle une robe d'apparat en étoffe brodée d'or, comme le jupon, et l'en vêtirent. L'on rajusta sa coiffure. Stahremberg, prévenu qu'elle était prête, ouvrit une porte ; elle la franchit pour quitter l'Autriche et son passé, ignorant qu'on lui demanderait bientôt de forfaire aussi à sa personne, voire à son âme.

La voilà dans un salon meublé. Des tapisseries en garnissaient les murs. Elle alla les examiner et fit la moue :
— Fi du goût ! s'écria-t-elle en français.

Quel pronostic !

Ces tapisseries illustraient en effet les noces de Jason et Médée. Jason, ce coureur de flots qui n'avait aspiré qu'au trône et à la Toison d'or, et Médée, la magicienne qui avait tué son frère pour l'amour de son mari, avant de sacrifier ses deux propres fils !

D'autres portes s'ouvrirent sur la moitié française du salon ; le comte de Noailles, ministre plénipotentiaire de Louis XV, l'y accueillit, et lui présenta sa nouvelle maison : le comte de Saulx-Tavannes, son chevalier d'honneur, le comte de Tessé, son premier écuyer, le chevalier de Saint-Sauveur, commandant de ses gardes du corps, la comtesse de Noailles, sa première dame d'honneur, les duchesses de Villars et de Chaulnes-Picquigny, la marquise de Duras, les comtesses de Mailly et de Saulx-Tavannes…

Elle vit bien de quel œil torve ces dames la détaillaient. Elle s'efforça pourtant de sourire. Cette nouvelle cour l'enguirlanda de compliments, mais elle avait son idée.

Ces dames étaient pointues ; c'est la future reine qu'elles feignaient de révérer. Elle était une étrangère.

L'ange s'éloigna d'un battement d'ailes, l'air maussade.

2
Une nuit stérile

— DE QUOI S'AGIT-IL, je vous prie ? s'enquit un petit jeune homme, mince voire maigre, cambré, la perruque poudrée, le nez relevé, apparemment étonné par l'animation d'un groupe de camarades qui tardaient à s'asseoir, dans le réfectoire du lycée général Louis-le-Grand, à Paris, ce 15 mai 1770.

Les six coups du carillon avaient retenti depuis un moment, mais les journées qui s'allongeaient donnaient l'illusion qu'il était plus tôt.

— Ah, Maximilien ! Vous voici donc, répondit un homme sensiblement plus vieux que ces jeunes gens, dont l'âge n'atteignait pas la vingtaine. Comment, vous n'êtes pas au courant ? La Dauphine est arrivée à Versailles il y a deux jours et le mariage aura lieu demain.

C'était Louis-Pierre d'Hérivaux, professeur de rhétorique au lycée.

— Mon père y sera ! s'écria un jeune homme, Charles de La Martinière.

— Et pour cause, répondit Maximilien d'un ton supérieur. Il est barbier du roi.

— Chirurgien, je vous prie ! protesta La Martinière.

— C'est tout comme.

La Martinière jeta à son interlocuteur un regard sombre et haussa les épaules.

— Je vois que M. Robespierre n'a pas renoncé à ses grands airs, lança-t-il, prenant à témoin les autres jeunes gens.

— *De* Robespierre, je vous prie.

— Y aurait-il donc un hameau qui porte ce nom ? rétorqua de la Martinière, goguenard.

Le coup porta et Robespierre, cette fois, se rembrunit.

— Messieurs, messieurs, intervint d'Hérivaux, ne nous emportons pas. Nous parlions du mariage du Dauphin Louis Auguste.

— Mais il a seize ans, observa un autre élève. N'est-ce pas un peu tôt pour convoler ?

— C'est le bel âge pour les plaisirs ! dit un autre. Ne le savez-vous pas, Maximilien ? Que non, vous êtes trop austère !

Les rires fusèrent. L'ombre d'un rictus dédaigneux étira le masque pâle de l'interpellé. Un ecclésiastique apparut à la porte :

— La jeunesse n'a donc pas faim ? demanda-t-il.

— Ah, voici l'abbé Proyart. Nous vous attendions, monsieur l'abbé, prétexta d'Hérivaux.

Et du geste, il fit asseoir ses élèves.

— Quel était donc l'objet de vos débats ? demanda l'abbé en se servant de soupe et sans omettre de garnir son assiette de carottes et de navets.

— Le mariage demain du duc de Berry avec une fille de l'impératrice d'Autriche.

— La cérémonie sera magnifique, j'en suis sûr, dit l'abbé. Le roi se consolera enfin de tant de chagrins.

La mort du premier Dauphin, je le sais, l'a profondément éprouvé. Celle de l'aîné de ses petits-fils, le duc de Bourgogne, l'aurait presque induit dans le péché de désespoir. Mais enfin, voici que le ciel le rassure. Il n'est point Job.

— Croyez-vous, monsieur l'abbé, que Versailles soit un tas de fumier et que Job ait eu une Mme du Barry ? demanda Maximilien Robespierre avec cette lenteur d'élocution dont on ne savait jamais si elle visait à produire un effet théâtral ou si elle était due à un défaut naturel.

Ricanements et protestations plus ou moins étouffés ponctuèrent l'insolence.

— Robespierre, dit l'abbé, les mauvais placets que vous achetez dans des lieux idoines et lisez dans l'aisance – nouveaux gloussements, chacun sachant en effet que l'interpellé lisait ce qu'on appelait de « mauvais livres » dans les cabinets – vous auront fait perdre le sens des réalités. Le roi est notre protecteur. En tant qu'homme, il a droit à notre respect, notre compassion et nos vœux. Puisque vous êtes chrétien, du moins je l'espère, réjouissez-vous qu'un roi délégué par le ciel puisse enfin se féliciter d'une descendance.

La semonce produisit son effet. Robespierre pinça les lèvres et considéra l'abbé d'un œil mi-clos, qui se voulait ironique, mais il ne répliqua pas. Surveillant des dortoirs, il y eût risqué le petit stipende que les jésuites voulaient bien attacher à cette charge.

Un regard d'Hérivaux acheva de sceller son silence. Il avait ses partisans comme ses ennemis. Pousser au-delà eût été imprudent : la police eût fini par s'intéresser de trop près à ce jeune homme qui tenait sur le roi et la royauté d'impertinents propos.

La Martinière rapporta quelques détails du récit de son père à propos de la rencontre entre le roi et le Dauphin d'une part, et la jeune Dauphine d'autre part devant la forêt de Soissons, et dans les fanfares, les vivats et les hennissements des chevaux, le premier baiser entre les jeunes époux. Il souriait d'une émotion rétrospective que les autres visiblement partageaient.

Mais Robespierre ne pipa plus mot. Il conservait les mâchoires serrées et l'œil d'acier. À l'évidence, tout cela lui déplaisait.

On ne l'appelait pas le Romain pour rien.

La journée du 16 mai, si elle n'enchanta pas Maximilien Robespierre, conquit la cour, Paris, et bientôt le peuple de France. Dès son arrivée à Versailles, la Dauphine fut conduite aux appartements qui seraient bientôt les siens, ceux de feu la reine Marie. La chapelle royale était comble. Les orgues éclatèrent. Le Dauphin apparut dans un pourpoint de drap d'or, flanqué d'Antonia de Habsbourg à son bras. Les princes du sang suivaient, le roi fermait le petit cortège. Les yeux embués de larmes, les assistants suivirent du regard le jeune couple qui s'agenouillait devant l'autel, sur des coussins de velours rouge frangé d'or. Le cardinal de la Roche-Aymon, archevêque de Reims, leur donna la bénédiction nuptiale.

La foule exhala un grand murmure, pareil à un *hosanna* impromptu. Les chœurs s'élevèrent et la musique transfigura les tremblements intérieurs que suscite toujours l'image de la jeunesse unie par le sacrement et l'amour.

Le roi aussi semblait ému. Cela pouvait surprendre, Louis Auguste n'ayant guère été jusqu'alors l'objet d'attentions particulières de sa part.

Dominant les bancs de la cour, Mesdames, filles de France, les tantes du Dauphin, faisaient le museau pointu : Adélaïde, l'aînée, trente-huit ans, une Vénus décatie et revêche, Mme Victoire, trente-sept ans, boudinée dans ses atours et semblable à une maritorne effarée, Mme Sophie, trente-six ans, d'une rare laideur selon les descriptions courantes. Trois vieilles filles ayant passé l'âge des noces et des jeux de l'amour et qui, bien pis que bréhaignes, ne seraient plus désormais les premières dames de la cour. Presque des Parques. Quant à la quatrième, Mme Louise, la benjamine, elle n'était pas là : elle avait commencé son noviciat au carmel Saint-Denis, ayant sans doute pressenti les orages qui allaient fondre sur ce monde dominé par la volonté de puissance et l'aveuglement de l'esprit.

Mais pour les bénéficiaires de l'ordre présent, l'essentiel était assuré : la dynastie se perpétuait.

Les fêtes qui suivirent évaporèrent les buées dans les regards. On s'empressa, non, on s'écrasa dans la galerie des Glaces, on présenta les cadeaux, le roi reçut les ambassadeurs, puis un festin fut servi dans le nouveau théâtre.

Louis Auguste paraissait dépassé par ces fastes. Il mangea peu, absorbé par ses pensées. Durant le repas, il souriait distraitement, jouant avec son couteau, regardant à peine son épouse. La Dauphine le scrutait à la dérobée. Mercy-Argenteau avait eu raison, ce prince était vraiment bien gauche.

On le disait fort studieux. S'y était-il gâté la vue? Car l'évidence indiquait que ses grands yeux globuleux souffraient de myopie; cela expliquait son regard flou. De temps à autre, il se penchait sur son plat pour savoir ce qu'il mangeait ou établir la manière de couper sa tranche de cuissot. N'avait-il donc point de besicles?

Étant elle-même légèrement myope, la jeune épouse se dit qu'il en avait sans doute mais que, par coquetterie, il refusait de laisser transparaître ce défaut.

Le temps devint lourd, puis franchement orageux et quand la pluie commença à tomber, il fallut décommander le spectacle de lumières dans le parc, les gondoles à baldaquins chinois sur la pièce d'eau et le feu d'artifice géant censé être tiré du bassin d'Apollon.

La Dauphine fut déçue. Cette fête l'aurait au moins distraite d'un souper empesé, de ces essaims de regards qui la dépiautaient pouce par pouce et ne perdaient pas un seul de ses gestes. Ainsi, elle s'était pendant trois heures retenue de se gratter le dos.

Minuit sonna. Louis dormait presque debout. Le couple se dirigea vers ses appartements. Il fut escorté par un régiment de courtisans. Ils se bousculèrent même dans la chambre à coucher. La Dauphine y reconnut l'ambassadeur d'Autriche, qu'on lui avait désigné comme mentor, c'est-à-dire Mercy-Argenteau.

— Que font là tous ces gens? demanda-t-elle à mi-voix.

Il souffla que c'était la coutume en France. Quelle indiscrétion!

L'archevêque bénit le lit, le maître de la garde-robe du Dauphin l'aida à se dévêtir, la femme de chambre de la Dauphine en fit de même avec elle.

C'était un étrange spectacle que ce garçon en braies, les pieds nus, et cette jeune fille en liquette et en bas sous les yeux des courtisans. Le roi tendit alors à son petit-fils sa chemise de nuit et la duchesse de Chartres tendit la sienne à l'épousée.

Mais enfin, ces gens allaient-ils rester là toute la nuit ?

Le roi donna enfin le signal du départ. Les courtisans se retirèrent, non sans se retourner.

Le jeune couple se mit au lit. Et le maître de la garde-robe tira les courtines.

— Eh bien, ma mie, je vous souhaite une bonne nuit, dit le Dauphin à sa voisine. Je suis rompu.

Il l'embrassa sur la joue, puis se laissa retomber sur l'oreiller.

Quelques instants plus tard, son souffle s'alourdit.

Étourdie par les événements de la journée après ceux des jours précédents, tant de visages, de compliments, de fastes, d'énigmes, la jeune épousée n'en gardait pas moins sa présence d'esprit ; elle s'avisa que ce n'était pas là le comportement d'un jeune époux. On l'avait prévenue d'enlacements ardents auxquels elle devrait se soumettre. Rien de tel.

Mais à quatorze ans et demi, diantre si l'on s'attend à des extases et pâmoisons, et d'autant plus qu'on n'en sait rien, puisqu'on n'en a pas l'expérience. D'ailleurs, elle était elle aussi épuisée. Elle ferma les yeux.

Elle le devinait à des bruits imperceptibles, le château bruissait alentour. Un rire sous les fenêtres, un pas qui faisait craquer le parquet d'un couloir, et venant d'un palais qui en fourmillait, elle imaginait sans peine la machinerie des intrigues qui se ralentissait à peine dans la nuit.

Son voisin dormait sur le côté. Il lui tournait le dos. Drôle de garçon, quand même.

Qu'à cela ne tînt, elle se laissa gagner par le sommeil.

Là-bas, dans sa cellule de Louis-le-Grand, le Romain songea à la nuit de noces. Stupre ruineux destiné à perpétuer une engeance dont les privilèges et la force ne reposaient que sur la faiblesse du peuple.

Aurait-il jamais une nuit de noces ? Ce serait céder à la tyrannie des sens, une de plus. Son corps maigre s'agita dans la chemise moite et ses pieds éprouvèrent la friction râpeuse des draps de grosse toile. Des noces, en vérité ! Fiction ridicule pour des émois de petites âmes ! Indigne d'un Romain.

Ici et là-bas, à Versailles, la fièvre chaleureuse de la vie avait donc déserté les couches. Ici par orgueil et là-bas par peur.

Car Louis Auguste avait peur de cette fièvre qui risquait de l'emporter, tout comme Maximilien croyait la dominer.

Nuit stérile. Mais comme toutes celles que le désir a désertées, sans congrès des corps, sans échanges de ces humeurs produites par les chairs qui se refusent au néant, elle engendra des monstres.

Vingt ans plus tard, le destin d'un peuple puis d'un continent allait pâtir de cette abstinence.

Mais tous l'ignoraient.

3
Pornographie de cour et politique des ébats conjugaux

Une soirée de fête à Versailles n'eût pu suffire. On festoya donc des jours durant. Et à l'excès. Il semblait qu'une puissance supérieure s'évertuât à faire croire à la joie inouïe du monarque, enfin rassuré sur sa descendance. Blâmable débordement qui, justement, encouragea le peuple dans cette démesure, ce relâchement de la raison, cette fièvre erratique apte à déchaîner d'autres débordements.

À Versailles, la cohue confina à l'étouffement lors de la présentation de la cour à la Dauphine. Les courtisans qui s'étaient crus condamnés à la pénitence après une longue série de deuils, la mort de Mme de Pompadour, celle du Dauphin Louis Ferdinand, de sa Dauphine, puis de la reine et du petit duc de Bourgogne, reprirent goût au plaisir. Que la Dauphine était donc vive ! Elle ramènerait à coup sûr de la gaîté sous les lambris. Et comme elle était gracieuse ! On le vérifia au bal de l'opéra, qu'elle ouvrit de son pied menu, maîtrisant la gavotte aussi prestement qu'un maître de danse.

C'était donc spectacle tous les soirs, opéra, tragédie ou ballet, illuminations du parc, feux d'artifice, bal masqué. À Paris aussi on festoya. Mais, le 30 mai, un malin génie aggrava les mauvais augures des tapisseries choisies pour orner le pavillon dans l'île du Rhin : une fusée des feux d'artifice organisés sur la place Louis-XV[*] enflamma les échafaudages des estrades. Près d'un demi-million de personnes se pressaient alors sur cette place et dans les environs, rue Royale, rue Saint-Florentin, rue de la Bonne-Morue[**]. La panique se propagea et cent trente-deux personnes périrent écrasées ou étouffées par la foule qui tentait de fuir. Aux abords de la place, les attelages de la Dauphine et de Mesdames durent rebrousser chemin en hâte sur le cours de la Reine.

Le décompte des artifices s'avéra accablant : 30 385 fusées, 14 444 cartouches enflammées, 6 820 pots à feu, 90 000 lampions, 4 492 chandelles romaines… Peut-être ce déluge d'étincelles devait-il suppléer à la carence d'une banale éjaculation élaborée dans les reins du Dauphin.

Grave affaire : en juin, il fallut admettre dans les cercles restreints de la cour que ces reins-là ne produisaient rien.

Grands ciels, mettez deux jeunes gens de sexe opposé, plaisants et vigoureux, dans la confidence d'un lit aux courtines closes et ce que vous craindriez le plus serait de recourir aux baïonnettes pour les en tirer. Eh bien, nenni !

Telle était du moins la vision que les adultes se forgeaient de l'affaire, ayant tous occulté les souvenirs de leurs premiers ébats, conjugaux ou pas : terreurs et paralysies devant un acte que prédicateurs, aumôniers,

---

[*] L'actuelle place de la Concorde.
[**] L'actuelle rue Boissy-d'Anglas.

confesseurs et dévots de tout poil vouaient à la damnation, manigances maladroites ou brutales, acrobaties contre nature, émissions prématurées, déceptions et consternation.

Ils avaient oublié les circonstances peu affriolantes dans lesquelles les rois précédents avaient été déniaisés, à commencer par Louis XIV, passé par les mains de la femme de chambre d'Anne d'Autriche, la Cateau, lubrique, laide, borgne.

Nourris de ces images mythologiques qui couraient sur les plafonds, jeunes dieux frisés lutinant des nymphes expérimentées, Borée tâtant le téton d'Iris ou Diane découvrant le corps nacré d'Endymion, ces adultes s'étaient mués en un parterre de voyeurs libidineux, le cou tendu vers une scène virtuelle sur laquelle un garçon de seize ans, à vrai dire un peu empoté, était censé déflorer une archiduchesse de quatorze ans et demi. Pinacle de l'action, le moment où l'on saurait si la princière liqueur avait enfin baigné l'archiducal déduit. Le conjoint était timide ? Mais la donzelle ne pouvait-elle attiser sa flamme par des caresses ? Qu'on leur donnât des gravures à contempler, ventrebleu !

Pure infamie pornographique.

À Versailles, il n'était pas un pet qui ne passât inaperçu et tout le monde savait donc heure par heure les mouvements du vit princier. Le 15 juin, l'ambassadeur d'Autriche, Mercy-Argenteau, écrivait ainsi à l'impératrice en termes ô combien choisis, que « jusqu'à cette heure, il n'y a pas eu dans le particulier d'intimité fort étendue, mais qu'il n'y a aucune conclusion fâcheuse à en tirer par la suite ».

Aucune conclusion fâcheuse ? L'ambassadeur fantasmait-il ? L'enjeu politique était colossal.

L'impératrice allait s'indigner. Quoi, un mois après le mariage, ce dadais de Louis Auguste n'avait pu rallier assez d'enthousiasme charnel dans sa misérable personne pour faire honneur à cette rose vivante ? Le roi, évidemment le premier informé, s'assombrissait déjà. « Mon petit-fils n'est pas fort caressant », confia-t-il le 4 juin à son petit-fils, le duc d'Anjou et infant de Parme. « Il n'est pas un homme comme un autre. »

Le 9 juillet, Antonia, devenue Antoinette et tout en bonté, écrivit à sa mère : « Pour mon cher mari, il est changé de beaucoup, et tout à son avantage. Il marque beaucoup d'amitié pour moi, et même il commence à marquer de la confiance. »

En effet, consciente que l'Europe entière attendait sa défloration et sachant sa mère encline à la colère, elle enjolivait donc la réalité : il eût fait beau dire que le Dauphin ne bandait pas son arc. Elle n'en savait d'ailleurs rien, ne l'ayant jamais serré contre elle, pas plus qu'elle n'avait jamais plaqué son corps contre celui d'un homme. Quand ils partaient pour Choisy, par exemple, le Dauphin dormait dans une chambre à part.

L'absurde présent passe aisément pour un désagrément ; ce n'est que dans la perspective qu'il revêt ses proportions véritables. Mais la perspective est le privilège des générations suivantes.

— Son Altesse a-t-elle bien saisi la différence entre un accord en mineur et un accord en majeur ?

Le maître de clavecin répéta les deux exemples, tirés de Couperin. Antoinette hocha la tête en souriant.

Les trois Parques suivaient la scène d'un œil de chouette : c'était toujours dans leurs appartements qu'avaient lieu les leçons de musique. Le musicien reprit donc ses démonstrations. Pendant dix minutes, elle aurait le loisir de réfléchir.

Terrifié, c'était le mot le plus juste pour définir Louis Auguste. Elle avait, par la Noailles, la Villars, la Chaulnes-Picquigny, la Duras, la Mailly et la Saulx-Tavannes reconstitué par fragments la jeunesse de son mari. Jusqu'à la mort de son frère aîné, le duc de Bourgogne, le duc de Berry avait été tenu pour quantité négligeable. Un orphelin royal, sans plus, réfugié dans les livres et auquel nul n'avait songé à enseigner l'étiquette, le maintien, l'habillement, la repartie. Il ne connaissait que les sciences et les langues.

Elle était d'un naturel affectueux et de surcroît, il était son époux. Comment ne pas le prendre en amitié ?

Ce fut alors, comme si elle lisait dans les pensées de la Dauphine, que Mme Adélaïde lança :

— Il fait chaud à mourir. Qu'on ouvre donc cette fenêtre. On croirait que La Vauguyon se tient devant !

Une dame d'honneur s'empressa. Antoinette sursauta et tourna son visage vers Madame : un regard vrillé lui indiqua que c'était bien à ses oreilles qu'était destinée la soudaine charge contre La Vauguyon, gouverneur de son époux. Elle devint songeuse : ce personnage ne semblait guère apprécié. Cependant, le Dauphin passait plus de temps avec lui qu'avec son épouse. Et La Vauguyon, elle le sentait bien, ne la portait pas plus dans son cœur qu'elle dans le sien.

— Mais qui donc est cet homme ? demanda-t-elle après le départ du maître de musique, les deux femmes se retrouvant seules.

— Un militaire breton de médiocre naissance, répondit Mme Adélaïde. Il s'appelle en vérité Antoine de Stuer et s'est attaché au service du feu Dauphin mon frère, puis s'est changé en courtisan. Ambitieux à la folie, il est devenu comte, puis duc de La Vauguyon, puis encore marquis de Mégrin et je ne sais quoi encore. Il est enflé de vanité et la cour se moque de lui, mais il a la confiance du roi, puisqu'il est gouverneur des Enfants de France depuis douze ans. Il domine l'esprit du Dauphin par ses flatteries et ses manipulations. Il est aussi chef du parti dévot. Gardez-vous de lui : il ne voulait pas de vous comme Dauphine.

Antoinette ouvrit de grands yeux.

— Il voulait une princesse de Saxe, comme Marie-Josèphe, l'épouse du premier Dauphin.

Voilà sans doute la cause de la froideur de ce fâcheux. Si prompte l'instant d'avant à excuser son époux, Antoinette se raidit :

— Pourquoi préfère-t-il la Saxe ?
— Parce qu'il n'est pas de taille à résister à l'Autriche.
— Mais que veut-il ?

Un sourire acide tendit la bouche de Mme Adélaïde :

— Beaucoup de choses. Parmi lesquelles l'intendance aux Finances. Et la parfaite soumission de Louis Auguste.

Voilà donc la raison de la soudaine confiance de Mme Adélaïde, songea la Dauphine : la tante était attachée au neveu et déplorait l'emprise de La Vauguyon, fieffé intrigant qui guettait toutes les occasions de pousser ses pions dans la maison royale.

Antoinette ne l'aimait déjà pas. Elle le vit soudain tel qu'il était et le prit en grippe.

— Il a déjà tenté de m'imposer une dame d'honneur, dit-elle.

— La Thierry, je sais ! s'indigna Mme Victoire, qui venait d'entrer dans le salon. La femme de son valet de chambre ! En vérité, une espionne !

— Tous les domestiques sont des espions, maugréa Mme Adélaïde, en jetant un regard venimeux à la femme de chambre de la Dauphine qui, prétendant veiller au confort de sa maîtresse, ne quittait pas la pièce.

Malgré l'insulte, elle feignait de n'avoir rien entendu et s'affairait à ramasser des miettes sur le tapis. Chacun savait qu'elle était à la solde de l'ambassadeur d'Autriche, Mercy-Argenteau, et qu'elle lui rapportait aussi les moindres miettes de la vie courante de sa maîtresse.

— Puis il a voulu m'imposer un directeur de conscience, reprit Antoinette.

— Ce rat d'abbé Soldini, je sais aussi, répondit Mme Adélaïde. Heureusement que Choiseul a promptement fait nommer l'abbé Maudoux.

— Mais quel affreux homme, à la fin, que ce La Vauguyon ! s'écria la Dauphine. Il est donc aussi laid du dedans que du dehors !

Mme Victoire pouffa.

— C'est vrai qu'il a un teint de rustre, observa-t-elle.

— Et l'odeur ! renchérit la Dauphine.
— Il faut vous en défaire, et vite, reprit Mme Adélaïde.
— Mais comment ?
— Nous aviserons sans tarder.

Quand elle se retrouva seule dans ses appartements, Antoinette se demanda quelle pouvait être la raison profonde d'une telle sollicitude de la part de Mme Adélaïde.

En tout cas, le fait était avéré : une mégère partageait le lit conjugal avec le jeune couple, et c'était la politique à la cour.

Horreur : le lendemain soir, à Fontainebleau, le Dauphin rapporta à Antoinette un conseil que lui avait donné La Vauguyon : les enfants engendrés par un père trop jeune étaient de constitution délicate et pour avoir voulu devenir père trop tôt, celui-ci risquait de devenir libertin.

La Dauphine eut besoin de tout son sang-froid pour éviter que le rouge lui montât aux joues. Et voilà donc la clé de l'affaire ! Ce gredin de La Vauguyon tenait son ancien élève à l'écart des plaisirs amoureux, comme Mme Adélaïde l'avait donné à entendre.

Elle croqua une cerise confite et répondit du bout des lèvres que M. de La Vauguyon n'était pas médecin et qu'il abusait de son autorité de gouverneur.

— Si j'en juge par les conseils qu'il vous a prodigués en matière de propreté, ses connaissances médicales ne me paraissent pas recommandables. Il pue le bouc !

Ce fut au tour de Louis Auguste de s'empourprer : en effet, La Vauguyon s'opposait énergiquement à ce que son disciple se lavât, quelque désir qu'en exprimât le jeune homme. En dévot, il était de ces gens pour qui les soins d'hygiène amenaient à se caresser les parties génitales, ce qui était un risque de péché, et en bon militaire, il estimait que la crasse physique fortifiait le caractère.

Louis Auguste se promit de ne plus citer son gouverneur.

Elle se promit, quant à elle, de damner celui-ci.

4
Agent secret à dix-sept ans

Grâce à la comtesse de Noailles et à l'ambassadeur d'Autriche Mercy-Argenteau, Antoinette eut tôt fait d'éclaircir la raison véritable des avertissements de Mme Adélaïde : un séisme couvait à la cour. Il se déchaîna à Noël 1770. Mme du Barry, nouvelle maîtresse royale, avait eu raison du duc de Choiseul, le ministre du roi, qui lui avait jusqu'alors mené la vie dure : le 24 décembre, un billet du souverain le renvoya dans ses terres. Mémorables étrennes.

Le motif de leur querelle était sordide : Choiseul avait espéré pousser sa propre sœur, la duchesse de Gramont, dans le lit du roi et la roturière Jeanne Bécu, également connue sous le nom de Mlle Lange, mais surtout de comtesse du Barry, se dressait en obstacle. Comme disaient des insolents, se gaussant, un aristocrate faisant le maquereau se colletait avec une fille de joie devenue aristocrate. Une guérilla furieuse avait opposé le camp de la du Barry à celui de Choiseul : placets orduriers de l'un, ragots meurtriers de l'autre. Tandis que les pamphlétaires du ministre façonnaient des vers de mirliton où la rime au nom de Bécu n'était que trop évidente, les partisans de la favorite laissaient entendre que Choiseul avait été soudoyé par les frères Pâris, fournisseurs des

Armées et banquiers plus riches que le roi, pour faire plus de guerres que besoin n'en était.

Un triumvirat lui succédait au pouvoir : le duc d'Aiguillon, l'abbé Terray et le chancelier Maupeou.

Hélas, la disgrâce de Choiseul desservait Antoinette.

En effet, avec la du Barry triomphait le clan du duc d'Aiguillon, auquel appartenait paradoxalement La Vauguyon, bien qu'il menât le parti des dévots.

Le clan opposé comportait Mmes Adélaïde, Victoire et Sophie, le Dauphin et la Dauphine, naïvement horrifiés qu'une catin pût s'afficher à la cour.

Mesdames avaient jusqu'alors témoigné de l'amitié au gouverneur du Dauphin, mais puisqu'il se rangeait auprès de cette gourgandine, elles la lui retiraient. Telle était la raison de la soudaine sollicitude de Mme Adélaïde à l'épouse de son neveu.

Pour mépriser la du Barry, Antoinette n'avait nul besoin de se forcer : c'était en fin de compte une fille de joie et, dans ses États, l'impératrice faisait fouetter ces créatures. De plus, elle amalgamait dans sa détestation ce goret de La Vauguyon, cause maintenant établie de ses frimas conjugaux, et cette sotte dépravée de Jeanne Bécu, qui osait se piquer de politique.

La situation s'envenima.

Louis Auguste se laissa amadouer par La Vauguyon, sous le prétexte de se rapprocher de son grand-père ; il accepta donc de participer aux petits soupers, chasses et soirées que le roi organisait dans ses diverses retraites, Marly, Choisy, Saint-Hubert, L'Hermitage, et témoigna à la favorite une aménité insipide, mais néanmoins suffisante pour lui valoir des marques d'affection de son grand-père.

Antoinette, elle, ne désarma pas.

— Mon ami, je ne vous accompagnerai pas à Marly, annonça-t-elle, raide comme un passe-lacet.

Ni à Marly ni ailleurs s'il fallait participer aux menus plaisirs que la Bécu présidait quasiment aux côtés du roi.

Louis Auguste poussa un soupir de résignation et s'en fut rejoindre les équipages.

Quand elle se rendit ensuite chez Mesdames, ainsi qu'elle le faisait presque tous les jours vers six heures pour une leçon de musique, sa résolution de mépris à l'égard de Mme du Barry devint évidente, puisque le Dauphin seul était parti pour Marly.

— Bien fait, Altesse, approuva Mme Adélaïde.

Des semaines durant, Antoinette feignit de ne pas voir cette... cette femme. Mesdames l'y encouragèrent. Elles en avaient trop entendu sur la Pompadour, elles n'allaient pas tolérer cette roturière voluptueuse !

La favorite en fut piquée au vif. Le roi fut mécontent. Le Dauphin consterné. La Vauguyon s'alarma. Les courtisans s'inquiétèrent.

Des vents décidément contraires soufflaient.

Le 14 mai 1771, le comte de Provence, Louis Stanislas Xavier*, frère puîné de Louis Auguste, se maria. L'heureuse élue était Marie-Josèphe Louise de Savoie, petite-fille du roi Charles-Emmanuel III de Sardaigne. Noiraude, maigre et poilue.

---

* Le futur Louis XVIII. Il n'eut jamais d'enfant de son épouse.

Avec la muflerie qui sied à la jeunesse, les deux frères échangèrent des commentaires sur leurs sorts respectifs, Louis Auguste déclarant qu'il ne se serait pas formalisé d'avoir sa nouvelle belle-sœur comme épouse. Sur quoi Charles, piqué, rétorqua qu'il était ravi de son sort et que son épouse attendait un enfant. Antoinette s'étonna : était-ce vrai ? Et Louis Stanislas :

— Il n'y a de jour où cela ne puisse être vrai !

Antoinette fondit en larmes. Un an après leurs noces, Louis Auguste ne lui avait pas encore rendu le moindre hommage. Était-il donc mal conformé ? L'ayant examiné sur ordre du roi, La Martinière l'avait déclaré parfaitement apte à la reproduction ; c'était de la tête que le Dauphin était résolument puceau. Il se dépensait furieusement à cheval et à la chasse, ou bien en travaux grossiers, dignes d'un manœuvre ou d'un serrurier. Elle lui en fit le reproche ; ils se boudèrent.

Pourtant, ils se réconciliaient aussi vite qu'ils s'étaient fâchés. À l'évidence, ils se rapprochaient l'un de l'autre.

Mais il était bien question de bouderies !

Tenue au courant de tout, l'impératrice, à Vienne, s'émut du mépris d'Antoinette vis-à-vis de Mme du Barry : une telle vétille risquait de compromettre sa politique d'alliances. C'est ce qu'elle écrivit à sa fille. Mercy-Argenteau accourut auprès de la Dauphine pour l'amener à plus de tolérance.

Soumise à toutes ces pressions, Antoinette ravala sa fierté et, le 1er janvier 1772, elle déclara à Mme du Barry, en public :

— Il y a bien du monde à Versailles aujourd'hui !

Tout le monde avait entendu cette observation anodine. Un soupir de soulagement grand comme un *hosanna* jaillit des poitrines. Enfin ! La paix régnerait à la cour.

Mais à Vienne, l'impératrice n'était qu'à demi satisfaite : il fallait maintenant que sa fille amusât le roi pour détourner son attention d'un projet secret autrichien de partager la Pologne avec la Prusse et la Russie. La Dauphine devrait surtout dissuader Louis XV de demander à Vienne une compensation territoriale, par exemple dans les Pays-Bas.

Ce n'était pas une fille que l'impératrice avait envoyée à Paris, mais un agent secret, songea Antoinette, dépitée. Un agent secret qui avait maintenant près de dix-sept ans, sous la surveillance immédiate de Mercy-Argenteau.

Néanmoins, elle se plia derechef aux exigences maternelles et politiques.

La Pologne fut tranquillement écartelée entre les trois carnassiers, Catherine II, Frédéric II et Marie-Thérèse et, pour ne point chagriner sa petite bru, Louis XV ne demanda pas à l'impératrice de dédommagement aux Pays-Bas.

Mission accomplie. Était-ce suffisant ? La laisserait-on enfin à ses distractions favorites, jouer de la harpe et chanter ? Point. Mercy-Argenteau écrivit à l'impératrice que si la santé du roi continuait à s'affaiblir, l'archiduchesse pourrait jouer un rôle de premier plan au bénéfice de l'Autriche, à la condition qu'elle sacrifiât « quelques petits amusements ».

Et pour commencer, elle devrait trouver moyen de se faire engrosser.

Le vent tourna enfin.

Le 4 février, le destin estima qu'à soixante-six ans, La Vauguyon avait droit au repos éternel. Le Dauphin refusa de lui rendre visite pour échanger des adieux.

Puis la Dauphine entendit un grand vacarme à l'étage et des hommes souffler d'ahans parce qu'ils transportaient un objet apparemment fort lourd. Elle alla voir et se retint de rire : son ancien gouverneur était à peine en terre que Louis Auguste faisait installer une baignoire dans ses appartements.

La nuit était depuis longtemps tombée sur la ville la plus peuplée du monde, Paris. Sans lune.

Quelques fanaux palpitants s'efforçaient d'éclairer les carrefours, mais à part les coureurs de tripots, même les gens de moralité douteuse, car Dieu savait si on en comptait dans les six cent mille habitants de la capitale, ne se seraient pas aventurés dehors passé la huitième heure du soir. Des malandrins en bandes écumaient les rues, à la recherche du fêtard attardé ou du provincial imprudent. Et trop heureux celui qui n'y perdait que la bourse, car à la moindre résistance, la victime se faisait poignarder. On la découvrait à l'aube dans le caniveau, assiégée cette fois par les rats et les corbeaux. Les sergents de ville, eux, ne venaient que si on les appelait et leurs rondes s'achevaient trop souvent dans les dernières tavernes encore ouvertes.

Les chouettes, qui savent bien des choses, ne se berçaient donc pas d'illusions sur le groupe de trois hommes qui venait de pénétrer dans le cimetière de l'église de Saint-Nicolas-des-Champs. Un chien aboya au loin, mais du diable si quelqu'un se fût risqué à écouter ses avertissements.

Les trois hommes se dirigèrent vers une tombe qu'ils semblaient avoir repérée. La stèle neuve portait le nom de Nectaire Bertin du Cordier. La fosse était fraîchement comblée : pas un brin d'herbe. La pelle eut vite raison de la terre censée protéger le repos du défunt. Le cercueil apparut.

— On le prend aussi ? demanda l'un des hommes, à mi-voix.

— Trop lourd, répondit un autre.

— Une fois nettoyé, il vaut quand même vingt livres.

— On gagnera assez comme ça. De toute façon, on l'ouvre en bas.

Un homme descendit dans la fosse, armé d'un pied-debiche. Des coups résonnèrent dans l'air glacé. L'homme en bas grommelait :

— Foutus clous ! J'voudrais bien une chandelle !

— Pas question.

Enfin, au bout d'une petite heure d'ahanements et d'efforts, le bois craqua et le couvercle fut soulevé. Le linceul était vaguement visible.

— La corde ! dit le déterreur.

On la lui déroula et il l'attacha au milieu du corps du macchabée.

— L'est raide, dit l'homme dans la fosse.

Les deux hommes en surface tirèrent ensemble la corde. L'autre, en bas, referma le cercueil vide. Le corps fut déposé sur l'herbe. Les voleurs s'empressèrent de combler la fosse, puis soulevèrent le cadavre avant de quitter le cimetière. Une chouette ulula. Le chien aboya de nouveau.

Le cadavre fut chargé sur un mulet qui attendait à la porte. Le macabre convoi s'engagea dans les ruelles les plus obscures, jusqu'à la rue du Temple. Là, il s'arrêta à la porte cochère d'une maison cossue et donna trois coups rapides et deux coups espacés. La porte s'ouvrit. Le mulet et les trois hommes entrèrent. Ils furent accueillis par un bourgeois encore habillé et d'apparence prospère, tenant un bougeoir en main.

— Portez-le par là, dit-il après avoir refermé la porte, indiquant une remise au fond de la cour.

Le cadavre fut déposé sur une table. Le bourgeois alluma deux chandelles d'un flambeau de six, l'approcha du colis, défit le linceul et tâta la dépouille de Martin du Cordier à travers les habits de ratine.

— Oui, il est bon, dit-il.
— N'a que trois jours, j'vous l'ai dit.

Il hocha la tête. Les mécréants sourirent. Le bourgeois leur tendit une bourse. Les hommes la délièrent, comptèrent l'argent sur la table, aux pieds du macchabée. Eux aussi étaient satisfaits. Cent livres.

Enfin quoi, il fallait bien que M. Faivre d'Estrivet, chirurgien, se fît un peu la main !

5
« Encore quarante jours et Ninive sera détruite ! »

Assis derrière son bureau dans son cabinet particulier, le roi tirait une longue mine. Devant lui, le Dauphin et la Dauphine n'en menaient pas large. Antoinette croyait encore entendre les échos des derniers mots de son époux :

— Sire, j'ai bien tenté de m'acquitter de mes devoirs conjugaux, mais je l'avoue, des douleurs ont arrêté mon élan. J'ignore si elles sont dues à quelque défaut de conformation ou à autre chose.

— La Martinière vous a examiné, répondit le roi, et n'a trouvé aucune malformation. Vous avez dix-huit ans et pour l'avenir de notre lignée, il est temps de sortir votre cheval de l'écurie. Je pense qu'avec l'exercice et la grâce de Dieu, vous y parviendrez.

Pendant ce discours, la Dauphine maintint une contenance sans pli. Elle en savait plus long que les deux hommes : Louis Auguste était mou de la verge. C'était une indignité qu'elle n'eût jamais imaginé subir, mais enfin, en tant que princesse de la plus illustre maison du monde, elle n'avait pas le choix : feindre de ne pas y attacher d'importance.

Dans la mémorable nuit du 21 au 22 mai, peut-être sous l'effet des boules de Mars* et de pastilles de quinquina, le royal époux avait quasiment atteint son but. Las ! Après un premier élan, les conjoints avaient dû convenir que les munitions étaient épuisées. Sans doute Louis Auguste croyait-il l'affaire dans le sac, mais La Martinière dut l'instruire : frapper à la porte n'est pas l'ouvrir et il s'en fallait que ces préliminaires anémiques entraînassent une grossesse.

« Il n'est pas encore assez fort », écrivit Antoinette à sa mère, se doutant de la perplexité que susciterait cette information.

Elle prenait son mal en patience.

Paris l'adorait : quand elle sortait avec son époux, les foules se pressaient pour l'apercevoir. Tout autre en eût été jaloux, car Louis Auguste voyait bien que c'était Antoinette qu'on acclamait, bien plus que lui. L'autre jour, les badauds avaient grimpé aux arbres pour la voir de plus près, alors qu'elle venait d'apparaître au balcon des Tuileries. Et le duc de Brissac, gouverneur de Paris, avait lancé à Antoinette :

— Madame, n'en déplaise à Son Altesse le Dauphin, ce sont autant d'amoureux qui vous regardent.

Mais les femmes criaient aussi au Dauphin :

— Monsieur, faites-nous donc un enfant !

Car chacun pouvait constater que la Dauphine ne s'arrondissait pas ; et elle était mariée depuis deux ans. L'effet de ces rencontres avec le peuple était cependant que le mari se montrait plus tendre et plus à l'aise avec

---

* Préparation à base de limaille de fer.

son épouse. Encore un peu de temps, songea-t-elle, et l'époux sera mari.

L'entretien étant terminé, le couple, prenant congé du roi, regagna ses appartements.

Elle commençait à s'habituer à sa condition – elle n'osait dire sa « charge ». Une routine s'installait, des habitudes voire des amitiés se tissaient. À la fin de l'année 1773, le cadet des trois frères, Charles-Philippe, comte d'Artois, épousa la sœur de la comtesse de Provence, femme de Louis Stanislas, guère plus jolie que celle-ci. Les trois jeunes ménages passaient volontiers leurs soirées ensemble, et les achevaient sur des séances de théâtre amateur, organisées dans un cabinet de l'entresol. Ils en étaient eux-mêmes les auteurs et les acteurs et s'y amusaient follement. Antoinette, au nom de laquelle on commençait d'accoler celui de Marie, était la meneuse de jeu.

L'on voyait bien que Louis Auguste était fier de sa femme et qu'il goûtait sa compagnie. À la fin, elle était la vie de cette cour, quitte à y ébouriffer quelques plumes, comme celles de la Noailles, qu'elle surnommait « Madame l'Étiquette », ou des barbons titrés qui confondaient dignité et componction.

Madame mère pouvait bien tempêter au loin, Marie-Antoinette n'en avait cure. Elle triomphait à la cour comme en ville, et entendait en profiter. Ce n'est pas un crime de s'amuser et mieux vaut un trait d'esprit qui prête à rire qu'un mensonge dont personne n'est dupe.

Il en alla ainsi pendant des mois.

Puis le destin entreprit, lui, de passer aux affaires sérieuses, c'est-à-dire chagrines.

— J'ai trouvé au roi mauvaise mine, annonça le Dauphin en revenant à Versailles de sa partie de chasse à Marly.

Il semblait soucieux; ou peut-être vexé d'avoir manqué un cerf au pont de La Villedieu.

C'était le 27 avril 1774.

— Où est-il en ce moment ? demanda Marie-Antoinette.

— À Trianon.

Le lendemain, on apprit que Mme du Barry avait fait mander le premier médecin ordinaire, Le Monnier, parce que Louis XV avait une grosse fièvre et se plaignait de maux de tête et d'estomac.

Le Dauphin parut encore plus sombre.

— Le roi a déjà été souffrant. Il peut se rétablir comme avant. Qu'est-ce qui vous inquiète donc, mon ami ? demanda la Dauphine.

Louis Auguste hésita à répondre.

— Vous rappelez-vous ce sermon de Carême ?

— Celui de l'évêque de Senez ? Il était bien ennuyeux. Et sinistre.

— Sinistre, en effet. Il a parlé du roi Salomon qui se laissait aller à la licence et il a annoncé : « Dans quarante jours, Ninive sera détruite ! »

— Cet évêque divaguait. Ninive n'était pas la ville de Salomon et le roi n'est pas Salomon. Remettez-vous.

Néanmoins, le Dauphin envoya La Martinière au chevet de son grand-père. Ce médecin fit revenir le malade à Versailles. La chambre royale n'étant pas prête, le monarque dut attendre en grelottant devant l'appartement de Mme Adélaïde.

Le 29 avril au matin, avant même l'arrivée des collègues qu'ils avaient convoqués, Le Monnier et La Martinière décidèrent une première saignée du patient.

Les médecins, quatorze en tout, diagnostiquèrent une « fièvre humorale catarrheuse » et ordonnèrent une deuxième saignée. Et si les maux de tête ne cédaient pas, il faudrait recourir à une troisième saignée.

Une troisième saignée ! À cette perspective, le roi se rebella et des remous agitèrent la cour. La troisième, en effet, était un remède de cheval qui laissait son patient plus mort que vif. Et voué aux sacrements de l'Église. Donc, au repentir avant la confession et l'extrême-onction. Par là même, Louis XV devrait abjurer son concubinage avec Mme du Barry. S'il se rétablissait, les foudres que celle-ci ferait pleuvoir sur eux seraient synonymes de damnation sur terre.

Les médecins reculèrent devant l'énormité du remède et résolurent de faire bonne mesure de la deuxième saignée. Ils administrèrent au roi de l'émétique, puis lui appliquèrent des vésicatoires pour extraire les humeurs peccantes. Peccantes, en effet : des rougeurs apparurent çà et là. Dans la soirée, les médecins en avisèrent sur le visage. Ils les examinèrent à la lumière d'un flambeau, avant de se retirer pour délibérer. Point de doute : ces vésicules révélaient la petite vérole.

La petite vérole ! Autant dire la grande en version accélérée, ou la peste. Ou bien le malade s'en remettait en une dizaine de jours, sans autres séquelles que des cicatrices tenaces, ou bien la maladie revêtait sa forme maligne : le corps entier se couvrait de pustules et de croûtes et se décomposait vivant, dans des souffrances épouvantables. La mort était alors inéluctable.

Il ne restait donc qu'à attendre pour voir quelle forme prendrait la maladie. Car le roi avait refusé de se faire inoculer, comme on le faisait dans les cours d'Europe et comme la Dauphine y avait été astreinte : croyant avoir contracté la maladie dans son enfance, il s'était jugé immunisé. Fatale erreur.

Dans les semaines précédentes, la comtesse de Provence et plusieurs enfants dans les parages de Trianon en avaient été atteints. Peut-être était-ce par eux que le roi avait été contaminé. Mais celui-ci ignorait toujours la nature de son mal.

Le 30 avril au matin, un samedi, il n'était qu'à mettre le nez dans les couloirs pour deviner l'égarement qui régnait à Versailles. Des groupes anxieux et chuchotants se formaient soudain, des gens couraient sans qu'on sût pourquoi. Les intrigants s'affairaient, guettant la moindre information pour faire avancer leurs affaires.

— Ma mie, vint annoncer le Dauphin à Marie-Antoinette, les médecins ordonnent l'évacuation du château. Nous allons à Choisy.

— Il ne serait pas sage de vous éloigner du roi, objecta-t-elle. On vous accuserait de fuir. Croyez-moi, restons ici. D'ailleurs, Mesdames en ont décidé de même.

Après réflexion, il se rendit à son avis. Mieux valait être présent pour surveiller le chambardement inévitable si Mme du Barry était chassée du château. Tel était, d'ailleurs, le parti que, bravant le risque de contagion, le prince de Condé, les ducs de La Rochefoucauld-Liancourt, de Croÿ et d'Aiguillon ainsi que plusieurs autres courtisans avaient également pris. Ils se relayaient au chevet du monarque, car même malade, il demeurait le centre du pouvoir.

— Que dirai-je à mes frères ? demanda encore le Dauphin.

— Votre exemple suffit.

Il admira l'esprit de décision et la justesse de vue de son épouse.

Dans l'après-midi, la Faculté fit savoir que l'accès à la chambre du roi était condamné pour les héritiers du trône, le Dauphin, ses frères les comtes de Provence et d'Artois et leurs épouses.

Des courriers étaient partis de bonne heure pour la capitale, porteurs du premier bulletin de santé royal. Dans l'après-midi, le bourdon de Notre-Dame annonça aux Parisiens l'inquiétante nouvelle. À la Comédie-Française, le spectacle fut interrompu et les autres théâtres gardèrent leurs portes closes.

Les églises eussent dû s'emplir de dévots venus prier pour le rétablissement du roi. Il n'en fut rien.

À Louis-le-Grand, un conseil se forma spontanément pour discuter de la situation, le recteur ayant décidé de célébrer le lendemain un office pour le rétablissement du roi.

Robespierre écoutait sans mot dire les propos inquiets qui s'échangeaient autour de lui.

— Eh bien, Maximilien, que pensez-vous de ces nouvelles ? lui demanda un condisciple de rhétorique.

— Qu'à voir les églises vides, le peuple de Paris n'en semble guère soucieux, répondit-il de sa voix de tête, en se redressant.

— Qu'est-ce à dire ? demanda La Martinière, fronçant les sourcils.

— Que la santé de son roi lui est indifférente.

— C'est un peuple volage.

— Je déduis de vos propos que vous vous en différenciez.

— Persiflez si cela vous plaît. Mais c'est bien le même peuple qui surnomma ce roi le Bien-Aimé au début de son règne, repartit La Martinière.

— Il n'en avait justement pas vu la suite.

— Et qu'était-il censé voir ?

— Un Parlement en congé, les libertés muselées, des ministres impopulaires, un Trésor exsangue, une cour qui dépense sans compter alors que les pauvres ne peuvent même pas acheter du pain…

— Robespierre, intervint l'abbé Proyart alors que La Martinière s'apprêtait à répondre, l'heure est mal choisie pour critiquer notre monarque.

— Certes, monsieur l'abbé, certes, répondit Robespierre en s'inclinant.

Quelques échanges de regards entre l'abbé, Robespierre, La Martinière et d'autres se substituèrent aux mots. Tout le monde s'était compris : Robespierre n'était guère bien disposé à l'égard du trône, La Martinière était mécontent et l'abbé Proyart n'en voulait rien savoir.

Le lendemain, 1ᵉʳ mai, vers onze heures se produisit un grand remous dans les couloirs de Versailles. Marie-Antoinette en fut prévenue par la duchesse de Villars, qui se retenait d'en rire : Mgr Christophe de Beaumont, archevêque de Paris, venait d'arriver au château ; sans doute se préparait-il à confesser le monarque et la question de la présence à la cour de Mme du Barry retrouvait donc une actualité brûlante.

— Qu'est-ce qui vous fait sourire, duchesse ? demanda Marie-Antoinette.

— C'est que l'archevêque est en ce moment prisonnier de la salle des gardes.

— Comment, prisonnier ?

— Les partisans de Mme du Barry ne veulent pas le laisser approcher du roi.

— La situation est bien étrange. Un archevêque prisonnier ?

— Ce n'est pas tout : les partisans du duc de Choiseul parlent d'aller le libérer de force, arguant que c'est un homme malade.

— Lui aussi ?

— Il pisse le sang, sauf votre respect, Altesse. Telle est la raison pour laquelle son laquais, qui porte son pot de chambre, est également prisonnier.

À la vision d'un combat de courtisans partis libérer l'archevêque dans la salle des gardes et des perruques qui voleraient sous les horions, Marie-Antoinette écarquilla les yeux. Sur quoi l'un des menins du Dauphin vint annoncer que Mme Adélaïde était partie pour la salle des gardes. Marie-Antoinette le chargea de la tenir informée au plus près, et il repartit en courant. Peu après, il revint avec les nouvelles : Mme Adélaïde, avec l'aide de ses gens, avait quasiment enlevé l'archevêque et le tenait cette fois clos dans ses appartements. On devina qu'elle l'adjurait de ne rien dire qui pût contrarier le monarque souffrant. Quelque hostile qu'elle eût été à Mme du Barry, elle tenait bien plus à la paix du cœur de son père. Marie-Antoinette ne put s'empêcher de sourire à son tour en songeant aux tribulations de ce prélat transformé en otage avec son pot de chambre. Sans doute Beaumont convint-il des raisons de Mme Adélaïde, car il fut derechef libéré et, tandis qu'il se rendait à la chambre du roi, suivi du laquais porteur du pot de chambre, le duc de Richelieu l'intercepta pour lui adresser les mêmes recommandations que Mme Adélaïde.

La visite de Beaumont fut brève : prétextant les pressions de sa vessie, il s'éclipsa rapidement, au grand dam des ennemis de la favorite. À l'évidence, il n'y avait eu ni examen de conscience ni confession, et la du Barry restait donc dans les murs.

Tous ces gens qui campaient quasiment dans les escaliers et les couloirs étaient informés des événements peu après, grâce aux bons offices des espions disséminés un peu partout. Les dames d'honneur et les domestiques en faisaient autant pour Marie-Antoinette et Mesdames.

Soudain contrainte à l'attente anxieuse des bulletins de santé, sans aucune autre distraction que la lecture et la compagnie de Mesdames et des couples Provence et Artois, voire la visite occasionnelle de Mercy-Argenteau, la Dauphine ne se départait plus d'un visage grave qu'on ne lui avait jamais connu.

Le 2 mai, on crut reprendre espoir : la fièvre du roi tomba tandis que les éruptions se répandaient sur son corps. Le 3, le roi, examinant ses bras, comprit enfin la nature de son mal et en parut stupéfait. Dans la matinée, la dignité de la comtesse du Barry révéla l'inanité des pantalonnades qui avaient entouré la visite de l'archevêque ; elle proposa elle-même au roi de prendre congé de lui pendant quelques jours. Le monarque y avait probablement pensé, car il répondit :

— Je me dois à Dieu et à mon peuple.

Que la comtesse prît congé ne signifiait pas qu'elle fût bannie. La cour resta donc dans l'expectative.

Le 4, des soucis plus pressants l'occupèrent : l'état du roi empirait. Le 7, à trois heures du matin, il fit mander son confesseur. Les gens à son chevet avaient espéré différer l'arrivée de l'ecclésiastique, l'abbé Maudoux, qui signerait la fin du règne et de leurs faveurs. Mais enfin, ils n'auraient osé laisser le roi partir sans sacrements. Après la première confession, que les courtisans chronométrèrent – seize minutes –, comme si sa durée révélerait sa teneur, le roi le rappela deux fois, sans doute terrifié par l'oubli d'une faute. Les chronométrages suivants furent confus.

Ni Marie-Antoinette ni le Dauphin ne s'étaient vraiment couchés. Ils s'étaient simplement déchaussés et mis à l'aise, somnolant sur leurs sièges. Quand ils apprirent que le roi avait demandé le viatique, ils se rechaussèrent rapidement.

— Les quarante jours se sont écoulés, murmura le Dauphin.

C'étaient les seuls mots qu'il eût prononcés depuis la veille ; il semblait hébété.

La duchesse de Villars accourut, haletante : le cardinal de la Roche-Aymon, celui-là même qui avait marié le Dauphin, venait d'arriver, avec le saint sacrement. Le duc de Bouillon, grand chambellan, pria Louis Auguste de prendre la tête du petit cortège précédant le baldaquin de soie blanche que portaient quatre gentilshommes de la chambre. La Dauphine et Mesdames, les comtes et comtesses de Provence et d'Artois ainsi que d'Aiguillon, Maupeou et Terray le suivaient.

Les médecins veillaient toujours à enrayer la contagion : au grand escalier, les trois descendants et leurs épouses furent sommés de s'arrêter. Seules de la famille, Mesdames furent autorisées à suivre le cortège jusqu'à la chambre. Le roi se confessa une fois de plus et reçut le viatique.

Le 8, la fièvre monta. Le 9, les croûtes sur le visage lui faisaient un masque de bronze craquelé, pareil à une tête de Maure, rapporta le duc de Croÿ. Il fallait tenir les fenêtres ouvertes, tant était insoutenable la puanteur qui se dégageait du corps royal : elle se répandait même dans la Cour de marbre.

Apprenant les nouvelles, qui lui étaient pourtant dispensées avec réserve, le Dauphin fondit en larmes dans les bras de Marie-Antoinette. Puis ils se rendirent à la chapelle, où la famille et des courtisans récitaient les prières des quarante heures.

Le 10, Louis XV devint presque inconscient. À trois heures et quart, alors que l'horloge de la Cour de marbre venait de tinter, il expira.

Le valet de chambre souffla la bougie à la fenêtre qui annonçait le décès aux chefs des écuries et aux courriers des ambassades.

Les courtisans étaient massés dans le salon de l'Œil-de-Bœuf. Le duc de Bouillon apparut à la porte et annonça :

— Messieurs, le roi est mort. Vive le roi !

6

« Sire mon neveu, vous êtes seul »

Le Dauphin et la Dauphine ignoraient encore tout. Louis Auguste, flanqué de son épouse, attendait dans ses appartements, prostré, que le duc de Bouillon ou le ministre d'Aiguillon vinssent lui annoncer la nouvelle fatale.

Tout à coup, ils entendirent un fracas terrifiant, inouï, un déferlement d'apocalypse sur les parquets, assorti d'une rumeur d'émeute. Ils se regardèrent, interdits. Il s'arrêta devant leur porte. Le comte de Saulx-Tavannes, le comte de Tessé, le chevalier de Saint-Sauveur et la comtesse de Noailles coururent ouvrir. Ils étaient épouvantés. À la vision des faces congestionnées, suantes et béantes, ils comprirent.

— Madame…, dit la comtesse de Noailles.

Marie-Antoinette se signa.

Elle avait dix-neuf ans. Elle éprouva le sentiment irrésistible que sa jeunesse s'était envolée avant l'heure.

Le Dauphin fondit de nouveau en sanglots.

Ces gens, c'étaient les centaines de courtisans venus présenter leurs hommages au nouveau souverain.

Une confusion infernale s'installa dans Versailles, mais les médecins, toujours vigilants, interdirent au nouveau roi d'aller s'incliner devant la dépouille de son grand-père.

Ils n'étaient pas mal inspirés. La putréfaction s'était emparée du corps royal deux jours avant qu'il ne fût devenu cadavre. On ne put l'autopsier. On se dépêcha de l'envelopper de linges aromatisés pour pouvoir le déposer dans un caveau de plomb, à son tour inséré dans un cercueil hermétique de chêne, empli de son.

Le corps du roi de France s'était mué en symbole de la putréfaction envahissante.

Un cortège funèbre réduit – trois voitures seulement – quitta le château le 12 mai pour la basilique de Saint-Denis. La première était occupée par les ducs d'Ayen et d'Aumont, la deuxième par des ecclésiastiques et la troisième par le sarcophage, recouvert du manteau royal et surmonté de la couronne. Trente-six pages et quarante gardes du corps, portant des torches de cire blanche, fermaient le convoi.

Le protocole interdisait au nouveau roi d'assister à une cérémonie funèbre. Voilà pourquoi Louis Auguste était demeuré à Choisy avec les comtes de Provence et d'Artois, ainsi que plusieurs membres de la cour.

Vers quatre heures de l'après-midi, une pluie fine tomba du ciel gris et sauça l'escorte à pied, lui prêtant un aspect lamentable.

Dans le Bois de Boulogne, de mauvais plaisants se mirent à crier : « Taïaut ! Taïaut ! », comme le faisait le feu roi.

Après la mort de son grand-père, Louis Auguste n'était demeuré à Versailles que sur la prière du secrétaire d'État à la Maison du roi, le duc de La Vrillière. Ce dernier lui avait en effet adressé une note dont il attendait une réponse rapide. Elle comportait deux questions : sous quel nom le nouveau monarque voulait-il régner ? Et quelles étaient ses dispositions à l'égard des ministres de son grand-père ? « Louis XVI », inscrivit en marge Louis Auguste. Le ministère demeurerait en fonctions ; les gouverneurs et commandants de province attendraient les ordres du roi. En ce qui touchait aux trois ministres Maupeou, d'Aiguillon et Terray, le choix était limité, vu qu'eux et les autres secrétaires d'État qui s'étaient relayés au chevet du roi devraient être tenus en quarantaine jusqu'à ce que le risque de contagion se fût éteint.

La note fut renvoyée à La Vrillière. Moins d'une heure plus tard, Louis XVI et Marie-Antoinette quittèrent Versailles pour Choisy. Les narines hantées par l'affreuse odeur, tout le monde déserta le château, lieu de mort. La route fut bien encombrée. L'on n'était pas à une lieue de Versailles que les humeurs pourtant se détendirent. Après des jours écrasants d'angoisse et d'austérité, le goût de vivre revenait. Certes, on ne donnerait pas de bals de sitôt, mais enfin l'on serait loin de l'oppressante étiquette de Versailles.

Pendant ce temps, la nouvelle reine restait méditative. Son mari n'avait que vingt ans. Il n'avait quasiment rien connu du pouvoir, car le défunt roi avait gouverné seul, jaloux de ses prérogatives. Elle l'avait bien vu pleurer sur sa jeunesse et sa solitude quand Mgr de Nicolaÿ, vieil ami de son père, lui avait remis une cassette de son géniteur, le précédent Dauphin. Il n'avait aucun homme de confiance non plus. Il risquait de commettre bien des erreurs. Et bien qu'elle eût conscience des intrigues qui s'ourdissaient autour du pouvoir, elle non plus n'avait ni les connaissances ni le prestige nécessaires pour lui être utile.

Elle soupira au moment où l'on arrivait devant le charmant château de Choisy. Il faisait presque nuit, elle était lasse, mais la vue des jardins et du château illuminés, puis celle de la compagnie qui mettait pied à terre lui rendirent un zeste de confiance. Le marchepied fut abaissé, le duc de Villars lui tendit la main.

— Si Votre Majesté veut bien s'appuyer sur mon bras…

D'Altesse, l'archiduchesse était passée au rang de Majesté. Elle se tourna vers son mari qui lui sourit avec assurance. Ce fut alors qu'une pensée la piqua : Louis XV était mort sans avoir vu le moindre petit-enfant.

Quatre ans. Et toujours rien.

— Sire, annonça le premier gentilhomme de la chambre du roi, Mesdames viennent d'arriver de Versailles et Mme Adélaïde sollicite audience de Sa Majesté.

À peine installé depuis la veille au soir, Louis XVI prenait sa première collation de la journée, si l'on pouvait appeler cela ainsi : un croûton de pain et de l'eau additionnée de jus de citron, comme à l'ordinaire. La reine visitait les jardins de Choisy, en compagnie de la duchesse de Villars et de la comtesse de Noailles. Il leva les sourcils : ses tantes étaient bien audacieuses d'avoir enfreint la quarantaine. Elles étaient allées plusieurs fois dans la chambre du feu roi pendant sa maladie. Et voilà que Mme Adélaïde requérait une audience ? Il y reconnut sa nature impétueuse autant qu'autoritaire. Et songea qu'il ne pouvait, certes, lui refuser l'entrevue demandée.

Il posa son croûton et se mit à réfléchir en silence.

— Veuillez faire entrer Mme Adélaïde.

Une bourrasque déferla dans le petit salon gris. Elle se défit de son bonnet de voyage et le tendit à sa dame d'honneur. On lui avança un siège devant le roi, à double distance toutefois des trois pieds protocolaires ; à l'évidence, la Maison du roi était au fait des exigences de la quarantaine. La princesse royale tint d'abord à exécuter une double révérence.

— Que Votre Majesté veuille bien accepter mes vœux et l'expression de la joie que me vaut sa gloire et que le deuil m'empêcha jusqu'ici de lui présenter.

Louis hocha la tête, remercia sa tante et demanda qu'on servît à la visiteuse ce qu'elle souhaitait.

— Vous êtes venue avec Sophie et Victoire, m'apprend-on ?

— Oui, Sire. Nous en avons obtenu l'autorisation par la reine.

Il parut surpris : Marie-Antoinette n'était-elle donc pas informée des risques de contagion ?

— Je crains que le château ne soit un peu exigu pour vous, dit-il. Le Petit Choisy vous conviendrait-il ?

Ce n'était qu'un pavillon pour accommoder les visiteurs, mais enfin, il était coquet et suffisant pour Mesdames.

— C'était à cet arrangement que je songeais, Sire. Votre hospitalité me comble.

Il leva les yeux vers le gentilhomme de la Chambre et le pria d'installer Mesdames. Puis il se tourna vers Mme Adélaïde, à laquelle il trouvait un regard interrogateur.

— J'ai à vous parler, Sire, dit-elle en regardant autour d'elle.

Il demanda qu'on les laissât seuls.

— Sire mon neveu, dit-elle, je vous prie d'excuser ma hâte. Mais le royaume n'attendra pas la fin de la quarantaine et telle en est la raison. Les affaires pressent et vous êtes seul aux rênes de l'État. Il vous faut un conseiller. Un homme expérimenté, mais qui n'ait pas été mêlé aux intrigues de la cour ces dernières années. Votre attelage est rendu, dit-elle d'un ton qui vibrait d'inquiétude.

Il attendit la suite.

— Sire mon neveu, le pays est mécontent. Les églises étaient désertes quand le roi est tombé malade. La noblesse de sang est frustrée de se voir contester ses privilèges héréditaires. Conti est mécontent, Orléans maussade. La noblesse de robe est furieuse de l'abolition de la vénalité des charges. Le peuple réprouve le spectacle donné par la cour et les dépenses inconsidérées de ces dernières années, ainsi que l'influence des favorites, Mme de Pompadour puis Mme du Barry.

Une véritable mise en accusation du régime de son père ! Louis fut saisi par la tension qu'il percevait dans le discours de sa tante. Celle-ci ne venait pas quémander une quelconque faveur. Elle n'avait aucun grain à moudre. Telle une vestale vouée à la prospérité de la dynastie, elle souhaitait alerter le nouveau roi sur les dangers qui l'entouraient. Tout à la fois, sa méfiance tomba et il se trouva en état de vigilance.

On servit le café ; le roi en réclama.

— Tout le monde, reprit-elle, non seulement à Versailles, mais encore à Paris, je le sais par nos fournisseurs, est instruit de l'état lamentable de mon père dans ses derniers jours. Ils voient dans la corruption prématurée de son corps une parabole cruelle, celle du mal qui ronge le trône.

Louis baissa les yeux : irrespectueuse autant qu'elle fût, la même pensée lui était venue.

Dans la pièce voisine, la femme de chambre battait les coussins.

— Je vous remercie de vos conseils, dit-il, en sirotant son café. Avez-vous donc un homme à me conseiller ?

— Feu mon frère le Dauphin, votre père, en avait distingué quelques-uns. Je les crois tous préférables aux trois ministres principaux qui servaient le roi mon père. D'Aiguillon a trop d'ennemis depuis sa retentissante querelle avec les parlements, notamment celui de Bretagne. Maupeou, le chancelier, passe pour partisan d'une politique autoritaire, qui n'est pas en cour auprès de la noblesse de robe. Et Terray est un bon financier, mais il est économe pour le peuple et prodigue pour la cour.

Une fois de plus, Louis fut étonné : cette vieille fille en savait plus long que lui sur le royaume. Son jugement se révélait d'une redoutable acuité.

— Mon grand-père n'a-t-il jamais requis votre conseil ? demanda-t-il.

— Non, Sire. Mais il écoutait la Pompadour puis la du Barry. Permettez-moi maintenant de prendre congé pour aller me reposer du voyage. Je demeure à votre disposition si vous me faites l'honneur de requérir mes idées.

Il hocha la tête ; elle se leva. L'instant d'après, elle avait rejoint ses sœurs.

Tout cela était bel et bon, mais la tâche qu'elle indiquait était prodigieuse. Chasser d'Aiguillon ? Maupeou ? Terray ? Lui ?

Et d'abord, Mme Adélaïde était-elle contagieuse ?

Quand Marie-Antoinette s'en revint de sa promenade, elle éprouva le besoin de se reposer un moment avant le déjeuner. Mais des nouvelles les attendaient, elle et sa petite suite : alors qu'elle circulait en carrosse à Versailles, la duchesse de Mazarin, l'une des dames de la suite de Mme du Barry, avait été invectivée par un attroupement, la voiture avait été arrêtée et souillée d'immondices. On échangea quelques commentaires, les uns hypocrites et les autres sincères, sur l'indignité infligée à la duchesse, qui n'avait d'autre tort que d'avoir été au service d'une hétaïre.

— Il me semble grave, observa la duchesse de Villars, que le peuple se mêle de sanctionner des personnes qui ne sont pas de son ressort.

Réflexion contrariante, à laquelle personne ne fit écho, car chacun savait le mépris que la reine portait à la du Barry.

Puis on aida Marie-Antoinette à se déchausser et ces dames quittèrent l'appartement. La femme de chambre achevait de faire le lit.

— Majesté…, dit-elle d'un ton affligé.

Marie-Antoinette la regarda. Elle le savait, c'était l'espionne de Mercy-Argenteau.

— Sa Majesté le sait…
— Finissez donc vos phrases.
— L'ambassadeur ne m'a pas payée d'un mois.
— Ce n'est pas à moi qu'il faut vous en plaindre. Qu'alliez-vous dire ?
— Mme Adélaïde est venue voir le roi.

Un silence flotta, comme un canard qu'on vient de tirer et qui, battant désespérément des ailes, ne se décide pas à tomber.

Marie-Antoinette s'assit à sa table. Elle avait en effet remarqué la domesticité qui s'affairait à installer Mesdames dans le pavillon. C'était déjà singulier que les trois Parques, comme elle les appelait, ne lui eussent pas présenté leurs respects, puisque c'était à leur nièce qu'elles devaient le privilège d'avoir enfreint la quarantaine. Mais qu'était donc venue dire Mme Adélaïde ?

— Que vous paie l'ambassadeur ? demanda-t-elle abruptement.

Confondue, la femme de chambre finit par avouer.

Un quart d'heure plus tard, la reine, elle, avait payé cinquante livres pour apprendre ce qu'avait dit Mme Adélaïde et qu'elle savait déjà : que le roi son époux était aux rênes d'un char dont il ignorait la conduite.

Et dire que sa mère voulait qu'elle intervienne dans la politique du royaume ! Mais vraiment on rêvait, à Vienne !

Dans l'après-midi, elle vit le roi s'asseoir à son secrétaire d'un air furibard puis y rédiger un billet. Elle ne l'avait pas interrogé, c'était lui qui avait annoncé :

— Voilà, c'en est fait.
— De quoi parlez-vous ?
— J'ai exilé la comtesse du Barry à l'abbaye de Pont-aux-Dames. Je ne veux plus de ces excès d'antan causés par des créatures licencieuses, ni des images de désordre qu'elles répandent dans le monde.

Elle se retint de répondre qu'un tel exil équivalait à poser un cataplasme sur une jambe de bois : la du Barry ne représentait plus aucun péril pour quiconque. Les vrais dangers gisaient ailleurs.

7

Le visiteur du vendredi 13

— L'ON SE COMPORTE AVEC MOI comme le sot à qui l'on montre la lune, qui regarde le doigt et non l'astre, déclara Maximilien Robespierre, assis en face de son maître Hérivaux au café Le Procope, nouveau lieu à la mode. Ce ne sont pas mes critiques que l'on conteste, mais c'est de moi qu'on dresse le procès, comme si j'étais habité par le mauvais esprit.

— Convenez que le talent que vous y mettez est singulier. Vous ne voyez que les travers du régime et puisque vous parlez de procès, vous donnez à croire que vous instruisez celui du roi.

Il regarnit la tasse de son élève, rencontré par hasard au carrefour de Buci et qu'il avait invité en raison de l'amitié que l'un et l'autre se portaient. Du bout de la pince idoine, Robespierre choisit un cristal de sucre dans le bol devant lui avant de le verser dans sa tasse. Ensuite, il se pencha et tira de sous son siège une besace fatiguée dont il sortit trois brochures.

— Est-ce moi qui ai écrit ceci? demanda-t-il. Suis-je le seul mauvais esprit du royaume? Ou bien le véritable mauvais esprit n'est-il pas celui qui s'aveugle pour ne pas voir ce qui lui déplaît?

Hérivaux saisit les brochures et lut les titres : *Mémoire sur la querelle de Mgr le duc d'Aiguillon, commandant en chef de la Province de Bretagne*, avec de La Chalotais, procureur général du royaume, *Le Travesti de justice ou le Bailliage d'Aiguillon* et enfin, *Le Lit de justice et les Courtines du plaisir**.

Il parcourut les titres du regard, feuilleta les ouvrages. Après les avoir refermés, il trouva un exemplaire d'un journal clandestin, *Les Nouvelles ecclésiastiques*; une publication janséniste qui, elle non plus, ne fleurait pas la vertu. Il leva les sourcils.

— Mon ami, dit-il, je vous engage à ne pas faire entrer ces placets au lycée. Si on les trouvait dans vos effets au cours d'une fouille, je serais bien embarrassé de vous défendre.

— Monsieur, répondit Robespierre, je vous porte trop de respect pour vous exposer à pareil désagrément. Ces documents sont confiés après lecture à une personne amie qui n'habite point le lycée.

— Mais quelle passion vous porte à consacrer un tel prix à leur achat? Vous n'êtes pas riche que je sache, et

---

* En 1764, le Parlement de Bretagne s'opposa à l'enregistrement de divers impôts, se joignant ainsi à une fronde d'États provinciaux que menait La Chalotais, personnage lié aux philosophes, adversaires de l'administration royale. Le conflit s'envenima avec la convocation des magistrats à Paris et à Versailles, puis des mises en garde de Louis XV et, finalement, l'arrestation de La Chalotais. Après l'épreuve de force évoquée ci-dessus, le parlement de Bretagne fut remplacé par des magistrats dociles, qu'on surnomma ironiquement « le bailliage d'Aiguillon ». Le 3 mars 1766, Louis XV se rendit au Palais de Justice de Paris pour y tenir une sorte de lit de justice, destiné à rappeler avec force la suprématie du pouvoir royal. Il y déclara : « C'est en ma personne seule que réside la puissance souveraine. » La noblesse de robe et le peuple eurent tôt fait de dauber sur les liaisons tapageuses du souverain avec des favorites dont on murmurait que c'étaient elles qui gouvernaient de fait le pays.

ces libelles coûtent de l'argent. En quoi ces affaires vous intéressent-elles au point que vous consacriez la plus grande partie de vos loisirs à vous en informer?

Robespierre sourit :

— Monsieur, ne m'avez-vous pas enseigné que l'égoïsme est détestable et que tout bon chrétien doit se soucier de l'état de ses semblables? N'avons-nous pas lu ensemble les auteurs antiques, et d'abord Cicéron et Aristote, pour qui le citoyen doit veiller à la vertu, à la justice et à la prospérité dans la cité?

Reconnaissant la maîtrise de la rhétorique chez son disciple, Hérivaux ne put s'empêcher de sourire.

— Veillez également à ne pas vous substituer en esprit à ceux qui sont investis de ces charges. Vous prêteriez le flanc à l'accusation d'arrogance.

— Ai-je paru le faire? Et comment pourrait-on ignorer les carences qu'on voit dans ce royaume?

— Lesquelles?

— Est-il équitable, par exemple, que les parlements soient partagés par des querelles entre la noblesse de sang et la noblesse de robe? Et que lorsqu'ils exercent leur droit aux remontrances, cela déclenche une sorte de guerre civile qui met le roi en colère? Que le pouvoir du roi soit absolu, cela ne peut se justifier que par son caractère irréprochable[*].

---

[*] En réalité, dès 1765, soit vingt-cinq ans avant la Révolution, la royauté avait été réduite à l'impuissance par les parlements de province, comme en attesta l'affaire de l'expulsion des jésuites contre la volonté royale. En 1768, d'Aiguillon démissionna et l'ancien parlement de Bretagne fut rappelé, à l'exception de La Chalotais et de ses alliés les plus proches.

— J'ai suivi l'action des parlements, Maximilien, répondit Hérivaux, conciliant. Elle ne m'a pas toujours paru éclairée. Ils se sont ainsi opposés à l'abolition de la vénalité des charges et à la gratuité de la justice.

— Et maintenant les hautes charges sont conférées à la noblesse de robe stipendiée par le roi! s'écria Robespierre.

— À quoi aspirez-vous, Maximilien? Nulle société humaine n'est parfaite. Faites-vous donc une raison.

— C'est vrai, répondit Robespierre. Mais elle ne sera perfectionnée ni par l'indifférence ni par la complicité. Si Rome n'avait eu Cicéron, peut-être aurait-elle été corrompue par Verrès.

Hérivaux hocha la tête. Sa sympathie pour Robespierre se renforçait à chacune de leurs conversations, et nul doute que le jeune homme surnommé « le Romain » était sensible à l'attention que lui témoignait le maître qu'on coiffait du même surnom. Cette ardeur dans le raisonnement et cette culture, étonnante pour son âge – seize ans –, forçaient l'admiration. Était-ce en raison de sa condition d'orphelin provincial et pauvre que le jeune Maximilien vouait un tel culte au monde idéal du passé?

Il n'eût su dire. Il regarda autour de lui, cherchant du regard un de ces philosophes illustres qui souvent hantaient les lieux, Diderot, Marmontel, Rousseau, d'Alembert, peut-être Voltaire, voire Chamfort. Il n'en vit ni n'en reconnut aucun. Il paya le café et les deux clients s'en furent dans le hourvari de la rue, en ce 12 mai 1774.

À la même heure, à quelques lieues de distance (Marie-Antoinette l'apprit dans les jardins par Mme Adélaïde, qui le tenait elle-même de canaux détournés), le premier ministrable que le roi avait appelé en consultation était Machault d'Arnouville. Elle ignorait qui il était, mais Madame sembla contrariée ; elle se détourna de l'admiration des jacinthes pour aller incontinent demander audience à Louis XVI.

La reine en fut quelque peu décontenancée : elle s'avisait qu'elle était exclue de la politique du royaume. La comtesse de Noailles et la duchesse de Villars s'en aperçurent. Elles émirent quelques commentaires sur le personnage : il était cassant et mal vu du clergé pour une sombre histoire d'impôts dont elles ne connaissaient pas le détail*. Dans l'après-midi, autre nouvelle : le maître de la garde-robe de Mme Adélaïde, Bertholet-Campan, avait rattrapé aux écuries le courrier chargé de porter la convocation de Machault d'Arnouville et qu'avait heureusement retardé un éperon cassé. Sermonné par sa tante, le roi avait changé d'avis et convoqué cette fois le comte de Maurepas.

« On » était donc informé par les subalternes.

Marie-Antoinette ignorait tout autant qui était cet homme ; ce fut Mme Victoire qui la renseigna. Maurepas, soixante-treize ans, avait été ministre d'État jusqu'à

---

* Machault d'Arnouville, ancien contrôleur général des Finances et garde des Sceaux, avait défendu en 1755 une réforme fiscale égalitaire, étonnamment en avance sur son temps : tous les sujets, nobles et roturiers, paieraient un impôt dit « du vingtième », en proportion de leurs revenus. Il se heurta à l'opposition des parlements, en sus de l'aversion de Mme de Pompadour. Il fut renvoyé en 1757.

sa disgrâce un quart de siècle plus tôt, disgrâce causée par le déplaisir de Mme de Pompadour : la favorite le soupçonnait d'avoir écrit sur elle des quatrains insolents.

Le lendemain, elle le vit de sa fenêtre descendre de son carrosse du dimanche devant le Petit Choisy : un petit homme suffisant.

C'était un vendredi 13.

— Mauvais augure, murmura la reine.

À la petite collation de midi, le roi lui apprit qu'il avait nommé Jean Frédéric de Maurepas ministre d'État, à charge de lui servir de conseiller. Ce dernier assisterait donc aux deux séances hebdomadaires du Conseil d'État et du Conseil des dépêches, qui s'occupait de l'administration des provinces.

Il lui avait jeté l'information comme un rogaton, et surtout pour prouver son pouvoir tout neuf.

Elle n'avait rien à en dire, et se retint d'observer que le roi n'avait pas encore osé se défaire du triumvirat Maupeou, d'Aiguillon et Terray. Elle en avait assez entendu pour savoir que le premier, le chancelier, était un ours autoritaire qui s'était accointé avec la du Barry, que le deuxième, ministre des Affaires étrangères et secrétaire d'État à la Guerre, devait sa carrière à la même catin, enfin que des rumeurs de prévarication couraient sur le troisième, le lugubre abbé contrôleur des Finances. Elle se garda encore plus d'évoquer le changement d'avis et l'incident de l'éperon cassé. Cependant, cela démontrait que si le roi prétendait gouverner seul, son jugement n'était guère assuré.

Quand Mercy-Argenteau lui rendit visite et exalta le rôle qu'elle serait appelée à jouer auprès du roi, pour le plus grand bien de la France et de l'Autriche, elle tut son impatience de son mieux. Quel rôle pouvait-elle donc jouer auprès de ce garçon qui prétendait gouverner seul et ne l'informait quasiment pas de ses décisions ?

Trois jours plus tard, un vent de panique saisit le petit peuple de Choisy : Mesdames furent toutes trois prises de fortes fièvres et de nausées. Évidemment, elles avaient contracté la petite vérole dans la chambre du roi ! Louis XVI choisit un nouvel exil, cette fois-ci au château de la Muette, près du Bois de Boulogne.

Le couple royal fut de ce fait plus exposé que jamais aux regards attendris de la population parisienne. Celle-ci se pressait aux alentours du parc, afin d'admirer cette reine si jolie et ce brave roi qui se promenait sans gardes en compagnie de sa femme et s'arrêtait de temps à autre pour l'embrasser sur les deux joues. Ah, cela changeait du grand-père et de ses catins ! Enfin un roi près de son peuple !

Et l'on répéta à l'envi que Louis XVI avait renvoyé le service de la Bouche et prenait ses repas sans façons dans la chambre de la reine, comme le premier bourgeois venu. N'était-ce pas la preuve de ses bonnes dispositions ?

De plus, il travaillait d'arrache-pied ; non seulement il entretenait sa correspondance avec sa belle-mère, ses oncles et ses cousins d'Espagne, de Naples, de Parme, mais encore il étudiait ses dossiers. S'était-il donc nommé ministre ? Cette ardeur à la tâche fut également répandue par ses intimes. Elle contribuait à sa popularité.

Conscient de la froideur populaire qui avait marqué les dernières années du précédent règne, il avait pris goût à la chaleur que le peuple lui témoignait. Il adressa ainsi l'ordre à Terray de renoncer au « don de joyeux avènement », un impôt général exigé à l'accession au trône de tout nouveau souverain. *Idem* pour le « droit de ceinture de la reine ».

Le peuple exulta, mais aussi la noblesse de sang et de robe.

Le monde se peignait de couleurs printanières qu'aucun hiver semblait ne jamais pouvoir assombrir.

Restait la présence de « l'homme du vendredi 13 ».

8
Bon garçon ou rustaud ?

MESDAMES EN RÉCHAPPERAIENT. En effet, les nouvelles que les médecins adressaient de Choisy étaient rassurantes.

Le 19 mai marqua aussi la fin de la quarantaine pour ceux qui avaient été en contact avec Louis XV : malgré sa dénomination, elle n'avait pas excédé dix jours. Dès le lendemain, le roi entreprit de recevoir ses ministres et secrétaires.

Jardins compris, la surface de la Muette était bien moindre que celle de Versailles. Tout le monde s'y croisait sans cesse. N'assistant évidemment pas aux séances du Conseil, Marie-Antoinette voyait donc, à la dérobée, des jardins et de ses fenêtres ces personnages éminents : Maupeou, d'Aiguillon, Terray et maintenant Maurepas. Elle les voyait tels quels, pas avec les faces qu'ils se composaient pour présenter leurs hommages à la reine, à l'issue des réunions.

Maurepas. Nom étrange. Mauvais repas en ancien français, avait observé la duchesse de Villars, sur un ton ironique.

Peut-on se forger une opinion sur l'apparence des gens ? Ses maîtres avaient, dès son enfance, mis la reine en garde contre le jugement téméraire. Toutefois, comment rejeter l'idée que le caractère finit par transparaître dans le corps et le port ? Elle les observait attentivement quand les carrosses les débarquaient avec leurs fastes devant le château. Maupeou, noiraud, bouche tombante, regard sourcilleux, démarche ferme, fonçant tête baissée à la rencontre du roi au travers des secrétaires et des laquais : pas un homme à s'en laisser conter !

— C'est le véritable défenseur du trône, avait soufflé la duchesse de Villars. C'est lui qui a ramené les parlements à la raison et leur a interdit de se considérer comme les représentants de la Nation.

— Mais il était allié à la du Barry ? objecta Marie-Antoinette.

— Majesté, je crois qu'il s'en est servi plus qu'il ne l'a servie.

Elle devrait donc réviser son antipathie naturelle pour le chancelier.

D'Aiguillon, visage triste et fermé, arrogant, ne paraissait voir personne autour de lui.

Terray : l'air d'une chouette maigre et voûté. Un abbé, celui-là ?

Et maintenant Maurepas : petit vieillard respirant l'assurance, sinon la suffisance.

— Qu'en dit-on ? demanda la reine.

— Il court sur lui autant d'opinions qu'il existe de gens. Mais la plus commune est que l'homme supplée par la ruse au manque de caractère.

— Voulez-vous dire par là que c'est un courtisan plus qu'un ministre ?

La duchesse se mit à rire :

— Votre Majesté lit dans les pensées.

— J'entends dire qu'il a soixante-treize ans. N'est-ce pas un âge avancé pour être ministre ?

— La soif du pouvoir est un vin dont peu se lassent.
— Même s'ils s'en enivrent…, observa Marie-Antoinette.

À quelques jours de là, le 23 mai, Marie-Antoinette s'assit au souper, de méchante humeur.
— Qu'avez-vous, ma mie ? Je vous trouve le front orageux.
— Il l'est. Je suis offensée.
— À Dieu ne plaise, ma mie ! Quel est donc l'insolent ?
— Votre ministre d'Aiguillon. Il me revient qu'il m'a traitée de coquette.
Louis parut abasourdi.
— Comment l'avez-vous su ?
— Par une personne de confiance. On se félicitait devant lui que le peuple me témoigne de la tendresse et il a fait ce commentaire : « Dommage qu'elle soit si coquette. »
Le roi posa sa fourchette et parut songeur. Elle craignit qu'il ne se murât dans un de ces silences butés dont il était coutumier, surtout quand il était mis en demeure de prendre une décision. Elle considéra ses mains posées sur la nappe : des battoirs. Des pognes de bûcheron.
— De plus, reprit-elle, je ne vous apprendrai rien en vous disant qu'il est hostile à ma famille. Croyez-vous qu'il soit habile de la part d'un ministre de déprécier la reine et la maison à laquelle elle appartient ?
— Non, certes. Mais je ne m'offense pas, moi, de ce que votre frère Joseph II soit hostile à la France.

— Vous n'êtes pas marié à mon frère, répliqua-t-elle. Demain, toute la cour saura qu'un de vos ministres se permet de proférer impunément des âneries sur la reine. Croyez-vous que cela enrichisse votre popularité ?

Là, elle sentit que le coup avait porté.

— Cet homme, reprit-elle, joint donc la sottise à la malveillance. Croyez-vous encore que ce soient là les traits d'un bon ministre ?

Louis XVI résista à l'assaut.

— Ma mie, je suis fâché de l'offense qui vous a été faite. Et je vois bien votre souhait de me défaire du duc d'Aiguillon. Cependant, vous savez qu'on ne peut renvoyer un ministre d'une heure l'autre : la cour et les autres puissances de ce royaume s'en étonneraient. Laissez-moi y réfléchir. Vous avez un partisan qui est son oncle par alliance, Maurepas. Nous trouverons bien moyen de punir d'Aiguillon.

Deux jours plus tard, alerté par ses espions, Mercy-Argenteau accourait à la Muette. Il écouta les doléances de la reine d'un air chagrin. Puis il lui représenta qu'elle pouvait exiger la contrition du ministre et le laisser à son poste.

— Le laisser à son poste ? s'écria-t-elle. Y songez-vous ?

— Il est, pour l'Autriche, des ministres français qui sont pires, témoin Choiseul.

Elle le savait, d'Aiguillon avait laissé démembrer la Pologne au bénéfice de l'Autriche sans faire de tapage et l'impératrice s'en était félicitée ; elle, Antonia, s'en attribuait le mérite : c'était elle qui avait adouci le feu roi Louis XV sur ce point. Mais elle avait assez servi la cause de sa mère et elle avait droit aux égards qui lui revenaient en tant que reine.

— Je ne sais pourquoi vous dites du mal de Choiseul : c'est lui qui a arrangé mon mariage. D'Aiguillon doit partir, déclara-t-elle d'un ton sans réplique.

Il ne restait plus à l'ambassadeur qu'à recourir à la puissance de conviction de l'impératrice pour éviter un renvoi qu'elle et lui jugeaient funeste.

Tout alla étonnamment vite. Le 29 mai, la comtesse de Noailles, qui était en rapport avec la comtesse de Maurepas, laquelle avait quitté ses terres de Pontchartrain pour s'installer à Paris, annonça à Marie-Antoinette :

— Je crois, Madame, que le roi vous a non seulement entendue, mais écoutée. D'Aiguillon ne tardera pas à retrouver le bon air de ses terres de Veuvret.

— Comment le savez-vous ?

— M. de Maurepas a dit à sa femme que son neveu devenait encombrant.

— Encombrant ! répéta Marie-Antoinette.

Puis elle se tourna vers la comtesse :

— Vous voulez dire que c'est pour servir ses fins propres que Maurepas s'est rangé à l'avis du roi ?

— Madame, je me permets de vous rappeler que cet homme n'agit que pour son bien ou sous la contrainte. J'ignore le motif qui aura prévalu dans le renvoi de d'Aiguillon.

Marie-Antoinette fronça imperceptiblement les sourcils. D'Aiguillon ne partait donc que parce qu'il déplaisait à Maurepas, non parce que le roi l'avait exigé. Mais pourquoi diable Maurepas trouvait-il son neveu « encombrant » ?

Ah, ces histoires politiques ! Quelle ménagerie ! Elle était jeune, aimée, elle voulait que la vie fût douce. À quoi bon se lester d'un fardeau qui ressemblait au rocher de Sisyphe ? À peine était-on proche du sommet de la colline que le rocher roulait en bas.

Aimée, le mot était peut-être excessif. Aimée d'affection, oui.

Le 2 juin, le départ de l'insolent fut monnayé par les soins de Maurepas : cinq cent mille livres pour démissionner avant qu'il fût disgracié et reçût une lettre de cachet. C'était cher payé.

D'Aiguillon ayant vaqué à la fois à la Guerre et aux Affaires étrangères, deux hommes furent requis pour le remplacer. Ce furent le comte du Muÿ et le comte de Vergennes.

Avant la nomination du ministre des Affaires étrangères, Mercy-Argenteau et l'impératrice s'agitèrent. Tout le monde connaissait les trois candidats que Louis XVI et Maurepas avaient pris en considération : le duc de Nivernais, propre beau-frère de Maurepas, le baron de Breteuil et le comte de Vergennes. L'ambassadeur et Marie-Thérèse insistèrent donc pour que la reine intervînt pour faire nommer le favori de sa mère, Breteuil. Marie-Antoinette s'impatienta : n'avaient-ils donc rien compris, à la fin ? Ne voyaient-ils pas l'évidence ?

— Que voulez-vous faire auprès d'un homme de bois ? s'écria-t-elle.

Louis XVI, en effet, n'en faisait qu'à sa tête. Il devenait notoire qu'il ne parlait jamais à sa femme ni à ses frères des affaires de l'État. Mercy-Argenteau dut en rabattre. Au souper, Marie-Antoinette évoqua sa préférence pour Breteuil. Le roi lui objecta qu'elle soutenait un homme dont elle ne savait rien, ce qui était vrai ; il subodorait depuis quelque temps qu'elle répétait les opinions maternelles.

Ce fut donc Vergennes qui l'emporta.

À propos de ce dernier, les ragots de la duchesse de Villars titillèrent Marie-Antoinette : le nouveau ministre avait jadis épousé la veuve d'un chirurgien de Péra, en Turquie, sans en demander l'autorisation à son maître, Louis XV. Ce dernier lui avait tenu rigueur de la mésalliance et, quand il avait envoyé Vergennes comme ambassadeur en Suède, il lui avait interdit d'y aller avec sa « vilaine femme ».

— Est-elle vraiment vilaine ?

— De son physique, je l'ignore, Madame. Je pense que le roi voulait ainsi désigner ses origines roturières. Mais nous nous divertirons : il paraît qu'elle s'habille comme une Orientale…

Oui, cela serait une distraction. Elle n'en avait guère d'autres que les menus plaisirs de la petite vie de cour de la Muette.

Quel homme avait-elle donc épousé ? Selon les jours, dans le secret de son cœur, elle oscillait entre deux définitions, celle de « bon garçon » et celle de « rustaud ». D'abord, elle l'avait cru faible, mais il tournait au colosse. Il avait d'ailleurs de qui tenir : de son arrière-grand-père, le roi Stanislas, de son grand-père, Auguste III de Saxe. Ce roi de France avait plus de sang polonais ou saxon que français. Restait à savoir de qui il aurait hérité sa démarche de vilain, cette exaspérante façon de dandiner sa silhouette massive, telle une autruche goguenarde. Et ces rires bêtes qui éclataient tout à coup, on ne savait pourquoi. Dieu était pourtant témoin que l'homme n'était pas benêt.

Et qui donc, grands ciels, lui avait donné ce goût obtus pour l'effort physique ? Car il s'obstinait aux travaux de force. Hier encore par exemple, à la consternation de son premier valet de chambre, Thierry, il avait transporté quasiment un stère de rondins pour chauffer les appartements du château, rendus humides par la pluie. Et diantre de ventre saint-gris, il avait repris ses travaux de serrurerie ! Voilà qu'il fabriquait maintenant des serrures à secret.

Pour lui pardonner, elle se disait que Louis Auguste était devenu roi sans avoir jamais été prince. Personne n'avait jamais enseigné les manières à cet orphelin éperdu d'étude et d'exploits physiques, parce que tout le monde avait été convaincu que le véritable Dauphin serait à jamais le duc de Bourgogne.

Mais voilà : Bourgogne était mort et son rôle était échu à ce puîné sans grâce.

Qu'était-elle pour lui ? Il l'aimait, oui : comme un animal domestique, une jument, ou peut-être une perruche. Au lit, elle en était venue à redouter les élans qu'elle avait jadis espérés. C'étaient plutôt des assauts, qui s'achevaient prématurément, dans des ahans alarmants. Elle attendait les caresses du printemps, elle était dévastée par des bourrasques d'équinoxe, des ruts forcenés et bien brefs. Puis il sombrait dans un sommeil épais et repu, respirant comme un soufflet de forge, épuisé par l'exploit.

À vrai dire, une fille de ferme lui eût mieux convenu qu'une archiduchesse d'Autriche.

Mais qu'est-ce qu'une femme, grands dieux, sans parler d'une archiduchesse ?

Et ses silences ! Il la regardait parfois sans mot dire, comme s'il eût considéré un animal étrange. Impossible alors de lui arracher un mot.

Antonia ravalait ses déconvenues. Pour le monde entier et d'abord pour elle-même, elle était reine de France. C'est-à-dire un être au-dessus du commun.

Elle voulut une nouvelle fois se conformer à l'idée que sa mère s'était faite d'elle, celle d'une femme qui partagerait le pouvoir avec son époux. Elle réhabiliterait le duc de Choiseul, celui qui avait donc arrangé son mariage avec le chancelier Kaunitz. Et à coup sûr, un homme de vertu malgré tout : il avait été chassé par cette barboteuse de Pompadour et il s'était opposé à cette catin de du Barry.

Elle fit de sa cause un cheval de bataille.

— L'on tient pour insignifiant le pouvoir que j'exerce auprès de vous, dit-elle à son époux, puisque je n'ai pu plaider la cause de l'homme qui nous a mariés.

— Si vous alléguez d'une telle raison, répondit-il, je n'ai rien à vous refuser.

Elle crut alors avoir relevé son pouvoir ; elle ne connaissait pas son mari.

Le 12 juin, le duc de Choiseul, prévenu de la protection de la reine, osa se présenter à la Muette. Banni depuis décembre 1770, quatre ans auparavant, dame Fortune lui souriait donc de nouveau. Il était accouru. Jusqu'alors, son parcours depuis son domaine de Chanteloup, en Touraine, avait été plus que flatteur : enchanteur. Il avait été acclamé et l'on avait jeté des roses sur son carrosse d'apparat. Tout le monde à Paris et ailleurs savait que sa disgrâce était due à la du Barry, et pour le peuple de France, son retour revêtait l'apparence d'une revanche de la vertu sur le vice.

C'était un point qui échappait sans doute au monarque : un personnage dangereux dans ses faveurs et ses retournements était apparu dans la vie de la France, et il se nommait opinion publique.

Quand le véhicule s'arrêta devant le château, Choiseul trônait sur la banquette, la lippe avantageuse et l'œil plus bleu que jamais, un poupon dodu de cinquante ans dans son bel habit de velours coq-de-roche à brandebourgs, glands et parements dorés. Il fut mené par le chambellan auprès de la reine. Elle lui prodigua un accueil radieux et garni de compliments. Un coup d'œil aux courtisans, princes du sang et ambassadeurs assemblés alentour, tous venus assister à son retour en grâce, assura le revenant que sa bonne étoile scintillait à nouveau.

Nul doute que devant tant d'éclat Maurepas s'effacerait, et le pouvoir reviendrait à qui de droit.

Puis le roi arriva. Chacun s'attendait à l'apothéose du banni. On aurait presque entendu la fanfare des cuivres de la Renommée confirmant le rétablissement de l'ancien ministre. Choiseul rayonna de plus belle. Il tourna vers Louis XVI un visage presque lumineux d'aménité. C'était donc le roi. Oui, certes. En fait, l'œil mi-clos, il toisa ce grand jeune homme un peu épais et dont la balourdise commençait d'être notoire. En aristocrate délié, il reconnut le dadais. À coup sûr, le seizième Louis ne méritait pas plus l'admiration que son aïeul, et Choiseul sut qu'il le mépriserait tout autant. Cette dynastie ne savait pas tenir son sceptre.

Louis XVI le toisa aussi :

— Vous avez bien engraissé, monsieur de Choiseul.

Une averse glacée s'abattit sur les roses qui épanouissaient leurs séductions.

— Et vous devenez chauve.

La surprise la plus crue se peignit sur le visage de Marie-Antoinette. Le comte de Provence écarquilla les yeux. La comtesse d'Artois ricana. Mercy-Argenteau faillit en hoqueter et les autres ambassadeurs se redressèrent, stupéfaits.

Le sourire se figea sur les lèvres de Choiseul pour se transformer en pincement. Il comprit. L'ancien Dauphin ne voulait pas des ministres de son grand-père. Mme Adélaïde lui avait trop bien décrit celui qu'on appelait « le roi Choiseul ».

Bon garçon, certes pas, rustaud peut-être, mais madré : tout juste revenue de sa surprise, Marie-Antoinette songea qu'elle avait jusqu'alors mal jugé son époux. La réception se poursuivit dans les murmures et les frimas de cette retentissante humiliation.

Le lendemain au point du jour, Choiseul était dans son carrosse. Il repartait pour Chanteloup. Sans prendre congé.

9
Le secret, partout le secret !

À L'HORIZON DE L'ANNÉE apparut l'image du sacre. Un homme s'en alarma, et c'était Maurepas. Mercy-Argenteau, qui avait disposé ses espions partout, le signala à Marie-Antoinette : elle n'était pas la seule qui souffrît du goût de son époux pour le secret. Maurepas, lui confia-t-il, n'était pas plus écouté que le premier courtisan venu et il s'en dépitait davantage chaque jour. En effet, après le sacre, prévu dans peu de mois, l'autorité de Louis XVI se raffermirait. Il en userait avec encore plus de force imprévisible qu'à présent. Le conseiller avait espéré substituer son pouvoir à celui du roi, mais les semaines passant, il s'avisait qu'il n'en prenait pas le chemin. Il avait été nommé conseiller, il n'était que soliveau. Louis XVI prenait ses décisions tout seul. Chaque fois que le chancelier croyait avoir emporté son adhésion à telle ou telle décision, il constatait que le roi avait consulté à son insu un autre ministre ou grand commis et qu'il avait tranché dans un autre sens.

— Je m'explique son goût pour les serrures à secret, murmura la reine.

L'homme lui-même en était apparemment une. Maurepas, qui avait le triple de son âge et qui avait pourtant eu raison de plus d'une, s'évertuait à y tourner tous ses passe-partout, mais en vain. Non seulement d'une manigance à l'autre ne gagnait-il pas de terrain, mais encore peinait-il à conserver celui qu'il croyait avoir conquis. Ce diable de garçon était inviolable.

Résultat : ce cabinet n'allait nulle part ; il ressemblait à un attelage tirant à hue et à dia : d'un côté Maupeou et Terray, incarnant l'ancien despotisme qui avait rendu Louis XV impopulaire, et de l'autre lui, qui s'efforçait de rétablir l'ancien système parlementaire, révoqué en 1771, et qui permettait au moins aux mécontents de ventiler leurs humeurs peccantes.

Or Maurepas était seul de son avis dans le cabinet : même les deux ministres nommés en remplacement de d'Aiguillon, du Muÿ et Vergennes, penchaient pour le maintien de la politique de Louis XV.

La reine se doutait bien de tensions, sans toutefois disposer des éléments pour les comprendre. À l'époque du conflit entre le roi et ces assemblées, elle avait tout juste quinze ans, et du diable si une jeune fille autrichienne s'intéressait à pareilles questions !

— Les parlements, lui expliqua Mercy-Argenteau, sont à présent la question fondamentale.

— On m'a dit qu'ils n'étaient que foyers de sédition et de rébellion, observa-t-elle. Louis XV avait donc bien fait de les supprimer !

— Certes, Majesté, mais il a payé le prix de sa décision par l'impopularité. Tout le monde attend du nouveau roi qu'il les rétablisse. Sans quoi il unira contre lui les princes du sang, la noblesse de robe et le peuple, qui croit trouver dans ces assemblées un moyen de s'exprimer.

— Mais il est très populaire en ce moment, objecta-t-elle.

— Il ne saurait le demeurer indéfiniment s'il ne rétablit les parlements.

Elle fit la grimace. Elle le savait : jamais Louis ne se résoudrait à être impopulaire.

— Toutefois, s'il les rétablit, reprit Mercy-Argenteau, c'est son autorité qu'il met en jeu. Déjà, les princes du sang sont enclins à contester le pouvoir royal, comme on l'a vu avec le prince de Conti. Mais il y a également la noblesse de robe. Et les parlementaires se considèrent comme les porte-parole de la Nation. Les parlements redeviendront l'arène où chacun défendra sa cause avec toute l'âpreté et les torrents d'éloquence que favorisent les débats publics.

Il avait simplifié le tableau autant que possible, afin qu'elle comprît le dilemme qui se présentait à la royauté.

— Dans un sens ou dans l'autre, je n'y puis rien, répondit-elle avec un geste d'impuissance. Il ne me dit rien, il ne me consulte jamais et voyez comment il a déjoué ma demande de rappel de Choiseul.

L'ambassadeur cligna des yeux. En d'autres occasions, il eût suggéré de dompter ce cheval sauvage par le plaisir. Mais rien qu'à voir ce grand costaud de roi s'avancer avec son regard finaud, on comprenait que ce ne serait jamais par les sens qu'on l'asservirait. Quant à elle, cette rose impériale, on devinait aussi que la sensualité n'était pas de ses armes. Il eût fallu à sa place une catin de sang bleu.

— Puis-je conseiller à Sa Majesté de s'armer de patience ? Avec le temps, les hommes s'adoucissent. Le roi n'a que vingt et un ans.

— Croyez-vous que je ne sois pas déjà armée de patience ? répondit-elle.

La phrase allait loin. Elle était presque indiscrète. Mercy-Argenteau l'entendit. Il devina le reste.

Une émotion secoua soudain la planète de la Muette : le roi avait décidé de se faire inoculer la variole. Et d'imposer la même précaution à ses frères. Or juin avait amené ses chaleurs, censées accentuer la réaction, et l'on n'était jamais sûr des effets de l'opération. On rapportait des accidents terrifiants survenus à la suite de cette immunisation : des gens avaient contracté la maladie même contre laquelle ils avaient voulu se protéger et, racontait-on, étaient passés de vie à trépas.

La cour s'affola : qu'adviendrait-il dans une conjoncture aussi affreuse ? Mais c'était offrir le trône au duc d'Orléans ! Marie-Antoinette se félicita de n'avoir pris aucune part dans la décision de son époux.

On en débattit jusqu'à Paris. Les philosophes louèrent l'exemple de modernité que le roi offrait à la Nation. Le médecin Richard de Jamberthon arriva le 18 juin, muni du pus variolique prélevé sur la fille d'un couple de blanchisseurs dont les plus grandes vertus morales avaient été vérifiées. Il eût fait beau voir que le sang bleu des Bourbons fût contaminé par les purulentes sécrétions de manants dissolus ! Jamberthon inocula donc Sa Majesté et Leurs Altesses Royales, ainsi que les épouses de celles-ci. La reine l'était déjà.

La formidable audace fut rapportée par les gazettes. La France retenait son souffle. L'impératrice Marie-Thérèse poussa les hauts cris, horrifiée par l'idée qu'à peine mariée, sa fille fût déjà veuve. La cour épia les inoculés, guettant la moindre pâleur ou rougeur. Le 30 juin, les sujets de Sa Majesté respirèrent plus aisément : aucun mal secondaire n'avait atteint le roi ni ses frères.

Maurepas ne fut pas dupe : cette décision sanitaire avait surtout été inspirée par le désir royal de différer une décision importante : les renvois de Maupeou et du Muÿ. Louis XVI voyait bien où son conseiller voulait en venir : le rappel des anciens parlements. Or il oscillait entre le maintien du despotisme et l'ouverture à une forme de dialogue, par lequel il donnerait au peuple l'illusion que les contempteurs de la politique du royaume pouvaient s'exprimer. Dans le premier cas, il devenait impopulaire. Dans le second, son autorité serait perpétuellement contestée.

Quand il fut poussé au pied du mur, l'une de ses ruses fut éventée.

De même que Marie-Antoinette, Maurepas s'était avisé que Louis XVI avait remis en vigueur le type d'espionnage que son aïeul avait pratiqué : le « Cabinet noir ». Tous les courriers de la cour étaient interceptés et passés par cette officine, située dans le château même. Les lettres étaient décachetées et lues avant d'être recachetées, comme si de rien n'était. Pas une information, pas un commentaire, pas une confidence, pas une requête, pas une bribe d'intrigue n'atteignait donc son destinataire avant que le roi en fût informé. Le sbire chargé de cette basse besogne était un nommé Rigoley d'Ogny.

Instruite de ces manigances par Mercy-Argenteau, Marie-Antoinette échappait à cette censure en confiant personnellement à l'ambassadeur les lettres destinées à l'impératrice ou à d'autres personnes en Autriche. Mais elle ne soufflait mot de la tâche de Rigoley d'Ogny.

Maurepas cracha le morceau au cours d'un tête-à-tête avec le monarque :

— Votre Majesté s'est-elle avisée, demanda-t-il abruptement, que les gens au courant du Cabinet noir pourraient recourir à un stratagème ordinaire, qui est de faire courir de fausses nouvelles pour l'induire en erreur ?

Pris la main dans le sac, Louis XVI rétorqua que peu de gens étaient au fait de ses interceptions.

— Combien de gens à votre avis en sont informés ? Qui ? rétorqua-t-il, agressif.

— Je l'ignore, Sire. Mais il était notoire que feu le roi Louis XV recourait au Cabinet noir pour s'informer par la bande. Certains auront pu supposer que vous auriez perpétué cette pratique.

— Qu'y a-t-il là de mal ? Ce qui est autorisé en campagne militaire doit l'être à la ville. Je me dois de défendre le pouvoir monarchique et sa défense est une guerre sans trêve.

C'était un argument.

— Peu importe que le cabinet soit noir ou blanc, Sire. Ce qui compte est votre politique. Si vous conservez Maupeou et Terray, l'on ne tardera pas à dire que rien n'a changé depuis votre avènement.

Le roi baissait la tête tout en le regardant par en dessous, Maurepas avait le sentiment d'affronter un cheval toujours prêt à charger, mais qui n'allait jamais dans la direction voulue. Nommé conseiller, il avait espéré devenir Premier ministre : il commençait à se lasser.

— Qui voyez-vous à leurs places ? demanda Louis XVI.
— Turgot aux Finances, pour commencer.
— Terray est très compétent.

Les paroles de Mme Adélaïde lui revinrent cependant à l'esprit : « Il est économe pour le peuple et prodigue pour la cour. »

— C'est un commis des fermes qui lève des impôts et mécontente le peuple, laissa tomber Maurepas.

Le roi ne releva pas ce jugement méprisant et subtilement perfide.

— Et qui d'autre ?
— Miromesnil ou Malesherbes aux Sceaux.

Louis XVI releva la tête.

— Ces gens-là sont tous frottés aux Lumières. Malesherbes est un encyclopédiste. Il est trop dangereux.

Encyclopédiste, c'était-à-dire prônant cette philosophie libérale et proclamant l'avènement d'on ne savait quelles Lumières, ces idées du clan des Patriotes qui voulaient un gouvernement fondé sur des institutions indépendantes. Autant remettre le sceptre de la royauté à Lucifer !

— Les gens des anciens parlements menaient une sédition, reprit-il. Je ne saurais les encourager.

— Les séditieux, Sire, se manifestent dans tous les régimes. Ce ne sont point les institutions qui sont fautives, mais bien les caractères. Les anciens parlements avaient fait leurs preuves et tous les partisans n'en étaient pas des factieux. Quant aux philosophes, il en est aussi qui sont opposés à leur rétablissement.

Louis XVI hocha la tête. La riposte avait porté, et comme chaque fois qu'on avait raison de ses réserves et qu'il se trouvait à court d'arguments, il entrait dans un de ses silences de pierre. Et ces entretiens le laissaient d'humeur taciturne. Rien qu'à le voir, Marie-Antoinette devinait que Maurepas lui avait donné du fil à retordre, et même sur toute la longueur ! Elle apprenait souvent par Mesdames ou des dames de la cour des bribes des questions discutées aux Conseils.

Et soudain, comme une lubie, il décida le 18 juin de transporter la cour à Marly.

— Quelque chose vous déplaît donc à la Muette ? demanda la reine.

— Les lieux sont trop petits, on se marche sur les pieds.

Elle soupçonna que ce départ précipité était plutôt dû à la volonté de fuir une décision qui l'inquiétait qu'au désir de plus grands espaces, mais elle n'en souffla mot.

Ce serait donc de Marly que l'on se rendrait à Saint-Denis pour les obsèques solennelles de Louis XV, le 25 juillet, soit soixante-quinze jours après son enterrement.

Là, un incident révélateur se produisit.

Préalablement à la cérémonie, le duc d'Orléans, petit-fils du Régent, partisan farouche du rétablissement des parlements, fit savoir à Maurepas que ni lui ni son fils le duc de Chartres, ne salueraient le chancelier Maupeou, auteur de l'interdiction de ces magistratures. Louis XVI tomba dans le piège ; il crut que ces insolents contestaient son autorité. La veille de la cérémonie, il les exila sur leurs terres de Villers-Cotterêts.

Le peuple l'apprit. Et comprit que cette lettre de cachet exprimait clairement l'hostilité du roi au rétablissement des parlements.

Quand le carrosse royal passa dans les avenues pour regagner Marly, pas un vivat ne l'accueillit.

Louis XVI se crispa. Pour la première fois, il voyait sa popularité battue en brèche.

Cela n'échappa pas à Marie-Antoinette, qui en comprit la cause. Cet homme-là n'aimait pas qu'on lui dictât ses décisions, ni même qu'on les commentât. Il avait cru que sa seule personne suffirait à charmer le peuple.

Erreur grossière.

— Il serait peut-être plus simple de rappeler ces parlements, osa-t-elle proférer.

— Vous dites cela parce qu'ils ont soutenu votre ami Choiseul, répliqua-t-il.

De retour à Marly, le roi ordonna un petit souper, c'est-à-dire un repas sans cérémonie auquel n'assisteraient que des hommes. Ce furent les comtes de Provence et d'Artois, gens guère causants. Il mangea à peine. Bien entendu, chacun attribua ce manque d'appétit au chagrin.

Quand il voulut rendre visite à la reine, celle-ci avait condamné sa porte, prétextant la fatigue que lui avait value cette journée de cérémonies.

10
Les déconvenues d'Antonia

Maurepas avait donc remporté une manche. Mme Adélaïde, hostile au rétablissement des parlements, avait bien noté le camouflet que le peuple avait infligé au roi au retour de Saint-Denis.

— Encore quelques vexations de ce genre, bougonnat-elle, et avec aussi peu de Dauphin, mon cousin d'Orléans s'emparera du trône.

Aussi peu de Dauphin ! La phrase revint à Marie-Antoinette et accentua chez elle une exaspération latente. Quelque soin que prît sa cour pour la protéger des impertinences graveleuses de Paris, elle en percevait des échos via la comtesse de Noailles.

Échos filtrés, évidemment.

Jamais la comtesse n'eût osé rapporter le quart des indécences qui couraient la capitale sur la stérilité du couple royal. Diable, mariés depuis quatre ans et pas l'ombre d'un lardon en vue ? L'hypothèse la plus courante voulait que le roi fût affligé d'un étranglement de la verge, un phimosis, qui exigeait un débridement afin de libérer le gland.

L'on se gaussait : non seulement fallait-il libérer les anciens parlements, mais également débrider le gland ! Ha ha ha !

Le renseignement le plus osé que la comtesse de Noailles osa communiquer à la reine était donc celui-là : débrider le roi.

De sa vie, Marie-Antoinette n'avait vu d'autre verge que celle de son époux. Du diable si elle comprenait de quoi il pouvait s'agir ! Des chirurgiens diserts s'affrontaient à travers les salons et les gazettes : un phimosis ne pouvait empêcher l'écoulement de la liqueur séminale, disaient les uns, les autres soutenant qu'elle pouvait le gêner et contrarier la génération. Ah, mais c'est qu'il y a phimosis et phimosis, arguèrent certains : dans les uns, c'est l'étroitesse du prépuce qui empêche le gland de se dégager, dans d'autres, c'est l'exiguïté du frein. Et ainsi de suite.

Ces considérations étaient accompagnées d'explications mécaniques dont personne, en son âme et conscience, n'eût pu jurer qu'elles ne visaient pas à solliciter la lubricité des auditeurs.

Louis XVI non plus n'avait vu d'autre verge que la sienne et ne pouvait savoir de quel type éventuel de phimosis il souffrirait. À tel point qu'un soir, excédé, il déclara à la reine que si tout ne s'accomplissait pas en peu de temps, eh bien il se soumettrait au couteau des chirurgiens.

Chacun le mesurait, la royauté était tombée assez bas.

Mais enfin, Marie-Antoinette finit par deviner, à peu près, ce qu'était un phimosis. Elle se demanda alors si la royale obsession des serrures ne tiendrait pas, symboliquement, à celle des clés. De toute façon, l'infirmité supposée de son époux l'arrangeait : elle lui offrait le prétexte rêvé pour se soustraire autant que faire se pouvait aux assauts du royal dadais.

À la vérité, la serrure était trop petite pour la clé. Le cas n'était pas exceptionnel, avait-elle cru comprendre d'après des confidences passagères de la duchesse de Villars : les précédentes épouses du père du roi, le Dauphin Louis Ferdinand, présentaient aussi cette particularité infantile. Cela n'avait pas nui aux grossesses de la Dauphine Marie-Josèphe.

Personne, pour ne point heurter la pudeur, sinon la pudibonderie de la reine, n'avait osé ajouter quelques observations de bon sens : les jeux préliminaires de l'amour diminuaient sensiblement cet inconvénient constitutif, prédisposant naturellement la serrure à recevoir la clé sans violence.

Hélas, des jeux préliminaires, la reine ne savait quasiment rien. Le seul qui connaissait à fond la situation conjugale, pour ainsi dire, était son confesseur, l'abbé de Vermond. Mais le rôle d'un confesseur n'est pas celui d'un conseiller conjugal et Vermond se fût coupé la langue plutôt que d'offrir la moindre suggestion susceptible de favoriser une gravidité royale.

Lors de ses rares ébats avec le roi, en effet, Marie-Antoinette était saisie comme pâte à pétrir avant le fournil et fiévreusement malaxée par les paluches énergiques du mitron. Une éducation fort chrétienne, sans compter les préceptes de pudeur inculqués par feu le maudit La Vauguyon, interdisait à Louis Auguste de porter la main au nid d'amour de sa compagne, pour le flatter et mieux la disposer au congrès. Aussi profondément chrétienne, celle-ci n'eût rêvé saisir le membre de son époux pour s'en servir plus commodément. D'ailleurs, l'insolite objet n'invitait guère aux caresses, car son hygiène était douteuse.

De surcroît, à voir les avantages des Apollon et des Hercule qui, en sculpture ou en peinture, ornaient les moindres plafonds, l'innocente se demandait si son époux n'aurait pas été un monstre, ni la taille ni la couleur de l'objet ne correspondant aux attributs des dieux.

Grâces fussent rendues au ciel, l'agitation – quel autre mot ? – génésique du roi s'achevait le plus souvent sans autre forme de procès et l'entreprise était close. Seins meurtris, déduit malmené, bouche froissée, la reine n'avait rien de plus pressé que de quitter la couche nuptiale et d'aller se laver à l'eau parfumée sur un bidet.

Se laver de quoi, d'ailleurs ? L'intromission n'aboutissait à rien. Le serrurier introduisait la clé et demeurait ainsi, immobile dans la serrure pendant deux ou trois minutes, ignorant visiblement tout de la mécanique du sexe et des vertus du frottement. Ni l'un ni l'autre n'en retiraient le moindre plaisir.

« Un clystère sec ! » songea la reine.

L'époux en était lui-même mystifié et penaud. Pourtant, il lui arrivait de s'éveiller la nuit, conscient d'une émission involontaire. Pourquoi ne se passait-il donc rien quand il s'unissait à son épouse ?

Était-ce encore la reine qui participait à ces stériles simulacres ? Le terme lui paraissait mal convenir à la condition dont elle prenait alors conscience. Non, elle redevenait Antonia, la jeune archiduchesse qui s'efforçait de supporter avec autant de grâce que possible les épreuves. Mais ses déconvenues résistaient jusqu'aux premières heures de la matinée.

Oui, elle le savait, il fallait que « cela » se fît un beau jour, ou une belle nuit.

Mais dans cette attente, elle décida de faire chambre à part aussi souvent que possible. Être enceinte ? Sombre perspective qui signifierait le renoncement pour de longs mois de ses plaisirs ordinaires : le bal, l'opéra, la mascarade, la danse. Enceinte : la flétrissure et l'adieu à la jeunesse immaculée ! Elle fredonnait parfois *le Temps des cerises*. Ce temps-là, elle le savait d'avance, était court. Et elle finissait par se moquer de ces affaires de parlements et des intrigues antagonistes de Maupeou et de Maurepas. Au diable la politique et les objurgations de l'impératrice et de son ambassadeur, Mercy-Argenteau !

Elle était archiduchesse ! Et belle comme une rose ! Elle n'était pas la servante des affligés du milieu ! De temps en temps, possédée par la rébellion, elle claquait sa porte au nez du roi. Elle eût voulu que ses périodes durassent un mois par mois.

Elle ne s'en adonnait que plus éperdument à ces soirées de musique et de rires. Elle s'étourdissait. Tout cela ne la rapprochait guère du roi. Il se levait tôt, elle se couchait tard. Il s'efforçait pourtant de l'accompagner, afin de ne pas aggraver les caquetages sur l'état de leur couple. Il s'appliquait à danser, mais sa jambe n'était pas faite pour le rigodon ni le menuet, encore moins la gavotte. Il tournait sur lui-même comme un ours en foire, et quand la pirouette était achevée, il cherchait avec égarement sa partenaire.

Il en était venu à se coucher quand elle sortait et à se lever quand elle rentrait. Discordance supplémentaire qui les éloignait encore plus.

L'un et l'autre ignoraient ce que la première vieille femme d'un faubourg eût compris : le retard prolongé d'une grossesse de la reine donnait le sentiment d'un épuisement de l'arbre des Bourbons. Les peuples exigent la fertilité de leurs chefs ; elle leur paraît constituer le présage le plus formel de la bienveillance des dieux.

Peut-être cette absence d'union physique entre le roi et la reine ajouta-t-elle à l'anxiété que valait au roi l'affaire des parlements. Le 30 juillet, il résolut une fois encore de changer de quartiers : tout le monde à Compiègne ! Après Choisy, la Muette et Marly, voilà le quatrième déménagement. On eût dit qu'il était poursuivi par des créanciers. Le 1er août, en pleines chaleurs, le château inhabité depuis des lustres s'emplit de la poussière et des apostrophes des déménageurs. On balaya, on monta sur des échelles pour chasser les araignées, on ramona, on battit les tentures, on lava les cristaux, les vitres et les miroirs à l'eau vinaigrée, on étendit les tapis, on dressa les lits et les souris qui s'égaillaient dans les placards subirent l'une de leurs Saint-Barthélemy.

Les problèmes, quant à eux, persistaient.

II
Les cris et la crise

Un cri de triomphe jaillit de la salle d'études. Du haut de son estrade, le surveillant leva les yeux de son pupitre.

— J'ai mangé votre roi!

C'était la voix aisément reconnaissable de Maximilien Robespierre.

En face de lui, La Martinière faisait contre mauvaise fortune bon cœur.

Le surveillant tolérait les parties d'échecs après le souper entre étudiants des classes supérieures.

— Reste la reine, objecta La Martinière.

— N'importe, les parlements seront rétablis!

À cette prophétie, le surveillant alla y voir. Les joueurs s'interrompirent et relevèrent la tête.

— Est-ce bien aux échecs que vous jouez, messieurs? demanda le surveillant.

— Oui, monsieur, répondit Robespierre. Des échecs symboliques. Voyez, de mon côté, j'ai le prince de Conti à la place du roi, la reine Marie-Antoinette, et comme tours et cavaliers, le comte d'Artois, le ministre Maurepas, le duc d'Orléans, Choiseul et les choiseulistes, les ducs et pairs de France, les philosophes et les jansénistes.

Le surveillant réprima un sourire.

— Et vous, La Martinière?

— Moi, j'ai le roi, Monsieur son frère, qui tient la place de la reine, l'archevêque de Paris, Mesdames, les ducs de Penthièvre, d'Aiguillon et Richelieu, les ministres Maupeou, Vergennes, du Muÿ, Terray, les jésuites…

— Évidemment j'ai gagné, dit Robespierre.

La Martinière fit la grimace.

— Je ne sais si je peux tolérer que vos parties d'échecs prennent un tour aussi politique, observa le surveillant. Veillez en tout cas à être moins bruyants, maugréa-t-il en s'éloignant.

La partie se poursuivit. Vingt minutes plus tard, elle prit fin sur la capture du pion qui représentait le frère du roi, le comte de Provence.

— Nous verrons ce qu'il en sera dans la réalité.

— C'est tout vu, affirma Robespierre.

La Martinière haussa les épaules.

— Et vous me devez un sorbet au Procope ou au Palais-Royal, à votre guise, lui rappela Robespierre.

On était le 18 août. Ce n'était pas seulement l'atmosphère physique de la France qui chauffait, mais également son humeur. Les présidents des parlements Maupeou, ceux que Maurepas pressait le roi de renvoyer, se plaignirent de ne plus pouvoir se montrer en public sans être agonis d'injures.

— Mettez des dominos ! rétorqua Maurepas.

Des rumeurs bruissaient dans Paris ainsi que dans les autres grandes villes. Depuis plusieurs jours, les gazettes annonçaient le départ imminent des ministres du cabinet

Maupeou. La popularité du roi à la Muette appartenait au passé. À Compiègne, les courtisans, qui flairaient l'air du temps comme le cerf le chasseur dans le vent, semblaient distraits, et au bal du dimanche, le cœur n'y était visiblement pas. Le roi n'y avait fait qu'une brève apparition, l'air soucieux. La frivolité dont se poudrait Marie-Antoinette ne bernait plus personne : ce n'était pas sur des gavottes qu'on réglerait la situation, et une phrase de Vergennes peu de jours auparavant avait été reprise par tous : « La monarchie pourrait en périr ! » Une révolution ? À ceux qui la jugeaient impensable, les sceptiques repartirent qu'on en avait bien vu une en Angleterre, celle de Cromwell, qui avait mis la tête du roi Charles sur le billot. On se récria d'horreur. Allez danser après cela !

Le 24 au matin, las de courir après la décision du roi comme après un furet, Maurepas l'entreprit de front et joua son va-tout.

— Il s'agit de votre honneur, dit-il, de celui de votre ministère et de l'intérêt de l'État. L'opinion générale dans laquelle votre indécision laisse flotter les esprits avilit vos ministres actuels qui sont dans la boue et tient les affaires en suspens. Ce n'est pas ainsi que vous pourrez remplir vos devoirs.

Tout royal qu'il fût, le jeune homme était traqué.

— Que voulez-vous, je suis accablé d'affaires et je n'ai que vingt ans, répondit-il. Tout cela me trouble…

— Vous vouliez un ministère honnête. Le vôtre l'est-il ? Sinon, changez-le.

Le roi assura qu'il comptait procéder au changement samedi, après le Conseil des dépêches. Maurepas secoua la tête : la décision devrait être prise avant qu'il ne quittât la salle. C'était un ultimatum. Louis XVI se rendit : faute d'avoir débridé la verge du roi, Maurepas avait au moins débridé l'abcès de l'indécision. Dans la journée, les nouvelles s'envolèrent pour la capitale. Le ministère Maupeou était renvoyé. Le roi opta pour tous les noms que Maurepas lui indiquait depuis des semaines. Le chancelier était remplacé par Hue de Miromesnil, qui prendrait les Sceaux, tandis que Turgot succéderait à Terray aux Finances.

À la vérité, le jeune roi avait eu peur des ministres.

Dans la soirée, les Parisiens allumèrent des feux de joie pour y brûler des pantins représentant les ministres renvoyés. Des pétards éclatèrent partout. Les cris les couvrirent.

C'était l'anniversaire de la Saint-Barthélemy. On n'attendait plus que le rappel des parlements.

Pour les humains, le langage n'est qu'un mode de communication parmi d'autres ; il en est un dont l'alphabet est constitué de regards et de gestes, et dont les accents sont formés de ces notes aiguës ou graves de la voix, de ces battements de cils et de ces gestes imperceptibles du corps qui expriment la sollicitude ou l'inquiétude, l'affection retenue ou le reproche ravalé.

Marie-Antoinette perçut le second dans les jours qui suivirent. Chacun la savait partisane du rappel des parlements, mais nul n'en savait les raisons, ni même si elle connaissait les motifs de son opinion. On subodora que c'était simplement pour paraître en avoir une, peut-être pour s'opposer à Mesdames, qui lui battaient froid, et à Mme de Marsan, qu'elle savait affreusement hostile à Choiseul. On lui fit observer que les anciens parlements étaient devenus insolents. Elle qui haïssait toute forme d'irrespect répliqua qu'il n'y avait pas que des vilains parmi les défenseurs des anciens parlements. Elle devina en tout cas qu'on guettait la nomination des nouveaux ministres ; car ceux-ci avaient bien été nommés, mais les parlements n'avaient point été rappelés. Et comment se servir d'une cognée sans manche ?

Elle devint nerveuse. Et d'autant plus que ce satané mari semblait avoir le diable aux trousses : le 31 août, tels ces chiens de manchon qui tournent sans fin sur leurs coussins avant de s'endormir, il en eut assez de Compiègne et l'on prit la route pour Versailles. Les mânes du château lui parurent sans doute pesants ou menaçants, et le 5 octobre, la cour retourna à Choisy. L'on n'était pas rendu car, peste de l'agité, cinq jours plus tard, on migra encore, cette fois pour Fontainebleau.

— Les plaisirs de la chasse sont versatiles, prétexta Marie-Antoinette.

Car de-ci de-là, le roi trouvait entre deux Conseils le temps de chasser ; il y dissipait les mystérieuses colères qui pouvaient s'emparer de lui.

En réalité, Marie-Antoinette en avait assez. On n'avait pas plutôt défait les malles qu'on les refaisait, l'on passait la moitié du temps en carrosse, la domesticité était sur les dents.

— Cela ressemble à une chasse à courre, Madame, gémit la comtesse de Noailles, mais quel est donc le gibier ?

Le seul avantage de ces déplacements incessants était que le roi dormait le plus souvent dans ses appartements. La reine n'avait donc plus à subir ces inutiles séances de serrurerie génitale qui finissaient par l'humilier.

La crise couvait, non seulement dans le pays, mais également dans le couple royal. Les pamphlets, placets, mémoires pleuvaient de toutes parts, rédigés par les partisans des anciens parlements autant que par leurs opposants. Une source en était certaine : c'était le méprisable duc d'Aiguillon qui avait lancé des chansons graveleuses sur la reine.

— Sire, mon ami, demanda Marie-Antoinette au roi, comptez-vous nous faire mener longtemps encore cette vie de militaires en campagne ?

Le visage royal se crispa. Dans la matinée, il affrontait Maurepas, dans l'après-midi la reine.

— Nous retournerons bientôt à la Muette, annonça-t-il.

— Et après, sera-ce Choisy ou Marly ?

Il se mura dans un de ses silences.

Le 10 novembre, la cour fut en effet de retour à la Muette. Mais sans doute lassé d'être lui-même la bête de cette chasse à courre sans fin, car c'était bien le cas, le même jour, il fit convoquer par lettres personnelles les membres des anciens parlements en la chambre Saint-Louis du Palais de Justice à Paris, pour le 12 novembre à sept heures du matin.

Le roi tiendrait donc un lit de justice.

La cour était sur les dents. Pour Marie-Antoinette, pas question de bal, d'opéra ni de mascarade.

À l'aube du 12, elle observa de ses fenêtres le roi vêtu de violet, attifé d'un grand chapeau à plumes blanches, monter à la lueur des lanternes dans son carrosse, accompagné de ses frères et suivi des ministres et des officiers de la Couronne. Elle compta neuf carrosses.

— Que dois-je faire ? demanda-t-elle à la comtesse de Noailles.

— Madame, c'est une affaire d'hommes. Qu'iriez-vous faire à Paris, sinon attendre dans votre carrosse ? L'attente serait longue et la foule vous reconnaîtrait sans tarder. Là n'est point votre place.

Pour être reine de France, elle n'en était pas moins qu'une comparse.

Le roi, ses frères, les ministres, les officiers de la Couronne et les autres rentrèrent tard. Le duc de Bouillon avait organisé un grand souper.

Marie-Antoinette alla accueillir son époux. Aux mines des arrivants, elle comprit que la journée avait été triomphale. Louis XVI rayonnait. Dès la sortie du Palais, les ovations l'avaient salué. Il avait recouvré sa popularité !

Elle lui tendit un verre de vin. Il le saisit et le leva à l'adresse des courtisans.

— Madame, annonça-t-il d'un ton moqueur, vos vœux sont exaucés. Les anciens parlements sont rétablis.

Un tonnerre d'applaudissements fit résonner les lambris du salon.

Les journées qui suivirent confirmèrent ce succès : la Nation était en fête. On n'appelait plus le roi que « Louis le Désiré » ou « Louis le Bienfaisant ». La statue d'Henri IV fut ornée d'un écriteau proclamant : *« Resurrexit »* (« Il est ressuscité »).

— Nous retournerons bientôt à Versailles, avait-il confié au souper.

Il avait attendu de remporter cette épreuve de force pour regagner le palais de ses aïeux. La crise était terminée.

12
Le vent du boulet

Peu d'années furent moins aptes que 1775 à instruire Antonia de la réalité des métiers royaux. D'une part, elle fut menaçante : elle peupla l'horizon des spectres les plus effrayants. De l'autre, elle fut flatteuse : elle drapa le ciel de France des pourpres et des ors de la gloire monarchique. Dans un de ces mystères qu'on jouait jadis sur le parvis de Notre-Dame, à l'époque de Jeanne d'Arc, les auteurs eussent représenté cette année-là sous la forme d'un combat féroce entre le vilain affamé et le seigneur drapé d'orgueil.

À vrai dire, deux ignorants qui menaçaient ensemble de faire sombrer la nef de la France.

Mais quand elle regardait par ses fenêtres, Antonia, quant à elle, ne voyait que des roses.

Au printemps, le prix du pain de quatre livres augmenta soudain ; il variait de 8 à 10 sols selon la qualité et le boulanger ; il passa à 14 ou 16. Folie ! Les bourgeois l'expliquaient par la nouvelle politique libérale de Turgot sur le commerce des grains ; les prix des céréales avaient jadis été fixés par l'État. Désormais, ils étaient libres. Comme l'hiver avait été dur, les récoltes de printemps s'étaient révélées médiocres et le prix du setier avait donc grimpé.

Pour les ouvriers qui gagnaient une vingtaine de sols par jour, tout cela était bel et bon, mais seul le résultat les intéressait. Le gouvernement n'avait-il donc pas de réserves ? Nenni : pétri de confiance dans sa politique, Turgot avait imprudemment vidé les greniers approvisionnés par son prédécesseur Terray. Il se trouva contraint d'importer du grain des Pays-Bas : trop peu, trop tard.

Le peuple s'échauffa. En mars, des troubles éclatèrent sur les marchés de l'Île-de-France et de Champagne. En avril, il y eut une manifestation à Dijon. Puis cela empira : le 12 avril, des gueux et des brigands associés à des paysans pillèrent la maison d'un conseiller au parlement et le moulin de l'Ouche. Le 27, à Beaumont-sur-Oise, l'agitation prit une tournure revendicative.

— Les pauvres, rapporta Maurepas au Conseil des dépêches, prétendent fixer eux-mêmes le prix du pain selon les anciens tarifs.

Le roi s'indigna de cette arrogance, sans toutefois avoir la moindre idée des anciens prix.

— Deux sols la livre, expliqua Turgot.

Le gouvernement tergiversa. Le 28, les désordres gagnèrent le marché de Méry, des centaines de sacs de blé furent crevés et leurs propriétaires rudoyés. Le 29, des centaines de paysans envahirent le marché de Pontoise, où Paris s'approvisionnait. Des bateaux de grain furent pris d'assaut, des fermiers et des boulangers furent houspillés. On échangea horions et coups de bâton.

Cette jacquerie s'appelait la Guerre des farines ; elle s'épandit tout autour de la capitale, à Saint-Germain-en-Laye, à Nanterre, à Gonesse, à Saint-Denis, à Meaux.

Le roi séjournait au château de Versailles. L'émotion fut donc grande au matin du 2 mai, quand après avoir occupé Sartrouville, Puteaux, Bougival et Carrières-Saint-Denis, la foule s'en prit à Versailles.

À deux heures, l'intendant de la généralité de Paris, Berthier de Sauvigny, vint rendre compte au roi des mesures adoptées, non pas dans le domaine économique, mais dans le militaire : la quatrième compagnie de gardes du corps, sous le commandement de M. de Noailles, à Beauvais, avait reçu l'ordre de faire jonction avec les chevau-légers à Mantes et les gendarmes à Meulan, où se tenaient déjà des détachements d'infanterie. À Paris même, la première compagnie de mousquetaires avait reçu l'ordre de se tenir prête au faubourg Saint-Germain, et la deuxième au faubourg Saint-Antoine. Tout à coup, Louis XVI se métamorphosait en chef militaire.

Turgot aussi avait pris des mesures de force : la police et les gardes furent chargés de tenir Paris contre les émeutiers.

On n'eût su faire pis : répondre par les forces armées à une question économique, celle-ci eût-elle engendré de l'agitation. Informé par le capitaine des gardes du corps à Versailles, M. de Beauvau, que les autorités locales avaient consenti à laisser la livre de pain à deux sols, car on ne pouvait contraindre les manifestants à coups de baïonnettes à l'acheter au prix où il était, le roi qualifia cette concession de « sotte manœuvre ».

Il avait cru nécessaire de témoigner d'autorité et l'avait fait. À mauvais escient. Lui et la reine ainsi que plusieurs courtisans s'étaient persuadés que ces émeutes avaient été fomentées par leur ennemi, le prince de Conti, et une poignée d'autres factieux.

Cependant, si les militaires réussirent à chasser les manifestants de Versailles, à Paris il en alla tout autrement. Ni la police du lieutenant général Lenoir, ni les gardes du maréchal de Biron ne parvinrent à empêcher l'entrée des émeutiers par les portes de la Conférence, de Saint-Germain et de Vaugirard ; c'étaient surtout des femmes. Et quand les mousquetaires arrêtèrent des meneurs, ils furent contraints de les relâcher, parce qu'ils n'avaient pas reçu ordre de les incarcérer. La Halle au Pain et les boulangeries furent pillées.

À l'évidence, le peuple se moquait éperdument du changement de ministres.

Les nouvelles parvinrent à Versailles dans l'heure ; il n'y avait ce jour-là, ni fête ni concert, la reine ayant été informée de la situation et le chef de ses gardes du corps lui soumit des plans de fuite au cas où la populace s'en prendrait au château.

Dans la soirée, Turgot convoqua un conseil extraordinaire, que présida le roi. La situation appelait un redoublement d'autorité. Lenoir et le commandant du guet Laboureur furent révoqués. L'une des mesures au moins était ridicule : Lenoir était fort malade et c'était son prédécesseur Sartine qui avait été provisoirement commis à la police. Et l'on voyait mal que la police usât de baïonnettes contre les femmes désarmées qui formaient le plus gros des manifestants. Néanmoins, le maréchal de Biron, lui, fut chargé de commander l'armée de 25 000 hommes constituée pour quadriller

Paris, ses faubourgs et ses environs. On protégea dépôts de grain et boulangeries et les attroupements, les pillages et les ventes de pain à prix fixé furent interdits. Le cabinet protégeait donc la liberté de commerce par les armes !

— Nous avons pour nous notre bonne conscience, déclara le roi à Turgot, et avec cela l'on est fort bien.

Le Parlement se réunit le 4 et le 5, Louis XVI tint un lit de justice à Versailles. Il prit la parole :

— Je dois et je veux arrêter des brigandages dangereux qui pourraient dégénérer en rébellion. Je veux pourvoir à la subsistance de ma bonne ville de Paris et de mon royaume.

Ah, ce n'était pas lui qu'on taxerait d'indécision. Mais justement, Maurepas eût souhaité moins d'énergie dans ces démonstrations d'autorité...

Néanmoins, le monarque fut fort applaudi. La reine également se félicita de l'attitude du roi.

— C'est bien fait qu'on ait démis ce M. Lenoir, s'écria-t-elle le lendemain, devant une partie de la cour assemblée. Il était malade d'ailleurs, et c'est son remplaçant, M. Sartine, que j'avais convoqué voilà quelques jours.

Mémorable journée : ceux qui avaient vu la tête de Sartine à la sortie de l'entrevue royale ne l'oublieraient pas de sitôt.

— Je l'avais prié, reprit la reine, de prendre des mesures efficaces afin de réprimer la liberté de parole dans les cafés et les lieux de Paris. C'est là que vont les oisifs pour discuter de gouvernement, figurez-vous !

Ceux des courtisans qui n'étaient pas au fait de l'entrevue en restèrent bouche bée. Réprimer la liberté de parole, en vérité ! Vaste tâche. Mais la reine renchérit :

— Ils vont même y discuter des actions de la famille royale. Cela est indécent.

Elle fusilla l'assemblée du regard :

— N'est-il pas vrai ?

— Certes, Majesté, certes, répondit la duchesse de Villars.

On commenta plus tard l'affaire, mais à mi-voix : des placets circulant dans Paris attribuaient la stérilité du couple au mauvais vouloir de la reine, qui ne s'occupait que de ses coquetteries et de bals. Que n'assurait-elle la descendance du trône et ne restait-elle au foyer, au lieu de courir les fêtes et de dépenser des fortunes ! La population en concevait de l'agacement et, le 20, la reine avait dû renoncer à aller assister à l'Opéra à l'*Orphée* de Gluck ; on lui avait laissé entendre, en effet, qu'elle pourrait être mal accueillie dans les rues. Apparemment personne ne l'avait alors prévenue que « la Guerre des farines » battait son plein. Et qu'un peuple qui ne mangeait pas à sa faim ne voyait guère d'un bon œil sa souveraine aller se divertir à l'Opéra.

Archiduchesse et reine de France, qui donc eût osé rappeler Marie-Antoinette à la réalité ?

Dans son rapport hebdomadaire, Mercy-Argenteau écrivit à l'impératrice, en termes ô combien respectueux et prudents, que la reine accomplissait de grands progrès, mais qu'elle restait sans doute un peu trop attachée à ses divertissements. La mère, qui connaissait sa fille, déplora que celle-ci n'eût pas la fibre sérieuse.

Aucune autorité ne s'exerçait plus sur Antonia, à peine celle du roi son époux. Elle ne connaissait que son bon plaisir. Et trouvant la plupart des courtisans bien trop sérieux, sinon « bonnet de nuit », elle consacrait beaucoup de son intimité à la princesse de Lamballe, une ravissante et jeune Italienne que flattait évidemment la préférence royale.

Elles chantaient enlacées un air célèbre de l'*Orphée* : « J'ai perdu mon Eurydice, rien n'égale mon malheur… »

Elle rajustait parfois sa coiffure.

— Un courant d'air…

Elle ne se doutait pas que ç'avait été le vent du boulet.

La répression fut sévère : 162 personnes furent arrêtées comme meneurs de ce qui ressemblait fort à un complot ; on y dénombrait une centaine d'ouvriers salariés, une quinzaine de paysans, une douzaine de petits marchands. À coup sûr, ce n'étaient pas les pamphlets séditieux des philosophes qui leur avaient tourné la tête, à ceux-là : ils n'étaient même pas alphabétisés. Pour l'exemple, la commission prévôtale en condamna deux à mort, un apprenti éclairagiste de seize ans et un perruquier en chambre de vingt-huit ; ils furent pendus aussitôt en place de Grève.

— Une cabale, décida le roi, tout cela est certainement le résultat d'une cabale, et je sais trop bien qui a pu la monter.

Nul besoin de citer des noms : le duc d'Orléans, son fils le duc de Chartres, le prince de Conti et pourquoi pas Choiseul, d'Aiguillon, Maupeou… La reine rapporta une observation de son amie la plus chère, la princesse de Lamballe : bien qu'Italienne de naissance, celle-ci avait observé que les foyers de l'agitation étaient étrangement disposés autour de L'Isle-Adam, où se trouvait la résidence du prince de Conti. Cela fut répété à satiété, chacun hochant la tête d'un air entendu.

Un malaise se propagea cependant à la cour : vraiment, un apprenti de seize ans et un perruquier de vingt-huit auraient-ils pu être les sbires de ces augustes personnages ?

— La mauvaise disposition des vilains est notoire, trancha Mme Adélaïde. On ne peut laisser les désordres se propager de la sorte. Quand le blé est rare, il faut se faire une raison, on mange moins de pain. Le roi mon neveu a bien fait.

Tout le monde, d'ailleurs, s'accorda à juger que le neveu avait bien agi. Preuve de la royale sollicitude, Turgot s'était empressé d'acheter des farines hollandaises et avait supprimé les primes sur les transports.

— Enfin, clama La Martinière, l'ordre est rétabli.

Quelques têtes au réfectoire se tournèrent vers lui. Dont celle, sarcastique, de Maximilien Robespierre. On s'attendit à une nouvelle joute oratoire.

— Tel n'est sans doute pas l'avis de mon ami Robespierre, reprit La Martinière, avec un sourire provocant.

L'autre laissa la flèche voler.

— On peut enfin sortir dans la rue sans se faire houspiller par des manants en délire ! s'écria La Martinière.

Chacun attendait la repartie de Robespierre. Il posa sa fourchette.

— Vous appelez cela l'ordre ? lâcha-t-il de sa voix de tête. Cela ressemble plutôt à de la tyrannie après la confusion. On pend deux malheureux sous prétexte qu'ils protestent contre le nouveau prix du pain. Croyez-vous que ce soit là de la justice ?

Nourri de ses publications clandestines, comme on le savait, il avait le carquois plein, et la plupart des fils de la noblesse de robe du lycée n'avaient pas non plus approuvé ces exécutions. Ce jour-là, il tenait un bon public.

— Il ferait beau voir qu'on tolérât des pillages chaque fois qu'on est mécontent ! objecta La Martinière.

— Il s'agit du pain, La Martinière, du pain. Savez-vous ce que c'est pour un citoyen dont c'est la nourriture principale ?

— Eh bien, le blé est rare, il est normal qu'il vaille plus cher.

Un murmure de réprobation s'éleva.

— Il n'eût pas été rare si nous avions des ministres sensés. Car gouverner, mon ami, c'est prévoir. Le précédent ministre Terray avait engrangé du blé dans les entrepôts de l'État. M. Turgot, cette cigale, a cru pouvoir se passer de ces prudences de fourmi. Il l'a mis en vente à l'automne passé. Et il a libéré le prix du blé. Quand la bise vint, il ne put remédier à la disette et le prix du blé grimpa.

Des rires saluèrent l'allusion à La Fontaine.

— Qu'est donc M. Turgot ? reprit Robespierre, le ton accusateur. Un ministre de la Nation ? Ou bien celui des marchands de blé ? S'il ne peut subvenir aux besoins de la Nation, que fait-il au pouvoir ?

Les regards se tournèrent vers l'extrémité de la table, où d'Hérivaux n'avait soufflé mot.

— Prétendez-vous, Maximilien, en savoir plus qu'un ministre ? demanda-t-il d'un ton calme.

— Non, monsieur, mais simplement dire ce que chacun constate.

— Je suggère que mon ami Robespierre offre ses services au roi, lança La Martinière.

Nouveaux rires.

— Hélas, cher camarade, je n'ai point comme vous mes entrées à Versailles. Mais si l'on devait y pourvoir un poste de maître à danser pour les cigales, je vous serais très humblement obligé si vous vouliez me recommander.

Là éclatèrent des rires cruels comme la jeunesse en a l'apanage. Même d'Hérivaux s'autorisa à sourire.

13
Les larmes d'Antonia dans le fracas du couronnement

SOUDAIN L'ON S'AVISA avec une feinte surprise teintée de scandale que le roi, qui avait montré tant de sang-froid et d'énergie dans la répression de la guerre des farines, n'était pas couronné. Et le sacre était pour bientôt : le dimanche 11 juin, fête de la Sainte-Trinité.

Les mauvais esprits s'efforcèrent de deviner qui était donc la troisième personne de la royale trinité, puisqu'il n'y avait pas de Dauphin.

— La princesse de Lamballe probablement, suggérèrent avec un regard ironique quelques lettrés frottés des nouvelles de cour.

Le roi avait exigé que le couronnement se fît à Reims. Un nouveau combat s'engagea sur l'intendance du voyage et le cérémonial. Songez, les habits du sacre, les bijoux, les relais et les étapes, les chambres à réserver pour la cour, l'état des carrosses, les provisions, la domesticité…

Ce furent les jours de gloire et d'anxiété de M. Papillon de la Ferté, intendant, contrôleur général de l'Argenterie et des Menus plaisirs et affaires de la Chambre du roi.

Le prix du pain n'avait pas baissé et l'on risquait des flambées d'agitation sur le passage du cortège.

Le roi, la reine et la cour entière quittèrent Versailles le lundi 5 juin et parvinrent à Reims le vendredi 9 à quatre heures et demie de l'après-midi. Le carrosse royal était escorté des troupes de la Maison, gardes du corps, mousquetaires, chevau-légers. Le cortège fut d'abord accueilli aux abords de la ville par la compagnie des arquebusiers. Passée la porte de Vesle, les gardes français et suisses, les gardes à pied et hallebardiers du duc de Bourbon ainsi que les six compagnies de la Milice bourgeoise étaient rangés le long de la grande rue qu'emprunta le train des carrosses. Les vivats jaillirent, les cloches emplirent l'air.

Louis XVI respira, soulagé. Il rayonnait. Marie-Antoinette aussi.

Le couple royal et son intendance s'installèrent à l'archevêché.

Dans la nuit de samedi à dimanche, la ville ne dormit guère. Dès quatre heures du matin, les pairs du royaume, les grands officiers de la Couronne, les chevaliers du Saint-Esprit et les ecclésiastiques en *cappa magna* avaient pris place sur les gradins dressés dans la cathédrale. Ils n'allaient d'ailleurs pas y rester longtemps : à six heures et demie, ils s'en allèrent en cortège vers la chambre du roi. L'on frappa du bâton à la porte de la chambre royale.

— Que demandez-vous ? leur répondit selon le cérémonial le duc de Bouillon, grand chambellan.

— Nous demandons le roi, répondit l'évêque de Laon.

— Le roi dort.

Cette sotie se répéta deux fois. À la troisième, l'évêque de Laon répondit solennellement :

— Nous demandons Louis XVI, que Dieu nous a donné pour roi.

C'était la formule attendue ; les portes s'ouvrirent et le souverain apparut sur son lit de faste. Il était habillé d'une robe de toile d'argent, coiffé d'une toque noire ornée de diamants et sommée d'une aigrette blanche.

Après ce lever, le roi s'en fut vers la cathédrale, par la galerie construite à dessein, suivant deux croix et suivi de la garde, des hallebardiers de la prévôté, des pages de la chambre, des six hérauts d'armes, de quatre chevaliers du Saint-Esprit, du grand maître de la Couronne de France, du grand chambellan, du premier gentilhomme de la Chambre et du grand maître de la Garde-robe.

Il était maintenant au seuil de l'église. Il s'arrêta pour se recueillir, flanqué de deux pairs ecclésiastiques, le duc de Laon et le comte de Beauvais. Dans le fracas des trompettes, des tambours et des orgues, dans la lumière des torchères et des lustres qui se mêlait aux flamboiements des vitraux éveillés par les premières ardeurs du jour, il s'avança, précédé du duc de Clermont-Tonnerre, connétable de France, tenant l'épée dressée au clair, et suivi du garde des Sceaux, représentant Maurepas, malade, du prince de Soubise, de six princes du sang, Monsieur (son frère puîné et comte de Provence), le comte d'Artois, le duc de Normandie, Louis-Philippe (duc d'Orléans), le duc d'Aquitaine, le duc de Chartres, le comte de Toulouse, le prince de Condé, le comte de Flandre et son fils, Louis de Bourbon, le comte de Champagne et les six pairs ecclésiastiques, à commencer par le cardinal de la Roche-Aymon, archevêque de Reims, qui allait célébrer la messe.

Là-haut sur son estrade, entourée par Mesdames, les comtesses de Provence et d'Artois et Mlles Clotilde et Élisabeth, les sœurs du roi, la reine observait ces fastes, que lui expliquait à mi-voix la comtesse de Noailles.

L'homme qui s'avançait était son époux ; il était aussi le roi. Le maître de l'un des plus grands royaumes du monde.

Elle avait oublié le programme du cérémonial, imprimé exprès pour la cour ; elle ignorait donc tout du rituel qui se déroulait devant ses yeux ; et pourtant, il l'impliquait au premier chef : il faisait d'elle la reine de France.

Mais l'immortelle Antonia, qui vibrait au fond d'elle-même, eut le sentiment effroyable que son personnage la privait de sa personne. Cette cérémonie splendide, d'un faste fracassant, était sa mise à mort.

D'Antonia, il ne resterait que Marie-Antoinette.

Elle regarda le trône installé sur le jubé construit pour la circonstance : surmonté d'un dais à colonnes dont retombaient des draperies violettes semées de fleurs de lys.

Pourquoi le violet, couleur de pénitence ? se demanda-t-elle fugitivement.

Louis était parvenu au maître-autel, sur lequel reposaient le livre des cérémonies et les habits royaux : camisole de satin rouge, tunique et dalmatique violettes (encore), bottines feu, manteau d'azur semé de lys, et la couronne de Charlemagne, le sceptre et la main de justice, ainsi que les éperons d'or, détaillés par la comtesse de Noailles.

Le roi fut installé dans un fauteuil face à l'autel.

Marie-Antoinette cligna des yeux devant les chatoiements de pierres précieuses, de lumières et de vêtements rutilants dans la fumée de l'encens.

La comtesse de Noailles continuait de parler, mais ses explications furent bientôt couvertes par les accords tonitruants du *Veni Creator*.

Une question incongrue s'imposa à Marie-Antoinette, absurde mais irrésistible : lui, en bas, dans son fauteuil royal, était-il un être humain ? Elle évoqua tous les souvenirs disponibles pour se persuader que oui, Louis Auguste était encore un être humain appelé à être couronné roi de France et de Navarre. L'effort fut incertain.

Un nouveau cortège entra dans la cathédrale. Cinq hommes au port majestueux, sinon fat.

— La Sainte Ampoule, souffla la comtesse de Noailles.

La princesse de Lamballe se pencha pour écouter : qu'était la sainte ampoule ? Et où était-elle donc ? Marie-Antoinette cligna des yeux.

— L'homme qui marche en tête est le prieur de Saint-Rémi. Ceux qui le suivent en pourpoint de satin blanc sont les barons de la Sainte Ampoule.

— Mais où diable est cette ampoule ?

— Au cou du prieur.

Ce fut alors que le cardinal-archevêque de la Roche-Aymon revêtit sa chasuble, descendit de l'autel pour s'approcher du roi et lui présenter les requêtes touchant à la sécurité et à la protection de l'Église de France. Les évêques de Laon et de Beauvais aidèrent le monarque à se lever pour jurer la protection demandée.

Le prieur de Saint-Rémi était arrivé à l'autel. Le cardinal archevêque saisit la Sainte Ampoule à son cou.

— C'est un cadeau envoyé par le ciel pour le sacre de Clovis, souffla la comtesse de Noailles. Elle sert à l'onction des rois.

De là-haut, on ne voyait pas grand-chose, mais la Noailles expliqua ce qui se passait : Mgr Alexandre Angélique de Talleyrand-Périgord, évêque de Trajanople, prélevait dans la Sainte Ampoule une gouttelette de la prodigieuse liqueur qui faisait les rois. Des assistants s'empressèrent et tendirent une coupe d'or : la goutte fut diluée dans le saint chrême, en fait de l'huile.

Marie-Antoinette réfréna l'envie de demander ce qui se passerait quand la sainte ampoule serait vide : n'y aurait-il alors plus de rois de France ?

Les orgues répandirent un nouveau vacarme, puis Louis XVI ânonna des mots incompréhensibles.

— Il jure de maintenir la paix de l'Église et l'ordre du Saint-Esprit, expliqua la comtesse de Noailles.

Sacrait-on un cardinal ?

En bas, des gens s'affairaient pour déshabiller et rhabiller Louis Auguste, debout ; il était maintenant vêtu d'une camisole cramoisie, puis il s'était rassis pour que le duc de Bouillon lui enfilât les bottines de velours semées de lys d'or et que le prince de Soubise lui fixât les éperons d'or. Louis se releva. Le cardinal archevêque lui fit ceindre Joyeuse, l'épée de Charlemagne, et lui commanda de la dresser la pointe en l'air.

Comment n'avait-il pas perdu la raison dans tout ce cérémonial ?

Le plus étrange était à venir. Louis XVI s'allongea sur le ventre, face contre terre, l'épée le long de son corps, et le cardinal archevêque l'imita.

Marie-Antoinette échangea un regard effrayé avec la princesse de Lamballe. Tout cela devenait incompréhensible.

Les deux hommes se relevèrent, soutenus par les participants. L'assistant approcha le bol d'or contenant la goutte de la Sainte Ampoule diluée dans le chrême.

Le cardinal-archevêque en oignit alors Louis XVI sur la tête, par des ouvertures préalablement pratiquées dans la camisole : à la poitrine, à l'épaule droite, puis à la gauche, puis au pli du bras droit, puis au pli du gauche, accompagnant chaque onction d'un signe de croix et clamant :

— *Ungo te in regem de oleo sanctificato in nomine Patris et Filii et Spiritus Sancti.*

— Pur latin de cuisine, marmonna quelqu'un.

Mais nul ne l'entendit, les cantiques et les orgues couvrant les bruits terrestres.

Le maître de la Couronne de France et le grand chambellan aidèrent alors le roi sacré à revêtir le manteau d'azur semé de lys d'or et doublé d'hermine, apanage royal. Ils lui tendirent l'anneau, symbole de son union mystique avec la France, les gants, symbole de pureté, l'épée Joyeuse, la main de justice.

Une chaleur d'étuve régnait dans la cathédrale.

Le duc de Laon et le comte de Beauvais apportèrent la couronne de Charlemagne, rutilant de pierreries, et le cardinal-archevêque de la Roche-Aymon la posa sur la tête de Louis XVI.

La comtesse de Noailles récita les mots inscrits sur les feuillets qu'elle tenait en main et que proférait en bas la voix chevrotante du prélat :

— Que Dieu vous couronne de la couronne de gloire et de justice, qu'il vous arme de force et de courage, afin qu'étant béni par nos mains, plein de foi et de bonnes mœurs, vous arriviez à la couronne du règne éternel !

De là-haut, cependant, personne n'entendit le roi protester à mi-voix :

— Elle me gêne.

Il pouvait à peine bouger la tête : l'objet pesait bien une dizaine de livres.

Néanmoins, suivi de son cortège, il parvint à la tenir sur l'occiput sans qu'elle tombât, et se dirigea vers le trône perché au sommet de l'estrade, devant le jubé, pour en gravir les quarante marches.

— *Vivat rex in æternum !* clama par trois fois le cardinal-archevêque.

Sa Majesté s'assit, l'assistance se leva, clama sa joie, le fracas infernal des orgues éclata, soutenu par celui des cloches et un grand remous se fit : la foule déferlait dans l'église en criant et en applaudissant. Marie-Antoinette ne put entendre ce que disait la Noailles, elle ne savait où regarder. Qu'était cette foule ? Le bourdon Charlotte fit vibrer les gradins et des coups de canon retentirent.

Accablée par le bruit, les émotions, le sentiment de sa fragilité mélangé à l'idée comme nouvelle qu'elle était reine de France, Marie-Antoinette fondit en larmes.

La princesse de Lamballe, la duchesse de Villars et la comtesse de Brionne se penchèrent vers elle. Elle tira son mouchoir de sa manche et se tamponna les yeux. La comtesse de Noailles aussi reniflait.

Une triple salve de mousqueterie couvrit les premiers accords du *Te Deum*. Miséricordieusement, le moment vint de s'asseoir. Les musiciens du roi chantèrent l'introït : la messe commençait.

Le roi communia deux fois, sous les deux espèces.

Il était maintenant « évêque du dehors », selon les termes du cérémonial.

La messe s'acheva à une heure et demie de l'après-midi. Les cérémonies avaient duré plus de six heures.

La reine était épuisée, mais gardait fière mine. Autour d'elle, presque tous étaient défaits et avaient les yeux embués.

14
Premières bévues

Reine de France certes, mais non sacrée : cela était réservé aux hommes. Elle s'était bornée au rôle de spectatrice et ne détenait de pouvoir que de son époux. Devant la cour et le peuple, elle n'avait que des devoirs. Cette dérangeante constatation revint à Marie-Antoinette plusieurs fois durant les cinq jours que le couple royal et la cour demeurèrent à Reims, et elle finit par la piquer.

Pas de pouvoir propre ? En ce cas, elle se servirait de celui qui lui était délégué. Et elle montrerait à sa mère l'impératrice qu'elle savait le partager. Prévenue par la comtesse de Brionne que Choiseul était venu à Reims, comme beaucoup de Parisiens, elle résolut de lui accorder une audience. Après le camouflet infligé à l'ancien ministre à la Muette, elle ne se l'était pas tenu pour dit. Elle avait une revanche à prendre, tout en ignorant qu'elle faisait ainsi le jeu de celui qui en avait lui-même une à prendre.

Le soir du dimanche 11 juin, alors que le roi se reposait dans un fauteuil, l'air songeur, elle lui déclara :

— Mon ami, j'ai un désir à vous confier.

Il leva les yeux.

— Je voudrais voir M. de Choiseul, qui est venu à Reims pour assister à votre couronnement, annonça-t-elle d'un ton presque mutin.

Il haussa les épaules.

— Voilà une fidélité plutôt touchante à ce personnage, dit-il.

Elle n'entendit pas le sarcasme assourdi de ces mots.

— L'ennui, reprit-elle, est que je ne saurais quand lui accorder audience. Notre emploi du temps est fort chargé.

— Chacun n'a pas besoin de savoir que ce monsieur a eu le privilège d'une audience. Mardi matin à onze heures aura lieu la procession des chevaliers du Saint-Esprit. Tout le monde sera occupé ailleurs. Vous pouvez le voir à neuf heures. Réduisez le personnel à Mmes de Noailles et Brionne.

Ah, la ruse était réussie ! En feignant de consulter son époux, elle obtenait du même coup l'autorisation de l'entrevue et l'indication de l'heure.

Sur quoi le roi se leva pour aller au cabinet d'aisances.

Elle ne releva pas la désinvolture presque méprisante de l'autorisation.

Elle subit ainsi par ricochet les nouveaux camouflets qu'à deux reprises le roi infligea ensuite à celui qu'elle avait cru pouvoir rétablir en grâce. Tant qu'à défendre les maudits et les disgraciés, l'on s'expose à la contagion de leur malchance.

Après la procession des chevaliers, l'ancien ministre s'en vint trouver le roi, sourire aux lèvres ; Louis XVI lui opposa un visage fermé. Et quand, le jeudi 15, les invités du sacre se présentèrent pour le baisemain et que Choiseul approcha, prêt à la courbette, Louis XVI retira sa main brusquement, avec une épouvantable grimace. Nul n'avait manqué l'insulte.

La reine, qui assistait à la scène, se mordit la lèvre. C'était elle aussi qui essuyait l'échec. En se tournant vers la duchesse de Villars, elle aperçut le visage farouche de Mme de Marsan, ancienne gouvernante des Enfants de France. Elle comprit enfin la justesse des avertissements de la comtesse de Noailles concernant l'hostilité irrémédiable de l'ancien duc de Berry à Choiseul : le ministre s'était sans cesse opposé à son père, le Dauphin Louis Ferdinand. L'on insinuait même qu'il l'avait fait empoisonner.

Elle avait perdu cette partie-là. Le duc de Choiseul était pour ainsi dire enterré.

Non, Antonia n'imposerait pas ses volontés à son époux. Une reine de France n'était que la femme du roi de France.

Au retour à Paris, dans les acclamations et après les discours des échevins à chaque étape, l'impensable advint. Le cortège fit halte au lycée Louis-le-Grand. C'était en effet un lycée du roi. Le temps avait viré à la pluie.

Une adresse de bienvenue fut présentée au nom du lycée par un jeune homme tout maigre et vêtu de noir, ce qui faisait ressortir le blanc immaculé de sa perruque ruisselante. Après leur avoir présenté les vœux du collège, ornés de compliments savamment tressés, il exhorta Leurs Majestés à ne jamais détourner leur bienveillante vigilance de ce peuple que Dieu leur avait confié. Tout cela était rédigé en vers latins, de la plume de M. d'Hérivaux.

Du diable si le couple royal y avait compris miette, mais enfin, une harangue en latin ne pouvait qu'être empreinte de respect et de soumission.

Le jeune homme était agenouillé sur la chaussée luisante, devant la portière ouverte.

Lorsqu'il leva les yeux, il vit un gaillard qui semblait épuisé, ainsi qu'une fort jolie jeune femme qui le dévisageait d'un œil curieux. Le roi et la reine, donc.

La main de l'abbé Proyart se posa sur son épaule. L'orateur se releva et s'inclina profondément.

— Quel est votre nom, monsieur l'étudiant ? demanda le roi.

— Maximilien de Robespierre pour vous servir, Sire.

Le roi hocha la tête. La portière fut claquée et le carrosse reprit sa route, suivi par un cortège qui faisait jaillir les flaques d'eau.

Les professeurs et les élèves, écrasés autant qu'éblouis, regardaient le pouvoir qui passait. Les images demeurèrent gravées dans leurs mémoires. Quelques jours.

C'est le sort commun : les idées sont plus tenaces que les souvenirs des gens. Car que serait un être humain sans ses idées ?

Les idées, justement, menaient les guides de l'attelage infernal qu'était la France du temps : d'un côté le parti philosophique, qui entendait brider le pouvoir absolu du roi encore davantage par les parlements, de l'autre des conservateurs qui n'aspiraient qu'à réduire au silence la subsersive sédition de ces derniers.

Fille de la Très Catholique Majesté impériale Marie-Thérèse, Marie-Antoinette n'y entendait rien. Obstinément. Pour elle, l'Église catholique et le pouvoir royal étaient organiquement liés. Toute contestation de ce principe était passible de la Sainte Inquisition. Et devenue, depuis Reims, à la face du monde reine de France, elle avait pris de l'assurance.

Mais pour commencer, elle protégeait ses arrières : Turgot commençait à s'intéresser d'un peu trop près à ses frais. Elle aspirait à voir en place des hommes plus accommodants. Les avanies subies par Choiseul ne l'avaient pas guérie : le 30 juin, deux semaines après le retour de Reims, elle convoqua Maurepas :

— Je vous demande de nommer Sartine et d'Ennery au gouvernement, lui dit-elle tout de go, comme si elle avait commandé un faisan dressé pour le souper.

Sartine était le chef de la police (il avait succédé à Lenoir). Il l'avait écoutée respectueusement quand elle avait proféré sa demande insensée d'un contrôle policier des conversations dans les cafés. Et d'Ennery, ancien gouverneur des Antilles, était un homme dont ses amis lui avaient soufflé le nom comme celui d'un homme de bien. Maurepas fut stupéfait, mais ne dit mot : que savait cette Autrichienne des hommes politiques français ?

— Vous savez déjà, reprit-elle, le désir que j'ai de marcher de concert avec vous. C'est le bien de l'État, c'est le bien du roi et par conséquent c'est le mien.

Il songea que le postulat pouvait s'inverser. Il n'en croyait pas ses oreilles.

— Je vous préviens que je dirai ce soir au roi et que je répéterai ce que je désire.

Il comprit : elle était manœuvrée par les choiseulistes. Mais elle et lui ignoraient que le bruit se répandrait demain dans Paris, cerveau de la France, qu'au lieu de donner des enfants au royaume, Marie-Antoinette se mêlait de dicter des décisions aux ministres.

À dix-neuf ans, même et peut-être surtout une archiduchesse ne pouvait connaître l'explosive chimie des rapports du pouvoir avec un peuple, fût-elle reine. En l'occurrence le peuple français.

Une erreur non corrigée promptement s'incruste. Ce fut ce qui advint.

La lutte acharnée qui s'était engagée depuis longtemps entre le pouvoir et les parlements redoubla avec Turgot. Le nouvel objet de dissension était le suivant : ce ministre avait proposé au roi six édits : ils avaient tous pour objet général d'établir l'égalité fiscale, d'abolir les corporations et de supprimer certains privilèges qui bénéficiaient à la noblesse, tels que les corvées des paysans*.

Une fronde s'organisa au Parlement, composé de nobles qui tous avaient à perdre dans ces édits, notamment les deux derniers, sur les corporations et les corvées. Elle fut évidemment menée par le prince de Conti, une fois de plus aux avant-postes de la contestation.

---

* Les corporations, jurandes et maîtrises des métiers exerçaient un monopole absolu sur toutes les productions, à l'instar des féodalités d'antan, sous l'égide de protecteurs de l'aristocratie. Leur suppression favorisait la libre concurrence et affranchissait le travailleur individuel. Voilà pourquoi une telle mesure en faveur des pauvres fut accueillie avec enthousiasme par le peuple. L'abolition des corvées, telles que l'empierrage des chemins, entraînait la création d'entreprises qui seraient payées par les bénéficiaires. Elle fut donc favorablement accueillie par la paysannerie, qui en faisait les frais jusqu'alors. Ces deux mesures, préfigurant l'État moderne, sont à porter au crédit de Louis XVI aussi bien que de Turgot. Un ouvrier de l'atelier de tournage privé du roi lui déclara : « Sire, je ne vois ici que vous et M. Turgot qui soyez les amis du peuple. »

La cour entière fit écho aux remontrances de Conti, dans lesquelles elle se reconnaissait et qui furent de surcroît soutenues par nul autre que le frère du roi, à savoir le comte de Provence. Les salons parisiens et de province firent écho à l'écho et Turgot devint ainsi la bête noire de la noblesse : ce libéral, clama-t-on, ruinait les fondements du pays. Ses édits abolissaient les privilèges de la naissance et, sous couvert d'humanité et de bienfaisance, introduisaient « les germes pernicieux de l'égalité entre les personnes ». Ni dans le particulier ni dans le général, l'économie n'était le fort de Marie-Antoinette ; elle écouta donc ce qui se disait et ce que disait son époux, du moins quand il consentait à parler. Les fameux « germes pernicieux » l'inquiétèrent : poussés à l'extrême, ils faisaient de sa chambrière son égale. Les dames de la cour l'entreprirent et d'Artois s'indigna : où donc allait-on ?

Et quel malin génie animait donc son époux ?

On était alors au creux du rude hiver 1775-1776. Le prix du pain restait plus élevé qu'avant la crise. Les désordres risquaient de reprendre au printemps.

Or, au lieu d'écouter la noblesse, qui après tout constituait son soutien, ne voilà-t-il pas que Louis prenait la défense des édits qui la contrariaient tant ! N'avait-il donc point prêté attention aux remontrances du Parlement ?

Tels étaient du moins les arguments que Marie-Antoinette entendait autour d'elle. À l'évidence, chacun espéra qu'elle infléchirait la position du roi. Patatras ! Le 12 mars, lors d'un lit de justice à Versailles, il imposa l'enregistrement des six édits. Il prenait donc le parti de ce M. Turgot. Elle en fut irritée, et même inquiète. Car le Parlement s'insurgea, qui plus est en des termes proches de l'insolence.

Le premier président n'avait-il pas osé déclarer au roi : « L'appareil dont Votre Majesté est environnée, l'usage absolu qu'elle fait de son autorité impriment à tous ses sujets une profonde terreur et nous annoncent une fâcheuse contrainte. »

Et il n'avait pas été le seul à semoncer Louis. Évidemment, tous avaient été applaudis avec force. Pis : n'avait-on pas vu Monsieur et le comte d'Artois se ranger dans l'opposition ? Les frères mêmes du roi le désavouaient donc.

Mais le roi n'en avait pas démordu.

— Êtes-vous sûr de ne pas vous être laissé influencer par ce M. Turgot ? lui demanda-t-elle le soir même.

Comme il ne discutait jamais de politique avec elle, il avait pris son temps pour répondre :

— Pas plus que vous ne vous êtes, je l'espère, laissée influencer par mes frères, Provence et surtout d'Artois.

Elle se pinça les lèvres ; elle ne pouvait nier qu'elle voyait beaucoup d'Artois ; il donnait des fêtes amusantes et elle participait souvent à ses chasses au daim dans le Bois de Boulogne. Quoi qu'en pensât ce fâcheux de Mercy-Argenteau, ce n'était pas là un crime : elle était reine, elle avait le droit de se divertir comme il lui plaisait.

— Le Parlement, avait-elle repris, vous a tenu un discours alarmant d'impertinence.

— Il en portera la faute. Ma mie, puisque vous vous intéressez à la politique, sachez donc que ce Parlement ne représente que la noblesse et que celle-ci ne saurait représenter la Nation.

— Mais qui donc la représente ?

— Le Tiers État en fait également partie.

Elle avait frémi.

— Le Tiers État ? Voulez-vous dire la populace ?

— Elle nous a bien fait voir son pouvoir durant la guerre des farines. Elle a donc des droits. Elle travaille, elle porte les armes. Et je ne peux me laisser dicter mes actes par le Parlement de la noblesse.

Elle tenta de se représenter ce qu'était ce Tiers État et ne parvint qu'à évoquer des images de chambrières, de portemanteaux et de valets d'écurie, de charretiers et de gueux aperçus au passage à travers les vitres d'un carrosse. Elle s'indigna en son for intérieur : non seulement ce roi faisait le débardeur, le bûcheron et le serrurier, mais encore prenait-il la défense des vilains. Un Bourbon, lui ?

— Pourquoi l'avez-vous alors rappelé ? demanda-t-elle.

— Il était plus dangereux dans la clandestinité. Au moins je saurai de la sorte ce que pensent mon cousin Conti et mes frères, ainsi que leurs séides.

Un ton sans réplique. Pas trace de regret. Mieux, du défi !

Le lendemain, en dépit de l'opposition publique que le comte d'Artois avait manifestée au roi son frère, Marie-Antoinette ne répugna pas à l'inviter à une fête qu'elle donnait au Petit Trianon, le cadeau que le roi lui avait fait l'année d'avant. Mais elle ne convia pas Monsieur, qui ne lui portait visiblement guère d'estime et dont elle savait qu'en privé il l'appelait « ma belle-sœur autrichienne ».

Diantre, se dit-elle, tout cela restait en famille et elle aussi avait bien le droit d'avoir ses idées sur la conduite du gouvernement.

On en jasa. La défense de Choiseul, l'alliance ouverte avec d'Artois, la convocation de Maurepas, voilà décidément bien des bévues. La reine menait-elle donc une politique contraire à celle du roi ?

Et elle s'occupait de politique ? La question se répandit dans le pays. Elle traversa même les murs du lycée Louis-le-Grand.

— L'Autrichienne s'occupe de la politique de la France ? demanda Maximilien Robespierre, qui ne perdait plus de vue le couple royal depuis qu'il avait prononcé sa harangue, un genou en terre, sous la pluie.

Les gazettes l'avaient en effet informé de l'influence nouvelle de Marie-Antoinette.

Quelques regards désapprobateurs suffirent à lui clouer le bec : on ne parlait pas ainsi de la reine.

15

L'affaire Guines : les illusions de la reine

Depuis quelques jours, l'hostilité du Parlement à la politique royale revenait comme une antienne dans les conversations entre la reine et son beau-frère.

Marie-Antoinette raffolait de la compagnie du comte d'Artois : il était mince, beau et vif, presque endiablé, dépensait des fortunes pour sa mise, fleurait toujours le vétiver, souriait volontiers pour montrer des dents parfaites, dansait à merveille et s'autorisait des impertinences à l'égard de son frère. Que ce fût dans son palais des Grands Prieurs du Temple, dans sa résidence de Bagatelle ou dans son château de Maisons, ses fêtes étaient toujours réussies. Un vrai Viennois !

Quelle différence avec Louis, bougon et vêtu de ratine ! Sans parler de ce balourd mielleux de Provence, à la langue de vipère et qui parlait comme un gueux : « Ma foué je croué ben que je voudrais dormir », baragouinait d'Artois pour l'imiter, et Marie-Antoinette s'esclaffait. Vraiment, la nature n'avait pas équitablement réparti ses dons entre les trois frères.

De surcroît, il était séduisant et ses attitudes à l'égard de sa belle-sœur donnaient à entendre qu'il l'eût volontiers fait valser ailleurs que sur les parquets. Elle en était secrètement flattée et en retirait au moins le prétexte à rêver. Et elle trouvait piquant qu'il lui donnât du « Majesté » en approchant sa bouche de si près qu'elle y humât la pâte à la girofle dont il vantait les mérites pour l'haleine.

La comtesse d'Artois, elle, n'avait trop cure des assiduités de son époux envers la reine : il était notoire que son mari courait frénétiquement le jupon et, de toute façon, il n'eût quand même pas osé culbuter la reine.

Le sujet politique avait surgi une fois de plus au terme de la partie de chasse de ce dimanche, toujours dans le Bois de Boulogne. Marie-Antoinette avait rapporté l'échec de son intervention après la houleuse séance du Parlement.

— Il n'est qu'une manière de mettre mon frère en échec dans cette fâcheuse politique où il s'entête, déclara le comte d'Artois en prenant les rênes de la calèche à deux roues, le « diable », qu'il affectionnait et en s'engageant dans la direction de Versailles.

Le reste de la compagnie, dont la comtesse d'Artois, Babet pour les intimes, sa dame d'atours et quelques autres familiers suivaient dans deux carrosses. L'on souperait au Petit Trianon, aux sons d'un petit orchestre. C'était bien plus amusant que les dîners de Versailles.

— Quelle manière ? demanda Marie-Antoinette, remontant le col de fourrure de sa pelisse de zibeline.

— Le contraindre à se défaire de ce manant de Turgot.

— Le roi lui semble très attaché, observa-t-elle, prudente.

— Ce ministre a fait entrer au gouvernement un mauvais esprit. Quand on pense que le ministre Malesherbes s'emploie à adoucir la condition des prisonniers ! Adoucir la condition des prisonniers, je vous demande un peu ! Et peut-être leur servir de l'aloyau de bœuf et les flanquer de valets !

Elle se mit à rire.

— Vous n'aurez pas grand-peine à me convaincre. Je n'aime pas ce M. Turgot.

— C'est le moins qu'on puisse dire, Majesté, observa d'Artois ironiquement.

De nouveau, elle s'esclaffa. Toute la cour, en effet, connaissait l'objet de la dernière querelle entre la reine et Turgot : elle avait demandé l'indulgence pour un diplomate protégé de Choiseul, le comte de Guines. Un élégant insolent d'une quarantaine d'années, ambassadeur à la langue bien pendue, dont un secrétaire d'ambassade, le mal nommé Tort de la Sonde – son nom secouait les gens de rire, car il signifiait en ancien français « Tordu de l'aiguillette » –, prétendait avoir fait pour lui des spéculations sur des fonds publics ; Tort de la Sonde, criblé de dettes, avait connu la prison et était en procès avec son maître. Marie-Antoinette avait intercédé pour Guines auprès de Turgot, mais en vain. Il répugnait à détourner le cours de la justice et ignorait aussi la capacité de rancune des Habsbourg.

— Mon frère est encore plus attaché à sa popularité qu'à Turgot, reprit d'Artois.

— Il tient à s'assurer la faveur du Tiers État.

Le comte d'Artois haussa les épaules.

— Attendez un peu, Majesté, que Monsieur mon frère apprenne le coût du couronnement et le répande comme il faut chez les gazetiers. Louis verra bien alors si le Tiers État est son véritable allié.

Elle en demeura sans voix. Le coût du couronnement ? L'on comptait donc pour une cérémonie aussi exceptionnelle, un rite millénaire, presque sacré ? La voyant interdite, d'Artois lui lança :

— Votre Majesté n'y avait jamais songé ?
— Non.
— Plus d'un million de livres, Majesté. De quoi alimenter la hargne des gazetiers et des philosophes.

Un million de livres ? La somme n'avait aucun sens pour elle. Était-ce tant que cela ?

— Mais c'était le couronnement…, objecta-t-elle.
— On eût pu le faire à Paris, cela eût coûté le tiers. Mais Louis s'est obstiné sur Reims*.

Ils arrivaient au Petit Trianon. D'Artois descendit et fit le tour de la calèche pour tendre le bras à la reine, cependant que les pages en livrée rouge et or s'empressaient et que les valets d'écurie accouraient pour prendre les rênes. Elle était comme étourdie, par le grand air ou les révélations de son beau-frère, elle ne savait.

Elle gravit le perron, on la défit de sa pelisse, le feu pétillait dans les cheminées, l'orchestre entama une sérénade, le sourire revint aux lèvres de la reine.

On s'en doute, les indiscrétions sur la gabegie du couronnement furent répandues et exagérées ; les gazettes

---

* Le sacre de Louis XVI à Reims coûta en fait quelque 800 000 livres, somme évidemment considérable, et il est exact que s'il avait été fait à Paris, il eût été beaucoup moins dispendieux.

évoquèrent deux, puis trois millions de livres. De beaux esprits et de moins beaux attisèrent la verve de leurs auditeurs et lecteurs par des calculs sur le meilleur emploi qu'on eût pu faire de ces sommes mirifiques, plutôt que de perpétuer un cérémonial archaïque.

Mais malgré ces protestations, les prévisions d'Artois firent long feu : l'opinion ne s'embrasa pas. La France avait un roi et chacun était résigné à ce que ce luxe fût coûteux. Pis : les *Nouvelles ecclésiastiques* évoquèrent les sommes considérables que la reine perdait au jeu et qui, elles, ne servaient certes pas le prestige de la Couronne. L'infâme publication lui avait été adressée à titre de remontrance par Mme Adélaïde, que les traces de variole sur le visage n'avaient certes pas rendue plus aimable.

Marie-Antoinette en conçut un violent dépit. Elle exigea du roi qu'on punît les insolents ayant osé la critiquer, arguant avec force qu'il y allait du prestige royal. En échange, elle ne reçut qu'un regard ironique.

— Ma mie, si vous jouiez comme moi deux louis par soirée, il n'y aurait pas d'indiscrets pour rapporter qu'ils ont gagné trois cent vingt louis sur la reine de France, comme avant-hier soir au lansquenet*. Trois cent vingt louis en un soir !

— Il m'arrive aussi de gagner, répliqua-t-elle, piquée. Trente-cinq louis lundi dernier, par exemple.

— Il vous arrive plus souvent de perdre. Votre cassette est vide au milieu du mois.

— Au moins faites châtier les malveillants qui publient ces nouvelles.

---

* C'était en effet l'un des passe-temps favoris de Louis XVI à Versailles.

— J'en serais bien en peine. Nul ne sait qui les rédige ni où elles sont imprimées.

Elle regagna ses appartements, d'humeur sombre. Rien n'avait changé, Turgot restait au pouvoir.

Et pendant ce temps, l'affaire Guines s'envenimait. Selon Vergennes, l'ambassadeur avait tenu à Londres des propos incendiaires sur les politiques de la France, de l'Espagne et de l'Angleterre, soufflant sur les braises à peine endormies d'une guerre franco-anglaise*.

Chacun y reconnut l'influence de Choiseul, encore lui, de tout temps opposé à la paix entre son pays et l'Angleterre, en outre partisan d'une politique coloniale conquérante. Cela ne pouvait qu'alarmer le ministre des Affaires étrangères, Vergennes, sans parler évidemment de Turgot. Celui-ci tempêta : il était résolument hostile à l'expansion française outre-mer, qu'avait assidûment poursuivie Choiseul, et il se moquait totalement des « îles à sucre », comme il appelait les Antilles, qui étaient un prétexte trop commode à la guerre avec l'Angleterre. Il était d'ailleurs alarmé par le doublement du budget de la Marine que réclamait le ministre protégé de Marie-Antoinette, Sartine.

---

* Guines avait déclaré qu'en dépit du pacte qui le liait à l'Espagne, Louis XVI s'abstiendrait de voler au secours de ce pays dans le cas d'un conflit entre l'Espagne et le Portugal au sujet de leurs colonies des Amériques, et notamment du Brésil, si l'Angleterre ne s'en mêlait pas. La gravité de ces déclarations intempestives procédait du fait que seule l'entente franco-espagnole calmait les ardeurs des Anglais. Les propos furent rapportés par l'ambassadeur d'Espagne à Londres, le prince de Masseran, et à l'ambassadeur d'Espagne à Paris, le comte d'Aranda. Ce dernier montra la lettre à Vergennes.

— Sire, la guerre est le fléau des rois et des peuples ! Les paroles de Guines nous y mènent tout droit.

On ne pouvait maintenir à Londres pareil hurluberlu. Sa révocation fut décidée le 22 janvier 1776. Maurepas ne pipa mot.

À l'évidence, la question dépassait de loin les compétences politiques de Marie-Antoinette.

La décision était supposée secrète ; Marie-Antoinette l'apprit le lendemain par les amis de Choiseul ; le roi la confirma.

— Ce sont à coup sûr des calomnies qu'on répand sur lui, déclara-t-elle.

— Non point, rétorqua Louis. Nos rapports sont vérifiés par des lettres de l'ambassadeur d'Espagne à Londres, communiquées à Vergennes. Guines a proféré beaucoup de sottises. Et de dangereuses. Cet ambassadeur de France ne tient rien moins que les propos d'un agent provocateur.

Donc l'ambassadeur courait le péril imminent de disgrâce.

Le lendemain, 9 février, à l'entracte de l'Opéra, elle reconnut dans la foule le visage de Choiseul. Il la fixait du regard. Elle lui sourit et lui fit un signe de tête. Il accourut. Il portait un superbe habit bleu de paon aux boutons de perles. Elle le prit à part.

— Majesté, c'est la Providence qui a aménagé notre rencontre !

Elle était sans doute naïve, mais pas au point qu'il croyait. Il avait appris que la reine irait ce soir-là à l'Opéra et il s'y était pressé.

— Une grande déconvenue nous afflige, Majesté, s'écria-t-il.

Elle devinait.

— Guines, dit-elle.

Le matin même, ce charançon de Mercy-Argenteau, décidément informé de tout, était venu la supplier de ne point se mêler de l'affaire Guines, quelle que fût sa bienveillance à l'égard de l'ambassadeur : cette affaire remuait bien trop d'intérêts supérieurs dont elle ne pouvait se porter arbitre.

— Oui, Majesté, répondit Choiseul. Les intrigues vont le perdre. La calomnie court plus vite que la flèche, et sa blessure est tout aussi mortelle ! Le ministre Vergennes s'est laissé abuser par des rapports séditieux, et il en a convaincu le roi. Laissera-t-on discréditer l'un de vos serviteurs les plus dévoués ? Je vous sais convaincue de son innocence et ne veux pas imaginer que votre puissance sera mise en échec.

Elle en débattit le lendemain avec d'Artois.

— Le verrou de ces injustices, répondit-il, c'est Turgot. Une fois ce rustre bouté dehors, Vergennes n'osera pas broncher. Mais pour commencer, que Guines écrive à mon frère. Celui-ci n'osera pas trancher sans avoir au moins entendu l'accusé. Une fois prouvée l'innocence de Guines, il sera plus facile de se défaire de Turgot.

Elle fit transmettre le conseil à Choiseul. Cinq jours plus tard, alors que son sort était quasiment scellé, arriva la première lettre de Guines, jurant ses grands dieux qu'il était victime d'une cabale. Le roi se déclara troublé : aurait-on injustement accusé l'ambassadeur ? Trois autres lettres de Guines suivirent. Interrogé sur l'affaire, Vergennes s'indigna : les protestations d'innocence de Guines n'étaient qu'une duperie ; Louis XVI balança un moment entre Vergennes, qui menaçait de se démettre si l'on maintenait cet ambassadeur impudent, et Marie-Antoinette, qui clamait que Guines faisait les frais d'une querelle qui ne lui était pas imputable.

Mais enfin, à supposer même qu'on eût exagéré ses propos, Guines avait enfreint la discrétion diplomatique. Sa révocation fut confirmée et, pour satisfaire la reine, qui s'opposait à une disgrâce publique de son protégé, l'on cacherait à la cour et donc au peuple les véritables raisons de son rappel. En échange d'un silence absolu sur l'affaire, le roi lui accorda même le titre de duc à titre viager.

Choiseul remercia la reine et Guines eut même l'outrance de reparaître à la cour.

— Tout est bel et bon, observa d'Artois peu après, mais Turgot est toujours en poste. Je pense qu'il est grand temps que Votre Majesté lui donne le coup de grâce.

Elle médita l'incitation. Elle était maintenant certaine d'avoir du pouvoir. Elle s'en servirait.

Oui, Antonia était plus puissante et plus avisée que le pensaient sa mère et Mercy-Argenteau. Elle avait vingt ans et tout à apprendre de la vie. Elle prenait le vide bruissant de la cour et celui glacé de ses nuits pour le lot ordinaire de l'existence. Elle ignorait que l'amour enseigne bien plus que l'amour, mais l'eût-elle même su, où l'aurait-elle trouvé ? Au fond du personnage fabuleux qu'était une reine de France s'étiolait une personne affamée, comme une prisonnière dans un cachot splendide.

Antonia emplissait donc de tapage et de volonté de puissance la vie d'une fiction nommée Marie-Antoinette.

16
Les corbeaux, l'hirondelle les dindons et la perruche

LE PRINTEMPS 1776 vit se jouer à Versailles une pièce qu'on eût volontiers qualifiée de comédie de volière n'était la nature des volatiles, qui en faisait un drame de basse-cour.

Il y avait déjà, dans les coulisses du palais, le corbeau Rigoley d'Ogny, responsable du Cabinet noir, qui renseignait le roi sur les indiscrétions commises par les ministres ou les courtisans dans leur correspondance.

D'Ogny n'aimait ni Turgot ni Maurepas. Son aversion pour eux le poussait à l'occasion à des indiscrétions, en l'occurrence des falsifications. Ce fut ainsi qu'il communiqua au roi une lettre d'un ami de Turgot contenant ce jugement aussi dangereux que sans charité : « Je ne croyais pas le roi aussi borné que vous me le représentiez. »

Ce qui signifiait que Turgot tenait sur le monarque des propos déloyaux. Louis, qui l'avait considéré comme un membre de la famille, en fut déçu et vindicatif.

Turgot, informé comme Maurepas de ce ministère occulte, s'en agaçait. Il tenta maintes fois de s'en emparer pour toujours se heurter au refus royal. Il n'avait pas vu le bout de l'affaire.

Un soir, le roi trouva sur une table de ses petits appartements un mémoire sur le moyen qu'avait trouvé la marquise de Coigny de s'acquitter d'une dette de deux cent soixante-dix louis, contractée au pharaon auprès du marquis de Besenval : autant de minutes d'intimité. Besenval avait répondu : « Je suis de prompte nature. Je vous propose donc de payer en trois fois : quatre-vingt-dix minutes me suffiront largement à chaque fois. »

Louis éclata de rire.

Mais d'où venait donc cette missive ? Elle n'avait pu être déposée sur sa table, avec le plateau de fruits, que par un garçon d'étage. Il le héla, et le domestique lui répondit qu'il ne connaissait point l'expéditeur.

Le lendemain, un autre pli de la même farine était posé au même endroit. Moins piquant, mais plus intéressant : le comte d'Artois avait entretenu une brève liaison avec une demoiselle qui n'était autre qu'une nièce de l'ancien chancelier Maupeou. Tiens, tiens !

Troisième soir, troisième pli, sur les déplaisantes rumeurs qu'une certaine dame, courtisée publiquement par Monsieur, faisait courir sur lui : « Il prétend commencer et n'achève jamais. » Louis le lut, trempa sa plume dans l'encrier, écrivit en marge du billet : « J'ai lu » et le fit renvoyer à l'expéditeur. Cela valait une tacite approbation. L'auteur de ces révélations ne tarda pas à se faire connaître : c'était le colonel-marquis de Pezay, amant de la princesse de Monbarrey, une galante flapie et de toutes les intrigues.

— Continuez donc, lui ordonna Louis, ajoutant que de tels services seraient rémunérés sur sa cassette personnelle.

Ainsi un deuxième corbeau s'installa-t-il à Versailles. Les deux cabinets noirs se complétaient d'ailleurs l'un l'autre.

Le roi, cependant, ignorait que Pezay n'était autre que le filleul de Maurepas et que les ragots qu'il lui rapportait ne pouvaient manquer de servir les intérêts de celui-ci.

Sur quoi Malesherbes, le ministre de la Maison du roi, fut pris d'un mal que les ministres ne confessent pas souvent : l'ennui. Ce petit homme dodu et mafflu, passionné de botanique, avait d'abord été flatté d'être appelé dans les hautes sphères du pouvoir. Ancien conseiller de la Cour des aides, membre du mouvement des Patriotes, il avait accepté la charge parce qu'il avait cru que les idées nouvelles avaient fini par s'imposer aux étoiles du royaume et que ses talents seraient utiles à la Nation. Il ferait peut-être briller dans leur cercle les lumières de la philosophie.

En fait, il s'était retrouvé enchevêtré dans un réseau de surveillances, de malveillances et de connivences qui ne correspondait pas à son naturel. Il avait à peine pu améliorer la condition des détenus. S'étant rendu dans quelques prisons parisiennes, notamment celle du Châtelet, il avait été horrifié par la condition des condamnés, croupissant dans une saleté et un avilissement dont personne n'eût pu concevoir le quart. La France était-elle donc un État barbare ? Il s'en était ouvert au roi, qui avait partagé sa compassion et créé une commission chargée de surveiller les conditions d'internement. Mais si elles avaient ému le roi, ces réformes n'avaient suscité à la cour que sarcasmes et commisération, sinon l'irritation de personnages tels que le comte d'Artois.

Décidément, les Versaillais n'étaient pas des humains pareils aux autres. Ils s'estimaient infiniment supérieurs. Cela avait été l'un des principaux motifs de son ennui.

Un autre en avait été l'effroyable propension à la dépense des membres de la famille royale.

Ainsi, quand Mme Clotilde, sœur du roi, surnommée Gros Madame, avait épousé le prince de Piémont, la dot avait été d'un million de livres. Dame, il ne s'agissait pas de lésiner. Eh bien si, et ce fut Turgot qui eut l'audace de le faire : pour le repas de noces à Versailles, le 21 août 1775, la mariée n'eut droit qu'à un banquet, un bal et un spectacle. Minable ! Des noces campagnardes ! Il fallait entendre la cour protester de cette misère. On en accabla le philosophe miséreux autant que Turgot. Il supporta les avanies sans mot dire.

Quand l'une des tantes du roi, Mme Sophie, désira se loger seule, Mme Adélaïde ayant sans doute fini par lui taper sur les nerfs, elle jeta son dévolu sur le château de Sceaux. Horreur, son propriétaire, le duc de Penthièvre, un Orléans, cela disait tout, en demanda deux millions. Le cabinet entier hoqueta de stupeur. En désespoir de cause, le roi céda à sa tante le château de Bellevue.

L'économe Malesherbes s'était pourtant laissé circonvenir par la reine. Celle-ci avait exigé contre Turgot, en larmes et menaçant tempête et éclairs, que sa chère amie, la princesse de Lamballe, duchesse de Penthièvre, fût nommée surintendante de sa Maison, en succession de la triste comtesse de Noailles, qui prenait sa retraite. Il s'en repentit. Pertes de jeux non comprises, les menus frais de Marie-Antoinette s'élevaient à cent cinquante mille livres. Une paille.

Il se lassa : tous ces princes et apparentés, ainsi que leurs ribambelles de parasites, prenaient Louis XVI pour le roi Midas, tels le comte et la comtesse d'Artois, qui avaient exigé trois cent cinquante mille livres pour la maison de leur fils, un bambin. Ce château était un tonneau des Danaïdes. Et les amis philosophes de Malesherbes se gaussaient de ce qu'il en eût accepté la charge : autant aller enseigner la géométrie aux Hurons !

À la différence des autres, cette hirondelle s'en alla soulagée au printemps : le dimanche 12 avril, sa démission fut annoncée. Une fois de plus, Louis fut mortifié ; mais il n'en avait pas fini avec ses mortifications.

Le départ de l'hirondelle agita les volatiles restants.

— Permettez-moi, Majesté, de vous féliciter, souffla le comte d'Artois à la reine, entre deux menuets, le même 12 avril : j'entends que nous aurons à souper un chaud-froid de turgotin.

Son œil pétillait.

— De turgotin ? Vous voulez dire : de turbotin ?

Puis elle se mit à rire, ayant attrapé le jeu de mots.

— J'apprends en effet que Turgot a du plomb dans l'aile. Il est même cuit.

Elle se redressa, à la fois hautaine et satisfaite.

— Mes remontrances au roi auront donc servi, laissa-t-elle tomber.

Dans l'après-midi de ce même dimanche, décidément fatidique, le roi pria le secrétaire d'État Bertin d'aller demander sa démission à Turgot, avec ordre à l'ancien contrôleur des Finances de quitter la cour.

Par le relais des petits commis, qui gardaient toujours une monture sellée, la nouvelle courut de Versailles à la

Muette et de là à Paris. D'Artois, la reine et tous leurs partisans exultèrent. Des cris de joie ! Ils burent du champagne et dansèrent un quadrille féroce avec la princesse de Lamballe et le déplorable Guines. La reine avait gagné !

La réalité était tout autre.

Dès que Malesherbes avait fait connaître sa décision de partir, Turgot avait proposé au roi de le remplacer par l'abbé de Véri ; Maurepas, lui, avait avancé le nom de son neveu, Amelot du Chaillou, une notoire nullité. Ce dimanche 12, une mouche piqua Louis XVI : il choisit Amelot.

Un dindon s'en alla humilié, c'était Turgot. Droit mais fier, il n'avait pas compris que son pouvoir grandissant lui avait valu deux mortelles jalousies : celle de Maurepas, évidemment, contrarié de l'ascendant grandissant que prenait son ancien protégé dans le gouvernement, mais également celle du roi, qui n'entendait pas être à vingt-deux ans le soliveau de celui que les chansonniers brocardaient sous le nom de « Togur ».

Mais quel était donc l'autre dindon ?

Louis XVI n'avait conservé Turgot que parce qu'il l'estimait habile aux Finances, et Maurepas le savait. Il avait donc fait passer au monarque, par l'entremise de son filleul Pezay, une démolition en règle du plan de redressement des finances du royaume, rédigée par son ami le banquier suisse Necker. Le texte montrait suffisamment de connaissances de la question pour retenir l'attention de Louis XVI, qui n'y vit que du feu : ainsi Turgot n'était même pas bon financier.

D'ailleurs ce bonhomme s'était mis tout le monde à dos et par-dessus le marché, il projetait des réformes à ce point ambitieuses qu'une chatte n'y eût pas retrouvé ses petits. Que de querelles en perspective, que de tracas !

C'en était assez : Turgot s'en irait.

Ainsi, Louis avait-il été le second dindon de la farce : il avait perdu deux ministres honnêtes à la suite des intrigues d'un troisième qui ne l'était pas.

Pareille à ces coqs qui s'imaginent que le soleil se lève à leur chant, Marie-Antoinette en conçut un regain d'assurance, que ni les observations de Mercy-Argenteau ni les objurgations de l'impératrice Marie-Thérèse ne purent tempérer. Mais elle n'était pas ce coq. Sa grâce et ses couleurs charmantes évoquaient plutôt une perruche.

À Paris cette année-là, Maximilien Robespierre est en première année de philosophie. Il étudie la logique, qui apprend à former le jugement. Il se destine à être avocat. Au cours d'une dissertation, il écrit que la logique et la justice sont deux sœurs inséparables. Son professeur, l'abbé Royou, qui connaît la réputation d'insoumission que traîne Maximilien, lève le doigt :

— Oui, mais ces deux sœurs sont toutes deux aux ordres de l'autorité, que vous étudierez, Maximilien, quand vous aborderez la morale.

Et de redire ce qu'il répète volontiers à ses élèves dans cette période que parcourent les vents mauvais de la critique sociale :

— La rébellion, même contre les tyrans, est un péché mortel. Car elle sape le principe d'autorité, qui est divin.

Il fixe Maximilien du regard. Celui-ci ne bronche pas : il arrive d'Arras, où il a passé la trêve de Pâques. Il a revu la modestie de sa condition et sait que sa famille fonde de grands espoirs sur sa réussite professionnelle. Dieu merci, le jeune homme est studieux. Pour le récompenser, l'une de ses tantes lui a offert le ressemelage de ses souliers, qui étaient percés et prenaient l'eau.

— La tête s'enrhume par les pieds, a-t-elle dit doctement.

L'image fait sourire Maximilien. Là, sous le regard de l'abbé Royou, il songe que la tête du royaume est déjà enrhumée et que ce n'est certes pas des pieds que le mal est venu.

Il n'osa répliquer qu'une royauté malade compromet justement le principe d'autorité. Là, ce serait justement lui qui menacerait l'autorité. Ce n'est pas le moment : grâce à son application au travail, il a pour le moment les pieds au chaud.

Mais sa mémoire tient aussi au chaud l'information qu'il a pêchée dans un libelle sur les frais de la Maison du roi et les véritables raisons pour lesquelles le contrôleur des Finances Turgot a été congédié.

17
La visite du Père Fouettard

La situation, de surprenante qu'elle était pour le pays et les cours étrangères, devint au fil du temps alarmante : en 1777, Louis et Marie-Antoinette, sept ans de mariage, n'avaient toujours pas de progéniture.

Pas un ambassadeur qui ne fît une grimace de perplexité ou de satisfaction – selon les intérêts de son pays –, quand on évoquait le sujet. Le comte d'Aranda par exemple, ambassadeur d'Espagne, prenait une mine préoccupée, tandis que le ministre de Prusse, Goltz, faisait une moue comique.

Pour le couple royal, sa famille, la cour, le gouvernement et le peuple, fini de dauber, les conséquences étaient dommageables. Si le roi ou la reine étaient stériles, cela signifiait que le trône revenait donc au comte d'Artois, déjà père de Louis de Bourbon, duc d'Angoulême, né en août 1775, au violent dam de Marie-Antoinette. Monsieur, le comte de Provence, pouvait bien feindre de s'agiter auprès d'une dame ou de l'autre, l'évidence s'imposait : il était chapon*.

La royale infécondité ranimait également la question des droits des Bourbons d'Espagne à la Couronne de

---

* L'autopsie de Louis XVIII le confirma.

France. Ce fut d'ailleurs le prétexte sous lequel Mme Adélaïde souleva le sujet, en termes pointus, devant la reine.

— Vous a-t-on informée, Majesté, que si votre couple demeurait sans enfant, ce trône pourrait bien échoir à nos cousins d'Espagne ?

Chacun perçut bien que c'était la Française qui rappelait ses devoirs à l'étrangère.

— Les enfants ne naissent point sur commande, Madame, avait rétorqué Marie-Antoinette.

— Certes, mais ils naissent toujours neuf mois après la conception.

— Ce sujet ne concerne que le roi et moi, madame.

— Je crois, Majesté, qu'il concerne la dynastie et la Nation tout entière, avait insisté Mme Adélaïde avant de prendre congé d'une reine empourprée de colère.

Il avait fallu apporter à la reine de l'eau de mélisse pour qu'elle se calmât.

Neuf mois ! À quoi cette chouette songeait-elle donc ? Neuf mois sans danser ni se rendre aux fêtes de son beau-frère d'Artois ! Elle fondit en larmes, mais cela ne modifiait en rien la situation.

Chacun s'interrogeait : le roi et la reine semblaient sains et dans la fleur de la jeunesse. Il n'y avait qu'à voir danser la reine, et le roi galoper sur les toits de Versailles pour chasser les chats errants ou les corbeaux. Que se passait-il donc ?

Dans n'importe quel milieu, aristocratique, bourgeois ou populaire à Paris ou ailleurs, l'argument sur l'affaire qu'on était certain d'entendre était le suivant :

— Ou bien le roi peut mais ne veut pas, auquel cas il faut conclure que c'est un faible, incapable de gouverner le pays, ou bien il veut, mais ne peut pas, et il est donc débile.

Des rumeurs malicieuses, donc dangereuses, se faisaient jour depuis des mois : la reine calmerait ses ardeurs avec la princesse de Lamballe, ce qui la définissait par l'appellation vulgaire de tribade, comme la femme de Monsieur. On découvrit que c'était là une invention de Frédéric de Prusse. Guère amateur de femmes, le roi de Prusse se représentait Versailles comme une nouvelle Lesbos.

Les chambrières firent fortune : elles étaient soudoyées par quasiment tous les ministres étrangers et même des gens de la cour, désireux de connaître exactement les dates des périodes de la reine et la fréquence des pollutions nocturnes du roi.

À des milliers de lieues, un spectre s'agita soudain devant le frère de Marie-Antoinette, l'empereur Joseph II, qui partageait le pouvoir avec sa mère : celui de la répudiation de sa sœur. Un scandale dynastique et politique de premier ordre, car Louis n'épouserait certainement pas en secondes noces une archiduchesse de la maison d'Autriche, et Dieu seul savait où il irait quérir une donzelle plus soumise.

À Vienne, la colère s'empara soudain de Joseph II, tel un coup de sang.

— Qu'y pouvez-vous ? gémit l'impératrice, calée dans sa bergère.

Son fils arpentait les parquets du salon Vieux-Laque de Schönbrunn, faisant claquer ses talons comme des coups de pistolet.

— Je connais ma sœur, s'écria-t-il, c'est une tête de vent. Mercy-Argenteau ne nous dit la vérité qu'à mots couverts : elle ne cesse de festoyer et se couche à l'heure où son époux se lève. Croyez-vous que ce soient là des circonstances favorables au commerce conjugal ?

— Elle m'écrit que la nonchalance n'est sûrement pas de son côté.

— Elle ment ! Je la connais. Nous avons besoin de ranimer notre alliance avec la France à propos de la Bavière. Imaginez que le Bourbon s'impatiente* ?

L'impératrice posa son éventail. Les raisons d'État emportèrent ce qui lui restait d'indulgence, à vrai dire déjà lassée, pour sa fille.

— Mais que projetez-vous ?
— Je vais y aller, déclara Joseph II.
— Vous allez alarmer les chancelleries.
— Je voyagerai anonymement.
— La préviendrez-vous ?
— Non. N'en avertissez pas non plus Mercy.
— N'allez point en colère.
— Non, j'irai en frère. Mais aussi en monarque. Il faut lui rappeler qu'elle est une Habsbourg.

Il partit le 1er avril en petit équipage, sous le pseudonyme de comte de Falkenstein. Le 18, il était à Paris. Il descendit chez un aubergiste allemand, pour ne pas

---

* L'électeur de Bavière se faisait vieux, n'avait pas d'héritiers et l'Autriche envisageait une opération militaire pour s'emparer du pays.

alerter les chancelleries, comme sa mère le craignait à juste titre. Le lendemain, il était à Versailles. On l'introduisit chez la reine par un escalier dérobé.

Surprise. Émotion. Élan. Quelques larmes. Le roi fut prévenu. Un souper intime à trois remplaça les festivités prévues.

Ils se virent évidemment tous les jours. Quand Sa Majesté impériale ne visitait point Paris, de l'École militaire au Jardin des Plantes, il était chez la reine, et sinon en tête-à-tête avec le roi. Ils discutaient politique. Les ambitions de Frédéric. Celles de Catherine. Les risques d'une nouvelle guerre entre les Russes et les Turcs. Louis XVI demeurait sur la réserve ; il écoutait, hochait la tête, mais ne parlait guère ; n'avait-il donc pas ses opinions ? Ou bien était-il trop jeune pour connaître l'état de l'Europe ?

À la vérité, Louis se demandait ce que voulait ce visiteur impérial. Il n'avait pas fait deux semaines de voyage et ne prolongeait pas son séjour à Versailles pour rien. Louis le laissa venir, comme on fait dans la chasse au cerf, suivant en cela le conseil de Vergennes. D'ailleurs, il l'assomma de propos sur la chasse.

Joseph II était un monarque expérimenté et qui plus était, fort de l'appui de sa mère. Son autorité se devinait à son ton et à son assurance naturelle. Il connaissait le monde : il était empereur. Et les femmes : il avait été deux fois veuf.

Le roi flaira-t-il le véritable motif de la visite ? Si Joseph II logeait modestement chez un baigneur de Versailles, lui, l'empereur d'Autriche, il n'en était pas moins constamment dans l'intimité royale. Louis XVI abaissa donc sa garde : si son beau-frère pouvait persuader sa sœur de meilleures dispositions au lit, il avait tout à y gagner. Car il était aussi conscient que la cour et le pays tout entier de l'étrangeté de sa situation.

Les deux hommes se parlèrent donc franchement. Le roi, d'ordinaire si pudique, détailla tout. Depuis le début, ses relations conjugales avec celle qui n'était encore que Dauphine avaient été empêtrées et frustrantes. Elle souffrait d'étroitesse du chemin et ressentait l'intrusion du membre viril comme une insupportable épreuve. Il l'abrégeait donc.

— Combien de temps ?
— Deux ou trois minutes.
— Et rien ne se produit ?
— Non, le frottement l'indispose au plus haut point. J'ai donc fini par appréhender les rapports et ne les pratique que par devoir.
— Mais vous-même êtes bien conformé ?

Louis XVI éclata de rire.

— Sire, je n'ai pas eu l'occasion de faire des comparaisons, mais je pense n'être pas défavorisé par la nature.
— Le membre est droit ?
— Tout à fait droit*.

---

* La crudité de cet échange est plus qu'amplement reflétée dans la lettre que Joseph II adressa le 22 avril à son frère Léopold, grand-duc de Toscane : « Dans son lit, il [*Louis XVI*] a des érections fort bien conditionnées. Il introduit le membre, reste là sans se remuer, deux minutes peut-être, se retire sans jamais décharger, toujours bandant, et souhaite le bonsoir. Cela ne se comprend pas, car avec cela il a parfois des pollutions nocturnes, mais en place ni en faisant l'œuvre, jamais. Et il est content, disant tout bonnement qu'il ne faisait cela que par devoir et n'y avait aucun goût. Ah ! si j'aurais pu [*sic*] être présent une fois, je l'aurais bien arrangé. Il faudrait le fouetter pour le faire décharger de foutre comme les ânes. »

— Et elle ?

— Quand elle veut bien me recevoir, je ne peux pas dire qu'elle m'échauffe le sang par ses caresses. La plus honnête façon dont je puisse décrire nos rapports est qu'elle me supporte et quitte le lit dès qu'elle juge l'affaire conclue. Le plus souvent, elle condamne sa porte et je me retrouve bredouille dans cette antichambre où traînent sans cesse des courtisans. Puis je rentre me coucher avec le chambellan*.

— Faites donc ménager un couloir privé.

— J'y songe.

— Ma sœur, j'ai à vous parler.

Elle examinait des brocarts avec la duchesse de Mailly. Une fois celle-ci congédiée, Marie-Antoinette, inquiète, interrogea son frère du regard ; elle le trouva sévère et s'alarma : quelques jours auparavant, le 9 mai, alors qu'elle se proposait d'accompagner le roi dans un voyage à Brest, il avait désapprouvé le projet en termes raides :

— Je ne vois pas ce que vous iriez faire à Brest avec le roi. Vous ne lui êtes bonne en rien**.

Elle avait ouvert de grands yeux :

— Votre ton avec lui est trop leste, manque de respect et le désoblige publiquement. Ce n'est pas parce qu'il ne vous rabroue pas qu'il n'est pas contrarié. Il me revient donc de vous le dire.

---
* Le chambellan couchait dans la chambre du roi.
** Ce sont les termes dont Joseph II usa avec sa sœur.

Le lendemain, après le souper, alors qu'elle se préparait à aller jouer aux cartes, il lui avait quasiment donné l'ordre, en public, devant le duc de Coigny et la comtesse de Polignac, d'aller rejoindre le roi.

Mais elle n'osait regimber devant lui. Là, elle s'assit et il s'installa dans un fauteuil.

Qu'allait-il encore dire de contrariant ?

— Vous êtes mariée depuis sept ans révolus et vous n'avez pas d'enfant mâle. Cela est inacceptable.

Elle ouvrit la bouche, mais le ton de son frère l'invita à clore le bec. Il n'était pas Louis ; ce n'était pas un homme à s'en laisser conter et il n'avait pas la langue dans sa poche ; de surcroît, il possédait l'autorité du frère aîné. Devant lui, elle redevenait Antonia.

— Vous allez sans doute invoquer la maladresse du roi. Elle est réelle, je n'en doute pas, car c'est un garçon candide, mais elle est aggravée par la vôtre, reprit-il. Votre froideur au lit n'engage pas votre époux à prolonger votre union. Vous grimacez et faites mine de souffrir cent morts.

On eût cru qu'il les avait espionnés derrière une tenture. Elle en fut ébahie. Mais elle fut aussi effrayée par la rudesse du ton.

— Il n'est pas galant, bredouilla-t-elle.

— Estimez-vous-en heureuse : il n'a pas l'habitude d'autres femmes. Et de toute façon, il n'est pas contraint de vous faire des grâces et cajoleries : vous êtes son épouse et l'affection qui vous unit devrait suffire à bien vous disposer.

Elle le regarda, penaude, les mains sur les genoux. Elle n'était plus reine de France, mais une petite princesse autrichienne semoncée par son frère aîné, qui se trouvait être empereur d'Autriche. Or, elle ne le devinait que trop, son discours reflétait celui de l'impératrice.

— Sept ans ! s'écria-t-il avec la rudesse dont elle le savait capable mais qu'il n'avait depuis son arrivée jamais laissé entrevoir. Sept ans et pas une fois la semence de votre époux ne s'est épanchée en vous ! D'où la stérilité de votre couple. Savez-vous que vos exigences et vos mômeries d'enfant gâtée compromettent l'équilibre de l'Europe ?

Elle écarquilla les yeux.

— La France a besoin de la stabilité du trône, qui dépend de sa descendance ! Sans compter que l'Europe, et nommément l'Autriche, ont besoin de la stabilité de la France. Quant à vous, vous mettez tout cela en danger par vos sensibleries et vos mièvreries, tonna-t-il en se penchant vers elle. Vous osez, aux yeux des courtisans, condamner votre porte au roi ! C'est un péché mortel ! L'abbé de Vermond ne vous l'a-t-il pas dit ?

Elle fut soudain saisie d'épouvante. Tout cela allait encore plus loin qu'elle l'avait redouté.

— Ma sœurette, poursuivit-il d'un ton menaçant, les péchés mortels se paient souvent dans l'au-delà. Mais vous pourriez bien expier celui-ci de votre vivant.

Il la fixa de son regard de dogue.

— Car le roi, dit-il d'un ton insidieux, pourrait vous répudier.

Elle ne put retenir un cri d'horreur.

— Me répudier ! souffla-t-elle.

— L'Église lui en donne le droit. Et que seriez-vous alors, Antonia ? Vous qui êtes à présent l'une des femmes les plus comblées au monde ! Marie-Antoinette, reine de France. Vous deviendriez une épouse répudiée à cause de sa coquetterie. Vous vous changeriez alors en la femme la plus malheureuse du monde, une épouse légitimement rejetée en raison de son insoumission. Même un sergent de l'armée ne daignerait pas vous courtiser. Il ne vous resterait que le couvent, la vieillesse et l'attente de la mort dans le repentir. Et tout cela parce que, jadis, votre déduit aurait été trop étroit et sensible pour un membre royal ! Ha !

Livide et figée, elle se passa la main sur la gorge.

— N'escomptez pas, dans votre disgrâce, la compassion des vôtres. S'il vous répudie, Louis épousera une princesse d'un pays qui n'est pas de nos amis. Votre légèreté aura mis en péril la politique de l'Autriche. Ni l'impératrice ni moi ne vous en saurions gré.

Elle sentit poindre des larmes.

— Sept années de plaisirs égoïstes et frivoles et toute une vie d'abjection ! murmura-t-il sombrement.

— Vous m'éprouvez, Joseph, articula-t-elle.

— Le bon sens que votre mère et moi avons tenté de vous inculquer par nos recommandations pendant toutes ces années vous eût peut-être évité cette épreuve, sœurette. Mais non, vous avez cédé à l'attrait du plaisir facile, à la sottise des soirées de paillettes et de musique.

Un silence passa. Marie-Antoinette ravala sa salive.

— Être une épouse, fût-elle royale, implique des devoirs. Je vous prie, pendant le bref délai qui vous est imparti, de vous montrer plus avenante à l'égard d'un homme qui est charmant, droit et fidèle : Louis XVI.

Il laissa les mots résonner.

Ils étaient comme autant de pierres qui fracassaient un monde de buées charmantes et de musiques frivoles.

— Nulle femme ne saurait espérer meilleur mari : un roi, jeune, beau et ardent, qui n'attend que votre bonne volonté pour vous consentir la plénitude réservée aux épouses. Servez-vous donc, ma sœur, des charmes et des ruses dont la nature vous a dotée pour combler votre mari.

Il la fixa de nouveau, de son regard de salamandre cette fois.

— Ou bien c'est le plus noir désastre qui vous attend.

Il se dressa, la considéra un long moment et se pencha sur elle pour l'embrasser sur les deux joues. Elle fondit en larmes. Il n'en parut pas davantage ému.

— Ai-je entendu vos bonnes résolutions ? demanda-t-il.

Elle hocha la tête.

— Je vous laisse vous recomposer une mine plus avenante.

Et il sortit.

La visite d'un frère ? Ç'avait été celle du Père Fouettard.

18
« Qu'est-ce donc que la réalité, grands cieux ? »

S'INSTALLAIT-IL DONC À PARIS ? Il commençait à lui peser par ses incessantes remontrances. Ainsi, le 23 mai, alors qu'elle et lui revenaient de la Comédie de la ville, à Versailles, elle proposa d'aller le lendemain à la Comédie-Italienne à Paris. Sèchement, il observa que ce jour-là était un jour de jeûne et que si elle se rendait à Paris, elle en rentrerait tard.

— Il ne serait pas convenable de faire attendre trop longtemps son souper au roi, déclara-t-il.

La comtesse de Polignac et Mercy-Argenteau étaient présents, et la reine trouva humiliant de recevoir des leçons de bon ton en présence de tiers. Elle maugréa.

— Je souhaiterais éviter de vous rappeler des évidences, rétorqua-t-il.

Le jour suivant, une autre querelle éclata à propos du décor des petits appartements, qu'elle demandait au roi de faire changer, ce que refusait ce dernier pour des raisons de coût. Là encore, Joseph II, témoin de la discussion, se montra peu amène. C'était le mari qui commandait les dépenses, elle devrait s'en souvenir.

— Je ne suis point votre épouse pour écouter vos semonces, protesta-t-elle.

— Raison de plus pour que je n'aie pas de complaisance à votre égard. Je vous parle pour votre bien, répondit-il en lui adressant un regard entendu. Vous connaissez le souci que je porte à votre bonheur présent et surtout futur.

C'était un rappel de ses précédentes et sinistres remontrances. Elle ne répliqua pas. Néanmoins, elle fut soulagée quand, le 30 mai, Joseph prit congé du couple royal pour un voyage de découverte de la France.

— Ma chère sœur, lui dit-il lors de leur dernière entrevue, je vous rappelle que vous n'êtes pas en ce monde pour assouvir vos désirs de frivolités. Votre rang d'archiduchesse d'Autriche, reine de France, vous impose de prendre conscience de vos devoirs envers votre famille et votre époux. Ce n'est pas dans les mièvres saloperies* que vous lisez que vous en trouverez l'inspiration. Il vous faut changer l'image que vous donnez au monde d'une reine égoïste et légère.

Elle le suivit d'un regard songeur tandis qu'il montait dans son carrosse.

« Médisez, médisez, avait écrit Voltaire, il en restera toujours quelque chose. » Un moraliste eût pu adapter la cynique observation de la façon suivante : « Conseillez, conseillez… »

---

* Ce sont les termes dont usa Joseph II, en français, pour qualifier les lectures de sa sœur.

L'irritation et les mortifications que les remontrances de son frère avaient values à l'ancienne Antonia pâlirent devant le spectre de la répudiation qu'il avait agité.

Elle en fit des cauchemars. Une nuit, elle s'éveilla brutalement, en sueur : elle s'était vue hâve et aux portes de la mort, dans une cellule de couvent. Elle faillit même en crier.

Au fil des jours, elle atténua ses exigences impérieuses et réprima ses mines triomphales. Elle se fit plus rare aux fêtes de son beau-frère d'Artois, par exemple, et plus présente auprès de son époux.

Quelques bribes de conversations perçues çà et là l'incitèrent à rabattre son caquet au sujet du départ de Turgot : ce n'était pas tant ses récriminations contre le contrôleur des Finances qui en étaient cause que l'apathie de Louis XVI : Turgot avait trop embrassé.

Elle pesait moins dans la politique de la France qu'elle l'avait cru.

Une tristesse lui vint ; elle la cacha. L'échéance s'imposa à son esprit, inéluctable : il lui fallait avoir un enfant. Cela signifiait un désagrément bien plus long que ceux endurés jusque-là. Un quart d'heure peut-être, au moins. L'idée fut longue à s'imposer, mais enfin l'été favorisa la langueur nécessaire : le 18 août 1777, annoncerait-elle douze jours plus tard à sa mère, Marie-Thérèse, après son bain, entre dix heures et onze heures quinze du matin, le congrès, terme galant, se déroula.

« Je suis dans le bonheur le plus essentiel pour toute ma vie », écrivit-elle.

Pour la première fois, la semence royale s'écoula en elle.

Le 26 et le 29 aussi.

Le roi se montra « guilleret ». L'exploit ne fut pas répété avec excès, surtout quand il s'avéra que la reine devenait grosse.

Les regards d'Artois se firent pensifs.

Cependant, il n'était pas dit que la politique épargnerait sa grossesse. Survint un imbroglio pareil à celui de gueux en foire, même si la comparaison n'aurait jamais traversé l'esprit de Marie-Antoinette, l'un des gueux étant son propre frère Joseph. L'autre était Frédéric II de Prusse.

Joseph lorgnait sans cesse de nouvelles conquêtes et Frédéric était bien décidé à les lui interdire. Les deux chamailleurs se mesuraient sans cesse du regard, et même de l'épaule. Quand Joseph, dans un coup digne d'un brigand de grand chemin, sinon d'un empereur, occupa soudain la Bavière, l'Europe hoqueta de stupeur et c'est un Frédéric II outragé qui massa des armées aux frontières de la Bohême.

L'Autriche étant liée à la France par un traité d'amitié, Joseph et sa mère étaient assurés que celle-ci volerait à leur secours si la guerre éclatait. Or la Prusse le savait et son ambassadeur offrit à Louis XVI la neutralité de son pays dans le conflit avec l'Angleterre, si en cas de guerre la France s'abstenait de voler au secours de l'Autriche.

L'ambassadeur Mercy-Argenteau, le chancelier Kaunitz, Joseph II et Marie-Thérèse, sans compter l'archiduc Maximilien, circonvinrent alors la reine. Il n'était de jour que l'un des quatre ne lui envoyât une lettre ou un message pour la prier de s'assurer de la fidélité du roi à l'alliance autrichienne. Elle devait se montrer digne de son sang autrichien, des Habsbourg et de son rang.

À l'évidence, ils supposaient qu'elle régnait sur la France en archiduchesse d'Autriche.

Les rondeurs de la reine étaient visibles de tous : elle abordait son quatrième mois. Mercy-Argenteau en avertit la cour de Vienne et Joseph II sourit finement : ce gros pataud apathique de roi de France n'oserait pas refuser une faveur à l'épouse qui portait son premier enfant.

Sa grossesse engendra aussi des illusions chez Marie-Antoinette : maintenant qu'elle donnait enfin au trône et au peuple de France ce qu'ils attendaient depuis sept ans, elle avait des droits. Que diable, n'était-elle pas archiduchesse d'Autriche ? Elle les ferait valoir, ses droits !

Dès la première conversation sur le sujet, Louis se montra ferme et même s'emporta :

— C'est l'ambition de vos parents qui va tout bouleverser ! s'écria-t-il, tout rouge et clignant précipitamment ses gros yeux de myope. Ils ont commencé par la Pologne et voilà qu'ils gobent la Bavière ! Je le regrette pour vous.

— Mais vous aviez approuvé l'affaire de Bavière… ? rétorqua-t-elle, prise de court par cette réaction.

— J'étais si peu d'accord que j'ai donné l'ordre à nos ambassadeurs de faire savoir dans toutes les cours où ils se trouvent que nous la désapprouvons.

— Mais vous avez conclu une alliance… ?

— Je peux désapprouver la conduite de l'Autriche et rester son allié.

À Vienne, cela chauffait : Kaunitz convoqua l'ambassadeur français, le baron de Breteuil. À Paris aussi : Vergennes convoqua Mercy-Argenteau. Louis XVI ne broncha pas.

Joseph II crut appâter son beau-frère en lui offrant les Pays-Bas autrichiens s'il envoyait des troupes françaises à sa rescousse. En vain.

Marie-Antoinette, elle, ne se le tint pas pour dit. Elle fit quérir Maurepas et Vergennes :

— J'exige, leur dit-elle, dans un état d'émotion déconseillé par son médecin Vermond, que nous envoyions trente mille hommes au secours des troupes impériales.

Le conseiller et le ministre écoutèrent placidement et rapportèrent l'entretien au roi. Celui-ci sourit et secoua la tête : pas question.

Le médecin s'interposa pour représenter les dangers de la contrariété pour la grossesse de la reine.

— Je vous entends, mais il faut que la reine ne demande rien que je ne puisse accorder. Je n'irai au secours de l'Autriche que si Frédéric envahit ce pays.

Elle pleura, elle tempêta. Sans plus d'effet.

La guerre finit par éclater. Dès la première quinzaine de juillet, elle tourna rapidement au désavantage des Autrichiens. Marie-Thérèse, enfin convaincue de l'inanité de la bagarre qui opposait son fils à Frédéric II, supplia cette fois sa fille d'intervenir auprès du roi : qu'il offrît ses bons offices pour arrêter le conflit et parvenir à un accord. C'était bien ce que Louis XVI avait d'abord offert, mais les Autrichiens avaient rejeté la demande comme un verre d'eau de mélisse.

Marie-Antoinette était dans tous ses états. Elle s'arrêtait soudain de parler pour fondre en larmes, elle soupirait. Amère pilule : la preuve de sa faiblesse était patente : elle n'était que le jouet de puissances infiniment plus grandes qu'elle.

Une rose secouée dans les bourrasques.

Catherine de Russie s'impatienta de l'algarade qui pouvait remettre en cause le partage de la Pologne, dans un cas comme dans l'autre : elle dépêcha des troupes à la frontière polonaise, puis pria Joseph II sans ménagements de faire la paix avec le roi de Prusse. Marie-Thérèse écrivit en secret à Louis XVI : elle consentait à rendre la Bavière.

Enfin, sa belle-mère recouvrait donc ses esprits. Il daigna s'entremettre. Les combats cessèrent. Marie-Antoinette était épuisée.

Dans la nuit du 18 au 19 décembre 1778, à trois heures trente, les douleurs annonciatrices alertèrent le château de Versailles. La première femme de chambre de la reine, la comtesse de Polignac, courut informer le père, et le maître de la Maison du roi fit à son tour avertir par les pages les princes et les princesses.

La reine fut transférée sur son lit de travail. Les courtisans renoncèrent au sommeil pour assister à l'accouchement, qui devait se dérouler en public, afin d'établir l'authentique origine de l'enfant. Ils se pressèrent dans le couloir et jusque dans l'antichambre.

À sept heures du matin, le médecin de la reine, M. de Vermond, frère du confesseur, annonça solennellement :

— La reine va accoucher.

On ouvrit les portes de la chambre à coucher. Les curieux s'y engouffrèrent. Au bout d'une heure, la chaleur devint telle que la reine se sentit mal et Louis XVI força une fenêtre calfeutrée pour lui donner de l'air.

Deux petits Savoyards étaient grimpés sur une commode pour mieux suivre le royal événement.

À onze heures trente, des vivats et des applaudissements éclatèrent : l'enfant était délivré et le cordon ombilical fut coupé. Une fille.

La reine s'évanouit, à bout. On pratiqua une saignée. Elle revint à elle.

On emporta l'enfant une fois lavé, pour le baptiser dans la chapelle. Il fut tenu au-dessus du bassin de marbre par Monsieur, le comte de Provence, et son épouse. Lui représentant le parrain, le roi d'Espagne, et elle la marraine, l'impératrice d'Autriche. Le roi choisit le nom de Marie-Thérèse Charlotte et le prince-cardinal de Rohan, grand aumônier de France, la baptisa.

Louis XVI la surnomma d'emblée « la Petite Madame ».

La mère n'en sut d'abord rien. Elle ne vit rien non plus de la liesse populaire, des fontaines de vin au coin des rues de Paris et des banquets des pauvres payés par le roi. Elle n'entendit que les cloches de Versailles.

Pâle et affaiblie, assise sur une duchesse brisée dans sa chambre, Marie-Antoinette regardait d'un œil mélancolique le ciel de décembre. L'épreuve avait été aussi terrible qu'elle l'avait redouté.

La comtesse de Polignac lui tendit un linge trempé d'eau de rose pour se rafraîchir le visage.

Le roi et la nourrice venaient de ramener l'enfant. Elle le prit dans ses bras et le contempla. C'était une fille. Il faudrait donc recommencer.

Une grande mélancolie s'empara de la nouvelle accouchée dans les jours suivants. Ses amis, à commencer par Mme de Polignac, le comte d'Artois, le baron de Besenval, le comte de Guines, et même les amies éconduites comme la comtesse de Dillon, sans parler de l'inévitable Castelnau, qui jouait les soupirants transis, s'ingénièrent à la distraire.

Ils n'y parvinrent qu'à demi. Il sembla pendant des semaines que sa seule véritable distraction fût la Petite Madame. Elle surveillait le bain, l'habillement, les tétées, le sommeil, et Louis la rejoignait souvent. Tous deux penchés sur le berceau passaient alors plus de temps ensemble qu'ils n'en avaient trouvé le loisir jusqu'alors. Le visage épanoui du roi disait sa fierté d'être père. Les baisers qu'il déposait sur la joue de sa femme, en arrivant ou en partant, exprimaient sa gratitude. Même quand les soirées du dimanche à Trianon reprirent, on devina bien que la maternité avait transformé la reine.

Cependant, elle était souvent pensive jusqu'à l'abattement.

L'abbé de Vermond le nota :

— Majesté, répondit-il, un jour qu'elle l'interrogeait sur les raisons pour lesquelles on était parfois triste alors qu'on avait toutes les raisons du monde d'être heureux, avec le temps, l'esprit humain étend son regard plus loin. Au fur et à mesure qu'il découvre l'immensité de la réalité, il s'aperçoit qu'il a de moins en moins d'emprise sur elle. Un enfant est plus maître de son royaume qu'un roi ne l'est du sien.

— Qui en est alors le maître ?
— Dieu, Madame.

— Et le roi ?
— Il est son mandant sur la terre.
— Et le roi ne gouverne donc pas la réalité ?
— Moins qu'il le veut.
— Mais qu'est-ce que la réalité ? s'écria-t-elle. Qu'est-ce que la réalité, grands cieux ?

L'ecclésiastique, interdit, se trouva à court de mots. Il ne pouvait pas dire que c'était ce que percevaient les sens humains, car ils ne saisissaient pas la réalité de Dieu. Il ne pouvait pas davantage répondre que c'était ce que l'esprit percevait, car l'esprit non plus ne pouvait embrasser le monde.

— Pour le moment, Madame, c'est votre famille, dit-il enfin.

Car l'être humain parvenu au bord de l'abîme n'échappe au vertige qu'en détournant son regard pour regarder la terre derrière lui.

— La vie s'assombrit-elle donc au fur et à mesure qu'on vieillit ? demanda-t-elle encore.

— Non, Madame, au contraire, elle s'éclaire, parce que le besoin de Dieu se fait plus fort.

Elle se prit à rêver, à demi somnolente.

Une silhouette se forma dans sa mémoire.

Un jeune homme élancé, au teint mat, aux yeux sombres, aux sourcils noirs, à la bouche charnue, mais ferme et impérieuse.

La conversation lui revint en mémoire :

— Est-ce votre premier carnaval à Paris ?

— Oui, madame.

Un dieu nordique. Odin.

Les masques se pressaient autour d'eux.

— Est-il aussi joyeux que vous l'espériez ?

— Il est fort allègre, mais le mot « carnaval » vient, vous le savez, du latin *carne vale*, c'est-à-dire qu'il s'agit d'un adieu à la chair, et de tels adieux portent leur part de mélancolie.

— Vous êtes bien grave, monsieur, pour votre âge et cette fête !

— Veuillez me le pardonner, madame. Vos charmes me rendent impardonnable. Je tâcherai d'être gai.

— J'y compte, monsieur.

Elle avait ri et il l'avait suivie du regard. Elle portait un domino. C'était à l'Opéra, un 30 janvier.

Ciel, c'était en 1774. Quatre ans déjà ! Autant dire un siècle. Elle aussi avait suivi son regard quand elle avait ôté son domino et que tout le monde avait reconnu la Dauphine. Il avait tenté de la rejoindre, mais elle s'était retirée dans une loge.

Elle sourit au passé.

Elle l'avait revu, quelques mois auparavant.

— Le comte Hans Axel de Fersen, Majesté.

— Ah ! Mais voilà une vieille connaissance !

À vingt-deux ans, il était encore plus beau. Et ce regard ardent !

Elle évoqua le jour où il s'était présenté au Petit Trianon en costume national : tunique blanche, dalmatique bleue, culotte de chamois surmontée d'une aigrette jaune et bleu, ceinture dorée, épée d'apparat.

Elle se souvint de l'émotion qu'il avait suscitée parmi les dames et même les messieurs.

Elle l'avait reçu la veille. Peut-être le verrait-elle ce soir. Elle s'endormit.

À Paris, Bastien Pelletier, compagnon couvreur, s'endormait aussi, d'un sommeil triste et pourtant peuplé de résolutions. La tristesse provenait du fait qu'il n'avait pu recevoir sa promise, Pulchérie, pour passer la nuit avec elle. En effet, il partageait son logis sous les toits, rue de Beaubourg, avec trois hommes, un apprenti de son métier, un apprenti mitron et un tissandier. Dame, au prix où sont les logements à Paris ! Soixante livres pour une chambre sous les toits ! Et avec la neige qui les glaçait, ces toits, la chaleur de quatre hommes n'était pas superflue pour rendre le logis habitable.

Il gagnait honnêtement sa vie et il eût pu payer les soixante livres pour habiter seul – soixante-quinze jours de salaire ! – s'il n'avait été contraint par piété filiale d'en envoyer le tiers à sa mère infirme, à Boulogne.

Il avait donc invité Pulchérie, une bonnetière de Boulogne elle aussi, une exquise rousse, un bouquet vivant de fleurs des champs, qui le regardait comme s'il avait été l'un des apôtres, à partager le souper dans une auberge : une soupe et une saucisse aux pommes de terre, avec un pichet de vin de Saumur. Leurs échanges s'étaient limités à des étreintes folles sous une porte cochère, mais le froid perçant les avait à la fin séparés.

Les résolutions se résumaient à ceci : demain il irait demander à M. Chèze du Sausset (l'avocat dont il avait réparé les toitures quelques jours auparavant) de lui avancer les fonds pour s'établir à son compte. M. Chèze du Sausset avait été enchanté de son travail; il était prospère, il ne pourrait lui refuser les trois mille livres nécessaires. Trois mille? Trois mille cinq cents, plutôt. Allez, on verrait.

Les trois autres hommes ronflaient.

Mais il les entendait à peine. Il rêvait déjà de Pulchérie.

19
Une rêveuse sur la scène des marionnettes

Après le renvoi de Turgot et le départ de Malesherbes, la cour et la Nation tout entière furent pénétrées du sentiment que c'était bien Louis XVI qui dirigeait le pays, et non les factions. Dame ! Il avait mécontenté assez de gens, d'une part les noblesses rouge et noire avec ses édits sur les impôts et les corvées, de l'autre les Patriotes et les Philosophes ou Physiocrates, comme on les nommait, avec le rappel des parlements pour qu'on en fût sûr : il n'en faisait qu'à sa tête.

Les uns et les autres ignoraient que cette tête était délicate : les turbulences l'incommodaient. Louis avait horreur des tracas. Voilà pourquoi il avait éconduit Turgot, ce ministre obsédé de chambardements. Les aigreurs des autres l'incommodaient autant, c'était la raison pour laquelle il avait rappelé les parlements. La conviction profonde de ce brave homme, comme l'avait jadis appelé Marie-Antoinette fort imprudemment, était que tout le monde serait bel et bon à condition d'être content, et son désir le plus cher était d'être aimé. Il ne se voulait pas seulement le père de la Petite Madame, mais encore de son peuple.

Pour l'heure, c'est-à-dire en 1778, les conservateurs avaient la main haute. Ils se retrouvaient dans l'illusion que tout reprendrait comme jadis et que les réformes, ainsi que les idées libérales ne seraient bientôt plus qu'un mauvais souvenir.

Or les ambitions politiques sont pareilles au mouvement perpétuel, et les choiseulistes avaient repris leurs manœuvres pour circonvenir Marie-Antoinette. L'autorité de la reine s'étant raffermie malgré tout avec la naissance de Marie-Thérèse Charlotte, elle était donc, jugeaient-ils, encore plus capable de servir leurs desseins. Ils ignoraient que depuis l'échec de son intervention auprès du roi, elle considérait le monde des affaires avec plus de distance qu'auparavant. C'était d'un œil froid que, dans sa « Petite Vienne » de Trianon, elle suivait, d'après les commentaires de ses familiers, l'évolution des affaires sous le règne – quel autre mot ? – du nouveau commis aux Finances, Necker.

Le 22 octobre 1777, elle avait appris, en même temps que le reste de la cour, le remplacement de Turgot par M. Jacques Necker. Du moins le quasi-remplacement : Louis l'avait nommé conseiller des Finances et directeur général du Trésor royal. Bref, le nouveau venu aurait le pouvoir de Turgot, mais non le titre de contrôleur, en raison de sa religion.

Elle avait été surprise : il était non seulement étranger, mais encore protestant. Se trouvait-on diable à court de catholiques capables de compter ? Mais enfin, ces gens-là, schismatiques autant qu'ils fussent, se recrutaient dans le civil et il se pouvait bien que celui-là eût autant de mérite qu'on l'assurait.

Un point plaidait en sa faveur : ce Prussien installé à Genève était riche, à tel point que sa banque, Thélusson, Necker et Cie, avait, quelques années auparavant, permis au Trésor français de se tirer d'affaire.

— Enfin, observa d'Artois, voilà quelqu'un qui ne se mettra pas de l'argent dans la poche.

— Je dirai mieux, renchérit le duc de Lévis, c'est un homme qui sait faire de l'argent, et nous en avons bien besoin.

Après le bref passage aux Finances du déplorable Bernard de Clugny et la démission du piteux Louis Gabriel Taboureau*, la cour et le pays tout ensemble attendaient un homme capable de maîtriser l'hydre à sept têtes qu'était ce ministère.

Quand il lui fut présenté, Marie-Antoinette en retira une impression mitigée. Le visage était singulier : avec son front fuyant et son menton disproportionné, il évoquait on ne savait quel animal, peut-être un chimpanzé ou un ragondin. Le discours était cérémonieux, empesé. Passons : on ne peut exiger des calculateurs d'être des hommes de cour.

On parla beaucoup de ses mesures d'économie ; elles consistèrent à réduire le nombre de gens qui, chargés de récolter les impôts, finissaient par coûter de l'argent, à commencer par les intendants et à conclure par les receveurs

---

* Clugny, coquin et débauché, avait été nommé par le roi grâce aux intrigues de Rigoley d'Ogny, espion du Cabinet noir, et du premier valet de chambre, Thierry ; il mourut quatre jours avant la désignation de Necker, des suites de ses outrances. Pezay, rival de Necker, fut promptement éliminé par ce dernier. Taboureau, directeur du Trésor, fut battu en brèche par Necker après le renvoi des intendants.

généraux. Les intendants, qui l'avaient d'abord pris de haut, en furent pour leurs frais : leurs charges furent purement et simplement supprimées. Quant aux receveurs, ils passèrent de quarante-huit à douze et perdirent leur intéressement aux sommes perçues.

Nul ne se doutait qu'il s'agissait là seulement d'une mise en bouche.

Les semaines s'écoulant, en effet, l'on fit bien plus que parler des réformes de Necker : l'on en gémit, et l'on finit par en glapir. Elles ne touchaient pas seulement quelques intendants et receveurs généraux, mais la cour tout entière. À peine se remettait-elle de ses couches que Marie-Antoinette fut assaillie par les quémandeurs qui venaient la supplier d'épargner les charges que ce Necker de malheur abattait avec la furie d'un bûcheron fou. La comtesse de Polignac avait fort à faire pour les tenir à l'écart.

La cause de leur émoi était que tous ces gens, tels le grand écuyer ou le premier maître d'hôtel, s'enrichissaient depuis des lustres en vendant les charges subalternes qu'ils étaient censés distribuer pour le compte du roi et non le leur. Necker y avait brutalement mis fin.

D'Artois était venu exprimer ses doléances.

— Si cela continue, Majesté, nous irons tous en braies ! avait-il clamé en agitant un mouchoir parfumé. Cet homme est encore pire que Turgot !

— Vous vous félicitiez de sa nomination.

— Majesté, cet homme est un loup dans une bergerie.

— Monsieur mon beau-frère, avait-elle répondu, je sais que M. Necker commence même à s'occuper des dépenses des Maisons du roi et de la reine. Je devrais donc être la première à m'inquiéter. Mais le roi est intraitable sur ce sujet. Je m'en accommode.

À vrai dire, elle se fichait un peu des récriminations de ces gens, d'Artois compris. Des quelques bribes rapportées par la comtesse de Polignac, elle avait pu juger qu'un grand désordre régnait dans l'administration des charges des membres de la famille et des grands courtisans. Il ne serait pas malvenu d'y mettre bon ordre.

De toute façon, elle n'avait que deux intérêts dans l'existence (surtout après les monitions de l'abbé de Vermond). Le premier était la croissance de Marie-Thérèse Charlotte, qu'elle surveillait quasiment heure par heure. Le second…

Elle peinait à se l'avouer : il se nommait Axel de Fersen. Rien qu'à sa voix et à ses gestes, retenus mais orientés par le pôle magnétique de la reine, il était ardent. Chastement ardent. Or cette ardeur sans défaut donnait en elle-même le vertige. Si le cheval s'emballait…

Buées, songes, fantasmes.

Elle ne pouvait, non, elle ne pourrait… Le spectre de l'adultère agita ses draps rouges et ses griffes, escorté par celui d'une grossesse illégitime.

Fersen était en tout cas la cause obscure d'un autre changement survenu dans le regard de la reine. En lui rappelant qu'elle était femme en manque d'affection, il avait éveillé les images d'une vie où elle ne serait pas l'esclave des siens ni de ses sujets. Affranchie de la tutelle sourcilleuse de son frère et de sa mère par la naissance de sa fille, elle s'était prise à considérer Versailles comme un domaine beaucoup trop vaste et inhumain, d'où ses retraites de plus en plus fréquentes à Trianon. Dans un monde idéal, elle et Fersen auraient évolué, tels Daphnis et Chloé, dans les roses, les iris et les charmes d'un printemps arcadien.

— Est-il nécessaire que le gouvernement soit à Versailles ? avait-elle demandé à son époux. L'on bute à chaque pas sur les ambitions de gens qui sont comme la meute. Un accident, et le chasseur deviendrait gibier. Nous sommes tel un couple de perdrix, soumis sans cesse aux mille feux de regards prédateurs.

Il s'était laissé aller à sourire.

— Ce n'est pas faux, ma mie. Mais en maintenant ici, à ma portée, le siège du pouvoir, je l'arrache aux tourbillons de Paris, encore plus dangereux. Voyez-vous que je me fasse huer dans les rues de la capitale parce que moi-même ou le gouvernement aurions pris des mesures qui déplairaient à la plèbe ?

En 1778, la menace de guerre avec l'Angleterre se fit imminente. Fersen partit pour Le Havre, brûlant de conquérir la gloire à défaut de celle qu'il consumait du regard.

Le cœur de la reine voleta avec lui jusqu'à ces horizons hostiles. Quel gâchis que cette jeunesse et cette beauté vouées aux indignités des boulets et du sabre, de la boue et des sanies !

La guerre n'eut pas lieu*. Fersen revint à Versailles l'été suivant, en 1779. L'accueil de Marie-Antoinette fut encore plus chaleureux, ce qui n'échappa point aux regards de la meute. Il accompagnait souvent la reine à l'Opéra et la cour entière s'interrogeait sur la nature de l'amitié particulière qu'elle lui portait. On jasa. Pareilles à des insectes importuns, les rumeurs parvinrent aux oreilles de la comtesse de Polignac.

— Il n'est pas un instant de la journée de la reine qui ne soit soumis aux regards de la cour ou de sa Maison, répliqua-t-elle, non sans irritation. Les soupçons que vous me rapportez ne reflètent que l'ignorance ou la vilenie de ceux qui les propagent.

Cependant, en mars 1780, un épisode frappa bien des témoins. Le comte de Fersen annonça à la cour qu'il partait pour l'Amérique en qualité d'aide de camp du lieutenant général de Rochambeau.

— Je viens donc faire mes adieux à Leurs Majestés, conclut-il, et les prier de me souhaiter bonne chance.

L'émotion se lut presque immédiatement dans les yeux de Marie-Antoinette : ils s'embuèrent. L'ambassadeur de Suède était présent ; il le rapporta à son ministre.

Une nouvelle indiscrétion agita la cour. La duchesse de Fitz-James, s'entretenant en aparté avec Fersen, lui déclara impudemment :

---

* Français et Espagnols avaient projeté un débarquement en Angleterre. Les carences de la flotte espagnole, des retards malencontreux, des conditions sanitaires épouvantables, l'indécision des Français et surtout d'Orvilliers et de Louis XVI réduisirent à néant cette ébauche du Camp de Boulogne de Napoléon. Les tempêtes d'équinoxe annulèrent le projet.

— Quoi, monsieur, vous abandonnez ainsi votre conquête ?

— Si j'en avais fait une, madame, je ne l'abandonnerais pas. Je pars libre et malheureusement, sans laisser de regrets*.

Ce bref échange fit le tour des salons, renforçant et récusant tout à la fois les rumeurs qui avaient essaimé depuis plusieurs mois. Le penchant de la reine pour Fersen était bien réel, même s'il n'avait pas été couronné.

— Il semble que les médisants n'aient jamais connu l'amitié, répondit dédaigneusement la comtesse de Polignac à ceux qui, choiseulistes ou non, lui reprochaient d'avoir nié l'évidence.

Cependant, Necker continuait de nettoyer les écuries d'Augias. Une gazette, évidemment séditieuse comme toutes les gazettes, *l'Espion anglais*, rapporta les charges qu'il avait supprimées dans la Maison du roi. Le bon peuple en fut ébahi : sur les 406 offices de la Bouche et du Commun par exemple, on comptait huit écuyers chargés de porter au roi le bouillon du matin ! seize hâteurs de rôt, dont la seule fonction était de surveiller la cuisson des rôtis ! Et ainsi de suite. On se félicita donc que le nouveau ministre des Finances eût réduit à néant 1 300 charges de ce genre.

Derechef, les récriminations reprirent. Comme la reine se déclarait incapable d'y répondre et encore moins

---

* Dialogue authentique.

de satisfaire les requêtes, on s'adressa au roi. Il fut d'airain. Le duc de Coigny eut ainsi l'imprudence de se plaindre à lui de la réforme des écuries ; le monarque répondit :

— Je veux mettre de l'ordre et de l'économie dans toutes les parties de ma maison. Ceux qui y trouveront à redire, je les casserai comme ce verre.

Sur quoi il avait brutalement jeté par terre un récipient de cristal.

Ainsi soutenu, Necker attaqua le domaine des grâces royales.

C'étaient les salaires, pensions et gratifications consentis par le bon plaisir du roi. Ils coûtaient au Trésor 28 millions de livres : exactement le montant de la dette publique. L'affaire s'annonça plus rude qu'avec les valets d'écurie et les galopins, car c'étaient cette fois des sommités de la noblesse qui se trouvaient ainsi privées de leurs prébendes.

La rêveuse s'éveilla. Fersen était donc en Amérique : elle n'allait pas suspendre sa vie pour autant.

Tout comme le bon peuple, elle suivait telle une longue séance de marionnettes les interminables remplacements de ministres. Deux figures principales occupaient la scène, à droite Gros-Bonhomme et à gauche Malin-Machin. Les ministres apparaissaient et débitaient leurs boniments. « Me plaît pas ! » nasillait Gros-Bonhomme en assénant un coup de bâton sur la tête du fâcheux qui s'effondrait et qui était incontinent remplacé par un autre. « Ignorant ! » clamait Malin-Machin, qui assommait à son tour le nouveau venu.

Gros-Bonhomme était évidemment le roi et Malin-Machin, Maurepas.

La séance de massacre était particulièrement animée depuis l'arrivée de Necker et l'instauration de l'esprit d'économie.

Le crédit de Sartine, ministre de la Marine et jadis choiseuliste protégé de Marie-Antoinette, allait croissant. Necker en prit ombrage. La reine ne le protégeait d'ailleurs plus : elle le surnommait « l'avocat Patelin ».

Lors d'une querelle entre Necker et Sartine, Bertin, secrétaire d'État à l'Agriculture, prit le parti du second. Pan ! Son ministère fut supprimé.

Advint ensuite un scandale : Baudard de Saint-James, bras droit de Sartine, avait émis en douce pour une vingtaine de millions de billets à ordre qu'il ne pouvait couvrir. Necker feignit l'apoplexie : l'occasion était rêvée pour lui de se débarrasser de Sartine ; il plaida donc auprès du roi son renvoi, responsable de ce désordre insensé. Pan ! Sartine fut renvoyé. Il fut remplacé par le marquis de Castries, héros de la guerre de Sept Ans.

On trouvait à la Guerre un certain Saint-Germain, militaire revêche, qui s'était mis trop de monde à dos. Pan ! Saint-Germain fut démis.

Son remplaçant, le prince de Montbarrey, n'était qu'une ganache corrompue et dissolue, dont la maîtresse, une fille de l'Opéra nommée Mlle Renard, vendait les grades militaires, les croix de Saint-Louis, les emplois et l'attribution des marchés de fournitures. Il était difficile à congédier, parce que parent de Mme de Maurepas. Il laissa commettre une grosse bévue : la Renard avait donné à son propre frère un brevet d'officier que Marie-Antoinette destinait à l'un de ses protégés. C'était déjà grave, ce fut aggravé par le fait que la reine le méprisait déjà. Elle décida de les éliminer, lui et sa renarde.

Apparut alors sur la scène, entre Gros-Bonhomme et Machin-Malin, un troisième personnage, armé aussi d'un bâton : Marie-Antoinette elle-même. Pour se débarrasser de Montbarrey, encore fallait-il proposer un successeur ; elle n'y entendait rien en affaires militaires, aussi choisit-elle le candidat suggéré par la comtesse de Polignac : le glorieux marquis-maréchal Henri de Ségur. Il avait perdu un bras à Lawfeld, ce qui ne l'empêchait pas de penser droit.

Sentant le vent tourner, Maurepas, lui, suggéra comme successeur de Montbarrey un autre illustre militaire, le comte Pierre de Puységur.

Les spectateurs étaient parfaitement informés de l'intrigue dont ils ne perdaient pas une miette : qui triompherait de la reine ou de Maurepas ? Et quel serait donc le prochain ministre de la Guerre, Ségur ou Puységur ? On en composa des chansons à belles rimes.

Le roi hésitait, car d'une part, il ne voulait pas mécontenter Maurepas et, de l'autre, Ségur était un choiseuliste. Or deux ministres de ce clan, Castries et Vergennes, figuraient déjà au gouvernement. La comtesse de Polignac pressentit le danger et s'agita :

— Majesté, vous ne pouvez laisser Maurepas imposer son choix. Songez donc, la cour entière guette la décision du roi. S'il optait pour Puységur, vous seriez humiliée publiquement.

Une fois de plus après l'affaire autrichienne ?

Pour s'occuper convenablement de cette affaire, il eût fallu négliger les représentations du théâtre de Trianon, auxquelles Marie-Antoinette consacrait le plus clair de son temps. Mais il se trouvait que son époux, étrangement, y puisait un grand intérêt : il avait même renoncé aux après-dîners de loto, à ses parties de billard avec Mme Élisabeth et à ses promenades nocturnes pour suivre les répétitions.

C'était mieux ainsi, songea-t-elle : de la sorte, elle tenait le roi dans son aire, elle le gagnerait plus facilement à ses idées et pourrait de la sorte porter l'estocade à Maurepas.

Le destin s'en mêla.

Le 6 décembre, un courrier venu de Vienne et suivi par un Mercy-Argenteau éploré annonça que l'impératrice était morte une semaine auparavant, le 29 novembre, après cinq jours de maladie.

Un silence effroyable tomba sur la cour.

Marie-Antoinette s'était cloîtrée dans ses appartements et seul Louis XVI y avait accès. Il offrit des consolations. Il connaissait ce chagrin-là. Quels que soient les âges, la mort d'un père ou d'une mère vous ramène à votre enfance et l'on se retrouve orphelin. De surcroît, elle rappelle que l'on est soi-même mortel et que le temps a passé et passera. Les larmes ne lavent rien.

Marie-Antoinette, elle, se changea en Antonia. Personne ne veillerait plus sur elle comme sa mère jusque-là.

Elle resta prostrée plusieurs heures, assistée par la comtesse de Polignac. Elle ne retrouva un peu de parole que le jour suivant, pour s'entretenir avec la nourrice de la santé de Petite Madame, mais ne quitta guère ses appartements. Elle prenait ses repas seule ou en compagnie de Louis.

Le choc l'affaiblit : elle se mit à tousser et se moucher. L'hiver était vif. Le médecin Vermond prescrivit le repos, la chaleur, des bouillons chauds, des tisanes fébrifuges.

Elle ne fut rétablie que deux semaines plus tard.

Pendant ce temps, Maurepas pouvait croire la partie gagnée.

Nenni : l'avertissement de la comtesse de Polignac n'était pas tombé dans l'oreille d'une sourde ! Le matin de Noël 1780, le premier où elle se sentit vaillante, la reine pénétra soudain à sept heures dans la chambre du roi et fit quérir Maurepas. Après une séance aussi brève qu'embarrassée, elle arracha au roi la nomination de Ségur, devant un Maurepas pris de court.

Elle avait bien calculé : Louis n'avait pas osé ajouter une contrariété au chagrin.

Cette fois, Montbarrey et Malin-Machin recevaient chacun un coup de trique. Cependant, seul Montbarrey partit. Maurepas, piqué dans son amour-propre, s'en fut bouder à Pontchartrain, attendant qu'on le suppliât de rentrer.

Mais le théâtre des marionnettes n'était certes pas fermé.

Robespierre, enfin bachelier depuis quelques jours, se délecta de sa lecture de *L'Espion anglais* dans la diligence qui le ramenait à Arras. Les luxes de satrapes dont il lisait la description étaient payés sur les deniers du peuple.

Mais à vrai dire, Maximilien le Romain ne s'y entendait guère en finances. Ses sœurs se demandaient quelle pouvait bien être sa passion. L'abbé Proyart aussi. La réponse était si simple que personne n'y songeait : c'était lui-même.

Aussi restait-il puceau.

À quoi bon se gaspiller auprès d'une donzelle ? Cela absorbe trop de forces et de temps.

20

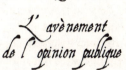

L'avènement
de l'opinion publique

PENDANT CE TEMPS, le trône restait sans Dauphin. Un fantôme au masque mat aida Antonia à supporter les assauts renouvelés de Louis. Elle fermait alors les yeux, pour imaginer que c'étaient les mains et l'haleine d'Odin qui l'encerclaient dans la pénombre des courtines.

Ces adultères virtuels sont légion ; ils sont bien souvent l'étai des copulations légitimes. Rares en effet sont ceux et celles qui ne mènent une vie rêvée parallèle à l'autre. Le mensonge soutient le tissu de leurs jours, comme ces doublures qui arment le galbe des jupons, corsages et revers.

Ainsi Marie-Antoinette avait-elle jadis assuré l'impératrice sa mère que son enfance et sa légèreté étaient évanouies, que sa tête était désormais bien posée.

Le 22 octobre 1781, les vagissements d'un second enfantelet emplirent les appartements de la reine, mais cette fois l'on avait interdit la foule et les témoins étaient comptés.

Grâce au ciel, c'était un garçon.

Louis l'appela Louis Joseph Xavier François, prénoms de ce frère aîné, duc de Bourgogne et précédent Dauphin, dont la présence avait tant subjugué sa jeunesse et qui était parti vingt ans plus tôt. Trop tôt.

Les célébrations recommencèrent avec une ferveur renouvelée par rapport à la naissance de la Petite Madame. Elles s'étalèrent sur deux semaines, égayées par de pittoresques moments, comme la visite des dames de la Halle en robe de soie noire, venues présenter félicitations et vœux à Leurs Majestés.

Provence et d'Artois en restèrent cois : avaient-ils donc sous-estimé l'Autrichienne ? Ils n'avaient d'abord vu en elle qu'un ornement de la cour, plus apte à danser au bal et à jouer de la harpe qu'à partager le poids d'une couronne. Or voilà qu'elle avait imposé un ministre et donné un Dauphin au pays.

Leurs espoirs de succession prématurée pâlirent. Le respect imprégnait désormais leurs propos quand ils s'adressaient à la reine, ou qu'ils en parlaient.

Entre-temps, une bombe avait éclaté : en février, chez le libraire Panckoucke, Necker avait publié un état détaillé des finances de la Nation en cent seize pages, le *Compte rendu au roi*. Du jamais vu : il y révélait pour la première fois en France la structure des finances royales, comme un boutiquier ouvre son livre de comptes, avec les colonnes doit et avoir. C'est dire qu'il en était fier : les dépenses s'élevaient à 254 millions, contre 264 millions de recettes ; l'excédent de dix millions prouvait à l'opinion publique que M. Necker se montrait bon administrateur. Mais c'était là un dévoilement du mystère du pouvoir. Necker avait fait briller les Lumières sur les ténèbres de la royauté.

L'initiative était insolente : elle mettait le roi devant le fait accompli et lui imposait Necker devant la Nation.

Elle constituait en fait une riposte à la faction qui s'inquiétait du pouvoir et de la popularité grandissante de ce Prussien, sans doute envoyé par l'ennemi, Frédéric II de Prusse. Provence, d'Artois, Choiseul, Maurepas, Vergennes et leurs séides clamèrent leur haine pour l'homme qui mettait fin au système fermé de l'ancienne monarchie et l'assujettissait aux banquiers internationaux, genevois, hollandais, génois et l'on en passait : Necker avait en effet emprunté beaucoup d'argent à l'étranger.

Le plus marquant, même si nul ne le percevait alors, était l'engouement pour le livre : on en vendit cent mille exemplaires. Car bien plus que le mystère des finances, Necker avait révélé celui de l'opinion publique. Aucun pamphlet, aucun placet n'avait jamais connu pareil retentissement. Necker était le héros du jour et l'on vendait ses portraits gravés comme des images saintes. Il fut couvert d'éloges.

Une nouvelle royauté avait vu le jour, bien plus absolue que celle du roi. Bien plus dangereuse aussi puisque fantasque, vulnérable aux beaux mensonges, sujette aux caprices de l'événement et difficile à conjurer : l'opinion.

Plusieurs s'en avisèrent, à commencer par les frères du roi et leurs coteries : s'il fallait désormais gouverner en public, comme l'on se couchait et l'on accouchait, c'en était fini de la monarchie. Et c'était à cela qu'aspirait ce protestant ? Rêvait-on ?

Un vaste clan de ses ennemis se constitua, au premier rang desquels se trouvaient Monsieur et d'Artois, sans parler de Maurepas, de Vergennes et d'autres sires. Il multiplia les libelles contre Necker. Le plus redoutable, anonyme comme tant d'autres, avait été réalisé par Cromot du Bourg, ancien intendant de Monsieur ; il contenait le texte d'un mémoire secret de Necker, datant de 1778, où il était patent que le banquier projetait de réformer intégralement l'État et de réduire les parlements à des chambres d'enregistrement, sans véritable pouvoir législatif.

Louis XVI en fut outré : le Genevois s'arrogeait donc des pouvoirs égaux au sien !

Bien sûr les parlements, indignés par les projets de Necker, s'agitèrent aussi, et l'on se retrouva dans la situation qui avait régné du temps de Turgot.

Le feu était allumé : Maurepas n'avait qu'à y déverser de l'huile ; il tint au roi un discours décrivant Necker comme un banquier international, c'est-à-dire un homme sans patrie, et un républicain pour aggraver son cas.

L'épreuve de force s'engagea : Louis XVI fut sommé de choisir entre Maurepas et Necker. Ce fut Maurepas. L'on était au printemps, le roi séjournait à Marly. Necker s'y rendit et ne fut pas reçu. Il s'adressa à Maurepas, qui lui enjoignit de présenter sa lettre de démission à la reine.

Marie-Antoinette avait suivi le combat, méditative. Était-il sage, en pleine guerre d'Amérique, de se séparer d'un homme aussi populaire que Necker ? Son époux l'ignorait-il ? La cabale qui avait sonné l'hallali paraissait plus puissante que les intérêts de l'État.

Quand Necker eut été introduit, elle le dévisagea ; il était comme défiguré par l'émotion.

— Permettez-moi, Majesté, de vous présenter le message que voici, à l'intention du roi. En effet, je n'ai pu lui remettre celui que je lui destinais.
Elle décacheta le billet.

> *La conversation que j'ai eue avec M. de Maurepas ne me permet plus de différer de remettre entre les mains du roi ma démission. J'en ai l'âme navrée. J'ose espérer que Sa Majesté daignera garder quelque souvenir des années de travaux heureux, mais pénibles, et surtout du zèle sans borne avec lequel je m'étais voué à la servir.*
>
> *NECKER*

Elle leva les yeux ; ceux du visiteur étaient mouillés. L'on percevait à travers les murs les gazouillis de Marie-Thérèse Charlotte penchée sur le berceau de son frère.
— N'auriez-vous pas cédé à l'émotion ? demanda-t-elle.
— Non, Majesté. L'évidence est que je suis plus populaire dans le pays qu'auprès du roi.
— Ne voudriez-vous pas ajourner votre démarche à demain, ou bien me permettre de conserver ce billet jusque-là ?
Il secoua la tête.
— Je suis assuré, Majesté, que mon sort est scellé devant le roi.
Elle hocha la tête. Il prit congé.
Le roi lut le billet d'un œil sombre et de trop près, comme d'habitude.
— Peut-être est-il temps de le rappeler, suggéra-t-elle. Vous l'avez apprécié.

Il eut un geste brusque de la tête.

— Non, je le veux ainsi.

— Vous faites bien du plaisir à M. de Maurepas en vous privant d'un ministre aussi populaire.

Il se leva et fit quelques pas vers la fenêtre, visiblement mécontent. Elle le regarda : vingt-sept ans, le visage toujours mou en dépit de la carrure, la lippe soudain vengeresse. Le rictus de l'affirmation.

Il n'avait pas supporté l'autorité de l'âge et de l'expérience qui émanait de Necker. Et c'était justement la popularité de ce dernier qui l'avait blessé. Le directeur démis se comportait tel un vice-roi. Insupportable prétention !

Comme Turgot, cet homme avait voulu tout réformer. Or Louis ne voulait pas qu'on réformât pour lui. En avait-il peur ?

La nouvelle parvint à Paris le lendemain, 20 mai 1781.

La consternation fut générale et perçue comme une calamité nationale.

La tête de Necker était tombée !

D'habitude encline aux sarcasmes quand celles d'autres ministres roulaient sur le théâtre de Polichinelle, l'opinion publique fut cette fois-là aussi accablée que stupéfaite.

Les cafés étaient pleins de monde, mais il n'y régnait rien d'autre que le silence. Les harengères de la Halle pleuraient. Des jours durant, le renvoi de M. Necker monopolisa les conversations. On recommença à vendre les estampes de ses portraits. On en compta quelque soixante-dix versions. La réaction de la province fut semblable.

Les financiers faisaient grise mine. Les actions de la Compagnie des Indes baissaient fortement. La confiance vacillait.

Pour avoir refusé de partager sa popularité, Louis XVI perdait ce qui lui en restait.

Fort de sa licence décrochée le 15 mai, c'est à Paris que Maximilien Robespierre apprit le départ de Necker – les ecclésiastiques s'informant les uns les autres avec une remarquable promptitude. Aux airs sombres de ses professeurs, il comprit qu'ils étaient soucieux. Il s'abstint de tout sarcasme : il devait encore obtenir son diplôme d'avocat et une bourse de départ.

À Marly, pas plus les conversations des courtisans que la musique ne parvenaient à alléger la morosité empreinte sur les visages. Marie-Antoinette le remarqua et s'efforça de dissiper le malaise causé par ce nouvel orage. Comme à son habitude, le roi se retira à dix heures du soir. Elle n'avait pas le cœur à jouer au lansquenet et opta pour le loto, distraction où elle risquait bien peu. À onze heures, elle se retira pour passer d'abord dans la chambre de Petite Madame, où la nourrice dormait au pied du lit. Puis elle se rendit auprès du berceau du petit Louis, réveillant ainsi sa nourrice, la bien nommée Mme Poitrine.

— Tout va bien ? chuchota-t-elle.

La nourrice hocha la tête. La reine pouvait gagner sa chambre.

La chambrière chauffait les draps avec une bassinoire. La comtesse de Polignac aida Marie-Antoinette à se déshabiller et à enfiler sa chemise de nuit.

La reine demeura seule.

Et que faisait donc Axel ? Se couvrait-il de gloire aux Amériques… ? Elle entendait tant de choses sur les exploits et les déboires des forces françaises parties prêter main-forte aux anciens colons anglais en rébellion contre George III…

— Qu'est cela ? demanda à la même heure la comtesse de Provence, ouvrant la bonbonnière d'argent que lui tendait Mme d'Estrées, dans la pénombre de l'alcôve.

— Des pastilles à la rose, ma mie.

La comtesse tourna vers sa maîtresse son petit torse brun aux seins jolis, mais guère flattés par la proximité d'un visage de gueux napolitain, vaguement moustachu.

— Mon haleine vous contrarie-t-elle ?

— Je pense que la rose en ornerait souvent les exhalaisons.

La comtesse s'adossa aux coussins.

— Vous devriez vous en mettre dans l'huis, dit-elle.

— Comment ?

— Je pense parfois, quand je vous gamahuche, que vous sentez fort.

Mme d'Estrées s'indigna.

— Moi ?

— Vous m'avez entendue, ma mie. Les bidets ne sont point faits pour les biches.

L'autre bouda.

— Nous sommes donc quittes, dit la comtesse. Vous connaissez le vieux proverbe que m'a servi mon époux : « Tel cuide engeigner autrui qui souvent s'engeigne soi-même. »

— Vous a-t-il jamais gamahuchée ?

— Il a la langue bien pendue, mais c'est pour cracher ses humeurs de vipère. Pour le reste, comme vous le savez, c'est un sourd au concert.

Mme d'Estrées pouffa. Madame, elle, mit un bonbon en bouche et le suça.

21
Le retour d'Odin

MALBROUGH s'en va-t-en guerre,
Mironton mironton mirontaine
Malbrough s'en va-t-en guerre
Ne sait quand reviendra,
Ne sait quand reviendra,
Ne sait quand reviendra !

Il reviendra z'à Pâques
Mironton mironton mirontaine
Il reviendra z'à Pâques
Ou à la Trinité...

Marie-Antoinette éclata de rire. C'était un page du roi qui chantonnait la ritournelle à tue-tête dans les jardins.

— C'est la chanson à la mode, expliqua la comtesse de Polignac. Le duc de Marlborough est mort depuis belle lurette, mais nos victoires sur les Anglais ont réveillé de vieux souvenirs.

Elles les avaient si bien réveillés qu'on voyait des robes à la Malbrough, avec justaucorps de velours rouge à brandebourgs de galon doré, comme les uniformes anglais.

Victoires chèrement acquises, pourtant, que celles de l'expédition d'Amérique : mille morts, sept mille blessés, sept navires perdus. Mais l'honneur était sauf et la France avait retrouvé, en ce mois de juin 1783, son rang de grande puissance navale. L'expédition d'Amérique était considérée comme un succès et, au retour de La Fayette, six mois auparavant, Paris avait confondu dans la même allégresse la naissance du Dauphin et la victoire de Yorktown, à laquelle celui-ci avait tant contribué. On l'avait couronné de fleurs à l'Opéra.

L'on parlait moins des honneurs froissés et des carrières brisées. La reine en entendait tous les jours de vertes et de pas mûres sur l'amiral de Grasse, le bailli de Suffren, l'amiral d'Orvilliers. Les récits des officiers de retour au pays meublaient l'essentiel des après-soupers. On croyait humer la poudre dans les salons parisiens et de province, ainsi qu'à Versailles.

Et l'on parlait encore moins de Necker, même si l'on en conservait le souvenir. L'opinion publique, nouvelle reine de France, aimait la nouveauté.

Le lendemain, alors que Mme Élisabeth jouait au billard dans le salon de jeux tout proche, le premier chambellan annonça à la reine que le comte de Fersen sollicitait une audience. Elle crut entendre son propre cœur. Sans doute le sang dans ses tempes.

— Veuillez fermer les portes, dit-elle, soudain excédée par le choc des boules d'ivoire.

L'instant d'après, Fersen apparut.

Son masque s'était affermi et les velours de la jeunesse laissaient la place aux reliefs plus abrupts de la maturité. Mais Odin n'en était que plus séduisant.

— La bonté que Votre Majesté m'a témoignée jadis m'a rappelé auprès d'elle, dit-il avec un sourire grave.

S'ils avaient été des miroirs, les yeux de la duchesse de Villars, de la princesse de Lamballe et de la comtesse de Polignac, sans compter ceux de la reine, eussent probablement mis feu au courtisan, comme naguère les miroirs d'Archimède aux navires ennemis.

— Soyez le bienvenu, comte, dit-elle. Je suis heureuse que la guerre vous ait épargné.

— Dieu, dans sa bonté, aura voulu que je puisse me présenter devant vous, Majesté, sans susciter sa pitié.

— Et couvert de gloire, je n'en doute pas.

— Je suis fier, il est vrai, de la fraction qui m'en revient et que je partage avec mes cinq collègues.

Elle perçut, accompagnant ces mots, un léger sourire teinté d'ironie.

— Vous étiez donc six aides de camp ?

— Ce n'était pas de trop pour M. de Rochambeau.

— Je suis sûre que le roi souhaitera vous entendre, dit-elle. Voulez-vous souper ce soir avec nous ? Nous serons dans les petits appartements.

C'était-à-dire que tous les convives seraient assis. La conversation serait ainsi plus libre.

Elle ne vécut guère jusqu'au souper. Mais la causerie ne fut pas aussi libre qu'elle l'aurait souhaité, car Vergennes était présent et souhaitait aussi entendre Fersen.

— Quel accueil vous ont donc réservé ceux que vous libériez ? demanda le ministre.

— À vrai dire, monsieur, à Yorktown, ils n'étaient pas chaleureux. Je me suis souvent demandé, sur les marchés où nous achetions nos vivres, comment ils auraient traité des ennemis. Ils étaient maussades et nous réclamaient le prix fort.

— Comment expliquez-vous ce comportement ?

— Je ne me l'explique guère, monsieur. J'ai trouvé à ces gens un caractère revêche, à la différence de celui que j'ai vu à M. Washington et à certains, mais seulement certains de ses officiers. Ce sont des *quakers* et ils semblaient considérer que nous représentions la perdition de leurs âmes plus que la libération du joug anglais. Mais j'en ai assez vu pour assurer que leur cupidité est sans égale et que l'argent est leur dieu. La vertu, l'honneur, tout cela est peccadille pour eux auprès de ce précieux métal*!

Le roi se mit à rire.

— Je me suis laissé dire, reprit Vergennes, que leur manque d'agrément aurait été suscité par l'empressement de certains de nos officiers auprès de leurs filles… ?

— La galanterie nous avait naturellement incités à nous montrer prévenants à l'égard de ces donzelles, et n'y étant guère habitués, ils se sont probablement mis en tête que nous allions ravager leurs roseraies.

Cette fois, ce fut la reine qui s'esclaffa.

— Mais cette jeunesse n'était guère beaucoup plus avenante à notre égard. Il s'en faut de beaucoup qu'un verre de verjus offert dans un de leurs estaminets puisse être assimilé à une incitation à la débauche.

— La vie de votre camp retranché n'était donc pas plaisante, observa le roi.

— Il est vrai, Sire. Aucun soldat ne part en guerre dans l'espoir de se divertir. Mais je ne peux dire que

---

* Ce sont les termes mêmes qu'employa Fersen.

M. de Rochambeau ait à cet égard beaucoup adouci les rigueurs de la guerre.

— C'est un bon officier, pourtant?

— Assurément, Sire, il maîtrise le métier des armes comme un excellent second*...

Vergennes gloussa en ouvrant de grands yeux. Ces Suédois de glace avaient donc de l'esprit.

— ... Mais il me faut avouer que les soirées au quartier du commandement étaient bien silencieuses.

— M. de Rochambeau ne vous parlait donc pas? demanda la reine.

— Si fait, Majesté, quand nous lui adressions la parole, il répondait d'un oui ou d'un non ou bien se limitait à hocher ou secouer la tête.

— Ciel, mais c'était un couvent de chartreux que votre camp!

— À peu près, Majesté, à cette différence que nous n'étions point là pour le salut de nos âmes.

À cette dernière réflexion, le roi, la reine et tous les convives furent pris d'hilarité. Le comte de Fersen était décidément d'excellente compagnie et il maniait bien la pointe.

À son accoutumée, le roi se retira à dix heures du soir et lança au Suédois :

— Vous me raconterez demain votre entrevue avec M. George Washington.

— À vos ordres, Sire.

La petite assemblée s'égailla vers le salon de l'Horloge. Marie-Antoinette se retrouva côte à côte avec Fersen.

---
* *Idem.*

— Vous êtes donc invité au bal de demain, lui dit-elle.
— Au bal ?
— Il y en a un tous les mercredis. Venez.

Un trouble la saisit : était-il celui qu'elle avait cru ? Ou n'avait-elle été occupée que d'un fantasme ? Ils se regardèrent un moment, sachant toutefois qu'ils étaient eux-mêmes épiés par tous.

— Je n'ai vécu que par votre souvenir, murmura-t-il soudain, hors de propos.

Rêvait-elle ? C'étaient les mots mêmes qu'elle avait espéré entendre. Elle posa sa main sur celle d'Axel, puis la retira soudain. La comtesse de Polignac venait les rejoindre à l'entrée du salon de l'Horloge.

— Et vous installerez-vous en France, comte ? demanda Marie-Antoinette, changeant abruptement de registre.

— C'est mon vœu le plus cher, Majesté. Mais je souhaiterais que mon père l'agréât, répondit-il sur le même ton.

— Je le croyais attaché à la France ?

— Il l'est. Mais il craint qu'à Paris, la proximité de la cour ne me porte à l'indolence.

— Où demeurez-vous ici ?

— À l'auberge de l'Écu.

Elle écarta rapidement le projet de l'héberger au château ; l'on jasait déjà assez.

On passa au salon de jeux. Les tables étaient installées. La reine s'assit à la table de lansquenet et Fersen prit place en face d'elle, avec Mme de Matignon à droite et le duc de Croÿ à gauche.

— Passez les cartes, duc, je vous prie, dit la reine.

Croÿ obtempéra.

— Je me demande qui héritera de la reine de cœur, lança Mme de Matignon d'un ton espiègle.

Fersen la dévisagea : il la savait veuve. Trente ans largement révolus, plaisante, mais trop fardée et visiblement en quête d'une bonne fortune. Elle lui répondit par une œillade. La reine leva à peine les sourcils.

À la première manche, Fersen empocha quatre-vingts livres. Il les perdit, et vingt de plus à la deuxième. Le pied de la reine avait cherché le sien et l'avait trouvé, cela l'avait troublé. Un regard appuyé signifia que ce n'était pas un accident. Un geste imperceptible de Fersen renforça le contact. À la troisième manche, le duc de Croÿ gagnait cent quarante livres. Minuit tinta aux carillons. Fersen fit mine de réprimer un bâillement. La reine décida de se retirer.

— À demain donc, comte, dit-elle à Fersen, sous les regards des autres joueurs.

Mme de Matignon proposa au comte de le raccompagner à son auberge.

Fersen arriva à huit heures du soir, dans un habit bleu sombre comme la reine, entrevue dans l'après-midi, le lui avait recommandé. Plusieurs hommes portaient des habits noirs ornés de perles de jais, scintillant dans les lumières.

Il était venu à pied. Un embarras d'équipages encombrait les parages du château, car les carrosses devaient s'arrêter devant l'aile des Princes, à gauche de la cour Royale. Là, les invités se présentaient devant un bosquet garni de statues et de buissons de roses, et des pages en livrée de velours bleu à galons d'or les accueillaient, vérifiaient les noms sur une liste, puis les criaient à l'intérieur. L'ambassadeur de Suède, que Fersen rencontra à l'entrée, expliqua que c'était pour éviter que les officiers des gardes ne forçassent l'entrée afin de danser, ce dont ils raffolaient.

Une profusion de chandelles éclairait les lieux, encore baignés par les dernières lueurs du jour. Les invités étaient conduits jusqu'à une ancienne salle de spectacle, où l'on accédait par quelques marches ; le bal se tenait là. Tout autour courait une galerie où l'on pouvait déambuler sans se mêler aux danseurs, qui évolueraient tout à l'heure sur les parquets au centre de la salle, mais la musique emplissait déjà les lieux.

Se sentant perdu, Fersen chercha du regard Marie-Antoinette. Au bout d'un moment, un remue-ménage se fit.

— Mesdames, messieurs ! annonça un personnage chamarré. Leurs Majestés sont présentes !

Les regards se tournèrent vers les loges devant les galeries. Suivi d'une douzaine de personnes, des gens de la Maison royale et de courtisans, le couple royal alla s'installer dans la grande loge centrale. Fersen s'arrêta. La reine venait de s'asseoir, le roi prit place un peu en retrait. Des pages leur servirent des rafraîchissements. La reine se pencha à la rambarde de velours amarante. Il ne la quittait pas du regard. Mais elle, l'avait-elle vu ?

Quelques instants plus tard, un page s'approcha de Fersen :

— Le comte Fersen ? Leurs Majestés vous prient de bien vouloir vous rendre dans leur loge.

Il fendit la foule.

— Ah, comte Fersen, vous voilà donc ! dit le roi. Bonsoir. Asseyez-vous donc. Je suis curieux d'entendre vos impressions sur cet homme que nous aurons contribué à porter au pouvoir, je veux dire ce M. Washington.

— Je suis très humblement sensible à l'honneur que Votre Majesté me fait. Ainsi qu'on vous en a certainement informé, Sire, avant de le rencontrer, M. de Rochambeau m'avait envoyé en avant-garde auprès de George Washington. C'est un homme de magnifique prestance, dont le visage respire le calme et la tristesse.

— Comment expliquez-vous cette tristesse ?

— Je pense, Sire, que c'est un bon connaisseur de la nature humaine et qu'il ne se fait pas trop d'illusions sur elle ni sur celle de certains de ses partisans. Lui qui a joué un si grand rôle dans l'indépendance des anciennes colonies, il a dû affronter mutineries et contestations.

Le roi médita ces réflexions avant de reprendre :

— Croyez-vous, comte, que nous puissions faire confiance aux Américains ? Car ils nous ont témoigné peu de gratitude jusqu'ici*?

Ce fut au tour de Fersen de réfléchir.

---

* John Adams et John Jay, que le Congrès de Philadelphie avait chargés, avec Benjamin Franklin, de négocier avec les Anglais, étaient violemment antifrançais. Jay avait déclaré avec véhémence à Franklin que se fier à l'amitié de Louis XVI pour les Américains était « comme s'appuyer sur un poignard » qui leur transpercerait la main. Les préliminaires de la signature du traité de Paris en 1783 confirmèrent le mépris des émissaires américains pour la France, à la grande confusion de Franklin, beaucoup plus modéré ; mais il était vrai qu'il espérait négocier un prêt de vingt millions de livres de la France.

— Je crois, Sire, qu'en dépit du conflit qui les a opposés à leurs anciens maîtres, ils ont beaucoup plus en commun avec eux qu'avec nous, ne fût-ce que la langue et la religion, ainsi qu'un sens aigu du commerce. Votre Majesté a été très généreuse avec eux, mais peut-être le sens de leur dette à votre égard est-il cause de leur aigreur.

— Je n'ai donc fait que leur tirer les marrons du feu, dit Louis XVI avec dépit.

— Je crois, Sire, que la gloire de la France sort grandie de l'aventure américaine, même si ses illusions sur les Américains devaient en sortir flétries.

Marie-Antoinette avait jusqu'alors été tout ouïe, sans détacher son regard de Fersen. Il parlait d'or. Que n'était-il donc au gouvernement ! Mais elle jugea que les propos prenaient vraiment un tour trop sérieux.

— Monsieur, dit-elle à son époux, ne craignez-vous pas que cette conversation soit bien austère pour un bal ?

— Vous avez raison, Madame, répondit le roi en souriant. Je me suis laissé absorber par la finesse de vues du comte Fersen. Allons donc voir le buffet, car l'appétit me prend.

Le roi et la reine sortirent de la loge, suivis par Fersen, le premier chambellan, le duc de Lauzun, la comtesse de Polignac, le prince de Croÿ et une douzaine de courtisans. Ils longèrent la galerie, s'arrêtant pour saluer les uns ou les autres, et accédèrent ainsi à l'extrémité opposée à l'entrée. Là, dans une demi-rotonde, entre quatre coquilles de marbre dont jaillissaient des jets d'eau, se dressait un formidable buffet, comme Fersen n'en avait jamais vu. Entre des urnes antiques remplies de boissons, dont les couleurs scintillaient à la lumière, le maître des Menus Plaisirs avait disposé d'énormes corbeilles de fruits et de pâtisseries. Le roi se servit d'abricots et de cerises, Fersen l'imita, la reine se contentant d'une croquignole de framboises.

Derrière le buffet, à travers des portes vitrées, on apercevait les salons de jeux. Au milieu de la salle, les couples commençaient à danser, les messieurs se trémoussant en chapeaux à plumet. Le roi s'arrêta pour s'entretenir longuement avec le duc de Brissac. Dans le brouhaha et la légère confusion qui s'ensuivit, Marie-Antoinette se retrouva quelques instants seule avec Fersen. Elle lui murmura :

— Il faut que vous restiez à Paris.

— C'est mon vœu le plus cher, Majesté. Mais l'autorité de mon père fait loi.

— J'écrirai à votre roi.

Il parut surpris.

— Mais enfin, que pourrait-il faire ?

— C'est un roi, dit-elle, impérieuse.

Il sourit. Elle fondit. Elle se serait jetée dans ses bras.

22
Satins et velours

Le lendemain, ils se rendirent au spectacle réservé, comme chaque jeudi, à la Comédie-Française ; on y jouait *Le Malade imaginaire* de Molière.

Le roi, la reine, Fersen, Mme de Polignac, le baron de Breteuil éclatèrent de rire à la saillie d'Argan : « Vous ne connaissez pas, m'amour, la malice de la pendarde. Ah ! Elle m'a mis hors de moi, et il faudra plus de huit médecines et douze lavements pour réparer tout ceci. »

À l'entracte, le roi s'absenta. Les autres se levèrent et s'affairèrent.

— Songez-vous que je vais mourir de langueur ? demanda à mi-voix Fersen, demeuré seul dans la loge royale avec la reine.

Effrayée par le ton impérieux, presque tragique, elle le considéra un instant sans mot dire.

— Je meurs de vous tenir dans mes bras, reprit-il.

— Votre cœur serait-il donc prisonnier de vos sens ?

— Il n'est que les reliques, Madame, qu'on adore sans les toucher.

Ce qui la fit sourire. N'aspirait-elle pas, elle aussi, à le toucher, à caresser son visage, à poser la tête sur son épaule et ses lèvres sur les siennes ?

Le roi revint. Fersen ne fut pas invité au souper qui suivit à Versailles. Sans doute valait-il mieux ne pas attiser les ragots. Ou bien la reine avait-elle préféré refroidir ses ardeurs ?

Le jour suivant cependant, il reçut un billet le conviant pour le dîner, à midi au Petit Trianon. Elle ajoutait : « Nous irons nous promener dans le parc. » Il reprit espoir.

Ils ne furent que six : en plus d'elle et de Fersen, on trouvait d'Artois, Mme Élisabeth, la comtesse de Polignac et le prince de Croÿ. Le prince et Mme Élisabeth servirent du vin frais, puis Fersen aida Mme de Polignac à mettre en œuvre la machinerie, désormais fameuse à Paris, par laquelle on faisait monter de l'entresol la table toute servie, ce qui évitait l'écoute des valets et libérait les conversations aussi bien que l'étiquette.

Après un turbot au coulis d'écrevisses, les invisibles maîtres queux servirent un chaud-froid de volaille, puis une salade de pommes de terre aux œufs de caille, puis encore une salade de mâche, et enfin une crème flambée. C'était ce qu'on appelait un en-cas.

L'appétit de Mme Élisabeth expliquait une fois de plus son tour de taille.

La conversation porta sur la politique : d'Artois estima que la France avait été le dindon de la farce dans l'aventure américaine. Croÿ objecta qu'elle avait fini par y gagner la liberté des mers.

Vers quatre heures, chacun prit congé de la reine. D'Artois, qui devait se procurer des chevaux, s'enquit de l'avis de Croÿ, Mme Élisabeth, qui avait ses appartements à l'étage du Petit Trianon, aspirait à une sieste et la comtesse de Polignac avait à faire avec les blanchisseuses.

Marie-Antoinette et Fersen se retrouvaient en tête-à-tête.

— Allons nous promener, dit-elle.

La journée était douce, le ciel s'ornait de légers nuages argentés et les parfums mêlés des champs couraient sur les chemins. Soudain saisi par l'intimité inattendue qui lui était offerte, Fersen demeura silencieux quelques instants. Il se retourna : ils étaient à portée de regard de plusieurs bâtiments, çà et là, et il n'ignorait pas que certains ne se seraient pas gênés pour les épier à la longue-vue. Quand ils traversèrent des haies qui les surpassaient, il saisit la main de Marie-Antoinette et entreprit de la baiser avec force. Elle s'arrêta, sourit et lui passa la main sur le visage.

— Le barbier vous a rendu visite ce matin, observa-t-elle. Vous avez la joue douce.

— Majesté…

— Ne vous émouvez pas. Nous sommes sur un chemin. Des cavaliers peuvent survenir à tout moment.

— Quel est mon sort ?

— Le même que le mien, mais plus enviable.

— Comment cela ?

— Vous n'êtes pas reine de France.

Le rire découvrit sa dentition parfaite.

— Avez-vous revu Mme de Matignon ? demanda-t-elle.

— Non, répondit-il, surpris. Pas depuis qu'elle m'a raccompagné l'autre soir…

— Elle semblait vous trouver fort à son goût. Le trajet en carrosse dut être agréable.

La malice pétillait dans le regard qu'elle lui lança.

— Majesté, vous me tourmentez !

— À peine. Je pense qu'il vous faudrait une liaison.

— Me donnez-vous congé ?

— Point. L'on s'étonne à la cour qu'un homme tel que vous ait le cœur libre. Un attachement apaiserait les interrogations.

Il fit halte, les sourcils froncés.

— Vous me demandez de vous être infidèle ?
— Ne comprenez-vous pas ? demanda-t-elle.

Il baissa la tête. Il venait de comprendre.

— Mais cet… cet attachement comme vous dites, reprit-il, aura ses exigences.

— Qu'importe si vous lui consentez quelques faveurs…, répondit-elle, comme répugnant à achever sa phrase. Et cependant, elle s'y força : … pourvu que je vous garde sans que cela fasse trop de vagues.

Dans un geste soudain, il lui happa le bras, la regardant comme s'il voulait la foudroyer. Il s'avisa en un éclair qu'il venait de commettre une familiarité impardonnable, mais trop tard, elle était faite. Elle posa sa main sur la sienne, avec douceur.

— Axel…, dit-elle.

Axel ! Elle avait utilisé son prénom !

Il l'attira vers lui. Elle jeta un regard autour d'elle.

— Pas ici, vous êtes fou, pas ici… Attendez !

Ils longeaient maintenant la forêt. Elle enjamba les herbes qui hérissaient le bord du chemin pour s'engager entre les arbres. À son tour, il regarda autour de lui. Personne. Il la suivit. Quelques minutes plus tard, ils se faufilaient à travers des chênes. Un demi-jour bleuâtre succédait à la clarté des prés. Essoufflée, elle s'adossa à un arbre et gloussa. Il se pencha sur elle. Son visage était proche. Trop proche. Elle avança la main sur son épaule. Il l'embrassa avec la fougue qu'une trop longue attente avait fouettée en mousse. Quand elle lui rendit son baiser, il prit feu. Ses mains étreignirent les épaules, puis les seins. Il chercha maladroitement les agrafes dans le dos. Elle les lui indiqua. Il lui baisa les seins, les suça, revint à la bouche, puis après avoir caressé les reins, ses mains se hasardèrent sous le jupon.

— Axel...

Elle ne savait si elle disait son nom ou disait non ; si elle invoquait ce nom comme une incantation ou bien pour prévenir des tentatives plus poussées. Pour elle aussi, c'était trop tard. Tels des furets, les mains avaient atteint leur but. Elle poussa un petit cri. Elle arqua son corps. Il prit sa main et lui intima une caresse. Elle fut prise de terreur.

— Non..., murmura-t-elle.

Il n'abandonnait pas son ouvrage. Afin qu'il ne la prît pas, de ce membre qui se glissait entre ses jambes et qui, sait-on jamais, la menaçait d'une grossesse, elle stimula ses caresses. Trop tard, elle était ivre. Le membre trouva son chemin. Elle se pâma et poussa plusieurs petits cris.

Il se retira. Elle tâta le membre, le caressa.

— Avez-vous... ?

Elle n'acheva pas. Les spasmes du membre lui fournirent la réponse. Elle poussa un cri de surprise. Il haleta. Quand il se fut repris, il l'embrassa comme si, manquant de souffle, il lui empruntait le sien. Elle serra d'une main la tête d'Odin qui la possédait de sa bouche et de sa langue.

— Axel... Je vous remercie... Vous n'avez pas...

Il lui lécha la bouche. Elle rit et lui caressa la joue derechef.

Un crépitement inattendu leur fit dresser l'oreille.
— Il pleut ! s'écria-t-elle. Aidez-moi à me rhabiller.
— Pourquoi cette hâte ? Nous sommes à l'abri.
— Les domestiques vont certainement venir à notre rencontre pour m'apporter une ombrelle.

Elle se retourna pour qu'il pût agrafer le corsage plus commodément.

Elle rajusta sa mise, tapotant les tissus çà et là. Il se rhabilla à son tour. Elle vérifia son apparence et hocha la tête, avant de la ceindre de son châle.

— Venez, postons-nous à l'orée du bois. Nous dirons que nous nous y sommes protégés de la pluie.

Le tonnerre gronda. Des silhouettes écarlates s'agitaient sur le chemin. Quatre pages munis d'ombrelles chinoises qui lorgnaient à droite et à gauche. Ils aperçurent le couple et accoururent au pas de course.

— Majesté…

L'un d'eux portait une ample cape de soie dont il recouvrit les épaules de sa maîtresse. Moins d'un quart d'heure plus tard, tout le monde était au sec à Trianon. La reine riait beaucoup. Elle se retira pour se changer. La pluie cessa. Fersen revint à pied à son auberge.

Il aurait presque dansé sur le chemin.

— Et que vais-je devenir ? demanda-t-elle, un verre de vin de Champagne en main, les yeux humides.

C'était avant le souper, dans les petits appartements.

Elle avait le sentiment de perdre son chef-d'œuvre. Première de tous à la cour, elle avait constaté le changement saisissant de Fersen depuis quelques semaines. Un mot s'imposait quand on le voyait : il rayonnait. Il resplendissait. Depuis ce premier rendez-vous dans les bois…

Mais elle lui en devait autant, sinon plus. Il lui avait rendu son corps et sa fierté de femme. Les caresses indiscrètes de ses mains ne servaient aucun projet politique ou dynastique. Ce n'était pas une archiduchesse qu'il troussait et nul ne l'avait chargé d'une mission quelconque.

Somme toute, ils s'étaient créés l'un l'autre.

Ils n'ignoraient presque rien de leurs anatomies réciproques, car ils ne s'étaient jamais déchaussés. Il avait tâté la soie lumineuse des seins d'Antonia, elle connaissait l'ivoire velouté de sa poitrine. Il avait exploré les satins secrets de son ventre, et elle tous les reliefs de son membre, sa couleuvrine comme elle l'appelait.

— Cette absence me navre, Majesté. Pardonnez-la-moi. Mais je me réconforte en sachant que je ne serai absent que quelques semaines.

Il devait accompagner le roi Gustave III de Suède dans un long périple en Italie et en Allemagne. L'été de 1783 touchait à sa fin.

Fersen et Marie-Antoinette s'étaient revus à la dérobée, vingt-deux fois. Dont trois fois près de deux heures, après une soirée de jeux tardive. C'était seulement lors de ces retrouvailles qu'il l'appelait « Antonia ».

Le premier chambellan annonça le roi. Mme de Polignac se rapprocha de la reine. Le monarque, suivi de Vergennes, semblait maussade. Quand Fersen alla le saluer, Louis XVI dit en hochant la tête :

— Vous aviez vu clair, comte, en ce qui touche aux Américains. Vous savez sans doute pourquoi je vous dis cela.

— Oui, Sire.

Deux jours auparavant, la paix avait été signée à Paris entre les jeunes États-Unis d'Amérique et l'Angleterre, après un pacte préalable conclu sans que les Français eussent été prévenus, du moins officiellement (car le bonhomme Franklin, qui faisait partie de la délégation américaine, avait quand même fini par cracher honteusement le morceau). Un profond désenchantement régnait dans le cabinet royal.

Les convives se demandèrent entre eux sur quel objet avait porté la prescience du Suédois. Vergennes les en informa. Ils entourèrent alors le comte pour lui arracher d'autres de ces jugements que le roi avait sanctionnés d'un éloge.

Quand il prit congé de la reine – il partait le lendemain à l'aube –, il sentit un objet glissé entre leurs deux paumes. Ils échangèrent un regard.

De retour à l'auberge, il desserra la main : c'était un portrait en miniature d'Antonia.

Avant de s'endormir, il songea que sa liaison était la chose la plus belle qu'il eût pu imaginer et qu'une telle beauté était étrangement née de l'infraction à toutes les conventions qu'on lui avait enseignées, comme à elle, sans nul doute.

En mouchant la chandelle à la même heure, dans le lit de son modeste logis d'Arras, le jeune avocat Maximilien Robespierre, depuis peu juge au tribunal de l'évêché par la grâce de Louis de Conzié, évêque de la ville, pensait exactement l'inverse : la loi, le droit, la foi et l'autorité, voilà les valeurs auxquelles il entendait vouer sa carrière.

Les termes de sa plaidoirie, dans la cause qu'il défendait avec cinq autres avocats, lui revinrent à l'esprit. L'affaire portait sur le testament d'un citoyen de soixante-trois ans, Jean-Baptiste de Beugny, qui s'était converti à la religion réformée et ne voulait comme héritiers que ceux de ses enfants qui l'avaient suivi dans l'apostasie. Chargé d'invalider ce testament, en dépit des provisions de la loi, Maximilien n'avait pas mâché ses mots : « Infecté du venin de l'hérésie… adhérant aux nouvelles erreurs des prétendus Réformés… »

Oui, il avait bien exprimé ses sentiments. Quelle impudence de défier la religion régnante ! Il avait eu bien raison de qualifier le protestantisme de licence et de le désigner comme une hérésie dangereuse pour l'État et l'ordre établi.

Dans l'obscurité, sa main se crispa dans un geste autoritaire : oui, la loi, le droit, la foi et l'autorité. Tous ceux qui s'en écartaient devaient être châtiés.

Sur quoi il sombra dans les bras de Morphée, sans autre pensée, fût-elle infiniment charmante.

13

Les mystères de l'entresol

Depuis le 21 novembre 1781 et la mort bienvenue du conseiller Maurepas, causée par des crises de goutte répétées, et la déclaration du roi le lendemain, lors d'un conseil extraordinaire – « J'entends régner » –, une paix armée s'était installée dans l'État. Fini les émois causés par le renvoi de Turgot ou de Necker, les turbulences des parlements, les pamphlets de l'une ou de l'autre faction.

Le roi régnait, le peuple était gouverné. Que demander de mieux ?

La réalité était différente : l'aristocratie, une classe créée par des brigands heureux, entendait administrer le pays sous le patronage d'un roi prompt à accéder à ses desiderata. Le pays, encouragé par les philosophes, rêvait de plus en plus précisément de se gérer lui-même. Les gazettes lui rapportaient chaque semaine les dépenses somptuaires de la cour et des princes.

Les affaires n'étaient pourtant pas florissantes, il s'en fallait. Passons sur le fait que le bilan avantageux présenté par Necker dans son fameux *Compte rendu* avait été contrefait, pour ne pas dire défiguré : il avait annoncé dix millions de livres d'excédent, alors qu'en réalité les recettes s'élevaient à 436 millions et les dépenses à 526 millions. En somme, loin d'être excédentaire, le budget accusait un déficit de 90 millions, qui n'avait cessé de croître.

Trois sous-fifres avaient tenté d'y remédier : Marquet du Bourgade, directeur du Trésor, Moreau de Beaumont, directeur du Domaine, et Lefèvre d'Ormesson, directeur des Impôts. Trois calculateurs au chevet d'un mourant, le budget du royaume.

Leurs médications s'étant révélées vaines, il restait à augmenter les impôts. Dame ! C'était comme pratiquer une saignée à un malade anémique ! Puis on se mit en quête d'un magicien. Un de plus. Celui sur lequel Louis XVI arrêta son choix était un Lillois de la noblesse noire, fort d'un atout particulier : il connaissait du monde, en particulier les Polignac, les Croÿ, les Luynes, qui faisaient partie du cercle de Marie-Antoinette ; il cultivait ses réseaux. Il obtint ainsi l'appui de la reine, elle-même soutenue par Vergennes. Il se nommait, Calonne, Louis Alexandre, comte d'Hannonville.

La nouvelle fut reçue par l'opinion avec un détachement qui confinait au dédain : un archange aurait été bienvenu pour redresser la situation. Or Calonne n'avait rien d'une créature céleste.

De surcroît, l'hiver 1783-1784 fut cruel. Le prix du pain grimpa en flèche. Marie-Antoinette, émue, distribua des aumônes dans Versailles et Paris. Il eût fallu en faire autant dans tout le royaume. Les paysans gémissaient : le prix des fermages augmentait inexorablement. Les bourgeois regimbaient. Puisqu'il se disait père de son peuple, le roi ne pouvait-il au moins subvenir à ses besoins ? Ou bien était-il trop occupé avec son Autrichienne ?

Dans l'information sur les dépenses de la cour l'on apprit ainsi que celles de la gouvernante des Enfants de

France étaient en peu d'années passées de 200 000 livres sous la houlette de Mme de Marsans à 539 000 livres sous celle de Mme de Guéménée. Pourtant il n'y avait pas tant d'enfants que cela.

Cela n'arrangeait guère les humeurs du bon peuple.

En dépit de ses occupations, approuver les dessins du mobilier nouveau des petits appartements et de Trianon, les portraits et les fresques des plafonds, le théâtre de Trianon, les soirées à la Comédie-Française et à l'Opéra, les concerts, l'équitation, les chasses avec d'Artois, Marie-Antoinette se languissait. Les arcs-en-ciel vont et viennent, et le dernier s'était évaporé au départ d'Axel.

Elle avait deux ou trois fois souffert des étreintes domestiques de Louis, désireux de donner des frères et des sœurs à leurs deux enfants, mais l'affection estompe étrangement les choses du sexe ; elle les teinte même d'une impression d'illicite, comme lors d'un inceste. En effet, la tendresse qu'elle éprouvait pour Louis l'avait transformé en frère plus qu'en amant. Ce titre lui seyait mal, il n'était décidément pas de ceux qu'on prend dans ses bras et, fallait-il le redire, les maris cessent d'être des amants.

Elle rêvait donc d'Axel. Reviendrait-il ? Le voyage de Gustave III ne serait quand même pas éternel. Elle se préoccupa alors des moyens d'existence du jeune homme : les Fersen étaient de bonne noblesse, mais ne semblaient guère fortunés et la vie à Paris ou à Versailles n'était pas donnée. De plus, Fersen avait la grâce rare de ne rien quémander. Elle écrivit à Gustave III, mentionnant au passage qu'elle souhaitait le voir établi. La réponse espérée arriva promptement : le roi de Suède recommanda Fersen à l'attention de Louis ; sans doute n'eut-il pas à se faire violence, Fersen faisant partie de ses favoris. Louis consentit qu'à son retour le Suédois eût la permission d'acquérir la charge de colonel du régiment Royal-Suédois, assortie d'une pension de 20 000 livres.

Il ne restait qu'à attendre le principal. L'été l'apporta.

Le 7 juin 1783, à six heures du soir, Mme Campan, sa femme de chambre, remit à la reine un billet qui venait d'être livré par un messager de l'auberge de l'Écu : « Votre serviteur est de retour. Il attend votre faveur. » Signé Fersen.

Elle rédigea sur-le-champ une réponse : « Soyez à l'audience de demain mardi, à onze heures. Joséphine. »

C'était le nom de code convenu, d'après le troisième de ses prénoms, Josèphe.

Il s'y rendit. Elle dissimula sa joie de son mieux.

— Comte Fersen, je veux espérer que vous m'apportez les meilleures nouvelles du monde du voyage de mon cousin Gustave III.

— Majesté, l'honneur de me présenter à vos yeux rivalise avec celui d'avoir accompagné mon roi dans son splendide voyage.

— Vous me conterez cela à souper, voulez-vous ? Nous serons dans les petits appartements.

Il s'inclina. Ignorait-elle que le roi aussi était en France ? Un souper dans les petits appartements alors qu'il appartenait à la suite royale et qu'il était censé y figurer le soir même ? Néanmoins, il se retira. Trois autres courtisans faisaient antichambre.

Il courut à Marly, où séjournait Gustave III, pour demander d'être excusé. On lui répondit qu'il l'était d'office. Le roi, en effet, désirait se reposer des fatigues du voyage en se préparant à se retirer tôt, après une collation privée.

Au souper de Versailles, il fut bien moins question du voyage du roi de Suède que des tractations avec les Anglais, qui tiraient le meilleur parti de la guerre perdue contre leurs anciennes colonies d'Amérique. Mais la conversation ne s'anima vraiment que lorsqu'on en vint au portrait équestre de la reine que venait de livrer le peintre Brun de Beauvais.

— Si je n'en connaissais le modèle, émit le comte d'Artois, je penserais qu'il représente un prince ravissant.

— Il est vrai que le buste est un peu plat, admit Marie-Antoinette. Mais le principal reproche que je lui ferais, c'est que le cheval a une tête de lévrier.

— Je trouve également que le tapis de selle est si détaillé qu'il détourne l'attention de la cavalière, dit le roi.

Certains songèrent sans doute que le monarque avait évidemment remarqué ce qui était à la hauteur de sa vue quand il ne portait pas de besicles.

— Enfin, chacun saura désormais que la reine est une cavalière émérite, ajouta la princesse de Lamballe.

Après souper, le roi décida de prendre le café au salon de jeux.

— Puisque vous êtes de ceux qui ont l'oreille de la reine, souffla-t-il à Fersen, tâchez donc de la détourner de l'équitation. Les médecins m'assurent que cet exercice est trop rude pour une femme, et même périlleux.

— Je n'y manquerai pas, Sire, répondit Fersen, sensible à cette marque de confiance.

— Ah, vous a-t-on dit, comte, que vous avez ma permission d'acquérir la charge de colonel du Royal-Suédois ?

Fersen écarquilla les yeux.

— Je suis sûr de le devoir à votre bonté, Sire…

— Et à celle de votre roi ainsi que de la reine. Vous vous rendrez donc, si cela vous agrée, au ministère de la Guerre.

— Sire, je suis votre très humble obligé.

Le roi s'éloigna, sollicité par un tiers. L'échange n'avait pas échappé à la reine :

— Que vous contait donc le roi ? demanda-t-elle.

— Il m'annonçait sa permission d'acquérir la charge de colonel du Royal-Suédois ! dit-il, les yeux brillants de contentement.

— Je vous avais dit que j'écrirais à votre roi, vous le rappelez-vous ?

— Majesté, pardonnez que les mots me fassent défaut pour exprimer ma gratitude.

— J'y consens, dit-elle, avec un sourire malin. Est-ce tout ce que le roi vous a dit ?

— Il me recommandait de vous déconseiller l'équitation.

Elle haussa les épaules.

— Les hommes ont toujours eu peur des amazones.

Ils échangèrent un sourire.

— Quand vous vous retirerez, dit-elle à mi-voix, ne rentrez pas à votre auberge. Je vous avais montré avant votre départ où se trouve la chambre à coucher de Louis XV. Vous en souvenez-vous ?

Il hocha la tête, surpris.

— Près de la Chambre des perruques, dit-il.

— C'est cela. Rendez-vous-y.

— Mais les domestiques ?
— À cette heure-là, ils sont couchés.
Il était estomaqué.
— Personne n'y réside, expliqua-t-elle. Munissez-vous d'un bougeoir et attendez-moi là-bas.

La lueur de la chandelle révéla une profusion d'ors et de meubles précieux. Elle permit également au singulier visiteur de compter, en consultant sa montre, qu'il attendait depuis une vingtaine de minutes. Il était une heure moins le quart.

Un rendez-vous galant ? Le lieu était vraiment mal choisi. Peut-être les miasmes de la petite vérole sévissaient-ils encore dans cette chambre… Quel caprice avait donc saisi Antonia ?

La porte s'ouvrit. C'était elle.

Le cœur de Fersen battit.

Elle referma soigneusement la porte derrière elle puis, après avoir saisi le bougeoir, se dirigea vers une boiserie, et appuya sur une moulure. Une porte basse s'ouvrit.

— Suivez-moi, ordonna-t-elle, et refermez cette porte derrière vous.

Ils se tenaient au sommet d'un petit escalier.

— Comment vous êtes-vous débarrassée de la Polignac ?

— Je lui ai dit que je rentrerais avec Madame et je l'ai envoyée se coucher.

— Où sommes-nous ? demanda-t-il en regardant autour de lui.

— À l'entresol. C'est par ici que passait le roi précédent pour gagner la chambre de son épouse. Nul ne songera à m'y chercher.

Ils arrivèrent devant un dédale. Marie-Antoinette semblait connaître le chemin. Elle poussa une porte parmi plusieurs autres. Ils se retrouvèrent dans un petit salon dont l'unique ouverture à l'extérieur était une lucarne. Les murs étaient nus : des boiseries ornées d'une seule glace. Le mobilier était spartiate, un sofa, deux sièges et une table, et le lieu sentait le renfermé. Elle posa le bougeoir par terre, sous une table, et se laissa tomber sur l'unique sofa. Fersen paraissait ébahi.

— À quoi servent ces quartiers ?
— À des rendez-vous secrets du temps de Louis XV. Avez-vous une pierre à briquet sur vous ? demanda-t-elle.
— Non.
— La chandelle est à moitié consumée. Il doit en rester d'autres dans les flambeaux… Oui, je les vois d'ici. Poussez le bougeoir là-bas, qu'on ne voie pas de lumière à l'extérieur.

Il s'exécuta, surpris par ces considérations pratiques, puis la regarda. Elle souriait. Il s'assit près d'elle.

L'instant d'après, ils s'embrassaient. Et les suivants.

— Vous m'avez manqué, murmura-t-elle en détachant enfin ses lèvres.
— Et à moi donc !
— Débarrassez-vous donc de votre habit, vous serez plus à l'aise. Enlevez aussi le reste, je ne vous ai jamais vu nu.

Il fut stupéfait. Quand il eut dépouillé sa chemise, elle s'était défaite de sa jupe et de son jupon. Il l'aida à dégrafer son corsage, ne revenant pas de la folle et soudaine audace dont elle faisait preuve. Elle avait imaginé des caresses nouvelles. Déjà allumé par le spectacle des chairs nues, il flamba une fois de plus comme l'étoupe. Elle ignorait que dans ce domaine, il pouvait rivaliser avec elle.

Ils furent à l'œuvre sans relâche.

Elle roula dans les vagues de l'amour. Cela existait donc! Elle éprouva le sentiment que mille mains la portaient sur la crête des mers et lui gonflaient le cœur. Rêvait-elle? Ou bien vivait-elle sa vraie vie? Elle demeurait toutefois consciente que tout comme les fois précédentes, son amant s'abstenait de consommer l'union selon les lois de la nature. Elle l'avait dit, elle ne voulait pas d'une grossesse.

Quand elle décida de rentrer, deux chandelles s'étaient consumées. Il était près de trois heures.

— Vous êtes pareil à une statue de marbre qui cracherait du feu, dit-elle.

Il lui prit le menton dans la main :

— Et vous, vous êtes pareille à une rose qui éclôt dans le feu.

Ils rirent.

— Remontez le premier, dit-elle quand ils se furent rhabillés. Reprenez le même chemin. N'ayez crainte, les laquais sont endormis.

— Et vous?

— Je sortirai par la chambre de la reine. À demain.

Cela advenait certes rarement, mais ce n'était pas exceptionnel. Après certaines fêtes qui se prolongeaient jusqu'à l'aube, elle s'était mise au lit toute seule, sans même appeler Mme Campan pour l'aider à se dégrafer.

Elle se borna à réveiller une chambrière endormie dans un fauteuil de l'antichambre, et l'envoya ensuite se coucher.

— Non, non, je vous remercie, le temps est doux, je n'ai pas besoin de faire bassiner le lit.

Elle tira le drap sur elle, poussa son pied sous la courtepointe rabattue et réfléchit.

Elle avait enfin, à vingt-huit ans, découvert ce qu'on appelait l'amour. Et ces privautés accordées ou prises dont ses rapports légitimes étaient dénués. L'art de flatter un sein, la caresse d'un membre jusqu'à sa racine, l'offrande aux lèvres des parties secrètes…

Il lui apparut que ces plaisirs affermissaient enfin sa nature de femme. L'adolescente sacrifiée aux exigences dynastiques et aux convenances politiques avait cessé d'être : avec Axel, Antonia accédait à la seule autre royauté possible ici-bas. C'est sans doute pourquoi il l'appelait « ma reine ». Ce n'était pas de la reine de France qu'il s'agissait, mais bel et bien de la reine d'Axel.

Devait-elle en éprouver de la honte ? N'était-elle pas mauvaise chrétienne en trompant son mari ? L'idée l'en effleura, mais ne s'enracina pas. Les scrupules accrochent mal sur la félicité. Où était-il écrit que Dieu refusait le bonheur à ses créatures ? Pourquoi donc les avait-il mises sur Terre, si ce n'était que pour la privation ? Il faudrait à coup sûr livrer son secret à la confession et promettre de ne pas céder de nouveau à la tentation. Ouais.

Elle flaira sur son épaule l'odeur d'Axel.

Que ne pouvait-il dormir avec elle ! N'était-il pas son époux mystique ?
Enfin, pas si mystique que cela, se dit-elle en souriant. Sur quoi le sommeil la gagna.

29
Duperies et embrouilles

L'ANGE QUI AVAIT ESCORTÉ quatorze ans auparavant le cortège de la jeune Antonia à son départ de Vienne fronça les sourcils. Peut-être voulut-il alerter les humains commis à sa garde, mais ceux-ci entendent rarement les esprits supérieurs ! Inutile de charger les rêves de messages : les dormeurs les prennent pour la déraison des ténèbres.

Deux événements couvaient, qui portaient en eux des germes funestes.

Depuis quatorze ans en effet, deux bijoutiers juifs d'origine saxonne, Charles-Auguste Böhmer ainsi que son gendre et associé Paul Bassenge, nourrissaient le rêve mercantile et fou de fabriquer le plus extraordinaire bijou du monde, un collier des diamants les plus gros et de la plus belle eau, la huitième merveille du monde. Ils y étaient parvenus : ils avaient bâti un véritable harnais de 647 gemmes arrangées en guirlandes, cabochons et pendeloques, représentant 10 560 grains, ce qui pesait près de trois livres avec la monture. Les Böhmer, comme on les appelait, qui avaient pignon sur la place Louis-le-Grand*, se faisaient des idées sur l'acquéreur idéal de leur fabrication. C'est pourquoi ils s'étaient endettés jusqu'au cou.

---

* L'actuelle place Vendôme.

Dans leur présomption, ils avaient été certains que Louis XV n'aurait pas hésité à offrir cette folie à Mme du Barry. Hélas, la favorite avait été disgraciée et ce roi était passé de vie à trépas. À quelle autre femme la parure aurait-elle été destinée, sinon à la légitime reine de France, Marie-Antoinette ? Ils en demandaient 1 800 000 livres. La reine se récria. Ils rabattirent leurs prétentions à 1 600 000.

À la naissance de la Petite Madame, ils harcelèrent Louis XVI. Pris de munificence, il fit porter l'écrin chez son épouse. Elle s'écria :

— La France, messieurs, a besoin d'un vaisseau plus que d'un bijou.

À la vérité, son goût pour les bijoux, et surtout des pièces telles que celle-là, qu'on appelait un « collier en esclavage », était très modéré. De plus, elle avait du flair : c'était un bijou de favorite. Elle dépensait toujours beaucoup pour les toilettes, mais l'avènement de Fersen dans sa vie avait éveillé en elle le goût des plaisirs essentiels ; elle ne perdait plus, comme jadis, des fortunes au jeu et, pour la première fois, sa cassette n'était plus en peine. D'ailleurs, avec le hameau qu'elle venait de faire construire, Trianon se parait de plus en plus de couleurs champêtres.

Dans l'intervalle, les Böhmer avaient fait le tour des cours d'Europe, de l'Espagne à la Russie, en passant par l'Angleterre et les Deux-Siciles, sans davantage de succès. À croire que les monarques auraient plutôt vendu leurs bijoux pour combler les trous de leurs budgets !

Les Böhmer étaient aux abois. La naissance du Dauphin les poussa évidemment à tenter de nouveau leur chance auprès du roi. Il n'était pas plus d'humeur à obérer davantage sa cassette pour un bijou que la reine n'avait pas apprécié la première fois.

Tout dépendait donc de la souveraine. Ils la supplièrent en personne. Si elle n'achetait pas le collier, se plaignit Böhmer, il serait ruiné et déshonoré ; il n'aurait plus qu'à se jeter à l'eau.

Cet ornement pour cheval de corbillard avait jusqu'alors laissé Marie-Antoinette de marbre ; désormais, assorti des geignardises mielleuses de Böhmer, il l'exaspéra :

— Je vous ai refusé votre collier, lui rétorqua-t-elle. Le roi a souhaité me le donner, je l'ai refusé de même : ne m'en parlez donc jamais. Tâchez de le diviser et de le vendre, et ne vous noyez pas.

Sur ce congé abrupt, et cependant mérité, l'obstination imbécile de Böhmer tourna à la vilenie intrigante.

Deux semaines après l'arrivée de Gustave III, une grande fête nocturne fut donnée en son honneur à Trianon, le 21 juin 1784. Des feux d'artifice égayèrent le début de soirée. L'on soupa dans les bosquets garnis, par petites tables. Les accords d'un petit orchestre résonnaient dans la nuit comme si la brise s'était musicalisée. Un intermède dansé précéda les desserts. Et l'on ne sut jamais qui avait inscrit au programme des airs chantés la cantate *Delirio amoroso* de Haendel.

Marie-Antoinette rayonnait.

Plusieurs convives à l'œil aiguisé relevèrent que la suite du roi Gustave III comportait beaucoup de ravissants jeunes gens, sans compter le beau Fersen. MM. de Calonne et Vergennes, d'Artois, la comtesse de Polignac et quelques autres se gaussèrent. Il était notoire que le monarque du Nord appréciait les charmes masculins. Les commentaires s'égarèrent d'ailleurs sur Fersen, tout à l'agrément de Marie-Antoinette : c'était là un alibi à sa liaison auquel elle n'aurait pas pensé. Elle laissa médire. Axel lui avait d'ailleurs rapporté que son roi le couvrait de blandices.

Par égard pour son illustre visiteur, Louis XVI se retira à onze heures, soit une de plus qu'à l'accoutumée. Gustave III prit congé peu après, accompagné de ses éphèbes. Bien entendu, cela n'empêcha pas la fête de se poursuivre. Bon nombre de couples se perdirent dans les bosquets.

— Puis-je t'attendre dans l'entresol ? souffla Fersen à Marie-Antoinette.

Il était une heure du matin.

Elle avait bu du vin de Champagne ; elle était aux anges. Soudain, la perspective du plaisir suprême l'exalta.

— Presque tous les domestiques sont ici, répondit-elle, mais prends quand même l'entrée par la petite cour.

Fersen avait en effet découvert au fil des rendez-vous qu'il existait deux accès dérobés à l'entresol par une petite cour intérieure.

Il s'inclina. Quelques moments plus tard, la reine s'était éclipsée. Les convives n'y avaient vu que du feu, pris de boisson pour la plupart et l'esprit ailleurs. Une obscurité providentielle noya l'ombre enveloppée dans une cape de soie sombre qui se faufilait entre les arbres.

Elle arriva quelque peu essoufflée et s'allongea d'emblée sur le sofa. Il était déjà nu. Il la déshabilla.

— Ce serait un beau sujet de tableau, murmura-t-elle.
— L'Amour dévêtant Vénus, poursuivit-il en riant.

Le commerce des amants ressemble à la culture du vin, en cela qu'il s'affine avec le temps. Quand la verdeur des jus s'est adoucie, le bouquet, qui est l'âme de la liqueur, se révèle. Les âpretés des premiers élans laissent place à la délicatesse du sentiment et à cet altruisme qui définit les vrais échanges. Le plaisir du partenaire renforce celui que l'on éprouve et l'imagination déploie ses ressources pour l'enrichir.

À juste titre, il sembla donc à Marie-Antoinette qu'Axel était un amant hors pair, davantage encore qu'elle l'avait éprouvé dans leurs premières intimités. L'alcool aidant, leurs extases se prolongèrent et se firent plus ardentes que jamais. Ils ne parvenaient pas à se détacher l'un de l'autre, tant la passion fondait leurs corps.

Ce fut seulement à l'heure de leur séparation qu'Antonia songea avec une frayeur mêlée d'excitation qu'Axel s'était pour la première fois épanché en elle. À la période du mois où elle était féconde…

Elle plissa les sourcils.

Ciel, si cela était, il faudrait que Louis l'honorât bientôt, au cas où une grossesse s'ensuivrait. Or il y avait bien des semaines qu'il la délaissait.

Mais cela ne put se faire que six jours plus tard. C'était à minuit. Elle avait ce jour-là quitté les bras d'Axel à quatre heures de l'après-midi. Elle ne conçut aucune contrition à manger du pain après de la brioche.

Seul son confesseur en fut mécontent.

Restait à savoir quel confesseur de roi ou de reine fut jamais content.

Si la liaison d'Antonia et d'Axel revêtait tous les charmes des amours mythologiques tels qu'ils étaient exaltés par les plafonds de Versailles, les conséquences n'en furent pas moins humaines pour autant. La reine devint grosse.

Le roi s'en avisa avec un sourire épanoui. La cour bruissait de bonheur. À l'exception de Monsieur et d'Artois qui, à chaque grossesse de la reine, voyaient s'éloigner un peu plus leurs chances de jamais accéder au trône, chacun trouva dans la fertilité du couple une raison majeure de croire en la stabilité du royaume et dans la prospérité de la dynastie. Les soubresauts des gouvernements de Turgot et de Necker apparurent comme des accidents du passé, sans portée.

La nouvelle grossesse renforça aussi le pouvoir de Marie-Antoinette. Ainsi, elle exigea d'acheter le château de Rambouillet au duc d'Orléans. Ce dernier en demandait pourtant une fortune : six millions de livres. Calonne se fit prier. Six millions ! Sans parler de l'entretien. Il avait déjà eu recours à la recette de Necker, qu'il avait pourtant critiquée jadis, celle des emprunts publics, tel celui de 125 millions au taux de cinq pour cent, qu'il venait de lancer. Il encourut le déplaisir royal, et celui-ci fût-il féminin, il n'en était pas moins dangereux pour autant. Calonne finit donc par céder.

Le dimanche 27 mars 1785, le branle-bas qui accompagnait les couches royales sonna dans Versailles. À sept heures et demie du matin, Marie-Antoinette mit au monde un garçon. À huit heures et demie, il fut baptisé Louis Charles, avec Monsieur et la reine de Naples comme parrains, et le roi le nomma duc de Normandie.

L'accouchement fut étonnant de sobriété : il n'y eut même pas de *Te Deum*.

C'est en vain qu'on guettait l'exultation sur le visage du roi. S'il avait dû se mesurer à ses largesses publiques, son plaisir était modéré. Très modéré, même.

Tous les maris connaissent les périodes de leurs épouses et Louis ne faisait pas exception. De surcroît, le roi de France notait sur une feuille volante de son journal les dates auxquelles il avait rendu à sa femme les devoirs conjugaux. Plutôt que manie, c'était là souci de savoir s'il y avait quelque rapport entre le sexe d'un enfant éventuel et la saison. Le soir de la naissance du duc de Normandie, il se retira dans sa chambre, s'assit à son secrétaire et chaussa ses besicles pour consulter ses papiers. Il compta que le duc de Normandie n'avait pu être conçu que presque exactement neuf mois auparavant, entre le 20 et le 23 juin précédents.

Or il n'avait pas eu de commerce charnel avec Marie-Antoinette avant le 29 juin.

Il demeura pensif un long moment, assis à son secrétaire. Il se rappela fugitivement les grâces que lui avait faites son épouse pour obtenir sa visite nocturne. Plus il y réfléchissait et plus il était persuadé que la conception s'était faite au souper pour le roi de Suède.

Il refit ses calculs et parvint à la même conclusion. À l'évidence, le duc de Normandie n'était pas son fils*.

La découverte l'accabla d'abord, avant de l'emplir de colère. Comment, Marie-Antoinette avait failli à ses devoirs d'épouse et de reine de France et lui donnait un bâtard ! Il éprouva le désir de houspiller sa femme, mais se ravisa en songeant à son état et à l'esclandre qui s'ensuivrait. À la réflexion, il remit le projet à plus tard. Puis celui-ci lui parut irréalisable. Sans doute aucun, le motif de sa colère s'ébruiterait. La situation était irrémédiable, et toute confidence à quiconque, loin d'alléger son cœur, n'eût fait que l'alourdir de la peur d'un scandale.

---

* L'indice le plus frappant que Louis XVI ait été conscient de son infortune est contenu dans son journal : « Dimanche 27. Couches de la reine du duc de Normandie. Tout s'est passé de même qu'à mon fils. » Il ne pouvait révéler plus clairement qu'il ne considérait pas cet enfant comme étant de ses œuvres. Il n'appellera qu'une seule fois par la suite le duc de Normandie, futur Louis XVII, « mon fils », le 25 juin 1792. L'analyse de l'ADN du cœur de ce dernier a permis d'établir que le garçon mort à la prison du Temple en 1795 était bel et bien le fils de Marie-Antoinette, mais non de déterminer son ascendance paternelle.
Certains historiens ont argué que Louis XVI ne donnait le titre de « frère » ou « sœur » qu'à ceux des siens qui détenaient le droit d'aînesse, il est vrai prépondérant dans les familles royales. Ainsi, il n'appelait « ma tante » que l'aînée, Mme Adélaïde, et « mon frère » que le comte de Provence. Il n'appela, en effet, le duc de Normandie « mon fils » qu'après la mort du Dauphin. Mais il faudrait dans ce cas postuler que la conscience des préséances ait occulté la fibre paternelle chez Louis XVI, au point de lui faire écrire cette phrase déconcertante. Rien, en effet, ne lui interdisait d'appeler le nouveau-né « mon deuxième fils », alors qu'il eût été pour le moins gauche d'appeler d'Artois « mon deuxième frère » ou Mme Adélaïde « ma première tante ».

De qui donc le duc nouveau-né était-il l'enfant ? Ses soupçons s'égaillèrent. Coigny ? Trop vieux. D'Artois ? Oui, cet épouvantable coureur de jupons, qui était jaloux de son aîné. Oui, certainement, d'Artois, par vengeance ! Cela faisait des années qu'il poursuivait Marie-Antoinette de ses assiduités. Ah, l'insolent ! Et elle, elle qui ne manquait jamais aucune de ses fêtes… Il arpenta sa chambre comme un fauve en cage. Mais non, il s'égarait. Marie-Antoinette n'était pas folle : elle ne l'aurait jamais trompé avec ce gandin. Elle connaissait trop les risques dynastiques. Mais qui, alors ? Castelnau ? Il était fou et quelle que fût sa passion pour sa souveraine, elle ne l'aurait jamais pris en considération. Fersen ? Ce bellâtre nordique était trop froid. Marie-Antoinette appréciait les gens enjoués et rieurs. Non, certainement pas Fersen : d'ailleurs, celui-là était déjà l'amant de son roi. Encore que…

Une idée qu'il crut diabolique lui vint : le père ne manquerait pas d'être assidu au chevet de la reine. Il demanderait à voir l'enfant. Une liste des visiteurs et de leurs comportements lui fournirait la piste espérée. Il sourit finement.

Et que ferait-il alors ? Il expulserait le fripon de la cour. Le pire châtiment : être condamné à ne pas voir grandir son fils. Ha ! Il la tenait, sa revanche !

Dans les jours suivants toutefois, il fut déçu : à part l'abbé de Vermond et le maître de musique venu offrir un petit concert le cinquième jour après les couches, aucun galant n'avait fait plus que déposer des billets de félicitations.

C'était étrange.

Cependant, Böhmer et Bassenge frisaient le délire dans leurs machinations pour se tirer de leurs dettes. Il leur fallait à tout prix – c'était bien le cas de le dire – conquérir les grâces de la reine, en dépit du fait qu'elle les avait rembarrés sans ménagements.

À l'occasion du baptême du duc de Normandie, le 12 juillet 1785, ils lui adressèrent une paire d'épaulettes et des boucles de diamants, cadeau du roi. Ils y joignirent un billet amphigourique :

Madame,

> *Nous sommes au comble du bonheur d'oser penser que les derniers arrangements qui nous ont été proposés et auxquels nous nous sommes soumis avec zèle et respect sont une nouvelle preuve de notre soumission et dévouement aux ordres de Votre Majesté, et nous avons une vraie satisfaction de penser que la plus belle parure de diamants qui existe servira à la plus grande et à la meilleure des reines.*

Charabia importun autant qu'obscur. La reine jeta le billet au feu.

Le 3 août, Böhmer alla chez Mme Campan, première femme de chambre de la reine, qui prenait alors un bref congé dans sa campagne de Crespy.

— Qu'en est-il, madame, de mon billet du 12 juillet ? demanda-t-il.

— Votre billet ? Mais la reine l'a brûlé, monsieur. Elle n'y a rien compris.

— Cela n'est pas possible. La reine sait qu'elle a de l'argent à me donner.

— De l'argent, monsieur Böhmer ? Vous déraisonnez. Il y a longtemps que nous avons soldé nos derniers comptes pour la reine.

— Vous ignorez certainement, madame, que la reine a fait acheter le collier par le cardinal de Rohan, grand aumônier de France.

— On vous a trompé, monsieur. La reine n'a pas adressé une seule fois la parole au cardinal depuis qu'il est revenu de Vienne. Sachez qu'il n'est pas d'homme plus en défaveur que lui à la cour.

Quand il avait été ambassadeur à Vienne, Rohan-Guéménée avait indisposé l'impératrice Marie-Thérèse par sa vie dissolue et par les commentaires ironiques qu'il avait osé proférer sur elle. Pis que tout, il s'était permis des insolences sur Marie-Antoinette. Il avait donc été rappelé à Paris, où on le tenait soigneusement à l'écart malgré sa pourpre cardinalice et sa fonction de grand aumônier de France. La reine, qui ne lui adressait jamais la parole quand elle le voyait à la cour, ne lui pardonnait pas d'avoir été lié à la du Barry, et les ducs et pairs de France lui tenaient rigueur de prétendre tenir la préséance sur eux, en sa qualité de prince du Saint Empire.

— Vous êtes vous-même trompée, madame, rétorqua Böhmer. Elle le voit si bien en particulier que c'est à Son Éminence qu'elle a remis trente mille francs qui m'ont été donnés pour premier acompte. Elle les a pris en sa présence dans le petit secrétaire en porcelaine de Sèvres qui est auprès de la cheminée de son boudoir.

— Et c'est le cardinal qui vous a dit cela ?
— Oui, madame, lui-même.
— Ah, quelle odieuse intrigue !
— Mais à la vérité, madame, je commence à être bien effrayé. Car Son Éminence m'avait assuré que la reine porterait son collier le jour de Pentecôte, et je ne le lui ai pas vu. C'est ce qui m'a décidé à écrire à Sa Majesté.

Mme Campan ne reprenait son service que plusieurs jours plus tard ; elle différa de prévenir sa maîtresse de la formidable embrouille ; et elle n'en avait découvert que certains aspects. Le 9 juillet, Böhmer, aux affres de l'angoisse, alla voir la reine ; elle le reçut en présence du baron de Breteuil, secrétaire d'État à la Maison du roi, et de son confesseur, l'abbé de Vermond.

— Madame, déclara Böhmer, avec une impudence dictée par l'angoisse, il n'est plus temps de feindre. Daignez avouer que vous avez mon collier et faites-moi donner des secours, ou alors une banqueroute aura bientôt tout dévoilé.

Stupéfaite, Marie-Antoinette répondit :
— Monsieur, je ne sais ce que vous voulez dire et je n'ai pas votre collier.

L'abbé de Vermond fut frappé par la sincérité de l'indignation qui se peignait sur le visage de la reine.

— Messieurs, dit-elle à Vermond et Breteuil, je vous prie de bien vouloir faire toute la lumière sur cette mystérieuse affaire.

— Mais nous avons un traité en bonne et due forme signé par la reine ! s'écria Böhmer.

— Apportez-le demain. Et faites faire une copie certifiée pour la remettre à Sa Majesté, ordonna Vermond.

Quand les joailliers se furent retirés, Marie-Antoinette ne put retenir des cris scandalisés.

— Mais comment le cardinal de Rohan a-t-il jamais pu me mêler à cette sordide histoire !

L'ange, là-haut, s'alarmait : l'affaire ne se limitait pas à ses diamants.

25
Le brouet du scandale

Le lendemain, Böhmer et Bassenge revinrent munis du document. Toujours en présence de Vermond et de Breteuil, Marie-Antoinette en prit connaissance. Une fois de plus, son visage s'empourpra de colère.

Le fameux traité comportait trois paragraphes, chacun annoté en marge « Approuvé », et il était signé au verso « Marie-Antoinette de France ». Or, elle ne signait jamais ainsi, car cela n'aurait eu aucun sens.

Outré, Vermond proposa d'alerter tout de suite le roi. Bien que de caractère peu amène, Breteuil, qui avait succédé à Rohan à Vienne, suggéra de différer, afin de recueillir les preuves de la vilenie du cardinal. Pour eux et la reine, il ne faisait aucun doute que le prélat avait tenté d'acquérir le collier en prétendant agir pour le compte de Marie-Antoinette. Dame, ce fat melliflu et mondain, coureur effréné de jupons et tête brûlée s'il en fut en dépit de sa charge de grand aumônier de France, était criblé de dettes ; il aurait fragmenté le bijou pour en payer quelques-unes et en faire sans doute de nouvelles. Et tous trois ajoutaient leurs exécrations personnelles à celles qui pesaient déjà sur ce fourbe.

L'avis de Breteuil prévalut : Rohan avait promis de verser le premier tiers du paiement, soit 700 000 livres, le 1ᵉʳ août. Or on était le 4. À coup sûr, cette canaille allait imaginer quelque autre escroquerie pour se sortir de son bourbier.

Le calcul était judicieux : Rohan avait déjà demandé aux Böhmer de différer le paiement jusqu'en octobre et leur avait versé 30 000 francs à titre d'intérêts ; c'était le prétendu acompte que Böhmer disait avoir reçu de lui. Mais ensuite, il avait demandé au trésorier de la Marine, Baudard de Saint-James, un prêt de 700 000 livres pour acquérir un magnifique collier ; Baudard de Saint-James, qui le rapporta à Vermond, connaissait l'existence de ce collier, et pour cause : il avait déjà avancé 800 000 livres aux Böhmer eux-mêmes. Tout cela faisait beaucoup d'argent.

La preuve était faite que Rohan-Guéménée, prince du Saint Empire, landgrave d'Alsace, membre de l'Académie française à vingt-sept ans, commandeur de l'ordre du Saint-Esprit, évêque de Strasbourg, docteur en Sorbonne et autres titres, tous obtenus par l'intrigue et la cabale*, était au centre d'une monstrueuse escroquerie, qui l'avait rendu coupable de faux, usage de faux et crime de lèse-majesté. Âgé de cinquante et un ans, il avait commis le plus grave péché qu'on pût imaginer.

Mais chacun flairait d'autres mystères dans cette affaire.

---

* Ainsi, sa barrette de cardinal n'avait été obtenue, en juin 1778, que sur le contingent réservé à Stanislas Poniatowski, roi de Pologne. Et il n'avait remporté le provisorat de la Sorbonne, contre le cardinal de La Rochefoucauld, pourtant candidat de la reine, qu'avec le soutien de son clan.

Les événements se précipitèrent.

Breteuil commençait à avoir son idée sur l'imbroglio. Il pria les joailliers de rédiger un mémoire à soumettre au roi. Ils le lui remirent doublement épouvantés : d'une part, ils voyaient leur échapper l'argent investi dans le collier et pis que tout, sur emprunt, et d'autre part, ils avaient le pressentiment d'avoir irrité les dieux de l'Olympe.

Le 12 août, le mémoire fut remis à la reine, qui le présenta au roi le même jour en lui expliquant ce qu'elle savait. Louis se proposa de réunir un conseil de la famille de Rohan, qui serait présidé par Charles de Rohan, prince de Soubise et maréchal de France, mais ce dernier était absent de Versailles.

Marie-Antoinette bouillait de colère : elle ne s'était pas remise de l'accueil glacial que Paris lui avait réservé en mai, quand elle s'y était rendue pour la cérémonie des relevailles. Elle l'avait compris : elle n'était pas aimée, et parmi les motifs de mécontentement figuraient l'achat du château de Saint-Cloud et les racontars colportés par les gazettes sur ses idylles. Or, cette vipère de Rohan figurait justement parmi les sources d'inventions odieuses, comme la liaison qu'elle aurait entretenue avec le comte d'Artois. L'occasion était trop belle d'enfin lui faire payer ses bassesses.

Le 15 était le jour de l'Assomption, que Versailles célébrait avec d'autant plus de solennité que c'était celui de la fête patronale de la reine.

Les Suisses, les Gardes du corps et les Gardes françaises étaient alignés entre la cour de Marbre et la place d'Armes. Les drapeaux claquaient au vent. Le temps tournait à l'orage.

Une foule de courtisans et de badauds encombrait la galerie des Glaces et les grands appartements. Les ducs, pairs et ministres attendaient dans le salon de l'Œil-de-Bœuf que Leurs Majestés se rendissent à la chapelle royale, où le cardinal de Rohan devait célébrer la messe. Les premiers fidèles avaient déjà gagné leurs places.

Puis advint quelque chose de singulier : le cardinal fut appelé dans la chambre du Conseil royal. Puis encore le garde des Sceaux, Miromesnil, affolé par cette convocation impromptue et croyant qu'on allait lui annoncer sa disgrâce. Rohan se retrouva en présence d'un tribunal inattendu : le roi, la reine, Breteuil, Vergennes et Miromesnil. Louis XVI tendit le mémoire des Böhmer à Rohan et le somma de s'expliquer.

Rohan admit que tout était vrai.

— N'avez-vous donc rien à dire pour justifier cette conduite et les garanties que vous avez données ? demanda le roi.

Confondu, le cardinal demanda le temps de rassembler ses esprits. Il voulait rédiger à son tour un mémoire.

Le roi, la reine, Breteuil et Miromesnil patientèrent dans la bibliothèque.

— Quelle que soit la teneur de son mémoire, Rohan doit être immédiatement arrêté, exigea Marie-Antoinette.

Le roi et Breteuil partageaient cet avis. Vergennes songeait par-dessus tout à éviter le scandale. Miromesnil était épouvanté : arrêter un Rohan cardinal juste avant qu'il célébrât l'office de l'Assomption ! Le scandale prendrait des proportions démentielles !

— Et les habits pontificaux ? gémit-il.

— Réflexion de laquais ! répliqua Louis.

Rohan entra dans la bibliothèque pour présenter ses aveux circonstanciés : il avait été trompé par une abominable aventurière, Mme de La Motte. Il avait été certain de faire sa cour à la reine en négociant le collier pour son compte, sur l'assurance de cette gredine.

Personne ne vit la reine tressaillir au nom de Mme de La Motte.

— Où est cette femme ? demanda le roi

— Je l'ignore, Sire, répondit Rohan, espérant peut-être que ses aveux suffiraient à l'exonérer de punitions plus rudes.

— Et le collier ?

— Il est entre les mains de cette femme, Sire. Je le paierai.

— Mon cousin, dit le roi, je ne puis me dispenser, en pareille circonstance, de faire placer les scellés chez vous et de m'assurer de votre personne. Le nom de la reine m'est précieux. Je ne puis rien négliger.

Cela signifiait que Rohan serait arrêté devant la cour et même devant des étrangers. Il blêmit, puis argua du renom de sa famille.

— Monsieur le cardinal, comment est-il possible, coupa Marie-Antoinette, que ne vous ayant pas parlé depuis huit ans, vous ayez pu croire que j'aurais voulu utiliser votre cooptation pour conclure un marché semblable ?

Rohan lui répondit par un regard ironique autant qu'énigmatique. Que signifiait-il ? C'en était assez pour le roi :

— Monsieur, dit-il, je tâcherai de consoler vos parents dès que possible. Je désire que vous plaidiez votre cause. Je fais ce que je dois comme roi et comme mari. Sortez.

Rohan prit la porte. Du cabinet des Pendules au salon de l'Œil-de-Bœuf, il fut suivi par mille regards stupéfaits. Que se passait-il donc ? Comment expliquer l'accablement du grand aumônier de France, qui semblait un spectre en soutane de moire écarlate, avec une aube digne d'un manteau de roi babylonien ?

Personne n'avait encore rien vu : dans la Galerie des Glaces, il fut rejoint par Breteuil, l'œil mauvais.

— Monsieur le cardinal, le roi m'a donné l'ordre de vous arrêter.

— Ici ? Ne pouvez-vous me garder en marchant avec moi ?

La férocité de Breteuil fut exemplaire : il clama à l'adresse d'un jeune lieutenant des Gardes, Charles de Jouffroy :

— Je vous ordonne, monsieur, de la part du roi, d'arrêter M. le cardinal. Vous en répondez.

L'apocalypse éclata dans la Galerie des Glaces et son fracas se répandit dans le reste du château. Le grand aumônier de France avait été interpellé comme un vulgaire mécréant.

Quelle faute avait-il donc commise ? Un meurtre ? Une attaque contre le roi ? Un crime de haute trahison ? Les courtisans coururent aux nouvelles.

Rohan, lui, suspendit son pas pour demander au lieutenant la permission d'écrire une lettre. Accordée. Le cardinal tira d'une poche un papier et un crayon et, une fois mis aux arrêts dans son appartement de fonction, au palais, il le glissa à l'un de ses domestiques et le chargea en alsacien de le porter à l'abbé Georgel, qui demeurait chez lui, dans son hôtel, rue Vieille-du-Temple.

Grand vicaire de Strasbourg, Georgel était le confident et en quelque sorte le secrétaire de Rohan ; il fut effaré quand le domestique lui remit le billet en lui annonçant :

— Tout est perdu ! Le prince a été arrêté !

La police ne tarderait pas. Georgel fit main basse sur tous les papiers compromettants, dont un portefeuille rouge contenant des lettres, et les jeta au feu.

À Versailles, les courtisans tenaient enfin quelques renseignements, soutirés aux domestiques : il s'agissait d'une escroquerie imputée au cardinal et portant sur un bijou fabuleux. La déception se lut sur leurs visages : encore une histoire d'argent et de frivolités.

À trois heures de l'après-midi, le sous-aide major des Gardes, d'Agoult, amena le cardinal à son hôtel de Paris. Puis Breteuil et son adjoint, le lieutenant général de police Thiroux de Crosne, vinrent mettre les scellés sur ses papiers. Jusqu'à minuit, Rohan demeura dans sa chambre.

À minuit, le gouverneur de la Bastille en personne, Launay, envoya quérir le cardinal pour le transporter en carrosse jusqu'à sa nouvelle demeure.

Mais ni Marie-Antoinette ni les témoins de sa dernière entrevue avec Rohan ne connaissaient le secret du regard insolent que ce dernier avait lancé à la reine.

Quand on l'apprendrait, ce serait pire que tout. Enfin, presque tout.

— Monsieur, dit la reine à Breteuil, je crois nécessaire de vous prier d'une mission.

— Je suis à vos ordres, Madame.

À la manière dont la souveraine se mordillait l'intérieur de la lèvre, le ministre comprit que la mission s'avérait délicate.

— J'apprends que Mme de La Motte est vilainement liée aux intrigues de M. de Rohan. Vous allez donc perquisitionner chez elle.

— Cela est exact, Madame. Nous allons la faire arrêter. Je viens d'apprendre qu'elle n'est pas à son hôtel de la rue Neuve-Saint-Gilles, à Paris. Nous nous rendrons donc dans sa maison de Bar-sur-Aube.

— Faites vite. Je vous prie de bien vouloir retrouver dans ses affaires une boîte en écaille ornée d'un portrait de moi, que j'ai eu la faiblesse de lui donner un jour à Versailles.

Breteuil haussa les sourcils ; il était étonné.

— Vous devinez, reprit Marie-Antoinette, le mauvais usage qu'on pourrait faire de cet objet s'il tombait entre les mains de gens malveillants. Vous en enlèverez mon portrait et me le remettrez en main propre*.

— Oui, Madame. Quelle est la forme de cette boîte ?

— Ovale. Elle est ornée de diamants. Si vous ne la retrouvez pas à Bar-sur-Aube, elle sera certainement dans l'hôtel de cette femme, à Paris.

Breteuil hocha la tête, s'inclina et prit congé.

Demeurée seule, Marie-Antoinette poussa un soupir et battit des cils. Il ne manquait plus que cette histoire-là !

---

* Ce détail a inspiré à certains historiens une théorie selon laquelle, pour parler clair, Marie-Antoinette était de mèche avec Jeanne de La Motte dans la duperie de Rohan. Mais d'une part, on ne voit guère ce qu'elle y aurait gagné, et d'autre part, les falsifications et les escroqueries de Jeanne de La Motte sont avérées.

Elle en était sûre, si Louis l'apprenait, il en serait fort mécontent. Il l'avait déjà tancée jadis pour la confiance excessive qu'elle avait accordée à une autre aventurière, Mme Cahuet de Villers*. Que ne dirait-il pas cette fois-ci !

Elle était redevenue la petite Antonia qui avait commis une faute.

Le lendemain, Paris bruissa de l'affaire. Un cardinal en prison, cela ne se voyait pas tous les jours. On connaissait à peine l'affaire, qu'à cela ne tienne ! Il suffisait de combler l'ignorance par des inventions. Puis on s'avisa que la réalité les dépassait de loin.

Interrogé par Vergennes et le maréchal de Castries, le cardinal raconta l'affaire suivante. Et ce n'en était que la moitié, car le roué Rohan s'était fait rouler dans la farine.

La dénonciation de celle qui l'avait escroqué depuis plusieurs mois, Jeanne, comtesse de La Motte, saisit d'étonnement bien d'autres que Marie-Antoinette. C'était une femme qu'on voyait beaucoup à Versailles, y compris dans le cercle de la reine. De son nom de naissance Jeanne de Saint-Rémy de Valois, fille de Jacques de Luz de Saint-Rémy de Valois, elle descendait d'Henri de Saint-Rémy, bâtard d'Henri II et de sa maîtresse, Nicole de Savigny. La police reconstitua son histoire mouvementée : l'époux de Catherine de Médicis et inventeur de la

---

* Femme d'un trésorier de la Maison du roi, Mme Cahuet de Villers avait, en 1777, soutiré des fonds à sa modiste, Rose Bertin, et au fermier général Loiseau de Béranger en imitant la signature de Marie-Antoinette.

Chambre ardente destinée aux hérétiques était mort deux siècles auparavant, et le sang des Valois s'était beaucoup dilué entre-temps. L'obscurité avait conduit la lignée à la misère. La future Jeanne de La Motte était une fillette en haillons, braillant : « Ayez compassion d'une orpheline du sang des Valois ! » quand elle avait été recueillie par la charitable marquise de Boulainvilliers.

Placée chez des religieuses qui lui avaient inculqué des rudiments d'instruction, elle avait ensuite accompli divers métiers sans gloire : blanchisseuse, porteuse d'eau, cuisinière, repasseuse, lingère et l'on en passe, puis le diable l'avait saisie : à vingt-quatre ans, en 1780, alors grosse de plusieurs mois, elle avait épousé un officier de gendarmerie de la Compagnie des Bourguignons, Marc Antoine Nicolas de La Motte. Ce petit noiraud au visage criblé par la variole autant que ses comptes l'étaient de dettes espérait probablement s'ennoblir en frottant son nom à une Valois, le blason de celle-ci fût-il dédoré ; il se para désormais d'un titre de comte imaginaire.

Ainsi fut formée la comtesse de La Motte.

Petite, point vilaine, elle cultivait une voix charmeuse à laquelle ses yeux bleus et candides donnaient des accents émouvants.

La marquise de Boulainvilliers n'avait pas abandonné sa disciple. Elle la gardait souvent dans sa compagnie et, au hasard d'une rencontre sur la route de Saverne, sa voiture croisa celle du cardinal de Rohan ; elle présenta sa protégée au prélat. Rohan ne manquait pas volontiers une bonne fortune. Il invita la pécore et son mari dans sa résidence de Saverne et, croyant farcir, fut le dindon : il cautionna un prêt de 5 000 livres pour le couple ; il dut évidemment le payer, mais ce n'était qu'une paille en regard de ce qu'il débourserait par la suite. Guère rancunier, ou bien espérant davantage, il obtint cependant pour le mari complaisant une charge de capitaine surnuméraire dans la compagnie des Gardes du corps du comte d'Artois.

Le couple gagna donc Paris pour une maison de trois étages de la rue Neuve-Saint-Gilles.

On ne le comprit que bien plus tard : le hasard, dieu cruel aux yeux d'opale, avait apparié deux personnes animées d'ambitions féroces qui convergeaient toutes deux vers la même cible : Marie-Antoinette.

Couvert de femmes et de dettes, aveuglé par la vanité, fat jusqu'à la sottise, Louis de Rohan-Guéménée n'aspirait qu'à revenir en grâce à la cour et éblouir l'archiduchesse dont il avait flétri la coquetterie. Dans son esprit, sa gloire ne pouvait s'épanouir qu'au soleil royal et il eût vendu son âme, si tant est qu'il la possédât encore, pour être de nouveau admis à Versailles.

À peine émergée du ruisseau, Jeanne de La Motte, saisie par la vanité des mythomanes, n'aspirait pour sa part qu'à se faire elle aussi reconnaître de la cour comme descendante légitime de l'ancienne branche régnante et à récupérer le château et la terre de Fontette, près de Bar-sur-Aube, que deux siècles auparavant Henri II avait concédés au bâtard Henri de Saint-Rémy pour se débarrasser de lui. Ah, être dame de Fontette !

Contrairement à une idée commune, les manants n'ont pas plus de sagesse que les seigneurs. Les uns et les autres rêvent pareillement de séduire dame Fortune et d'atteindre aux sommets où leurs mérites ne les porteraient jamais.

Parallèlement à leurs interrogatoires, Vergennes et Castries poursuivirent en catimini leurs recherches sur les activités à Versailles de la déplorable comtesse de La Motte. Les pages, écuyers, intendants, et autres laquais en savaient parfois plus long que leurs augustes maîtres sur les gens qui hantaient le château.

Ils apprirent que Jeanne de La Motte fréquentait beaucoup Versailles. Rien de remarquable à cela : c'était, par grâce royale, concédé au premier venu, pourvu qu'il fût habillé décemment. D'ailleurs, des malins louaient des épées à l'entrée du château, pour permettre à des bourgeois sans éclat de se faire passer pendant quelques heures pour des nobles. Des ministres aux quémandeurs, badauds et parasites, des milliers de personnes y frayaient chaque jour. Les bâtiments étaient un théâtre national.

Mais Jeanne de La Motte n'en restait pas là. Courant les antichambres ministérielles et princières, elle y multipliait menues intrigues, fourberies et minauderies. Cette Scapine s'y donnait aussi en spectacle. Ainsi, en décembre 1784, tenant en main un placet indiquant son ascendance royale, elle attendit le passage de Mme Élisabeth pour défaillir. On la ranima, on la cajola et la sœur du roi lui fit donner deux cents livres ; les témoins en rassemblèrent trois cents de plus. Elle recommença au passage de la comtesse d'Artois avec des résultats également bénéfiques. La tentation était trop grande de refaire le coup au passage de Marie-Antoinette, qui ne la remarqua pas ; la défaillance ne fut cependant pas vaine, car la duchesse d'Orléans et le contrôleur général Lefèvre d'Ormesson lui firent remettre quelques louis. Pareils évanouissements arrondissaient les revenus qu'elle tirait plus régulièrement de la galanterie. En somme, elle touchait de dix à quinze livres la passe. Nulle surprise donc à ce qu'elle fût aussi connue de la police que sa petite poitrine l'était de ses clients. Mais à force de jérémiades elle avait fini par obtenir des pensions de 1 500 livres pour elle et de 800 livres pour sa sœur Marie-Anne, probablement dues à la largesse de ce coureur de comte d'Artois.

À force d'entregent, elle fit reconnaître son ascendance royale par un héraldiste et obtint le droit légitime de s'appeler Jeanne de Valois. Quant au titre de comtesse, frauduleux, on lui en laissa le bénéfice par indulgence. Elle finit également par obtenir le privilège d'un appartement à Versailles, grand mot pour une chambre et un cabinet dont elle payait la location, mais enfin, elle y consolidait publiquement son personnage de comtesse de La Motte-Valois.

Les enquêteurs le savaient : la confiance excessive, c'est-à-dire l'imprudence de Marie-Antoinette, qui aimait rassembler autour d'elle une jeunesse enjouée pour animer ses petits bals et ses mascarades, permit à Jeanne de La Motte d'approcher la souveraine, fût-ce à distance respectueuse. Dans sa naïveté, la reine n'était pas trop regardante sur les tenants ni les aboutissants de ces gens, et elle esquivait les reproches de son époux ; l'œil plus pointu que ses airs bonasses l'eussent laissé croire, celui-ci, en effet, se plaignait de ne voir autour d'elle que des croquants et des catins. Qu'importait, puisque l'on riait !

La pseudo-comtesse de La Motte en fit ses choux gras. Une œillade lui valut une conversation avec le duc de Guiche, une chaise avancée, quelques propos banals avec la duchesse de Guémenée. Chacun crut qu'elle était familière de ces personnages et de ce fait, elle devint une figure familière de la cour. Elle attendait l'heure du grand privilège : être présentée à la cour.

Le destin en décida autrement.

La cupidité de l'intrigante également.

Jeanne de La Motte découvrit l'ambition de Rohan : regagner les faveurs de la reine. Vaste champ ouvert à ses manigances : elle commença par persuader le cardinal qu'elle était du dernier bien avec Marie-Antoinette ; elle plaiderait la cause du prélat. Le cœur battant, ce benêt la chargea alors de remettre une lettre à la reine. Elle promit de le faire, quoique ce fût hors de question. Si elle osait faire passer le billet, la reine pourrait s'indigner de l'audace et bannir l'entremetteuse de son cercle. Adieu, présentation à la cour.

Et si jamais la lettre était reçue, la reine pourrait bien adoucir ses rigueurs à l'égard de Rohan et la comtesse de La Motte perdrait son utilité et ses moyens de pression sur le cardinal. Non, il convenait de faire durer les espoirs de Rohan.

Or, pour que la mystification prospérât, il fallait une réponse à cette première lettre. L'ancienne barboteuse des rues chargea alors l'un de ses amants, un ancien gendarme blondinet et tout aussi escroc qu'elle, Rétaux de Villette, de rédiger de sa plus belle écriture, sous la dictée de sa maîtresse, une réponse de Marie-Antoinette.

Le papier choisi, à bords dorés, était orné de fleurs de lys. Une correspondance s'engagea ainsi entre Rohan et une reine imaginaire.

Apprenant ces duperies, Vergennes et Castries en demeurèrent pantois.

— N'avez-vous jamais douté de l'authenticité de ces lettres ? demanda Vergennes.

— Les présages, monsieur, les présages…

— Quels présages ?

— Cagliostro avait vu le profil de la reine dans une carafe d'eau claire. C'est un mage, monsieur, ne le savez-vous pas ?

Stupeur de Vergennes et Castries.

— Cagliostro ?

— Il est mon conseiller.

Le peu reluisant aventurier sicilien, de son vrai nom Joseph Balsamo, celui qui prétendait posséder l'élixir de la vie éternelle, de la transmutation du plomb en or, du grossissement des pierres précieuses et autres fadaises, était donc mêlé à l'affaire…

— Combien de ces lettres avez-vous reçues ? demanda Castries.

Celui-ci s'adossa au confortable fauteuil qu'il s'était fait porter dans ses quartiers de la Bastille – trois chambres, somptueusement meublées, sans compter le service de trois domestiques.

— Plusieurs, plusieurs, soupira-t-il.

— Où sont-elles ?

— Je les ai brûlées.

— Qui vous les remettait ?

— La comtesse de La Motte.

— Ne vous demandait-elle rien en échange de ses services ?

— Je l'aidais comme d'habitude. Elle m'a transmis aussi des demandes de prêts au nom de la reine, pour une bonne œuvre secrète, à une famille respectable et indigente, disait-elle.

La reine demandant à Rohan de lui prêter de l'argent ? Ni Castries ni Vergennes n'en croyaient leurs oreilles.

— Combien vous a-t-elle demandé ?

— 60 000 livres.

— Et vous les avez payées ?

— Oui. Il y a eu deux prêts de ce montant.

Les deux interrogateurs furent abasourdis par une supercherie aussi énorme et les odeurs nauséabondes qui s'échappaient de ce chaudron de scandale.

Ils n'étaient même pas au terme de leurs désarrois.

26
Le basquet de Vénus ou la boîte de Pandore

Rohan, prince de l'Église, menait grand train dans sa prison ; il y tenait table ouverte, faisant venir ses plats de chez le traiteur car il recevait beaucoup de monde. Le concierge avait même renoncé à relever le pont-levis tant les visites étaient nombreuses : non seulement sa famille venait consoler le célèbre embastillé, mais encore des membres de la cour et des gens hostiles au roi, tel le prince de Condé, n'hésitaient pas à lui témoigner publiquement leur soutien.

L'assurance de Rohan ne reposait pas sur ces seules marques de sympathie : il avait conscience que l'affaire prenait des proportions internationales. Les cardinaux de France mobilisèrent l'ensemble de l'Église : en effet, ils tenaient l'arrestation de leur collègue dans la Galerie des Glaces pour un outrage inadmissible.

Marie-Antoinette ne décolérait pas. Voilà que son frère Joseph II, défenseur de l'Église, demandait à être instruit de l'affaire, comme si l'on avait besoin de ses interventions ! Puis – on le lui rapportait de toutes parts, fût-ce en termes ô combien feutrés – elle passait pour la principale instigatrice du scandale.

— Je suis accusée, déclara-t-elle à un Vergennes consterné, d'avoir reçu un collier et de ne pas l'avoir payé. Je veux savoir la vérité d'un fait où l'on a osé usurper mon nom. Les parents du cardinal désirent qu'il soit mis en justice réglée. Lui paraît le souhaiter aussi. Je veux que l'affaire y soit portée.

Plus encore que l'évidente conviction du public qu'elle était la vraie coupable dans l'affaire, elle était blessée par les soupçons de certains à la cour qu'elle n'y était pas aussi étrangère qu'elle l'assurait. Pour son réconfort moral, Louis se montrait ferme dans sa résolution : Rohan était coupable et devait être jugé. Restait à savoir par quelle justice, celle du roi, qui était discrétionnaire, ou celle du Parlement, qu'on appelait la « justice réglée » ?

Le tas d'immondices dans lequel fouillaient les enquêteurs s'enrichit bientôt : trois jours après Rohan, Jeanne de La Motte fut arrêtée dans sa maison de Bar-sur-Aube – elle avait réussi à l'acheter –, où elle jouait les châtelaines. Ramenée à Paris, elle fut elle aussi jetée à la Bastille, dans la tour de la Comté. On ne put mettre la main sur son mari : il s'était enfui en Angleterre.

Mais Breteuil rapporta à la reine le portrait qui ornait la boîte indiquée.

La pseudo-comtesse commença par nier avec véhémence qu'elle fût d'aucune façon mêlée à l'affaire. Les confrontations entre elle et Rohan tournèrent à l'échange d'invectives et de glapissements. Rohan la traita de scélérate et de menteuse. Elle rejeta tout sur lui et son complice Cagliostro.

Mais la vérité, la sinistre vérité fut mise au jour à travers leurs querelles de poissardes.

Tenus au courant des étapes de l'enquête, Marie-Antoinette et Louis XVI s'exaspérèrent des filouteries des deux accusés, alors qu'ils s'attendaient à de la contrition.

Les embrouilles s'épaissirent à l'interrogatoire du faux comte de Cagliostro, le 23 août : le charlatan argua qu'il n'était, lui le Grand Cophte et grand maître de l'ordre de maçonnerie des Rose-Croix, que le porte-parole des mystérieuses puissances qu'il servait. Il excipa de la bienveillance que lui témoignaient le duc de Chartres, le duc de Richelieu, Mmes de Polignac, de Choiseul, de Brissac... À la différence de la fine fleur de la noblesse, les policiers français ne s'en laissèrent pas conter : il demeura embastillé. Il avait été le témoin consentant d'une fraude impliquant Sa Majesté la reine.

Au fil des questions, un autre nom apparut, celui d'une fille de petite vertu, prétendue baronne d'Olivas, de son vrai nom Nicole Leguay ou Dessigny, on ne savait, qui aurait joué le rôle de la reine.

D'Olivas ? Curieux nom : cela ressemblait à un anagramme de Valois.

Et le rôle de la reine ? Breteuil fronça les sourcils. Qu'était cette nouvelle infamie ? Il donna l'ordre de retrouver la sauteuse ; elle fut appréhendée à Bruxelles dans la nuit du 19 au 20 octobre. Il s'agissait d'une modiste à la jambe légère, elle aussi connue des services de police.

Entre-temps, la patience de Louis XVI et de Marie-Antoinette avait atteint ses limites. Les observations prudentes de Vergennes n'y changèrent rien. Avant même l'arrestation de la donzelle Leguay ou Dessigny, il adressa un mémoire au roi, qui le convoqua.

— Sire, dit le ministre, les vilenies que l'enquête découvre à chaque pas sont accablantes. Je prie Votre Majesté de songer qu'un jugement au Parlement sera public et que le nom de Sa Majesté la reine y sera donc associé, ce que j'estime fâcheux. Les peines que Rohan encourrait s'il était présenté à votre justice, j'entends la déchéance et le bannissement, sont assez lourdes pour le punir de sa sottise. Mais de surcroît, la justice royale présenterait pour le trône un avantage appréciable : le jugement ne serait pas public et les gueuseries de cette affaire ne seraient pas exposées à la rue.

Le roi hocha la tête.

— Certes, admit-il. Mais les opinions sont déjà tellement outrées et tant de gens si convaincus de l'innocence du cardinal qu'on m'accuserait d'avoir rendu une sentence arbitraire.

À la vérité, un pas fatal avait été franchi avec l'arrestation publique de Rohan ; il était trop tard pour résoudre cette affaire en démettant simplement le cardinal et en envoyant les autres protagonistes dans des cachots de province.

Telle était l'une des raisons pour lesquelles, au conseil royal du 25 août, où l'on retrouvait Miromesnil, Vergennes, Castries et Breteuil autour du couple royal, les arguments de Vergennes n'avaient pas prévalu, bien que soutenus par Miromesnil. Et pourtant, le ministre avait évoqué un risque alarmant : s'agissant d'un procès public, le Parlement pourrait convoquer la reine, ce qui serait fâcheux.

Une autre raison était l'acharnement du roi, de la reine et de Breteuil : ils voulaient un jugement public.

Tel un chien de chasse qui ne démord pas de sa proie, Breteuil avait déclaré :

— Le scandale est déjà patent. Un jugement rendu par le roi ne saurait l'étouffer et il prêtera le flanc à des soupçons de partialité. Mais un jugement rendu par une autorité indépendante, je veux dire le Parlement, sera incontestable. Chacun sait que tous les membres de cette institution ne sont pas d'office favorables aux décisions royales. L'indignité du fripon sera établie par des autorités notoirement impartiales. L'évidence sera, je le crois, suffisante pour écraser les malveillances.

Le roi se rangea à cet avis. Le 5 septembre, il confia l'affaire au Parlement par lettres patentes, auxquelles il joignit une note exprimant son indignation.

Le premier président, François d'Aligre, désigna donc deux nouveaux interrogateurs, Titon de Villotran et Dupuy de Marcé, conseillers à la grande chambre.

Le clergé s'indigna de nouveau. S'il était coupable, le cardinal, évêque de son état, devait être jugé par une assemblée des évêques, selon le privilège de juridiction. Au terme de son assemblée générale du 6 septembre, l'Église de France éleva une protestation solennelle : le cardinal de Rohan ne pouvait être jugé par une instance séculière.

Louis XVI demeura impassible : ce qui avait été décidé restait décidé.

— Nous allons voir le clergé se dresser contre nous, Sire, observa Vergennes.

— Il ferait beau voir que le clergé de France se dressât contre la justice du Parlement, rétorqua le roi.

L'affaire s'envenima, à la jubilation de Rohan. Le pape Pie VI réclama par l'entremise du nonce une juridiction ecclésiastique, puisque le cardinal était membre du Sacré Collège. Vergennes transmit la réclamation au Parlement. Gallican et janséniste, celui-ci s'empressa de la déclarer invalide.

Pendant ce temps, à la cour, à la police et dans le peuple, tout le monde se demandait où était passé le fameux collier.

Ce fut aux nouveaux interrogateurs que revint donc la charge d'interroger la donzelle Leguay ou Dessigny.

Vingt-trois ans, accorte, l'air innocent comme une colombe de mai, enceinte jusqu'au nez, Dieu seul savait de qui, Marie Nicole Leguay, modiste galante, avait été dégottée par le faux comte de La Motte pour un projet hallucinant : elle serait chargée de tenir le rôle de la reine dans un rendez-vous galant et nocturne avec le cardinal de Rohan, dans le parc de Versailles.

Titon de Villotran et Dupuy de Marcé tendirent le cou, incrédules : la lèvre inférieure de l'accusée, légèrement proéminente (comme celle de la reine), renforçait la vraisemblance.

— Le comte de La Motte m'a rendu plusieurs fois visite à mon hôtel, raconta-t-elle.

Ils prirent l'air entendu et elle le vit bien :

— Il a été très respectueux avec moi. Puis il m'a présentée à sa femme.

— Que vous a-t-elle dit ?

— Que la reine, avec laquelle elle était intime, l'avait chargée de trouver une personne qui pourrait jouer une petite comédie. Je serais grassement payée. Le comte et la comtesse m'ont logée à l'hôtel de la Belle Image, à Versailles, et un soir, ils m'ont habillée pour la circonstance. Une robe blanche de linon moucheté, un mantelet blanc, une thérèse sur le front. J'étais coiffée comme la reine.

— Vous saviez donc que vous alliez incarner la reine ?

— Pardieu, c'était ça, la comédie ! La comtesse m'avait d'ailleurs dit que la reine allait m'observer à distance.

— Et ensuite ?

— Le comte de La Motte m'a conduite près de l'Orangerie, dans le Bosquet de Vénus. Il m'a assuré que ce que j'aurais à faire n'était pas compliqué. Je devrais rester là et un très grand seigneur viendrait près de moi. Je lui tendrais alors une rose et une lettre et je lui soufflerais : « Vous savez ce que cela veut dire. » C'est tout.

— Et alors ?

— Eh bien, il est venu.

— Vous saviez qui c'était ?

— Non. Mais j'ai oublié de lui donner la lettre.

— Où est-elle ?

— Je l'ai rendue à la comtesse.

— Et que s'est-il passé ensuite ?

— La comtesse est arrivée en disant : « Vite, vite ! Madame et la comtesse d'Artois viennent. » Je suis alors partie.

— Et vous avez été payée pour cela ?

— Oui…

— Combien ?

— Un peu moins de cinq mille livres…

Cinq mille livres pour jouer le rôle de Marie-Antoinette quelques instants !

— Et le collier ? Vous ne saviez rien du collier ?

— Quel collier ?

Absolument éberlués, les interrogateurs suspendirent leurs questions. La donzelle semblait avoir joué son rôle sans se douter de la portée de la supercherie. Ils imaginèrent le cardinal, car ç'avait bien été lui, transi d'amour dans le Bosquet de Vénus. Ou la boîte de Pandore.

Le regard insolent que Rohan avait lancé à la reine, le jour de l'Assomption, commençait à s'expliquer : le libidineux prélat avait vraiment cru avoir rencontré la reine.

Ses yeux s'étaient sans doute dessillés depuis.

— Ah, il me tarde d'oublier ces horreurs ! s'écria Marie-Antoinette à l'adresse de Mme Campan, de la comtesse de Polignac et de Mme Élisabeth, en savourant un quartier d'une des premières poires de l'automne. Heureusement que nous avons le théâtre ! Tout est-il prêt pour la répétition ?

La comtesse de Polignac le confirma et, justement, le comte d'Artois venait d'arriver, aussi fringant que d'habitude, tenant sous le bras un exemplaire de la pièce dans laquelle il jouerait : c'était *le Barbier de Séville*, de M. de Beaumarchais, la pièce qui avait été interdite jusqu'en 1777, sur ordre du roi. La reine et le comte d'Artois avaient projeté de jouer *le Mariage de Figaro*, mais à la vive déception du comte, le roi s'y était opposé, arguant qu'il ne saurait tolérer chez lui ce qu'il désapprouvait à l'extérieur.

— Je ne comprends pas, mon frère, que vous appréciiez tant une pièce qui montre la noblesse sous un jour aussi peu flatteur, avait-il observé.

— Sire mon frère, avait répliqué d'Artois, M. de Beaumarchais n'a pas montré le centième des turpitudes de la cour. Je veux espérer qu'il n'écrira pas une pièce sur l'affaire du Collier.

La reine acheva son en-cas.

Une demi-heure plus tard, tous les acteurs étaient réunis dans le Salon du billard du Petit Trianon. Les habilleuses s'affairèrent à ajuster les costumes. La reine jouait Rosine, le comte d'Artois Figaro, M. de Vaudreuil le comte Almaviva, le duc de Guiche Bartholo et le comte de Crussol, Basile…

Le roi ne serait que spectateur à la représentation du lendemain.

— Cela me paraît parfait, décréta Fersen à la fin de la répétition.

C'était d'ailleurs le sentiment des acteurs. Les habilleuses et chambrières s'affairèrent de nouveau.

Quand le rideau se leva le lendemain sur la petite scène montée dans le Salon du billard, un murmure admiratif s'éleva de la vingtaine des intimes qui composait l'assistance.

Les acteurs jouèrent à merveille, sans jamais manquer une réplique ni recourir au souffleur, M. de Coigny.

Et à la dernière réplique, le roi donna le signal des applaudissements. La reine et les autres acteurs s'inclinèrent modestement devant leurs admirateurs.

Le souper qui suivit fut plein de gaîté. L'assistance avait quasiment oublié Rohan et les créatures infâmes qui avaient joué pour de vrai dans un drame consternant.

Mais le lendemain, il fallut admettre que le scandale persistait.

Restait la question cruciale : où était donc le collier ?

Les Böhmer, anéantis par la tournure des événements, jurèrent qu'ils ne l'avaient pas ; rien qu'à leurs mines défaites, on pouvait les croire.

Une fois de plus, mais cette fois avec une malice proprement satanique, le hasard avait ourdi une intrigue hors pair. Ne parvenant pas à fourguer leur malencontreux collier, Böhmer et Bassenge avaient chargé, entre autres, Louis-François Achet, ancien substitut du procureur aux Requêtes, de s'enquérir d'un acheteur. Achet en toucha mot à son beau-fils, Jean-Baptiste de Laporte, avocat au Parlement.

Et c'était Jeanne de La Motte !

Tout avocat qu'il fût, le sieur Laporte n'en était pas moins pareil aux corbeaux qui, du haut de leurs branches, ont vite fait de repérer un mulot qui traverse le pré ou un fromage à la fenêtre. À coup sûr, avec un peu d'entregent, l'on pourrait retirer quelque bénéfice du prodigieux collier des Böhmer. Ayant lui aussi tâté de Jeanne de La Motte, il en avait gardé un souvenir friand ; de plus, il le savait, le sac à malices de celle-ci était aussi vaste que ses tétons étaient menus. Il la recommanda à son beau-père, qui en parla aux Böhmer, et ce fut ainsi que ces derniers prièrent Achet et Laporte d'intervenir auprès de cette dame, puisqu'elle était honorée des faveurs de la reine.

À ce stade de leurs recherches, les enquêteurs du Parlement savaient que le collier n'était pas en possession de Rohan. Se trouvait-il dans les mains de cette ténébreuse intrigante de La Motte ? Et qu'en avait-elle fait ? De notoriété publique, en effet, la comtesse de La Motte et son mari menaient grand train depuis quelque temps. Les enquêteurs établirent ce qui suit.

Le 29 décembre 1784, Böhmer et Bassenge s'étaient rendus chez la comtesse de La Motte, en son hôtel de la rue Neuve-Saint-Gilles. Lui ayant présenté le joyau dans un écrin de cuir rouge orné de diamants, ils étaient assurés que cette dame interviendrait auprès de l'un des nombreux seigneurs qu'elle connaissait. Ils furent confortés dans cette espérance par une convocation de Jeanne de La Motte, trois semaines plus tard : elle leur annonça qu'un très grand seigneur se chargerait de la négociation.

À Saverne, Rohan reçut le billet suivant :

> *Le moment que je désire n'est pas encore venu, mais je hâte votre retour par une négociation secrète qui m'intéresse et que je ne veux confier qu'à vous. La comtesse de La Motte vous dira de ma part le fin mot de l'énigme.*
>
> Marie-Antoinette de France

Il accourut. Il apprit de sa détestable protégée que la reine désirait acheter le collier. Il le crut : en témoignait le traité contresigné « Marie-Antoinette de France », qu'elle lui présenta.

Trois dindons faisaient désormais l'objet de la farce. Rohan traita avec les Böhmer : le collier serait payé en quatre traites de 400 000 livres chacune étalées sur deux ans. Par la même occasion, Rohan informa les joailliers que l'acheteuse était la reine. Le 1ᵉʳ février 1785, ils confièrent le collier au cardinal.

Restait pour Jeanne de La Motte à s'emparer du trésor.

Elle persuada sans peine Rohan qu'elle le remettrait sur-le-champ à la reine. Muni du joyau dans son magnifique écrin, il monta dans son carrosse pour se rendre à Versailles et là, prit le chemin du petit appartement de Jeanne de La Motte. Elle feignit de s'affairer. Un peu plus tard, un page portant la livrée de la reine sonna à la porte, Rohan se retira dans une alcôve. Jeanne de La Motte chargea le page de l'écrin.

Le tour était joué. Le page n'était autre que l'amant et le complice de l'escroqueuse, Rétaux de Villette, déguisé d'une livrée empruntée pour un ou deux écus.

Une fois le prétendu page parti porter le collier à la souveraine, Rohan et la « comtesse » se félicitèrent. Lui était certain de s'être acquis les faveurs de Marie-Antoinette, elle était certaine de s'être acquis le collier. Il remonta dans son carrosse pour regagner Paris. Jeanne de La Motte et Rétaux de Villette retrouvèrent le troisième larron, La Motte, à Paris.

S'ils avaient alors pu voir le sort qui fut réservé à
l'objet de tant d'espoirs de lucre, les Böhmer en auraient eu une attaque.

La Motte se munit d'un couteau.

Rétaux de Villette d'un marteau et d'un burin.

Et ils dépecèrent le collier. L'or serait récupéré pour la fonte : ce qui valait le plus, c'étaient les seize principales pierres*. Ils les dessertirent à la pointe du couteau. L'ensemble comportait également des perles, qui furent endommagées.

— Allez-y doucement, recommanda Jeanne de La Motte. Les perles sont belles, elles ont également de la valeur.

— Mais il faut aller vite ! rétorqua Villette. Si l'on nous y prenait, avec le collier ou ce qu'il en reste… Nous devons vendre les pierres le plus vite possible.

Le travail dura jusque fort avant dans la soirée. Le lourd collier ne pesait plus que quelques dizaines de grammes, qui furent glissés dans une modeste bourse.

Ainsi, quand les Böhmer allèrent réclamer leur dû à Mme Campan, le célèbre et néfaste collier avait été cassé, dispersé et bradé. La Motte était allé vendre les plus grosses pierres à Londres, pour lesquelles on ne lui avait offert que 150 000 livres.

Et Villette avait réussi à en écouler quelques autres, non sans susciter les soupçons de la police. L'or avait été fondu pour quelques centaines de livres.

Du joyau qui valait 1 600 000 livres, les malfrats en avaient retiré tout au plus 200 000. Mais cela avait largement suffi à Jeanne de La Motte pour meubler son château de Fontette à l'aide de tapisseries, meubles, statues et luminaires.

Une vraie châtelaine !

---

* Une reconstitution du collier, en saphirs blancs, est actuellement exposée au château de Versailles.

Ces nouvelles avaient fait le tour de Paris ; elles ne tardèrent pas à faire celui du pays. Et à atteindre Arras.

Les vilenies étalées partout scandalisèrent Maximilien Robespierre. Voilà à quoi menaient l'appât du lucre, suscité par l'étalage de richesses indues, et la vanité fouettée par l'éclat de la cour. Les miasmes répandus par les rebuts du pouvoir offensaient l'esprit de la loi.

Non, le pouvoir n'était plus le pouvoir. Maximilien pouvait se réciter avec componction le début de la Catilinaire de Cicéron : *« Quousque tandem abutere patientiam nostram… »*

Rome n'était plus dans Rome.

21
Les erreurs de la haine

Ni les consolations de Fersen, ni les observations de Mme Campan, pas même les commentaires de ministres tels que Vergennes ou de membres de la cour ne changèrent rien au sentiment de Marie-Antoinette : le vrai responsable de cette mascarade criminelle était Rohan. Elle se refusait à concéder qu'il avait été le premier berné et que sans sa complicité, Jeanne de La Motte n'eût jamais pu échafauder un vol aussi rocambolesque.

On sait bien que la haine se nourrit d'elle-même, fût-ce d'illusions et de poussières, qu'elle gobe avidement. Elle s'engraisse également des travers du caractère, l'orgueil et son contraire, la vanité, le désœuvrement aussi qui lui offre enfin un objet de concentration, et le manque d'intuition d'autrui, qui l'aveugle. Pareille aux enfants qui donnent des coups de pied au meuble sur lequel ils se sont heurtés, Antonia voulait que Rohan fût anéanti.

Elle méconnaissait le sentiment grandissant à Paris, selon lequel Rohan n'était rien d'autre qu'une victime. L'opinion publique ne s'embarrasse pas de faits ni de nuances : un collier extravagant avait été fait pour la reine et elle seule, Rohan s'était entremis et la reine n'avait pas payé, voilà tout. La faute lui incombait. Quelle idée que de prétendre à un tel collier !

Pour sa part, et soutenu par la colère papale, le clergé battait l'indignation populaire en brèche : des prêtres séculiers aux professeurs en Sorbonne, chacun vitupérait l'insolence royale, si prompte à envoyer un cardinal en justice comme n'importe quel malfrat.

Des publications licencieuses ou odieuses couraient Paris et se répandaient jusqu'aux grandes villes : *Le Garde du corps*, *Les Amours de Charlot et d'Antoinette* (Charlot étant le comte d'Artois), *La Naissance du Dauphin*, où l'on narrait les amours de la reine et de Fersen, et autres obscénités. Le public était friand de publications n'importe quelles flattant son goût du scandale. En deux semaines, vingt mille exemplaires furent vendus des *Mémoires* de la demoiselle Leguay, dix mille de ceux de Cagliostro et quatre mille des élucubrations mensongères de Jeanne de La Motte, présentées elles aussi comme *Mémoires*. Les gazettes, qui déployaient des trésors d'audace, s'arrachaient.

Mais Antonia n'avait jamais connu l'opinion publique.

La procédure du Parlement ne clarifia les convictions ni d'une part ni de l'autre.

Les auditions des actes relatifs aux accusés par les membres des Chambres et les comparutions de ces accusés durèrent huit jours, du 22 au 29 mai 1786.

Le premier à comparaître fut Rétaux de Villette : il admit bien avoir signé les lettres destinées à Rohan « Marie-Antoinette de France », mais il ne les avait pas écrites. On pouvait bien se demander qui diantre les avait libellées. Comble de sottise, il affirma n'avoir jamais tenté d'imiter l'écriture de la reine ! Comme si la contrefaçon de la signature était un exercice innocent.

Vint ensuite Jeanne de La Motte, parée d'une robe de satin gris bleuté et d'un mantelet de mousseline brodée. Les lettres de la reine ? Mais voyons, elles étaient authentiques !

Tant d'aplomb entraîna des cris d'indignation : comment les lettres signées Rétaux de Villette auraient-elles été authentiques ? Indifférente aux contradictions, Jeanne de La Motte accusa tout le monde de mensonge. Pour ajouter au scandale, elle interpella publiquement Rohan en le tutoyant. Il écuma. Elle se retira, le sourire aux lèvres.

Puis ce fut le tour de Rohan, en soutane et manteau violet, le cordon du Saint-Esprit en sautoir sur la croix épiscopale. Il répéta publiquement ce que toute la France avait déjà entendu : il avait innocemment tenté de regagner les faveurs de la reine et avait été berné par Mme de La Motte. Quand il quitta le prétoire, tous les magistrats se levèrent en signe de respect. Pour être con, le cardinal n'en restait pas moins un ecclésiastique.

La fille Leguay apparut, nymphe des bois égarée dans les filets de la justice. Elle pleura. Les hommes s'attendrirent. On lui donna la permission de se retirer pour allaiter l'enfant qu'elle avait mis au monde, ô cieux miséricordieux, à la Bastille !

Moment comique : la comparution de Cagliostro.

— Veuillez décliner votre identité.

— Je suis un noble voyageur. Je ne suis d'aucune époque, d'aucun lieu : en dehors du temps et de l'espace, mon être spirituel vit son éternelle existence, et si je plonge dans ma pensée en remontant le cours des âges, si j'étends mon esprit vers un mode d'existence éloigné de celui que vous percevez, je deviens celui que je désire…

Des rires goguenards parcoururent les travées. On avait déjà entendu à Paris semblable discours de la bouche du comte de Saint-Germain, mais celui-là au moins n'avait jamais eu à en découdre avec la justice. De toute façon, même s'il était conseiller de Rohan, Cagliostro était arrivé à Paris après l'affaire du Collier ; il n'en avait donc perçu aucun bénéfice. De surcroît, il avait mis Rohan en garde contre les prétendues lettres de Marie-Antoinette ; il les avait comparées avec l'écriture autographe de la reine, et les avait jugées suspectes.

Sombre fut l'humeur au soir du 29 mai, dans les petits appartements de Versailles. Résultat de la procédure publique : la sottise de Rohan était apparue au grand jour, en même temps que son innocence, mais non l'incroyable duplicité dont il avait fait preuve en prétendant s'imposer à la reine par le biais de supposés rendez-vous nocturnes. Car la rencontre dans le Bosquet de Vénus entre Rohan et la fille Leguay, révélée par l'interrogatoire de celle-ci, faisait clabauder Paris, et les esprits bien intentionnés assurèrent qu'on ne prêtait qu'aux riches, et que l'on savait bien la reine coutumière de promenades nocturnes sur les terrasses de Versailles, dans l'espoir d'une aventure galante*.

Les recommandations du roi et de Breteuil au procureur général Joly de Fleury ne changeraient sans doute rien au sentiment public. Voilà pourquoi le monarque et son épouse tiraient des mines longues comme un jour sans pain, et Breteuil n'était guère plus riant. Pis : les magistrats étaient à l'évidence partagés en deux camps, dont le plus agité était celui des partisans de Rohan, les conseillers Barillon, Robert de Saint-Vincent, Fréteau de Saint-Just et Duval d'Éprémesnil.

Entre autres fâcheux effets, l'affaire du Collier avait réveillé la fronde des parlements contre la cour.

Quant à la rue, elle était sans réserves en faveur de Rohan – elle ne voulait voir que le prélat –, pour l'occasion

---

* Il était vrai que Marie-Antoinette, dans l'illusion naïve de se mêler au peuple, allait parfois le soir déambuler sur ces terrasses et que des promeneurs s'asseyaient près d'elle. Mais on est en droit de douter que la reine ait jamais tiré parti de ces promenades pour « draguer » des inconnus comme une grisette évaporée. Une phrase de sa lettre du 19 mai 1786 à Mercy-Argenteau a suscité des théories pour le moins téméraires : « Le baron [*de Breteuil*] vous parlera de mes idées, surtout pour ne point parler de rendez-vous et de terrasse, et il vous expliquera mes raisons. » À cet égard, certains historiens et non des moindres, tels Michelet et Louis Blanc, ont cru pouvoir en déduire que Marie-Antoinette courait ainsi le gueux, ou du moins, qu'elle avait été présente au fameux rendez-vous du Bosquet, pour l'observer avec une dilection perverse. Ce serait emboîter le pas aux ragots du temps, tels que l'histoire selon laquelle Marie-Antoinette aurait aguiché Rohan pour se faire offrir le collier, hypothèse dont il est désormais certain qu'elle est fausse. Elle exécrait Rohan et les fameuses promenades n'étaient qu'une imprudence d'archiduchesse qui se croit assurée de la bienveillance qui lui est due.

soupirant transi et dupé par une intrigante de la cour. Verdict populaire : Jeanne de La Motte et les siens ? Des escrocs menteurs. Rohan ? Un naïf, victime des machinations du ministre Breteuil. L'opinion, même partiale, ne se trompait pas de beaucoup : pour elle, le procès avait été ourdi pour détruire Rohan. Si l'affaire n'avait vraiment porté que sur un bijou impayé, la dette serait retombée comme tant d'autres sur le dos du cardinal, et nul n'en ferait état.

Mais la consternation atteignit son zénith à Versailles le 1er juin au matin, lorsque les verdicts tombèrent.

La veille, le procureur général Joly de Fleury avait énoncé un réquisitoire avec les peines suivantes :

– pour Rohan, une amende honorable envers les souverains qu'il avait gravement offensés, la démission de ses charges, une aumône aux pauvres, et l'exil ;

– pour Marc Antoine Nicolas de La Motte, les galères à perpétuité ;

– pour Rétaux de Villette, le bannissement à perpétuité ;

– pour Jeanne de Valois, la flétrissure et la réclusion à perpétuité à la Salpêtrière ;

– pour Nicole Leguay, la relaxe ;

– pour Cagliostro, la relaxe également.

Après onze heures de délibérations, la cour avait maintenu les cinq dernières sentences. Toutefois, par vingt-six voix contre vingt-trois, elle avait rejeté la réquisition de Joly de Fleury contre Rohan, déchargé celui-ci de toute accusation et l'avait même dispensé de demander pardon au couple royal.

L'inconcevable était advenu : les magistrats avaient rendu le verdict populaire.

Marie-Antoinette était présente dans le cabinet royal quand le messager de Breteuil, qui avait assisté à cette lourde journée, narra la réaction de la rue :

— Les juges ont été acclamés dans le tribunal et à l'extérieur de la salle. Ils étaient tellement entourés qu'ils ont eu peine à se frayer un passage dans une foule qui éclairait le parvis de flambeaux.

Il n'osa ajouter que ladite foule avait hué les noms du roi, de la reine et de Breteuil. Il se borna à préciser qu'elle avait poussé des clameurs insolentes.

Le roi, également présent, comprit ce que cela signifiait. Il fit la grimace.

— Cela ne nous est pas favorable.

Breteuil baissa la tête. Vergennes et Miromesnil également : ils avaient anticipé le désastre et en avaient prévenu Louis XVI : il eût été de mauvaise grâce de renchérir. Marie-Antoinette quitta le cabinet pour cacher ses larmes.

Paris unissait le roi et la reine dans la même détestation.

Tout au long de la journée, d'autres agents de Breteuil rapportèrent que dix mille personnes faisaient le siège de la Bastille et ovationnaient le cardinal encore dans les murs : « Vive le Parlement ! Vive le cardinal innocent ! »

— Launay a différé sa libération, annonça un des policiers, de peur que cette foule ne causât des embarras.

— Quand sera-t-il libéré ?

— Cette nuit.

Ces nouvelles indisposèrent tant le roi qu'il se retira.

— Je suppose, dit-il à Miromesnil, que le maréchal de Soubise viendra m'exprimer son repentir pour ce chenapan auquel il est apparenté.

Mais personne du clan des Rohan, les Soubise, les Brionne, les Guéménée, les Montbazon, les Marsan n'émit le moindre regret, même pas Mme de Marsan, l'ancienne gouvernante des Enfants de France. Quand l'orage grondait, ils serraient les rangs. L'aversion de la reine et de Breteuil pour l'un des leurs, en l'occurrence le cardinal, montrait bien qu'on lui avait cherché là une querelle d'Allemand.

Qui plus est, le cardinal s'était montré grand seigneur à l'égard des Böhmer : ne leur avait-il pas signé une reconnaissance de dette de 1 919 892 livres, garantie sur les revenus de son abbaye de Saint-Vaast* ? Et cela alors qu'il avait été lui-même grugé par Jeanne de La Motte ?

Allons, c'était un homme d'honneur en sus d'un homme de foi et d'un brave homme.

Cependant, le couple royal n'avait toujours rien compris. Le soir, le roi déclara :

— Les magistrats n'ont pas su mener les débats. La véritable victime est l'honneur de la reine, le vrai coupable est Rohan. Son récit ne tient pas debout : il voulait le collier pour lui et ce n'est que justice s'il a été escroqué à son tour. Cela ne l'innocente pas pour autant.

---

* Signée le 14 décembre 1785, cette dette ne fut jamais honorée : la malédiction, décidément attachée au collier, voulut que la confiscation des biens du clergé empêchât les Böhmer d'en voir un sou. Ils finirent sur la paille.

N'était-il pas informé de l'épisode où Rohan était venu remettre le collier à Jeanne de La Motte dans son appartements de Versailles ? Ou bien n'y croyait-il pas ?

— C'est à votre justice qu'il appartient donc de le punir, Sire, observa Breteuil, doublement vexé de son échec.

Marie-Antoinette hocha la tête avec force.

— Monsieur, garderiez-vous un grand aumônier de France qui a traîné mon honneur dans la boue ? demanda-t-elle.

Tout le monde retint son souffle dans l'attente de la réponse :

— Non, Madame. Vous connaissez mon sentiment là-dessus. Rohan n'est qu'un gredin et j'entends pallier l'échec de la justice publique.

Le lendemain, par une lettre à Breteuil, Louis XVI révoquait Rohan de sa charge de grand aumônier de France, le radiait de l'ordre du Saint-Esprit et l'exilait dans son abbaye de La Chaise-Dieu, en Auvergne.

Quand le messager chargé de porter la lettre de cachet à Rohan s'en revint à Versailles, il raconta que l'hôtel était assiégé par une foule enthousiaste, que les dames de la Halle étaient allées remettre des fleurs au cardinal et que celui-ci était apparu au balcon flanqué de Cagliostro.

— L'on criait partout contre le roi et la reine, ajouta-t-il.

— Et contre moi aussi, je suppose ? demanda Breteuil.

— Je ne saurais vous mentir, monsieur, avoua le policier contrit.

— Je n'ai de cœur qu'à l'affection, mon ami, et la vôtre m'est encore plus chère en ce moment d'épreuve.

Debout dans les rosiers exubérants, elle interrogeait Fersen du regard :

— Madame, vous savez que mes sentiments vous sont acquis d'emblée.

De toute façon, comme elle était en ce moment-là, en juin 1786, à son huitième mois d'une nouvelle grossesse, la quatrième, ils avaient suspendu leurs rendez-vous secrets depuis janvier. Mais même s'il en avait été autrement, la blessure de l'amour-propre avait meurtri l'amour physique, tant il est vrai que celui-ci ne fleurit que dans la confiance en soi. Or Antonia se sentait diminuée par l'exécration d'un peuple dans une affaire où elle était entièrement innocente, alors que la duplicité de celui qui avait été publiquement absous ne laissait place à aucun doute.

— Je me permettrai seulement de vous rappeler que l'épreuve fortifie les âmes fortes et n'affaiblit que les autres, ajouta-t-il.

— Mais comment peut-on se fortifier alors qu'on voit l'innocence punie ? demanda-t-elle, les larmes aux yeux.

— Madame, les peuples sont pareils aux enfants : ils ne croient que ce qu'ils sont prêts à croire...

— Et pourquoi ce peuple me croit-il coupable ?

— Il pense que ce collier insensé n'était destiné qu'à une femme telle que vous. Il estime donc que le pouvoir royal a voulu masquer le fait que le joyau n'avait pas été payé.

— Mais il l'a été par celui-là même qui le convoitait !

Fersen n'insista pas : si Rohan avait jamais convoité ce collier, ce n'aurait été que pour l'offrir à la reine. Elle attendit une réponse.

— La querelle a éclaté à cause d'un retard dans le paiement. Il est évidemment trop tard pour le redire, mais à mon avis il eût été prudent d'éviter le scandale d'un jugement public.

— Même alors que mon innocence était certaine ?

— Madame, nul puissant n'est jamais exempt du soupçon.

Elle hocha la tête.

Il lui prit la main pour y déposer un baiser.

28
Dans les premiers coups de tonnerre, une visite inutile

APRÈS AVOIR PARU S'ACCÉLÉRER, le temps reprit son cours ordinaire. D'autres soucis supplantaient la peu reluisante affaire du Collier dans l'esprit de Marie-Antoinette, à commencer par le Dauphin : âgé de cinq ans, Louis Joseph n'avait connu que peu de jours où il eût été en apparente bonne santé. Depuis quelque temps, il marchait de guingois en raison d'un problème osseux, attribué à des vertèbres déplacées, et il était possédé tous les jours par la fièvre, ce que les médecins expliquèrent par ce qu'il faisait ses dents.

Puis il y avait la politique, qui fluctuait beaucoup, à cause surtout de l'alliance de Joseph II avec Catherine II, tous deux projetant de déclarer la guerre à la Sublime-Porte pour s'en partager les dépouilles, alors que la France entendait ménager celle-ci : elle la tenait en effet pour un utile contrepoids en Orient aux volontés d'expansion des Russes et des Autrichiens, justement.

Ce qui rendit la position de Marie-Antoinette inconfortable, son frère Joseph II manœuvrant sans répit pour en faire une ambassadrice à son service.

Le 21 juin 1786, soit un peu moins de trois semaines après le verdict du Parlement, un dernier et détestable épisode de l'affaire du Collier agita Paris. Personne n'osa le rapporter à Versailles, d'abord en raison de son caractère, ensuite parce que chacun était pressé d'enterrer jusqu'au souvenir des acteurs de cet épisode. Par la faute des lenteurs tortueuses de la justice, ce fut seulement ce jour-là, en effet, que Jeanne de La Motte apprit la peine prononcée contre elle et immédiatement exécutoire : le fer rouge avant la prison éternelle.

Elle fut d'abord menée de son cachot au Palais de Justice. Mystérieusement informée, une foule venue jusque des faubourgs se pressait aux grilles du Palais, flairant qu'on scellerait le destin d'un personnage-clé de l'affaire. Quand le greffier annonça la sentence à Jeanne de La Motte, elle entra dans une violente agitation :

— Qu'a-t-on fait à ce grand coquin de cardinal, criat-elle, puisqu'on me traite ainsi, moi du sang des Valois ?

Sans doute espérait-elle rallier à sa cause les spectateurs qu'elle apercevait derrière les grilles. Elle s'y prit mal : étant justement du sang des Valois, comme elle s'en réclamait, elle était obscurément identifiée à la reine. De surcroît, ses vitupérations contre Rohan, héros populaire, ranimaient les vindictes mal éteintes à l'acquittement du cardinal.

On la tira dehors. Au milieu de la cour de Mai, où la sentence serait appliquée, le fer rouge, qui la marquerait du stigmate infâme, chauffait sur le brasero, au sommet de l'échafaud. On tenta de maîtriser la condamnée. En vain.

— À l'aide ! cria le bourreau.

Les badauds s'écrasaient contre les grilles. Un autre tortionnaire fut appelé à la rescousse, puis un troisième. Jeanne de La Motte se débattait comme une diablesse. Elle s'enfuit. On la rattrapa au pied du grand escalier. Les badauds criaient, elle hurlait de toute la force de ses poumons. Elle se roula par terre. À la fin, elle ne put résister à cinq hommes. On la bâillonna, on la hissa de force sur l'échafaud et on la jeta face contre le bois. Elle se tortillait encore. On lui déchira le corsage et on la plaqua au sol, à moitié nue. Selon le rituel, elle fut d'abord fouettée avec des branches de noisetier. Puis le fer rouge fut appliqué à l'épaule et, dans une abominable odeur de chair brûlée, la marqua d'un V, pour « voleuse ». Les cris de la foule devinrent assourdissants. Le fer s'abattit une deuxième fois sur l'un des petits seins qui avaient fait les délices de tant d'amants.

On lui retira le bâillon. Ivre de douleur et de fureur, elle se jeta sur le bourreau le plus proche et le mordit au bras, jusqu'au sang. Ce fut à son tour de hurler. La foule hurla aussi. Le bourreau tira les cheveux de la disgraciée pour se débarrasser de cette furie.

Enfin, on la poussa, toujours à demi nue, dans un fourgon cellulaire, qui prit la direction de la Salpêtrière.

Du diable, on le conçoit, si l'un des policiers présents eût osé rapporter cette scène atroce à la cour !

À la même heure, Marie-Antoinette arrosait ses rosiers à Trianon.

— Il s'en est tiré à trop bon compte, dit la reine d'une voix sombre, les mains sur le feutre bleu de la table de jeu.

La comtesse de Polignac, le duc de Guiche, la princesse de Lamballe ainsi que Fersen l'interrogèrent du regard.

Près d'un mois s'était écoulé depuis que Rohan avait quitté Paris. Mais à l'évidence, il n'avait pas quitté les pensées de celle qu'il avait si gravement compromise.

— Que peut-on faire ? demanda la comtesse de Polignac.

— Le Parlement n'a tiré que les cartes qui lui convenaient, répondit la reine. Je suis certaine que cette gredine de Jeanne de La Motte en a dissimulé quelques-unes dont elle compte se servir un jour.

— Mais contre qui ? observa le duc de Guiche. Et quand ? Elle est enfermée à la Salpêtrière jusqu'à sa mort…

— La reine a raison, dit la princesse de Lamballe. Cette créature est capable de soudoyer ses geôliers et de s'enfuir. Une fois en liberté, elle mènera ses ennemis en enfer, avec ce qu'elle connaît d'eux !

Le duc se mit à rire.

— Il suffit donc de la laisser accomplir notre vengeance, dit-il.

— Nous attendrions longtemps, dit la comtesse de Polignac. Je partage aussi l'avis de Sa Majesté, si je l'ai bien compris.

— Et que serait-ce ? demanda Fersen.

— Aller voir cette femme dans sa prison et tenter de savoir quels atouts elle détient encore contre Rohan.

— Si elle en avait vraiment, objecta de Guiche, elle s'en serait servie.

— Les magistrats du Parlement ne lui en ont pas laissé le loisir, intervint la reine. Vous l'avez bien vu, ils étaient résolus à innocenter Rohan. Nous ne savons rien des minutes des interrogatoires, même ici, à Versailles.

— Breteuil ne peut-il les obtenir ?

— Sa déconvenue a été si grande qu'il ne s'y risquerait pas. De toute façon, l'hostilité du Parlement à son endroit est telle que ses fonctionnaires refuseraient de sa part quelque requête que ce soit.

— Et alors ?

— Je propose, dit la princesse de Lamballe, d'aller voir cette créature dans sa prison et de tenter de l'adoucir.

— Le feriez-vous ? demanda Marie-Antoinette.

— Pour vous, Madame, je le ferais.

— Alors je vous prends au mot. Et que Dieu vous protège.

Deux jours plus tard, la princesse de Lamballe, accoutrée en bourgeoise pour éviter d'attirer les regards, se présenta chez le gouverneur de la Salpêtrière. Elle demanda à voir la prévenue Jeanne de Valois. Elle lanterna jusqu'à ce que le geôlier mandé prévenir celle-ci fût de retour.

Mais la prisonnière Jeanne de Valois refusait de voir sa visiteuse.

La princesse revint épouvantée par les scènes qu'elle avait vues dans la prison, les gémissements et les cris qu'elle avait entendus, les pestilences qu'elle avait respirées, les spectacles affreux de meurtriers et de sorcières sortis de l'enfer…

— Arrêtez, lui dit enfin la reine, je vais en avoir des cauchemars.

Ce ne fut pas pour Marie-Antoinette la dernière avanie de l'affaire du Collier. Instruite par la comtesse de Polignac et par Fersen, dont l'oreille s'attardait utilement dans certains groupes de la cour, elle s'avisa que tout en se donnant les gants du dévouement au trône, Vergennes avait, pendant le procès, disséminé des rumeurs qui innocentaient Rohan et mettaient en relief les imprudences de la reine, sinon quelque complaisance à l'égard du cardinal.

— Êtes-vous sûre de ces faits? demanda-t-elle, en colère, à la comtesse de Polignac, alors que les deux femmes se promenaient dans les jardins de Rambouillet.

C'était le jour même où Louis XVI était parti pour le Cotentin et la Bretagne, afin d'organiser de nouveaux ports pour les vaisseaux français.

— Je le tiens du baron de Breteuil lui-même, Madame. Il a ainsi fait rechercher la donzelle Leguay, celle qui a tenu votre rôle dans le rendez-vous du Bosquet pour lui imposer silence, sinon pour lui faire tenir d'autres aveux que ceux qu'elle a faits et publiés dans ses mémoires.

— Et qu'a fait Breteuil?

— Il a contrarié la manœuvre et, par une malheureuse négligence, la donzelle s'est enfuie on ne sait où, répondit la comtesse avec un certain sourire. Vous n'en doutiez certainement pas, tout en étant ministre du souverain, Vergennes est secrètement du clan de Rohan.

— Oui, dit la reine, c'est la raison pour laquelle il ne voulait pas du procès au Parlement. Mais je pensais alors que c'était pour éviter le scandale. Il faudra que je parle au roi, sitôt qu'il sera rentré de Bretagne, de ce que vous m'apprenez. Vergennes se comporte donc comme un ennemi.

— Par ailleurs, poursuivit la comtesse, il a favorisé la publication des sottises de cet ancien gendarme, Rétaux de Villette, l'amant de Jeanne de Valois.

— Ce soudard aussi a eu le front d'écrire des mémoires ?

— Quelqu'un les aura écrits pour lui, n'en doutons pas. Je les ai lus. Il y prétend *mordicus* qu'il n'a fait que signer les lettres que sa maîtresse lui avait présentées. Pardonnez-moi de vous rapporter ces choses, Madame, car je sais combien elles vous contrarient. Néanmoins, je crois utile que vous soyez informée.

— Et vous avez raison. Poursuivez.

La reine s'assit sur un banc, méditative. Fersen lui avait déjà rapporté que Calonne s'alliait désormais avec Vergennes, les deux hommes étant inquiets de l'influence de Breteuil.

— Dernier point, reprit la comtesse : Breteuil ne voulait pas que le mari de Jeanne de Valois, qui s'est enfui en Angleterre, soit ramené en France. Il ne le veut toujours pas : il a donc prié notre ambassadeur à Londres, M. d'Adhémar, de s'opposer à ce que les Anglais l'arrêtent et nous le livrent.

— Pourquoi ?

— Breteuil vous le dira. Je crois déjà savoir qu'il craint que Vergennes fasse pression sur cet homme pour édulcorer ses aveux dans un sens favorable à Rohan.

— Mais comment Vergennes pourrait-il exercer cette intimidation ? demanda la reine.

— Il pourrait faire commuer sa peine par le biais des amis qu'il compte au Parlement, dont les défenseurs de Rohan, puisque La Motte a été condamné aux galères.

— Et où en est-on ?

— Notre ambassadeur est toutefois aux ordres de Vergennes et il n'a pu qu'obéir. Breteuil a donc dépêché un homme en Angleterre pour aider La Motte à se mettre en sécurité.

Marie-Antoinette soupira.

— Quel sac de vipères que ces gens-là ! N'ont-ils donc aucune loyauté ? Aucun honneur ?

— Ils ont le goût du pouvoir, Madame.

Jeanne de La Motte n'éconduisait pas tous ses visiteurs.

Bien après la princesse de Lamballe, en décembre 1786, elle reçut un homme qui s'était présenté comme son cousin. L'entretien dura longtemps, et elle en sortit d'excellente humeur.

Que diable pouvait-on lui avoir appris qui la rendît si pimpante, alors qu'elle était assurée de mourir entre les murs sinistres de la Salpêtrière ? Le seul bruit de la clé que son geôlier, Mathieu Tillet, tourna dans la grosse serrure de son infect cachot aurait pourtant suffi à emplir un cœur vaillant du plus sombre désespoir.

Et quel fut l'objet de la conversation qui s'ensuivit entre ce visiteur et Mathieu Tillet ? La vie est pleine de mystères !

Toujours fut-il qu'en mars 1787 Mme Campan se présenta un matin à la reine, son visage plat empreint de cet air entendu qu'ont les commères quand elles en ont appris une juteuse.

— Qu'avez-vous donc, mon amie ? lui demanda la reine. Vous ressemblez à un chat qui vient de gober le canari.

— Jeanne de La Motte s'est évadée, Madame.
— De qui le tenez-vous ?
— Du secrétaire de M. de Breteuil.
— Évadée ? De la Salpêtrière ?
— Il semble qu'on lui ait passé une lime avec laquelle elle a scié le pêne de la serrure de son cachot.

La reine demeura songeuse.

— M. de Breteuil ne m'en a rien dit, observa-t-elle.
— Il aura probablement jugé inutile d'importuner Votre Majesté par le rapport d'un incident négligeable.
— Mais pas si négligeable qu'il ne vous ait envoyé son secrétaire pour vous en informer, afin que vous me le rapportiez, répondit-elle, le ton légèrement tranchant.

Cette satanique affaire du Collier n'en finirait donc jamais. À l'évidence, quelqu'un avait facilité l'évasion de Jeanne de La Motte. Mais dans quel but ? La faire revenir sur ses mensonges ? Dans ce cas, ce ne pourrait être que sur les ordres de Breteuil lui-même. Ou bien cette créature issue des tréfonds de la bassesse humaine avait-elle gardé des mensonges en réserve ?

On arrivait en juin. D'autres soucis occultèrent bientôt les relents de l'affaire du Collier. D'autres espoirs aussi : un seul mois séparait Marie-Antoinette de la naissance de son quatrième enfant.

Qui en était le père ? Elle ne se posait plus la question. Fersen ? Quand elle voyait la différence de santé entre le Dauphin et son cadet, l'un souffreteux et contraint, à cinq ans, de s'aider d'une canne pour marcher, et l'autre éclatant de vie, elle se disait que son infidélité avait renforcé la lignée des Bourbon ; l'infidélité lui apparaissait alors, dans une justice immanente, comme une forme de dévouement à la race. Comment cette dernière grossesse était-elle advenue, elle l'ignorait donc. Passe-t-on sa vie à marquer le jour et l'heure de ses émois ? Mais un point était certain : elle était lasse de cette servitude imposée aux femmes par le destin. Quelques moments de plaisir cueillis à un moment erroné du mois se soldaient par neuf mois d'inconfort où l'on n'était plus soi-même, mais bel et bien la servante de la condition humaine.

Les nouvelles qui lui parvenaient du voyage de son époux lui rendirent foi en l'avenir : à Cherbourg, au Havre, à Rouen, partout, le roi avait été acclamé, on avait dressé des arcs de triomphe sur son passage. Seul Paris, semblait-il donc, nourrissait quelque aigreur contre le trône.

Louis se pressa de rentrer pour les couches de son épouse et, dès qu'il eut regagné Rambouillet et lui eût rendu visite, elle lui trouva une humeur magnifique.

— L'accueil des provinces a été splendide, lui annonça-t-il après qu'il se fut assuré que sa grossesse arrivait à terme sans encombre. Je visiterai tous les ports du pays.

Il était hâlé comme un vilain et semblait exhaler l'air marin quand il respirait. Quelques jours loin des miasmes de la cour lui avaient fait le plus grand bien : il se montrait encore plus affectueux que de coutume. Seul inconvénient : à frayer avec le peuple, ses manières étaient devenues rugueuses. Il fleurait le rustre…

Les derniers jours de l'attente firent de Marie-Antoinette une semi-recluse, sur les conseils de son médecin, M. de Vermond. Fût-elle reine, une femme ne peut pas se trouver au four et au moulin.

Elle n'apprit l'évolution du pays qu'un mois après la naissance de son quatrième enfant, qui survint le 9 juillet, à sept heures et demie du soir. La sage-femme annonça d'abord que c'était un garçon. C'était une fille. Elle fut incontinent baptisée Marie Sophie Hélène Béatrice, avec l'archiduc Ferdinand d'Autriche et Mme Élisabeth comme parrain et marraine.

L'événement n'émut pas le roi à l'excès ; dans son journal, il inscrivit : « Ni compliments, ni feu d'artifice, ni *Te Deum*. » C'était un peu sec. Sans doute n'était-il pas sûr d'en être le géniteur.

Mais quelques jours plus tard, à l'air radieux qui se peignait sur le visage de Louis succéda cette expression de souci que Marie-Antoinette avait espéré ne jamais revoir. La cause en était flagrante : les finances du pays se portaient mal. Le mélange d'économie et la tolérance de dépenses excessives qui avait caractérisé la politique du contrôleur des Finances Calonne depuis sa nomination n'avait abouti qu'au déficit de cent millions de livres. Emprunter ? La dette de l'État, expliqua le roi d'un ton lugubre, s'élevait déjà à 650 millions de livres et les créanciers rechignaient à en prêter davantage. Lever de nouveaux impôts ? Le Parlement n'y consentirait pas, surtout enhardi comme il l'était depuis sa victoire dans l'affaire du Collier, devenue affaire Rohan.

Les roulements du tonnerre pareils à ceux qui avaient effrayé la Nation et la cour au moment du renvoi de Necker retentirent de nouveau. La banqueroute menaçait, disait-on sous cape, bien que personne n'eût la moindre idée de ce que cela signifiait.

L'opinion publique aussi en était alertée, bien qu'elle ne pût imaginer non plus la réalité d'un tel désastre. Comment un pays aussi riche que la France pouvait-il être en banqueroute ? Qui cesserait-on alors de payer ? Où allaient donc les impôts ? Chacun voyant midi à sa porte, les raisonnements se réduisaient au constat suivant : si le gouvernement dépensait trop, c'était à cause des folies de la cour et surtout celles de l'Autrichienne. N'avait-elle pas fait racheter le château de Saint-Cloud pour six millions ? Six millions ! Sans parler du collier, n'est-ce pas. À force de répéter ces antiennes simplistes, chacun s'en était donc convaincu. Marie-Antoinette ne le savait qu'à demi, par quelques éclats qui lui parvenaient fortuitement : pour l'opinion publique, elle incarnait le déficit à elle seule. Elle haussait les épaules d'un air navré.

Pour la troisième fois depuis l'accession au trône de Louis XVI, après Turgot, puis Necker, il fallut envisager une réforme générale, supprimer les abus, les privilèges et les exemptions qui se prévalaient d'un droit ancestral ; et thème désormais familier au roi et au pays, il fallait instaurer l'égalité générale des Français devant l'impôt, noblesse et clergé compris. Tel fut l'esprit d'un plan que Calonne présenta à son maître.

Était-il admissible que les biens ecclésiastiques et ceux des princes fussent exemptés d'impôts alors que ceux du peuple y étaient soumis ? Pour Calonne, même le domaine royal devait être assujetti au régime général.

Or, cette fois, Louis XVI accepta ce qu'il avait refusé aux prédécesseurs de Calonne. Les réformes envisagées n'étaient pas nouvelles, mais le temps avait fini par les imposer, du moins à l'esprit de leurs auteurs.

Mais il fallait aussi prévoir que les pouvoirs ainsi attaqués de front, la noblesse et le clergé, ainsi que les parlements qu'ils dominaient, opposeraient une désobéissance farouche. Il fallait également s'armer contre les résistances qui surgiraient au sein même du cabinet ; par exemple celle de Miromesnil, attaché aux habitudes qui avaient triomphé jusqu'alors. Or nul n'ignorait que le garde des Sceaux était en quelque sorte le représentant du Parlement.

Pourtant le roi se montra déterminé. Faisant fi des réserves de Marie-Antoinette à l'égard de Vergennes, il accueillit ce ministre dans l'alliance qu'il avait formée avec Calonne. Il avait d'ailleurs exclu ses frères de ses projets et discussions, et même son épouse.

— Je vois à peine mon mari ces derniers temps, confia-t-elle à la comtesse de Polignac. Je sais qu'il se lève à l'aurore et qu'il passe la journée enfermé dans son cabinet avec les ministres. Je ne sais de quoi ils discutent, mais j'ai le sentiment que c'est de finances.

Cependant, les projets royaux transpiraient. Puis le 29 décembre, à la sortie du Conseil des dépêches, la nouvelle éclata : Louis XVI convoquait une assemblée des notables pour le 29 janvier. Pour un événement, c'en était un. Les beaux esprits, philosophes, avocats, savants, Patriotes et autres tenants des Lumières, s'enthousiasmèrent. Enfin, l'on se préparait à rajeunir la monarchie. Chacun y vit la preuve de sa prescience : il l'avait dit depuis des lunes !

L'on se pencha sur le détail : l'assemblée comporterait 144 représentants de tous les ordres et institutions, des parlements aux conseils souverains, du clergé à la noblesse rouge et à la noire, y compris des gens qui, par habitude, ne portaient guère d'amitié au roi, comme le prince de Condé, le duc d'Orléans, le prince de Conti.

Le diable s'en mêla.

Intrigues et contre-intrigues s'enclenchèrent, se propagèrent, s'emmêlèrent. Factions et cabales créaient des camps retranchés.

Puis des ministres tombèrent malades. Calonne cracha du sang. Mauvais présage, une nuit, le ciel de son lit lui tomba sur la tête. Les plaisants purent s'écrier : « Juste ciel ! »

L'on reporta plusieurs fois la séance inaugurale, qui devait se tenir dans la salle des Menus-Plaisirs, à Versailles.

Pis que tout, dans la nuit du 12 au 13 février, usé par le pouvoir et la maladie, Vergennes trépassa. Ce coup du destin accabla Louis XVI ; il en pleura. Marie-Antoinette endossa la tâche paradoxale de consoler son époux de la mort d'un homme qu'elle abhorrait.

Que ce monde était donc compliqué ! Et comme l'on devenait soi-même compliqué à traiter avec lui !

Elle ne sut pourquoi, mais elle aussi sanglota à la mort de Vergennes.

À cet instant, elle eût souhaité la présence de Fersen. Seulement il était auprès de son régiment, à Valenciennes.

29
Un roi révolutionnaire, une reine mise à la porte

L'ASSEMBLÉE SE RÉUNIT ENFIN le 22 février 1787, avec la pompe et la solennité requises pour attester de la puissance royale. En dépit des factions, les sentiments étaient mélangés, les uns attendant de savoir ce que proposerait Calonne pour négocier des arrangements, les autres pour déterminer la meilleure tactique de mise à mort.

Miromesnil, garde des Sceaux, prononça l'allocution d'ouverture : un brouet insipide. À l'évidence, l'orateur n'entendait pas se compromettre. C'était à Calonne que revenait le morceau de résistance. Il fut déconcertant : il traça de la situation un tableau qui commençait par une description riante et s'achevait sur des perspectives effrayantes. En plus du déficit annuel, le total des emprunts de l'État en vingt ans se montait à un milliard et quart de livres. La fuite en avant n'était plus possible.

Tous les beaux esprits qui, pendant ces vingt années et davantage, avaient discouru à en perdre haleine sur les finances royales suffoquèrent : la banqueroute était assurée !

Calonne poursuivit. Économiser ? Impossible de le faire davantage. Proclamer la banqueroute ? Impensable.

Seule solution : mettre fin aux privilèges qui depuis deux décennies spoliaient l'État de ressources légitimes.

— Oui, messieurs, c'est dans les abus que se trouvent les fonds de richesses que l'État a le droit de réclamer et qui doivent aider à rétablir l'ordre.

L'épouvante s'alimenta du fait que Calonne avait précisé que ses résolutions avaient l'agrément du roi et que la pièce maîtresse en était l'abolition des trois ordres, clergé, noblesse et Tiers État, face à l'impôt.

> *Dies irae, dies illa,*
> *Solvet saeclum in favilla !*

Comme l'avaient fait Turgot et Necker, Calonne proposait de rayer le produit de siècles d'Histoire : il voulait abolir les droits du clergé, qui avait vaincu l'hérésie, et de la noblesse d'épée, qui avait versé son sang pour défendre le territoire.

Louis XVI leva la séance à une heure et demie de l'après-midi.

Les 144 notables étaient blêmes.

Marie-Antoinette fut informée par Mercy-Argenteau dans les instants qui suivirent. Elle détestait Calonne qui, pensait-elle, s'était allié à Vergennes dans l'entreprise de dénigrement dont elle avait pâti lors de l'affaire du Collier. Mais elle ne pouvait qu'attendre l'issue du tournoi.

Après cette mémorable offensive, les assiégés, un moment dispersés, se réorganisèrent. Ce fut houleux : on assista à des revirements paradoxaux. Ainsi Necker traita-t-il Calonne de charlatan, alors qu'il avait défendu les mêmes réformes. Pure jalousie : il s'offusquait de n'avoir pas obtenu, lui, le soutien royal. Et d'Artois, qui n'était pourtant pas toujours partisan du roi, se déclara partisan de la réforme. Toutefois, dans cette confusion, l'on voyait bien que le clergé et la noblesse d'épée n'entendaient pas se laisser dépecer ; l'un et l'autre étaient outrés de se voir ravalés au rang de manants ; le projet de Calonne était, *horribile dictu*, « républicain » et mettait en place « une sorte de démocratie » dans laquelle le peuple perdrait le respect qu'il devait aux deux autres ordres, comme le clama l'abbé Fabry, député du clergé des États d'Artois.

Marie-Antoinette ne pouvait ignorer l'agitation que le projet de Calonne avait déclenchée à Paris comme à Versailles : dans la Galerie des Glaces comme dans les salons du faubourg Saint-Germain, blessés à la fois dans la bourse et dans l'orgueil, les privilégiés étaient aux cent coups. La reine écoutait ce qu'on lui rapportait de leurs chamailleries sans avoir d'idées bien claires sur la question, et d'autant moins que son époux la tenait strictement à l'écart des discussions. D'une part, elle partageait l'indignation de la noblesse et du clergé, de l'autre elle comprenait que, les caisses étant vides, il n'y avait d'autre solution que de faire payer ceux qui, du fait de la gloire de leurs aïeux ou de la défense de la religion, s'estimaient exemptés de l'impôt *ad vitam æternam*. Le soutien du comte d'Artois au projet de son frère la frappa. Charles était donc partisan de Calonne ? Quelle mouche les avait piqués, lui et Monsieur ?

Pendant les jours suivants, mémoires et concertations aboutirent à l'élaboration d'une stratégie commune de l'opposition : l'on admettrait l'utilité des réformes, mais on en contesterait les modes d'application, puis on taillerait Calonne et ses réformes en pièces.

C'était puéril, comme s'en avisèrent certains ; il convenait de vérifier d'abord les chiffres, afin de s'assurer que Calonne n'avait pas noirci le tableau. Puis il fallait prendre garde au fait que le contrôleur des Finances était soutenu par le roi : Louis XVI n'avait-il pas donné son aval à un projet de taxation de toutes les terres du royaume, sans exception aucune ? Même les siennes ?

Mais c'était un révolutionnaire que ce Bourbon !

Mercy-Argenteau fit valoir que l'opposition était redoutable : outre le sournois Miromesnil – et Necker, outragé que Calonne eût gagné la faveur du roi alors qu'il avait, lui, été congédié comme un domestique –, il fallait compter deux puissants manœuvriers : d'abord Monsieur, qui ne voyait pas plus loin que le bout de son nez et rêvait de faire nommer à la place de Calonne son ancien surintendant, Cromot du Bourg, celui-là même qui avait torpillé Necker en publiant son *Mémoire secret*. Ensuite le chef de file du clergé, le cardinal Loménie de Brienne, archevêque de Toulouse, qui aspirait, lui, à prendre la place de Calonne et avec lequel celui-ci eut à en découdre le 1er mars.

Curieux personnage que cet archevêque. Il aurait été plus à sa place dans une galerie de momons, avec sa longue face d'un gris malsain, marbré par les taches pourpres d'un incurable eczéma et ses yeux de mulot. Et comble de pittoresque, un archevêque athée et libidineux ! Libidineux, passait encore, mais athée ! Telle était la raison pour laquelle Louis XVI s'était fermement opposé à ce qu'il assumât la paroisse de Notre-Dame de Paris : « Il faudrait au moins à Paris un archevêque qui crût en Dieu ! »

Calonne lui avait pourtant proposé une trêve. Il demanda à discuter et fut invité à le rencontrer, en présence des archevêques de Narbonne, Aix, Bordeaux et Reims.

— Ne soyons qu'au roi et à l'État, déclara-t-il. Il n'y a personne ici qui ne doive frémir si cette opération échoue. C'est une dernière ressource.

Puis, se tournant vers Loménie de Brienne :

— Faisons un pacte, vous et moi : soutenez mon opération, et ensuite prenez ma place.

L'expression de mépris narquois qui se peignait en permanence sur le visage de l'archevêque se mua en rictus, accompagné d'un ricanement qui déclencha une de ces quintes de toux irrépressibles auxquelles le prélat était sujet. Monseigneur était un bronchiteux chronique.

— Vous voulez la guerre ? s'écria alors Mgr de Dillon, l'archevêque de Narbonne. Eh bien soit ! Nous vous la ferons bonne, mais franche et ouverte. Au moins vous présenterez-vous aux coups de bonne grâce.

Quoique répondant à Dillon, Calonne se tourna vers Loménie de Brienne :

— Monseigneur, je suis si las de ceux qu'on me porte par derrière que j'ai résolu de les provoquer de front.

Et il quitta les lieux.

Le 5 mars, une lettre de Fersen, toujours auprès de sa garnison, arriva par messager exprès de Valenciennes, chargé de la remettre à la reine en mains propres. Elle était adressée à « Joséphine », pour le cas où elle serait interceptée. L'auteur disait s'y languir et ne pas trouver de repos jusqu'à ce qu'il fût auprès de sa bien-aimée.

Elle en eut les yeux humides.

L'auteur demandait aussi s'il ne serait pas possible de réaliser le projet qu'ils avaient évoqué ensemble, celui de loger dans les petits appartements de Versailles, sous les combles*.

Elle leva les yeux. Quel réconfort ce serait de l'avoir si proche d'elle en ces heures troublées !

Et les heures allèrent se troublant de plus en plus.

Le 2 avril, lendemain du dimanche des Rameaux et premier jour de la trêve de Pâques, l'affolement se répandit à Versailles et la stupeur à Paris.

Marie-Antoinette se trouvait dans le grand salon du Petit Trianon quand sa femme de chambre, Mme Thibaud, lui annonça deux visiteuses, la duchesse de Lauzun et la princesse de Lamballe.

— Qu'y a-t-il, mes amies ? demanda Marie-Antoinette en voyant les deux femmes, à peine annoncées, accourir haletantes, une brochure à la main. Que tenez-vous là ?

---

* Cette lettre n'est connue que par la mention que Fersen en fit dans son journal de correspondance.

Elle avait déjà les nerfs à cran : la santé du Dauphin ne s'améliorait guère et celle de la petite Sophie causait du souci à Vermond ; elle vomissait souvent. Seul le puîné se portait bien. Il faisait plaisir à voir. Mais de surcroît, Mme Campan avait appris à sa maîtresse, le matin même, que Jeanne de La Motte s'était suicidée à Londres, où elle était parvenue à s'enfuir. Pourquoi donc cette affreuse pécore se serait-elle donné la mort, alors qu'elle et son époux pourraient disposer du fruit de leur vol ? Avait-elle vraiment mis fin à ses jours, ou bien l'avait-on défenestrée ? Son mari l'aurait-il poussée ? Ou bien quelqu'un d'autre ? Elle avait remâché toute la matinée de sombres soupçons. N'auraient-ce pas été les sbires de Breteuil qui l'auraient poussée ?...

Et voilà que ces femmes arrivaient, dans tous leurs états.

— Madame, est-ce possible..., s'écria la princesse de Lamballe. Le roi appelle le peuple à la révolution !

Elle saisit la brochure, intitulée *Avertissement*, et en entreprit la lecture.

Louis s'adressait au peuple pour lui représenter la nécessité des réformes de Calonne.

L'énormité de l'incongruité emplit soudain la tête d'Antonia de Habsbourg. Désavouant les deux ordres sur lesquels se fondait traditionnellement toute monarchie, le roi s'adressait au peuple ? Au peuple ? C'est-à-dire au Tiers État ? Aux manants ?

À l'évidence, Louis XVI passait par-dessus la tête des 144 notables pour imposer à l'opinion publique la nécessité morale d'une réforme de l'impôt. Il y démontrait que le peuple, c'est-à-dire les manants en question, y gagneraient, eux, un allégement de charges.

Elle avait à peine lu trois pages qu'elle en éprouva un vertige :

> *… Des privilèges seront sacrifiés. Oui, la justice le veut, le besoin l'exige. Vaudrait-il mieux surcharger encore les non-privilégiés, le peuple ? Il y aura de grandes réclamations. On s'y est attendu. Peut-on vouloir le bien général sans froisser quelques intérêts particuliers ? Réforme-t-on sans qu'il y ait des plaintes… ?*

« Louis se soumet au peuple ! songea-t-elle. Encore l'influence détestable de Calonne ! »

À la fin, avec ses manières de rustaud, ses goûts d'ouvrier et ses saillies de maquignon, ce roi était plus plébéien que nature. Elle comprit pourquoi il avait été enchanté de son récent voyage dans le Cotentin et en Bretagne : il s'était retrouvé au milieu des vilains, ce qui lui seyait bien plus que les afféteries de la cour. Avec eux, point de rigodons. Les mains dans le cambouis !

Mais elle était la reine. Elle ne devait pas montrer un quelconque désarroi. Elle se composa instantanément une expression indifférente et leva le visage.

— Qu'y a-t-il donc là qui vous agite ? demanda-t-elle.

Les deux femmes furent médusées. Comment, la reine ne saisissait pas le caractère subversif de ce texte ? De sa nature même ?

— Madame, le château est en émoi, répondit la duchesse de Lauzun. Le roi considère donc que les prérogatives de la noblesse sont nulles et non avenues, il fait appel au Tiers État pour…

Marie-Antoinette exhala un bruyant soupir d'impatience. Cela brisa net l'envolée de Mme de Polignac.

— Ce libelle doit être considéré comme un reflet maladroit et tendancieux de la pensée du roi, dit Marie-Antoinette. Mon époux désire témoigner au peuple son sentiment suprême de justice et supprimer quelques inégalités criantes. Calonne s'est arrogé l'autorité de rédiger ce brûlot provocateur. Le roi ne l'aura sans doute pas lu jusqu'au bout, et telle est la raison pour laquelle il l'a laissé distribuer dans le peuple.

— Ah, Majesté, vous nous rassurez ! s'écria la duchesse de Lauzun. Quel réconfort que de vous entendre !

Et elles s'en furent répandre la bonne nouvelle.

Marie-Antoinette les suivit d'un regard de faucon. Elle avait réussi, au moins à Versailles, à dissocier le roi de l'innommable Calonne.

Un moment plus tard, elle manda l'un de ses pages de la Chambre, Sainte-Hermine, convoquer Breteuil. Ce dernier sortait du Conseil des dépêches. Elle le pria de s'asseoir. Il avisa la brochure sur le guéridon près du fauteuil de la reine et comprit l'objet de l'appel.

— Étiez-vous au fait de cette brochure ?

— Non, Madame. Elle a été réalisée par le roi lui-même avec M. de Calonne, dans le plus grand secret. Quarante mille exemplaires en ont été distribués hier par des colporteurs dans Paris et ailleurs. J'ai appris que l'ouvrage est offert jusque sur les marchés des villes voisines. Les curés de toutes les paroisses ont été priés d'en lire au sermon les passages les plus significatifs. La brochure que je vois ici n'en est qu'un extrait.

C'était un démenti formel de ce qu'elle avait assuré à ses visiteuses.

Elle dévisagea le ministre pour tenter de lire dans ses pensées. En vain, il semblait inexpressif. Sans doute craignait-il d'offenser la reine par des commentaires inopportuns.

— L'avez-vous lue ?

— Oui, Madame. J'y ai consacré le plus clair, ou bien devrais-je dire le plus sombre de la nuit.

— Qu'en pensez-vous ?

Il parut embarrassé.

— Madame, mon sentiment est que le roi a déclaré la guerre à des forces considérables. Il a engagé cette épreuve trop vite. Quel sera son recours si la noblesse et le clergé refusent de négocier ? Fera-t-il donner l'assaut aux évêchés et aux châteaux par une armée de manants ? Il faudrait aussi assiéger les parlements, car même la noblesse noire est hostile à cette réforme.

— Calonne est donc perdu ?

— S'il doit l'être, Madame, comme je le crains, je souhaite que sa chute n'entraîne pas de dommages pour Sa Majesté. Pour l'heure, Dieu merci, chacun impute la responsabilité de cet *Avertissement* à Calonne et l'on suppose que si le roi y a prêté la main, ce n'est que çà et là, sous l'influence du contrôleur des Finances.

— Et ce qu'il dit de la menace de banqueroute ?

— Cela est démenti par les trois factions les plus puissantes qui lui sont hostiles, celle de Necker, celle de Brienne et celle de Miromesnil. Ils sont, eux, experts pour parler de finances.

— Il faut donc que le roi se défasse de Calonne au plus vite ?

Breteuil jeta à la reine un regard teinté de scepticisme :

— Qui donc oserait le convaincre d'une telle décision ? demanda-t-il, d'un ton flûté.

— Moi ! s'écria-t-elle. J'ai toujours estimé que ce Calonne était un esprit faux et sournois. Son attitude dans l'affaire du Collier me l'a confirmé. Lui et Vergennes ont colporté sur moi les rumeurs les plus odieuses.

— Si vous parveniez à emporter une telle décision du roi, Madame, vous sauveriez le trône, pas moins, déclara Breteuil.

Elle hocha la tête et se leva. À la porte, elle demanda au visiteur :

— Savez-vous pourquoi cette misérable Jeanne de La Motte s'est suicidée ?

L'air énigmatique, Breteuil répondit avec un certain retard :

— Cela vaut sans doute mieux ainsi, Madame.

— Qu'entendez-vous par là ?

— Il eût été scandaleux que cette femme bénéficie impunément à Londres du produit de ses vols. Et plus encore, qu'elle y répande jusqu'à Paris d'autres fausses confidences.

Sur quoi il s'inclina et prit congé.

Fut-ce l'effet de la trêve de Pâques ? Ou plutôt celui de l'immaturité de la toute jeune opinion publique ? La stupeur répandue à Paris par l'*Avertissement* n'entraîna pas d'autres conséquences.

Bon, le roi voulait réformer le pays et les impôts, alors qu'y pouvait-on ? Il existait des institutions et des parlements et le Tiers État n'y pouvait rien changer ; il n'en avait tout simplement pas les moyens. Même s'il avait été par dizaines de milliers clamer son soutien au roi devant le château de Versailles, les populations ne commandaient rien. L'armée et la police étaient toujours inféodées au pouvoir. Au roi donc de se débrouiller avec sa noblesse et son clergé.

Une fois de plus d'ailleurs, le petit clergé, étroitement mêlé au peuple, fit valoir l'absurdité inique du projet : allait-on taxer les curés, qui distribuaient l'aumône et veillaient au salut de leurs ouailles, sur le même pied que les grands seigneurs qui se gobergeaient dans leurs châteaux, avec leurs maîtresses et leurs courtisans ?

Louis XVI fut déçu.

Les notables, qui avaient vécu de longues heures dans la crainte d'être assiégés par la populace dans la salle des Menus-Plaisirs, reprirent du poil de la bête.

Le roi crut enfoncer le clou en leur déclarant qu'il était entièrement d'accord avec les propositions de l'*Avertissement* et qu'il n'y avait rien trouvé qui pût les peiner. Il espérait ainsi contrecarrer la rumeur répandue par la reine selon laquelle il n'avait pris qu'une connaissance hâtive de l'*Avertissement*. Il la leur baillait belle : qu'il fût d'accord ou pas, cela ne changeait rien au rapport de forces qu'il avait engagé.

Le statu quo ne dura guère.

La cour entra en effervescence. Deux armées étaient en présence : d'une part le roi, Calonne, Monsieur et le comte d'Artois, pour une fois d'accord avec leur frère, ce qui avait d'ailleurs causé un froid entre eux et Marie-Antoinette ; d'autre part les notables, le clergé et les financiers menés ensemble par Loménie de Brienne, Miromesnil et, en sous-main, Breteuil et quelques autres personnages du Conseil royal, sans parler de personnages tels que le héros de l'expédition d'Amérique, le marquis de La Fayette.

L'assaut était imminent.

Le mercredi des Cendres, Calonne comprit le péril qui le guettait et il alla se plaindre au roi :

— Sire, ce sont les menées de la reine qui me menacent. Elle clame partout que vous n'avez pas pris connaissance de l'*Avertissement* et que je me suis lancé tout seul dans sa diffusion.

Louis XVI cligna des yeux et haussa les épaules.

— C'est une femme. Que voulez-vous qu'elle comprenne à ce texte ?

Calonne insista ; le roi demanda qu'on fît venir la reine.

— Madame, dit Louis XVI quand elle fut entrée, j'apprends que vous avez censuré les projets de M. de Calonne. J'en suis surpris, parce que cela ne fait pas partie de vos prérogatives.

Elle fut stupéfaite de cette attaque en présence de son pire ennemi, mais elle ne daigna pas lui jeter un regard.

— Sachez, Monsieur, que j'ai mes opinions comme tout un chacun.

— Alors, gardez-les pour vous et ne vous mêlez pas d'affaires auxquelles les femmes n'ont rien à voir.

À la stupeur épouvantée de Calonne, le roi se leva, la prit par les deux épaules et la conduisit à la porte.

— Allez, Madame[*].

---

[*] Cette scène, qui révèle un Louis XVI autoritaire et bien peu galant, est authentique.

30

La Semaine sainte

ELLE SE RETROUVA OUTRÉE, stupéfaite, humiliée dans l'antichambre royale. À peine le temps de se composer un visage : trois personnes attendaient déjà là, Mgr de Boisgelin de Cucé, archevêque d'Aix, le duc d'Harcourt et le duc de Lauzun. Elle les salua de son plus gracieux sourire et s'entretint avec eux comme si de rien n'était.

Ils attendaient évidemment de voir le monarque pour demander le renvoi de Calonne.

— M. de Calonne est dedans, dit-elle, indiquant du menton le cabinet royal. Peut-être Monseigneur consentira-t-il à lui donner les derniers sacrements.

Ils éclatèrent de rire, sans doute surpris d'une prise de position aussi franche, mais en tout cas réconfortés de se découvrir une pareille alliée. Elle les salua de nouveau et regagna ses appartements.

« Calonne devait être détruit. »

Pourquoi Axel n'était-il pas là ! Que faisait-il donc à Valenciennes ? Comme des vipères sournoises, des rumeurs lui revinrent en mémoire, selon lesquelles il entretenait d'autres flammes. Elle s'agita. Sur l'heure, elle décida de ne pas souper avec le roi, puis s'avisa qu'une brouille prolongée réduirait encore ses moyens d'action.

Le souper, toutefois, fut rapide : épuisé, Louis alla se coucher plus tôt que d'habitude.

Le lendemain matin, Jeudi Saint, alors qu'elle était au chevet du Dauphin, tenant sa main frêle et l'encourageant à manger une compote avec une tasse de bouillon, pour rompre son jeûne de la veille, Mme Thibaud lui annonça le baron de Breteuil. Sur une promesse qu'il mangerait ce qu'elle avait demandé, elle déposa un baiser sur le front de son fils et accueillit son visiteur.

Il était convulsé.

— Madame, si je n'étais que le seul en péril, je n'aurais pas osé me présenter si tôt. Mais les manœuvres de M. de Calonne mettent bien d'autres en danger que ma modeste personne.

Il haletait presque.

— Dites-moi ce qui se passe.

— Hier au soir, M. de Calonne a présenté au roi un projet de nouveau gouvernement. Il en exclurait les trois seuls piliers du bon sens, il me semble, M. de Miromesnil, M. de Castries et moi-même.

— Qui seraient les remplaçants ? demanda-t-elle.

— Le président de Lamoignon, l'amiral d'Estaing et le lieutenant de police Lenoir. Trois hommes faibles et vains, Madame, qui ne devront leur faveur qu'à M. de Calonne, seront ses esclaves obéissants et n'emporteront ni l'assentiment des notables ni celui des réformistes.

— Qui sont ces gens ?

Breteuil les lui décrivit, d'un trait à l'acide.

— Et le roi l'a accepté ? demanda-t-elle.

— Oui, Madame.

Encore aigrie par les contrariétés de la veille, son sang ne fit qu'un tour. Elle se rendit sur-le-champ chez son époux.

Levé depuis les aurores, il ne semblait déjà pas de bonne humeur ; tant mieux, il n'en serait que plus vulnérable.

— Monsieur, déclara-t-elle, votre entichement de M. de Calonne est pareil à celui d'un prisonnier amoureux de son geôlier.

Il roula ses gros yeux de myope.

— Nous ne sommes pas ici dans un couvent, Madame, et vos rancunes sont déplacées…

Elle poursuivit, impavide :

— J'apprends que, sur sa proposition, vous envisagez de congédier des serviteurs éprouvés, qui vous ont soutenu dans des heures difficiles, et de les remplacer par des hommes de paille…

— Vous n'entendez rien au gouvernement ! De quoi vous mêlez-vous ? explosa Louis XVI, sur un ton de charretier.

— Le gouvernement, Monsieur, est affaire de bon sens et non de science. M. de Lamoignon est une potiche, l'amiral d'Estaing est le vaincu de la Grenade et ne voit pas plus loin que le bout d'une vergue, quant à M. Lenoir, c'est un agent de police monté en graine et non un politique.

Louis fut saisi par les portraits qu'elle venait de tracer.

Roi et reine se faisaient face : le capitaine et le second d'un navire secoué par la tempête s'affrontaient sur les décisions qui leur permettraient d'échapper à la fureur des vagues.

— Depuis quand les chiffons et les rubans vous ont-ils donné tant d'assurance dans les affaires de l'État ? lança-t-il.

— Ils sont moins astreignants, Monsieur mon mari, que les travaux de serrurerie et la chasse aux chats errants sur les toits, qui semblent avoir absorbé vos loisirs.

Il s'empourpra.

— Je vous le dis, reprit-elle, vengeresse, continuez à suivre M. de Calonne et vous courez droit vers l'humiliation la plus cinglante de votre règne. Sa seule personne inspire l'aversion au pays. Sa politique, vous pouvez la pratiquer sans lui.

Un silence tomba sur cette suggestion séduisante.

— Je ne renoncerai pas à mon plan, gronda-t-il.

— Faites-le appliquer par un autre.

— Je ne veux pas de Miromesnil, sa duplicité a tout pourri.

— C'est l'aveuglement de Calonne qui a tout pourri. Remplacez-le. Et gardez au moins Breteuil.

— Pourquoi lui ?

— Parce qu'il est ferme, parce qu'il connaît son affaire et la politique.

— Par qui remplacerais-je Calonne ?

— Vous avez Loménie de Brienne.

— Ce chancre ! Ce chancre mitré ! cria Louis. Il n'entend rien aux finances !

— Il a au moins l'assentiment des notables et la confiance du pays.

En disant cela, elle ne faisait que répéter le jugement de Mercy-Argenteau, qui était aux abois.

Il soupira.

— Laissez-moi réfléchir.

Il était têtu comme une mule, mais en dépit de sa myopie, il savait reconnaître un mur quand il fonçait dessus.

Elle résolut de le revoir le lendemain, mais Sa Majesté était à la chasse. Il chassait beaucoup, ces temps-ci.

Le Vendredi Saint, Calonne demanda à voir le roi. En vain. Il s'y reprit le Samedi Saint. Sans plus de succès.

Il songea, sans doute pour la première fois de sa vie, à la Passion de Jésus.

Le jour de Pâques, il reçut son congé. La cour clabauda : « Il est mort le jour de la Résurrection ! »

D'Artois, que la reine rencontra à la sortie de l'office, à la chapelle de Versailles, rompit le froid qui régnait entre eux depuis plusieurs semaines :

— C'est un jour sombre, Madame. Aussi sombre que celui où Charles Ier Stuart a abandonné son ministre Strafford, qui périt sur le billot. C'était le prélude de la fin pour Charles lui-même[*].

Elle frémit.

— C'était, monsieur, pour des affaires militaires, et nous ne sommes pas en guerre.

Et elle s'éloigna.

Necker avait à peine eu le temps de s'en réjouir qu'il reçut une lettre de cachet l'exilant à vingt lieues de Paris : il avait eu l'impertinence de publier un mémoire, encore un, louant sa propre gestion.

---

[*] Thomas Strafford, ministre de Charles Ier d'Angleterre, fut condamné à mort en 1641 par le Parlement, qui lui reprochait ses échecs dans la répression des rébellions irlandaise et écossaise. Le roi lui-même fut condamné huit ans plus tard.

Miromesnil, dont la fille était morte le jour de Pâques, se vit accorder, par pitié, un jour de grâce : il n'apprit son renvoi que le lendemain.

Ce fut vraiment une Semaine Sainte pour l'ancien gouvernement, à cette différence près que personne ne ressuscita.

Mais Breteuil avait survécu.

Et rien n'était réglé.

Marie-Antoinette eut peine à comprendre ce qui s'ensuivit. La potiche Lamoignon, qu'on surnommait « Le Moignon », fut appelée au Conseil. Mais aux Finances, grands ciels, qui nommerait-on ? Il n'y avait que Necker pour apparaître vraiment compétent, mais son seul nom faisait horreur au roi.

— Ni neckraille ni prêtraille ! grommela Louis.

Le mot fit glousser dans les antichambres.

Monsieur poussa en avant le nom de Cromot du Bourg, intendant de grande compétence, assurait-il. « Un de vos clients », inconnu au bataillon, décréta Louis. Rejeté.

Entretemps, la Bourse baissait mystérieusement et les actions de la Compagnie des Indes et de la Compagnie des eaux menaçaient de chavirer.

Marie-Antoinette pensa l'en entretenir le lendemain : il était encore à la chasse. Le soir, elle eût aussi bien pu souper avec le sphinx. Il mangea de façon déraisonnable, but comme un postillon et se leva aussitôt pour aller se coucher.

Elle voyait bien la morosité de plus en plus noire dans laquelle son époux sombrait depuis plusieurs jours ; il devenait bougon et parfois grossier ; sa mise était de plus en plus négligée ; elle s'en désolait. Elle était en même temps touchée de ce que son époux, miné par le découragement, s'appuyât de plus en plus sur elle, cependant qu'il lui avait reproché quelques semaines auparavant de se mêler de politique. Il la priait désormais d'assister aux comités ministériels et sollicitait souvent son avis ; il n'était que le Conseil d'État auquel elle ne fût pas priée. Elle était donc contrainte de s'informer sur des problèmes qu'elle ignorait entièrement.

Elle devint lasse : elle aspira au seul remède qui lui parût possible et qui allégerait leurs charges à eux deux : la nomination de Brienne.

Le lendemain, alors qu'elle s'apprêtait à lui parler de l'étrange crise de la Bourse, il désigna une nullité à laquelle il dicterait ses volontés, Chaumont de La Millière. Ce dernier se déroba, comme une vache qui s'échappe de la Halle. Le roi dégotta une autre nullité, Bouvard de Fourqueux, vieillard usé qui avait au moins le mérite d'entendre quelque chose aux finances.

— C'est un cabinet d'éclopés ! se lamenta Breteuil auprès de la reine. Aucun de ces gens ne tiendrait tête cinq minutes aux notables !

— Qui voyez-vous ?

— Mais, Madame, c'est l'évidence, Loménie de Brienne.

Le 23 avril, Breteuil, Lamoignon et Montmorin, le successeur de Vergennes, firent donc le siège du roi. Mais ce fut celui d'une citadelle gelée : Louis était entré dans une humeur affreusement sombre. Il était conscient de son échec.

Ce jour-là, un mois donc après l'ouverture de l'Assemblée, Louis XVI subit l'épreuve la plus rude. Dans un ultime sursaut d'espoir, il était, le matin, retourné devant les notables avec un plan révisé. Pour se heurter une fois encore à leur opposition. Ils avaient accepté les petites mesures et un plan d'économies d'une quinzaine de millions, mais quand il exposa derechef l'augmentation du papier timbré et la révision des exemptions du Domaine, ils renâclèrent.

Il retourna à son cabinet, défait ; il avait raté sa révolution royale. Il avait consenti aux désillusions de Turgot et de Necker, il avait laissé échouer leurs plans de réformes et quand, avec Calonne, il s'en était enfin fait le héraut, il avait été vaincu.

Ce pays était ingouvernable. Le roi occupait le trône, mais sans pouvoir imposer sa volonté, ni au clergé, ni à la noblesse. Il était leur laquais et, dans leur esprit, ne servait qu'à entériner leurs décisions et à protéger leurs intérêts. Contre l'intérêt du pays tout entier. Cet état de choses avait commencé au temps de la révolte des parlements contre son aïeul ; et il s'avérait irrémédiable.

Louis avait perdu l'estime de lui-même.

Quand les trois ministres le pressèrent de désigner Brienne, il leur répondit d'un ton sinistre :

— Peut-être vous repentirez-vous du conseil que vous venez de me donner.

Quelques heures après que le roi eut essuyé son échec à l'Assemblée, il reçut Brienne, en présence de la reine.

La potion fut doublement amère pour Louis XVI : Brienne exigea d'abord de rappeler Necker, puis de convoquer les États généraux. Le roi roula des yeux :

— Quoi, monsieur l'archevêque, vous nous croyez perdus ? Les États généraux… ? Oh, on peut bouleverser l'État et la royauté et tout ce que vous voudrez, hors ces deux moyens. Réforme, économies, la reine et moi sommes tout prêts. Mais de grâce, n'exigez ni M. Necker ni les États généraux.

Impatient de mettre la main sur ce pouvoir si longtemps convoité, Brienne ravala ses deux projets. Le lendemain, Marie-Antoinette voulut tâter l'opinion de son époux sur le nouveau responsable des Finances ; Sa Majesté était de nouveau à la chasse. C'était la sixième fois en deux semaines qu'il allait traquer le gibier, soit en tout presque une semaine sur deux. Le soir, il ne fut pas plus causant ; il bâfra littéralement, le nez dans son assiette, vida une carafe et partit se coucher après avoir grommelé quelques civilités. Aussi, sa silhouette commençait à s'empâter gravement.

Le 1er mai, Loménie de Brienne entra au gouvernement, avec le titre magnifique de président du Conseil royal des Finances.

Marie-Antoinette se reprenait à espérer.

À Arras, en ce dimanche de la mi-mai, Maximilien Robespierre dévore des yeux une gazette venue paradoxalement de Paris, *L'Espion anglais*, en buvant un café à l'auberge du Relais des rois. Il est entouré de bourgeois et de notables qui sortent de la messe et qu'il salue fort courtoisement. Il est en effet honorablement connu en ville : un avocat d'avenir, dit-on ordinairement de lui. Et on l'a vu tout à l'heure à la messe ; c'est un garçon respectueux de la foi et de l'autorité. Il ferait un bon parti, mais curieusement, on ne lui connaît aucune fiancée ni même aucune liaison…

Ce café dominical est, avec la lecture des gazettes, le seul luxe de Maximilien, car il vit modestement avec ses deux sœurs et ses frais d'habillement sont toujours très restreints. À la différence de ses années au lycée Louis-le-Grand, cependant, il porte maintenant de bonnes chaussures et ne s'enrhume plus par les pieds, c'est-à-dire des semelles percées.

La feuille qu'il tient devant lui relate les derniers événements de l'assemblée des notables qui se tient à Versailles. Depuis la virulente attaque de l'abbé Fabry, député du clergé des États d'Artois, contre le projet de réforme royal, l'on discute beaucoup à Arras des résultats de cette assemblée, et Maximilien tient à être bien informé.

Cependant, sa lecture ne lui transmet que des échos lointains des convulsions du pouvoir. Ils le déchirent secrètement, mais ce jeune homme est en fait destiné au déchirement : une part de lui aspire violemment au pouvoir, l'autre à l'harmonie merveilleuse de la nature, dont sa passion pour Jean-Jacques Rousseau l'a imprégné. Il évoque sa visite au grand sage dans sa retraite d'Ermenonville. Comment l'auteur du *Contrat social* explique-t-il la crise qui agite le royaume ? Et à cette question, le tourment s'éveille à nouveau dans le cœur de Maximilien. Une part de lui exalte l'autorité, et l'autre la révolte contre l'oppression. Avocat, il défend donc la justice, fille de l'autorité et fléau des abus mais, ambitieux, il veut appartenir à la caste des puissants.

Le roi a-t-il tort de vouloir réformer l'État ? Ou bien aurait-il tort de n'être pas tout-puissant ? Le problème est presque théologique. Dieu est-il infiniment bon ? Dans ce cas, il ne saurait être tout-puissant, puisque le mal existe…

Sur quoi, pris de vertige, il s'aperçoit qu'il ignore tout de l'administration du pays. Tout avocat qu'il soit, il ignore, par exemple, ce qu'on entend exactement par les « aliénations du Domaine ».

Il se promet de s'informer sur les structures de l'État, afin d'avoir une opinion sur ces questions.

Car pour conquérir le pouvoir, il lui faut posséder quand même de solides compétences.

31

La rage et le deuil

LE COMTE DE MERCY-ARGENTEAU leva vers la reine des yeux d'épagneul navré. L'ambassadeur d'Autriche était dans une situation délicate : à la fois mentor et serviteur, puisqu'il représentait auprès d'elle la famille à laquelle elle appartenait et que, de surcroît, il était français.

— Il m'est apparu que Votre Majesté ne pouvait ignorer la vérité sur l'un de ses fidèles serviteurs, fût-elle déplaisante.

Et déplaisante, elle l'était : l'ambassadeur venait de lui révéler que le baron de Breteuil menait une coterie de spéculateurs qui avaient fait baisser les actions de la Compagnie des Indes et de la Compagnie des eaux pour les racheter ensuite à vil prix. Cette manœuvre, si elle était mise au jour, pourrait entraîner la disgrâce de Breteuil, coupable d'avoir nui au crédit de l'État.

— Il l'aura fait pour hâter la chute de Calonne, répondit-elle.

— Certes, admit l'ambassadeur. Mais il aura réalisé entre-temps de jolis bénéfices.

Être reine, songeait-elle, c'est comme concierge : on apprend tous les vices des locataires.

Contre toute attente, ce ne fut pas Breteuil qui fut sanctionné, mais bien Calonne : il avait maladroitement soutenu le cours des actions des deux compagnies, c'est-à-dire qu'il les avait rachetées à découvert sans préciser que c'était pour l'État. Et maintenant, on lui imputait pour cela onze millions et demi de livres de dettes ! « On », c'était Loménie de Brienne : espérant alléger le cœur du roi d'avoir abandonné son allié, l'archevêque tentait en effet de lui faire accroire que la brebis était galeuse. Calonne fut donc exilé.

— Au diable ! murmura Marie-Antoinette.

L'enfer commençait à être encombré de ministres français renvoyés.

Pendant ce temps, un corps étranger entretenait les dissensions au château et à la cour : c'était l'assemblée des notables, appelée le 22 février, soit près de trois mois plus tôt. Venus de leurs provinces, ils faisaient les beaux jours des aubergistes, traiteurs, perruquiers et souteneurs de Versailles, certes, mais ils n'allaient quand même pas s'éterniser là !

Il n'était pas de jour privé d'anicroche entre un notable et un personnage quelconque, ou bien entre deux membres de la cour à propos des motions présentées, espérées ou considérées. C'était ainsi que le comte d'Artois s'était pris le bec avec La Fayette, qui avait repris à son compte le projet de Brienne de convocation des États généraux. Quand on voyait le résultat de la convocation des notables, on avait quelque raison d'appréhender celle des États généraux. Autant mettre sur le feu un chaudron de sorcières.

— Vous voulez donc que j'écrive et que je porte au roi : M. de La Fayette faisant la motion de convoquer les États généraux ? demanda d'Artois, incrédule.
— Oui, Monseigneur.

Les opinions changeaient, en effet, comme la forme du vif-argent sur un miroir : quelques semaines auparavant, c'était le même La Fayette qui avait déclaré à l'Assemblée qu'on ne pouvait modifier d'un trait de plume un régime vieux de huit siècles. Puis les notables s'étant fait communiquer les pièces comptables du royaume, pour vérifier les dires de Calonne, plus d'un expert s'embrouilla, mais enfin l'on découvrit que le contrôleur avait sous-estimé le désastre : le déficit s'élevait à 140 millions de livres au lieu des 115 annoncés.

Chacun disait blanc un jour et noir le lendemain. À la sixième et dernière séance de l'Assemblée, Brienne assura l'audience que le roi n'avait aucune intention d'attenter aux privilèges du clergé et de la noblesse, parce qu'il était convaincu que l'égalité absolue ne convenait qu'aux États purement républicains ou purement despotiques.

— Le seul maître des débats, Madame, aura été un merle blanc, confia Mercy-Argenteau à la reine.

Le 25 mai, après un déferlement de remerciements et de congratulations, ainsi que des discours du comte de Provence, de l'archevêque de Narbonne, des magistrats délégués, du prévôt des marchands, l'Assemblée fut dissoute.

Elle n'avait servi à rien. Chacun y avait vu exposer les maux du royaume, tous avaient refusé les remèdes.

Comme il l'avait publiquement promis, Louis XVI procéda à des économies ; il le fit à contrecœur, sachant qu'il s'agissait là de cataplasmes sur une jambe de bois. Marie-Antoinette le supporta avec résignation.

Le personnel de la Maison du roi fut réduit. Des services de l'administration des chasses, de la fauconnerie, de la louveterie, du vautrait* furent supprimés, la grande et petite écurie furent fondues en une seule, le nombre de chevaux passa de 2 215 à 1 195, on entreprit des coupes claires à gauche et à droite, notamment dans les pensions de la cour, et le roi décida de vendre les châteaux de la Muette, de Madrid**, de Vincennes, de Choisy et de Blois.

Brienne alla bien plus loin : il supprima l'École militaire, réduisit le nombre de maréchaux de dix-huit à douze, tailla dans les corps armés, gardes, gendarmes, chevau-légers, rationalisa ici, réorganisa ailleurs. Quand il en vint aux assemblées locales et régionales, dont le principe avait fait couler tant de bile dans les deux premiers ordres***, Marie-Antoinette suggéra à son époux :

---

* Grands équipages de chiens dressés pour la chasse au sanglier.
** Il s'agit du château de Boulogne, qui s'élevait de part et d'autre de l'actuel boulevard Richard-Wallace, à Neuilly, et que François Ier avait fait construire à son retour de captivité à Madrid, d'où le surnom du lieu. On l'appelait également château de Faïence, en raison de sa décoration extérieure, en faïences de Luca della Robbia. Déjà délabré du temps de Louis XVI, il fut progressivement démantelé au cours des siècles.
*** Bien qu'uniquement consultatives et censées contrôler les impôts, les Ponts et Chaussées, les établissements de charité et la police économique, ces assemblées finirent par piétiner les plates-bandes de l'administration royale et des intendants.

— Puisque vous n'avez pas eu raison de la noblesse ni du clergé, accordez donc la moitié des sièges de ces assemblées au Tiers État.

Louis XVI sourit, acquiesça et Brienne appliqua la mesure.

Bien modeste décision en regard, la reine diminua ses frais d'habillement et demanda à sa modiste, Rose Bertin, de lui composer moins de robes et de plutôt rafraîchir les anciennes.

Au fond, l'économie nouvelle lui convenait, puisqu'elle flattait son goût de la simplicité champêtre. Quelques robes allégées et des chapeaux de paille pouvaient créer l'illusion paysanne…

L'on arriva de la sorte en été.

Tout à coup, le ciel du couple royal s'assombrit : la petite Sophie mourut à l'âge d'un an et dix jours, le 19 juin.

Le décès d'un enfant est le plus cruel de tous : il ne sait pourquoi il s'en va, mais ceux qui l'ont mis au monde ressentent son départ comme une punition. De quel crime ? Pour leur tourment, la sentence n'est jamais publiée.

Les sourires des roses de Trianon parurent comme autant de reproches.

Marie-Antoinette, dans ses larmes, se reprocha de n'avoir pas voulu cet enfant-là. Elle s'accusa même de la tragédie. L'abbé de Vermond eut les plus grandes peines à lui représenter que la justice de Dieu n'était pas ainsi faite et que le désespoir était un péché.

Le deuil renfrogna encore l'humeur de Louis, à peine remis de la mésaventure de l'assemblée des notables. Marie-Antoinette s'abstint de participer pendant un mois aux délibérations des ministres. À quoi cela servait-il ? Une fièvre tierce possédait le pays autant que les assemblées provinciales ; non seulement celles-ci étaient retombées sous la coupe de la noblesse et du clergé, mais encore un esprit de sédition nouveau avait infecté ces gens-là. Noblesse ? Clergé ? Des gentillâtres campagnards et des curés francs-maçons qui se piquaient de modernisme, trop heureux de se voir conférer une dignité nouvelle dans leurs terroirs et de siéger auprès de quelques ducs décatis et d'évêques pontifiants.

Les discours les plus savants ne pouvaient masquer le fait que la révolution royale n'avait fait qu'accélérer le délitement de la monarchie, entamé un quart de siècle auparavant sous le règne du roi précédent, par la révolte des parlements.

— L'habitude de parler à tort et à travers a gagné tout le pays, déclara un soir Breteuil, à l'un des petits soupers. Sous la couleur des Lumières, les plus misérables ambitions se révèlent, comme les dartres sur le visage des corrompus.

Marie-Antoinette pouvait juger par elle-même que cette habitude-là était devenue proprement venimeuse ; elle ne savait comment, mais des lettres anonymes échouaient désormais sur son bureau : haineuses et folles. La première lui avait fait pousser des cris d'horreur et Mme Thibaud, dans la pièce voisine, était accourue épouvantée ; elle avait trouvé la reine en larmes et tenant le billet suivant :

Tu te crois reine, toi la bouisse autrichienne ? Mais qui donc t'a concédé ce titre, sinon ton talent d'exploiter la foutromanie des seigneurs avec la complicité de ton maquereau de Louis ? Comptez vos beaux jours, bourdons, car la colère du peuple gronde et bientôt tu écriras de ton sang la longue histoire de ton infamie.

Il avait fallu convoquer le médecin Vermond pour apaiser les palpitations indignées de la reine. On enquêta pour savoir comment pareille missive avait franchi les barricades érigées entre elle et le commun ; Breteuil menaça les domestiques, on érigea de nouveaux contrôles. Rien n'y fit ; ces éructations infectes trouvaient quand même leur chemin vers le bureau de Marie-Antoinette.

Quand elle se fut remise, elle demanda à Mme Thibaud :

— Qu'est-ce qu'une bouisse ?

Mme Thibaud l'ignorait. La consonance du mot donnait à penser qu'il était vulgaire et l'on chargea un page d'en quérir le sens aux écuries. Il revint goguenard :

— C'est une marcheuse du plus bas étage, Madame.

Marie-Antoinette, informée, poussa un soupir. Toutes les reines de France étaient-elles ainsi injuriées ?

Elle avait pourtant fini par s'en accommoder : c'était comme une attaque de ces insectes qui proliféraient dès les premières chaleurs, à cette différence près que ces injures de lâches ne connaissaient pas de saison. Mais elle ne voulait pas que sa correspondance fût surveillée : le Cabinet noir fonctionnait toujours.

32
Le cercle infernal

MALGRÉ LE TEMPS QUI S'ÉCOULAIT, l'acrimonie de Paris à l'égard du roi et de la reine ne faiblissait pas : bien au contraire, elle redoubla. On eût dit qu'un mauvais génie avait frappé de son bâton un rocher infernal dont jaillissait désormais un torrent de sanies.

La première raison fut un motif de mécontentement supplémentaire pour la Nation : Loménie de Brienne avait décidé de reconnaître les droits civils des non-catholiques, les protestants pour commencer, ceux des juifs étant déjà favorisés – modestement – depuis trois ans. Venant d'un archevêque, fût-il athée, la mesure avait même indigné les milieux proches de la cour. Mme Louise, tante du roi, réfugiée dans son carmel, écrivit à son neveu une lettre véhémente ; elle fit mettre son couvent en prières, pour le salut de l'âme du souverain.

Marie-Antoinette haussa les sourcils, surprise. Si Calonne avait osé pareille provocation, elle aurait tempêté ; mais c'était son « petit chapeau violet », comme elle appelait Brienne, qui s'y était risqué. Elle ravala donc sa désapprobation.

Toutefois, le choix des conseillers de Brienne avait annoncé la couleur de son action, et ce n'était pas précisément du violet épiscopal : on y comptait en effet des hommes tels que Malesherbes, qui se chauffait l'esprit aux Lumières et auquel les condamnés devaient des prisons un peu moins atroces que celles qui avaient été leur lot, Condorcet, Encyclopédiste (ce qui était tout dire), et l'abbé Morellet, l'un des esprits les plus affranchis de son temps. Philosophiquement, Brienne estimait comme eux que la liberté de conscience était imprescriptible. D'un point de vue pratique, il déplorait l'exil d'une bonne partie de l'élite protestante depuis la révocation de l'Édit de Nantes. De plus, ces gens avaient fondé de grandes banques à l'étranger, témoin Necker, et la France avait un besoin pressant de crédits.

— Je crois indigne, Madame, déclara-t-il à Marie-Antoinette qui l'interrogeait à ce propos, de refuser à des êtres humains le droit de se marier, d'avoir des enfants et d'hériter.

Elle demeura interloquée.

— Mais ne l'ont-ils pas déjà, ce droit ?

— Non, Madame. S'ils se marient, ils sont considérés comme concubins. S'ils ont des enfants, on les tient pour bâtards. Et quand ils meurent, leur héritage n'échoit à personne.

À son corps défendant, elle convint que c'était inhumain en effet.

— Fort bien, observa-t-elle, mais les juifs… ?

— Leur statut a commencé de s'améliorer avant mon arrivée, Madame, répondit le prélat en souriant. Il y a déjà trois ans que le roi a autorisé la construction de synagogues à Nancy et à Lunéville et qu'il a concédé aux juifs le droit de négocier dans nos colonies.

Elle l'ignorait aussi bien ; elle se trouva donc à court d'arguments.

Comme il fallait s'y attendre, un parti d'opposition, un de plus, vit le jour ; on le surnomma « la Fronde des bigots ». L'une de ses meneuses était la maréchale de Noailles. Justes cieux ! On avait déjà réduit sa pension de moitié, à présent l'on voulait donner l'égalité aux calvinistes et aux luthériens ! Et aux juifs !

Ces gens produisirent évidemment des libelles, placets et pamphlets d'un ton plus ou moins digne, les uns déplorant l'indulgence pour les hérétiques huguenots, qui ouvrait la voie à la décadence de la Nation, les autres vomissant, bavant sur les parpaillots. Rien n'étant plus facile à contracter que la haine, ces follicules rencontrèrent un franc succès. Le parpaillot, voilà l'ennemi ! Et plus d'un curé tonna en chaire contre le retour de l'abomination hérétique.

Une fois de plus, Marie-Antoinette se trouva prise entre deux feux : la fidélité à la politique de son mari et de Brienne, ou son attachement au catholicisme ? Sa sainte mère l'impératrice, si elle avait été en vie, l'aurait fait semoncer par Mercy-Argenteau pour cette grave offense à l'Église de Rome. Mais grâce à Dieu, l'empereur Joseph II était davantage préoccupé de projets militaires que de défense du dogme et il ne l'importuna pas trop. Ce furent les bigots qui l'assiégèrent, en même temps que le roi.

— Majesté, vous êtes notre dernier espoir, vous la digne fille de l'impératrice catholique Marie-Thérèse…

Et ainsi de suite.

Où était donc Axel ? Elle lui pardonnerait toutes ses infidélités, pourvu qu'il revînt. À la fin, il était avec ses trois enfants la seule part vivante qu'elle conservât en elle-même.

Face aux notables, l'échec de l'autorité royale devint patent : elle ne prévalait plus que sur le personnel de Versailles, les ministres et les forces armées. De l'insolence persifleuse, les pamphlets avaient viré à l'agressivité injurieuse. L'opinion publique se dégradait à vue d'œil. Ce faisant, elle fouettait l'esprit de fronde du haut en bas de la Nation. On le vit bien au nouveau conflit avec les parlements.

Ayant échoué à faire accepter ses réformes par les notables, Brienne tenta de les valider auprès du Parlement. Hélas, les magistrats se recrutaient dans les mêmes rangs et se gonflaient du vent de la rébellion : ils rejetèrent le droit du timbre, l'une des sources principales de revenus pour l'État. C'était un sujet qu'avait manqué Molière : le timbre ! Dame, on ne pouvait vendre son commerce, payer son loyer ou faire enregistrer le décès de son père sans un acte timbré ; or Brienne envisageait d'en quadrupler le prix.

Le comte d'Artois, qui avait dépouillé ses allures de gandin pour s'occuper de politique, pâtit de la nouvelle insolence. Lors d'une séance du Parlement, il soutint la politique économique du roi. Le magistrat Robert de Saint-Vincent lui répondit :

— Rappelez-vous, monsieur, que les Anglais ont détrôné sept rois et coupé le cou au huitième !

Menace inouïe, quasiment un crime de lèse-majesté.

— Allez vous faire foutre ! rétorqua d'Artois.

— Si monsieur n'était pas le frère du roi, répliqua l'autre, la cour devrait décréter sur-le-champ et le faire envoyer à la Conciergerie pour avoir manqué de respect à cette assemblée !

C'était le monde à l'envers : un prince du sang menacé du cachot pour avoir osé défendre l'action régalienne ! On ne parla que de cela au souper, à Versailles.

Comme s'il ne suffisait pas des magistrats, la fronde s'inséra au cœur même du cabinet royal. Sous couvert d'appel à la modération, le prudent Malesherbes prit sur lui d'écrire au roi que le Parlement de Paris parlait « parce que c'est le seul corps qui ait le droit de parler. C'est donc à la Nation entière que l'on a affaire. C'est à la Nation que le roi répond quand il répondra au Parlement. »

L'autorité du Parlement était donc supérieure à celle du trône ? Et qu'était donc cette « Nation » à laquelle, usant d'une majuscule pédante, se référait Malesherbes, sinon une entité divisée contre elle-même, les uns se prévalant de droits qu'ils refusaient aux autres ? Louis s'indigna. Ah, il avait bien eu raison de se méfier de ce phraseur !

— Madame, je trouve la situation alarmante, observa Breteuil.

— Que voulez-vous y faire ? demanda la reine.

— Ce pays menace de tourner à la république. À ce train-là, Vos Majestés n'auront plus l'espace pour y régner.

Elle ne répondit pas et le regarda, à la fois résignée et soupçonneuse. Dans le fond, Breteuil voulait retourner à l'ordre ancien.

Mercy-Argenteau avait déploré auprès de Joseph II que la reine se cantonnât aux affaires intérieures. Qu'aurait-elle pu faire d'autre ? Elle ne le voyait que trop : des vagues furieuses menaçaient de submerger le trône.

La guerre sourde qui opposait désormais le roi au Parlement prit un tour plus grave le 16 juillet, quand le conseiller Sabatier de Cabre déclara tout uniment à Brienne que seuls les États généraux seraient habilités à accepter des impôts à titre permanent.

C'était encore un défi, les parlementaires sachant bien que le roi était opposé à toute convocation des États généraux. Sur quoi, le 13 août, un ambitieux agité du désir de se faire un nom, le conseiller Duval d'Éprémesnil, gentillâtre rondelet et frotté d'idées nouvelles, se tailla un succès tonitruant au Parlement en lançant un nouveau défi :

— Messieurs, clama-t-il du haut de sa petite taille, les impôts qu'on nous a contraints d'enregistrer sont contraires à tous les maximes et usages du royaume. Je demande que nous soumettions leur légitimité au vote !

On vota donc. La chaleur était écrasante. À la touffeur de l'été s'ajoutait en effet l'échauffement de la foule des Parisiens rameutés. Par une énorme majorité, un arrêté fut proclamé, annulant même les impôts que Brienne avait réussi à faire adopter. Autant dire que le Parlement avait, dans une crise de folie collective, décrété la grève des impôts. Plus qu'une fronde, c'était une rébellion contre l'autorité royale.

La cervelle de Louis XVI chauffa aussi.

Dans la nuit du 14 au 15, MM. les parlementaires furent réveillés par des coups aux portes de leur domicile ; quand ils ouvrirent, ils virent scintiller des sabres et des baïonnettes à la lueur des torches. L'exil ! À Troyes ! Et plus vite que ça !

Décidément, la fête de l'Assomption était bien agitée dans ce pays.

Après qu'elle eut été célébrée, le 17, Monsieur et le comte d'Artois, qui n'avaient pas fléchi dans leur défense de la politique royale, se rendirent l'un à la Cour des comptes et l'autre à la Cour des aides faire enregistrer les édits annulés par le Parlement. Là encore, les Parisiens accoururent. Leur attitude fut différente avec l'un, Provence, qu'on surnommait « le prince patriote », et l'autre, d'Artois, qu'on savait intransigeant. Certains crièrent, d'autres invectivèrent, on pressait le prince de toutes parts, des gestes se firent menaçants. Les gardes tirèrent l'épée. Il y eut une bousculade dans les escaliers, des morts et des blessés.

À son retour au château, d'Artois, malade d'épouvante, se mit au lit. Il avait craint pour sa vie. Informé des événements, le roi s'en ressentit. Une forte migraine et un mal de ventre le décidèrent à souper dans sa chambre.

Marie-Antoinette lui rendit visite pour le rassurer et le persuader qu'il devrait se décharger de son fardeau sur Brienne.

— Vous avez besoin de toutes vos forces pour des tâches plus élevées que des enregistrements d'édits. À vous de dominer tout cela, mon ami.

Il acquiesça.

— Vous avez raison, ma mie.

Puis elle soupa dans les petits appartements, mais en compagnie restreinte, pour se donner du courage.

— C'est le chaos ! s'écria le duc de Coigny.

Il s'en faisait sans doute une idée modeste.

— Comment, vous ne connaissez pas Mlle Lapierre ? demandait à la même heure, sur un ton plaisant, le jeune avocat Gautret d'Avesnes à son cousin de Lyon, Alexandre Marie, du même nom.

Le célibataire parisien faisait découvrir sa ville au jeune provincial. Ils étaient arrivés rue de Valois, au Palais-Royal.

— Non, bredouilla le cousin. Pourquoi devrais-je la connaître ?

— Mais elle est connue de tout Paris ! Vous n'allez quand même pas regagner Lyon sans l'avoir vue !

— C'est... c'est une demoiselle de petite vertu ?

— Oh non ! Il s'agit au contraire d'une demoiselle de grande vertu ! De très grande vertu ! Venez. Mais rangez d'abord votre montre et sa chaîne au fond de votre gousset. C'est plus prudent.

Ils se faufilèrent dans la foule qui se pressait devant les galeries de bois sur les jardins. Des fous rires féminins retentirent dans le soir. Puis des exclamations masculines. D'autres rires. L'avocat parisien poussa son compagnon devant lui, jusqu'à la porte d'une grande boutique. Il tendit deux pièces à un bonhomme qui leva un rideau. Les visiteurs entrèrent, non sans avoir jeté un coup d'œil à un panneau au-dessus de leurs têtes ainsi libellé : « Les admirateurs de Mlle Lapierre sont priés de garder un comportement respectueux, afin de ne pas offenser sa dignité. »

Beaucoup de monde, hommes et femmes, bourgeois et gens du commun, se pressait autour d'une estrade. Là-dessus une jeune femme allait et venait à pas solennels, considérant ses admirateurs d'un air narquois. Elle était vêtue, mais tout juste, d'une chemise de linon du modèle dit « à la reine » et rien dessous, pour qu'on pût s'assurer que son anatomie était véridique.

Il y avait bien de quoi en douter.

Bien que jeune, elle eût étouffé un homme entre ses seins. Ou en lui écrasant le visage de ses fesses. Le mont de Vénus, qu'on distinguait en transparence, selon les mouvements de la créature, était hors pair.

— Justes ciels! murmura Alexandre Marie, écarquillant les yeux.

Son cousin gloussa.

— Vous voyez, cela valait la peine!
— Mais... mais elle mesure bien...
— Sept pieds six pouces[*], précisa Gautret d'Avesnes.

Alexandre Marie ne quittait pas du regard Mlle Lapierre.

— Je vous l'avais dit, lui glissa l'avocat à l'oreille, elle est de grande vertu.

Un rire silencieux secoua le Lyonnais.

— Quel âge a-t-elle?
— Dix-neuf ans.
— Mais d'où vient-elle?
— Elle est prussienne.
— Prussienne? Imaginez le gaillard qu'il faudrait...

L'avocat lui pressa le bras pour l'inviter à la discrétion.

Quand ils sortirent, Alexandre Marie était tout ébaubi. Les deux hommes éclatèrent de rire.

— Venez, mon ami, dit Gautret d'Avesnes, je vais maintenant vous montrer la belle Zulina.

— Qu'est-ce que c'est encore?
— Ah, mais sachez freiner votre impatience!

---

[*] 2,20 mètres.

Dans la foule, une main se posa sur le bras d'Alexandre Marie. C'était celle d'une jeune femme, Dieu merci, de taille ordinaire. Elle battit des cils. Il la dévisagea. e minois était plaisant et le décolleté accort, mais bien trop révélateur pour ne pas mettre un homme avisé sur ses gardes.

— Ne nous connaissons-nous pas, monsieur ? demanda-t-elle dans un sourire.

— Non, et je le regrette.

L'avocat tira son cousin par le bras. Ils s'éloignèrent, laissant la donzelle dépitée.

— Allons, Alexandre, vous n'allez quand même pas acheter le mal de Naples !

— Croyez-vous ?

— Autant que vous croyez, vous, à votre bonne fortune. Vous finirez dépouillé par le complice de la maraude. Venez voir la belle Zulina.

À quelques pas du kiosque abritant cette autre merveille, ils furent arrêtés par une rixe. Deux hommes échangeaient des horions. Des femmes criaient. Un quidam s'interposa. Une lame brilla. Un homme hurla et tomba. L'autre s'enfuit. Alexandre Marie tenta de le rattraper. La lame brilla de nouveau. Gautret d'Avesnes tira brusquement son cousin en arrière. Le couteau passa à un cheveu du visage de celui-ci.

Alexandre Marie perdit l'équilibre et tomba, mais il se releva indemne. De nouveau, la foule vociférait. Le meurtrier s'enfuit.

Quand les sergents du Guet arrivèrent, les deux hommes étaient loin.

— Vous m'avez sauvé la vie.

— Mais aussi quelle folie que de jouer les justiciers !
— Ne l'auriez-vous pas fait ?
— Non. Cette ville est un endroit de perdition. On y punit la vertu aussi bien qu'on y récompense le vice.

Ils s'en furent dans une taverne se restaurer l'esprit.

— Je ne saurai donc pas à quoi ressemble la belle Zulina, se plaignit Alexandre Marie.

L'autre la lui décrivit : c'était une superbe statue, de femme, évidemment. Et nue, tout aussi évidemment. Le détail en était piquant.

— Mais on voit bien que c'est une statue, objecta le Lyonnais.

— Que non, mon ami, que non ! On peut la caresser. Et comme elle est recouverte de peau…

Là-dessus, ils pouffèrent.

Ils étaient dans le domaine du duc Philippe d'Orléans, roi du Palais-Royal.

33

Un portrait critiqué, un page effrayé et Paris assiégé

N'ÉTAIT-CE PAS ASSEZ D'ÉPREUVES ? Il faut croire que non ; il en advint une de plus, certes mineure, mais qui mortifia Marie-Antoinette davantage qu'elle l'aurait cru.

Elle désirait un portrait d'elle avec ses enfants, radicalement différent des représentations d'apparat tracées par les peintres de la cour avant l'orage : point de robes compliquées ni d'étoffes coûteuses, point de bijoux prodigieux ni de symboles du pouvoir, non, l'image d'une mère de famille grave et tendre, dévouée à sa famille. Bref, un portrait bourgeois. Elle espérait ainsi corriger l'image qu'on se faisait d'elle dans ce pays et même à la cour. Car l'insolence de certains seigneurs, les ducs de La Rochefoucauld, Praslin, d'Aumont, Béthune-Charost et de leurs clients commençaient de passer les bornes. Il fallait voir l'air hautain qu'ils prenaient au passage de la souveraine dans la Galerie des Glaces.

L'artiste qui alliait au mieux la simplicité et la majesté, le naturel et la ressemblance était tout désigné : c'était Mme Vigée-Lebrun. Elle l'avait déjà démontré dans le grand portrait en pied réalisé quelque neuf ans plus tôt et destiné à l'impératrice : fastueux sans morgue, souriant sans mièvrerie. Elle savait flatter tout en restant probe et créer l'illusion spontanée de vérité.

L'artiste se mit donc à l'ouvrage, avec l'ambition de présenter son œuvre au Salon de 1787. Familière de la reine, Élisabeth Vigée-Lebrun était au courant du caquetage ambiant. Elle avait compris qu'elle devrait offrir au public tout venant l'image d'une mère de famille aux antipodes de la coquette éprise de joyaux et de plaisirs que les malveillants s'étaient complus à décrire.

D'Angiviller, directeur des Bâtiments du roi, proposa 18 000 livres à l'artiste pour ce plaidoyer pictural. L'importance de la somme en disait long sur celle de la tâche qu'on lui assignait.

Mme Vigée-Lebrun se dépensa en conséquence et médita longuement sa composition. L'œuvre fut prête à la date prévue. Elle représentait la reine dans le Salon de la Paix, à Versailles, assise près du serre-bijoux fameux de Bellanger et Gouthière, frappé aux armes royales et sommé de la couronne. Or justement, elle ne portait pas d'autres bijoux que des boucles d'oreilles en or, deux petites cassolettes, sans doute celles de la vertu, pendues à des anneaux, et un triple bracelet de perles, il est vrai élégant, mais d'une discrétion exemplaire. Rien de tapageur.

L'allusion à l'affaire du Collier, quoique discrète, n'en était pas moins évidente.

Vêtue d'une robe de velours écarlate, la reine tenait dans ses bras le jeune duc de Normandie. Madame, la tête penchée sur son épaule, lui saisissait le bras dans un geste affectueux. Le Dauphin, à droite, soulevait un étrange voile de taffetas noir sur une barcelonnette vide. Autre allusion, celle-ci à la mort récente de la deuxième fille du couple royal. Le symbole de la composition était que la reine présentait ses vrais trésors à la Nation, ses enfants.

Tous les personnages étaient peints grandeur nature. Marie-Antoinette l'approuva. Elle était pointilleuse sur la ressemblance, d'autres en avaient fait l'expérience, comme Gautier-Dagoty.

Or le 27 août, le tableau n'était pas au Salon. Effarement. Bourgeois, notables, magistrats, étrangers et gens du commun, venus dans l'espoir de voir au moins en image la noire héroïne de l'affaire du Collier, plissèrent les yeux, firent des bouches en cul-de-poule et s'aiguisèrent la langue.

L'explication avancée fut que le roi avait déconseillé à la reine de se rendre à Paris, où elle serait mal reçue. Il en fut déduit que même l'effigie de Marie-Antoinette ferait l'objet de lazzis et de commentaires insolents. La prudence était en effet de mise dans une capitale en proie aux impertinences les plus débridées, et même enflammées depuis l'exil du Parlement. Il eût fait beau voir que la populace entreprît de brailler en courant derrière le carrosse royal : « *Dans la culotte d'Antoinette / De bon matin / un diablotin / assista à la toilette...* », etc., une des chansons obscènes qui semblaient pousser entre les pavés.

Alors, devant la place vide du tableau fusa une impertinence qui devint célèbre :

— Voilà le déficit !

Que le tableau y fût ou n'y fût pas, l'impopularité de la reine demeurait.

Le quolibet courut jusqu'à Versailles, où il parvint aux oreilles de la reine.

C'était peut-être drôle, mais elle ne s'en amusa pas. L'absence était interprétée comme une dérobade : le tableau fut donc exposé. Le public répondit présent.

On lui trouva aussitôt mille défauts. D'abord, prétendit-on, la reine avait le teint trop frais pour une femme de trente ans. Elle avait l'air triste, alors que ses yeux eussent dû briller de joie en considérant le duc de Normandie. D'ailleurs, tous les personnages apparaissaient moroses, Madame, le Dauphin et même l'enfantelet dans les bras de sa mère. Puis le berceau vide était énigmatique. Ou sinistre. Bref, rien de ce qui touchait la reine ne trouvait plus grâce auprès du public, et même Mme Vigée-Lebrun était critiquée pour avoir montré ses dents en souriant, dans son autoportrait avec sa fille. En fait, on lui reprochait d'être en trop bons termes avec la cour.

Il aurait sans doute fallu avoir l'air pétillant quand on avait été accusée des pires infamies dans une affaire de joyau volé, qu'on venait de perdre un enfant et qu'on recevait par surcroît des lettres ordurières !

Marie-Antoinette haussa les épaules.

Le tableau fut rapporté à Versailles sous bonne garde avant la fin du Salon : des inconnus l'avaient maculé de boue, ou pis. Il convenait de le soustraire à d'autres déprédations.

Cette contrariété se dilua dans l'inquiétude qui suivit l'exil du Parlement.

L'un des pages du roi, le Bordelais Noaillan, avait été envoyé à Paris par d'Angiviller, pour ramener d'un apothicaire du Palais-Royal un flacon d'élixir à la reine-des-prés et au pissenlit, dont le roi faisait usage pour apaiser ses maux d'entrailles. On avait conseillé au page, pour l'occasion, d'échanger sa livrée contre une tenue passe-partout. Et au lieu d'un carrosse, on l'envoya dans une chaise de poste.

Il revint très pâle. En ayant appris la raison, Angiviller jugea utile de s'expliquer lui-même devant le roi.

— Sire, dit-il, la voix encore voilée par l'émotion, je suis bien heureux d'avoir suivi le conseil de M. d'Angiviller. Si j'y étais allé avec ma tenue ordinaire, je ne serais peut-être pas revenu vivant. À peine sommes-nous arrivés rue Neuve-des-Petits-Champs qu'une bande de jeunes gens armés de bâtons nous a barré le passage. Les ayant vus de loin, le cocher a eu l'esprit d'entrer dans une porte cochère ouverte et qui a été refermée juste à temps. Ces bandits rappliquaient en hurlant… Sire, ils cassaient tout ! Ils battaient tous les gens qui avaient l'air honnête en criant des horreurs !

— Que disaient-ils ?

— Sire, je n'ai pas tout entendu ni compris… Ils hurlaient des indécences. Ils demandaient aussi la convocation des États généraux… Un carrosse qui se trouvait sur leur passage a été détruit… Je ne sais ce qui est advenu à leurs occupants… Les chevaux se sont enfuis… Une heure après, j'ai pu me rendre chez l'apothicaire, qui n'a échappé au désastre qu'en mettant le volet sur sa boutique…

Le roi remercia le page et lui fit remettre dix louis.

— Monsieur le directeur, dit-il à d'Angiviller, veuillez accompagner M. de Noaillan chez le baron de Breteuil, afin qu'il lui répète ce récit.

Breteuil en avait entendu d'autres. Aiguillonné par le parti de l'autorité, la reine, d'Artois, Castries, Lamoignon, il ne se fit pas prier. Le Palais-Royal était déjà le repaire de tous les crocs, escrocs et mécréants de la rive droite, mais depuis l'exil du Parlement, ils s'étaient organisés en bandes et semaient la terreur par des expéditions qui dépassaient de loin leurs territoires ; celles-ci, d'ailleurs, favorisaient leurs rapines. Les Parisiens inondaient de récriminations le lieutenant général de police, Thiroux du Crosne.

La répression battit son plein le lendemain : pour commencer, la troupe fit évacuer le Parlement, où campait une foule de gens qui n'avait rien à y faire, sinon main basse sur tout ce qu'ils pouvaient trouver. Du Crosne, excédé, ferma tous les clubs, y compris ceux des joueurs d'échecs. Jour et nuit, des soldats du guet et des gardes françaises et suisses patrouillèrent dans l'île de la Cité et en ville.

Quelques gaillards avinés crurent fin d'aller les asticoter, voire les piéger. Plusieurs d'entre eux y laissèrent la vie ou la liberté.

Tout cela n'améliorait guère l'existence dans la capitale : le Parlement étant exilé, la justice se retrouvait paralysée. Les banquiers ne prêtaient plus. Le prix des denrées montait.

Paris était en état de siège.

Dans ces fumées d'un invisible incendie, Marie-Antoinette s'efforça de rétablir un semblant de calme à Versailles.

La décision de Louis la délivra des ennemis des hérétiques : le 17 novembre 1787, au lendemain même de la mort de sa tante carmélite – qui avait inspiré le dernier assaut des catholiques –, il signa l'édit de Tolérance. La mauvaise humeur et les mines déçues succédèrent aux suppliques des bigots. Peut-être ces nouveaux Ligueurs se le tiendraient-ils pour dit.

Que nenni : l'affaire des Provinces-Unies vint susciter de nouvelles vapeurs méphitiques. Elle était simple : deux ans auparavant, Vergennes avait conclu avec ce pays une alliance contre l'Angleterre. C'était alors un pays républicain et bourgeois, où l'on considérait que le noir était la couleur normale du vêtement. Il était gouverné par un stathouder élu, Guillaume V d'Orange-Nassau. Or une mouche avait piqué ce prince rondouillard : il s'était mis en tête d'être roi héréditaire. La mouche était en réalité son épouse Wilhelmine, nièce de Frédéric II de Prusse : bon sang ne pouvait mentir. En 1786, un front populaire, des grands bourgeois aux pêcheurs, s'arma et s'empara de La Haye. Guillaume V s'enfuit vers la Frise.

Une seconde mouche l'atteignit, et ce fut l'ambassadeur d'Angleterre, qui espérait faire pièce à la France, pour se venger de l'expédition d'Amérique : si l'Angleterre aidait Guillaume V à fonder une dynastie, il ne pourrait que lui en être reconnaissant et se détacherait de la France. Aiguillonné par les Anglais et persuadé de leur soutien, le stathouder gonfla le jabot, se mit à la tête de ses armées pour s'emparer d'Utrecht. La guerre civile s'installa. Elle n'allait rien résoudre.

Malencontreuse affaire. Se prévalant de l'accord de 1785, les Patriotes demandèrent l'aide de la France.

Mais Louis XVI jugea qu'au fond la querelle était intérieure aux Provinces-Unies et qu'il en avait assez fait pour les républiques.

— Je préfère renoncer à notre alliance que porter secours à une démocratie pure, déclara-t-il.

Par ses soins, quelques canons et des instructeurs furent envoyés à Amsterdam. Des broutilles offertes du bout des doigts. Les Anglais dépêchèrent une escadre au large des Provinces-Unies. Wilhelmine appela au secours son frère Frédéric-Guillaume, nouveau roi de Prusse. Il envoya vingt mille hommes qui déferlèrent à travers les *polders* et ramenèrent Guillaume V à La Haye *manu militari*.

Victoire anglaise et prussienne, camouflet pour la France, qui avait forfait à sa parole. Cela faisait déjà quelque temps qu'on se gaussait à Berlin, à Londres, à Saint-Pétersbourg et même à Vienne des déboires de la monarchie française.

L'armée française se sentait humiliée : le roi ne croyait donc plus à la gloire militaire. Tous ceux qui, à la cour, comptaient dans leurs parentèles et clientèles un lieutenant, un maréchal ou un simple troufion laissèrent libre cours à leurs humeurs peccantes.

« Louis laisse tomber la France ! »

Pour peu qu'ils fussent enclins à l'exagération, ils auraient accusé le roi de trahison.

L'affaire du Collier, la querelle avec le Parlement, la menace de banqueroute, la réhabilitation des parpaillots et maintenant l'humiliation des armes, tout était fourrage pour les râteliers des mécontents.

Le 9 octobre 1787, une nouvelle missive à Joséphine lui transporta le cœur. Au terme d'effusions qui la firent chavirer – « Mon amour, ma rose de chair, le besoin de vous m'est chevillé au corps » –, il demandait s'il n'était pas possible de lui faire aménager « une niche à poêle » dans les petits appartements. Elle se prit à rire. Une niche à poêle ! Mon amour !

Le lendemain même, elle manda l'architecte pour le prier de lui aménager des cabinets intérieurs, où elle pût se retirer de l'agitation incessante de ses grands appartements. Il y avait là assez d'espace à côté de la penderie pour ménager trois petits cabinets disposés autour de la cour intérieure et auxquels la reine pourrait avoir accès directement de sa chambre. Une partie de la garde-robe fut déménagée à Trianon.

Ces appartements furent meublés simplement : des sièges, deux tables, un lit, quelques commodités.

Ensuite, elle appela le poêlier suédois pour installer un appareil dans les nouveaux appartements, avec un tuyau de chaleur pour chauffer une petite pièce à côté.

Elle seule détenait les clés de ces appartements. En attendant qu'Axel vînt, lui, chauffer son cœur transi, elle y logea ses rêves.

Il faut avoir le cœur bien étroit pour n'y loger qu'un amour.

Le monde vous confère un époux, le ciel vous en offre un autre. L'un est devoir, l'autre plaisir. Le premier est pour la race, et s'il distribue de l'agrément, c'est comme on le fait aux enfants obéissants, mais s'il a le goût austère du pain, le second flatte l'âme sans égard pour la convenance, il est confiture.

Comme un prince des neiges, Axel revint avec les premières froidures. Dans l'appartement où le poêle de son pays diffusait une douce chaleur, il se mit à genoux devant sa reine.

La reine Antonia.

34
« Tremblez, tyrans, votre règne va finir ! »

La chaleur que lui apporta Fersen rendit à Marie-Antoinette le courage qui défaillait depuis plusieurs mois.

Quant au Dauphin, il semblait aller mieux. Louis avait recouvré l'énergie que les épreuves avaient minée. Elle se remit donc à son ouvrage de reine. Comment calmer la tension qui régnait dans le pays ?

Nommé Premier ministre grâce à son intervention, et assez avisé pour lui en savoir gré, Brienne lui répondit que la punition des parlementaires, qui entretenait le mécontentement national, avait assez duré. Il les rappela d'exil et les convoqua pour le 19 novembre à huit heures du matin.

Paris explosa. Les défilés de braillards reprirent de plus belle, avec leurs saccages. On tira des feux d'artifice. On brûla des effigies de personnages haïs, tels que Breteuil, Calonne, la duchesse de Polignac. La police se garda d'intervenir : son action aurait tourné à l'échauffourée et il aurait fallu interpeller des milliers de gens. D'ailleurs, où les incarcérer ? Vingt Bastille n'y auraient pas suffi.

La séance du Parlement raviva le conflit. Elle remit aussi sur le tapis cette assemblée des États généraux qui revenait inexorablement dans les discours des prétendus libéraux.

Louis rappela qu'il ne réunirait les États généraux que s'il le faisait librement, et qu'il n'entendait pas se laisser forcer la main. Il projetait un emprunt de 420 millions sur cinq ans et, si le Parlement l'enregistrait, il envisagerait d'un bon œil la tenue d'une telle assemblée.

Duval d'Éprémesnil, encore lui, apostropha le roi de manière presque familière, pour lui offrir le marché suivant : le Parlement enregistrerait les édits refusés avant l'exil, mais il priait le monarque de convoquer d'emblée les États généraux.

— Sire, d'un mot vous allez combler tous les vœux. Un enthousiasme universel va passer en un éclair de cette enceinte dans la capitale, de la capitale dans tout le royaume. Je le lis dans le regard de Votre Majesté. Cette intention est dans son cœur, cette parole est sur ses lèvres. Prononcez-la, Sire, accordez-la à l'amour de tous les Français.

Ce n'était pas mal trouvé comme effet, mais cela sentait un peu son procédé. De plus, c'était une forme de chantage : si vous convoquez les États généraux, nous vous consentirons le crédit. Louis s'indigna : quoi, il n'avait plus la liberté de souscrire un emprunt sans en référer à cette assemblée ?

— Après avoir entendu vos avis, déclara-t-il pour conclure la séance, je trouve nécessaire d'établir les emprunts portés dans mon édit. J'ai promis les États généraux avant 1792. Ma parole doit vous suffire.

Terminés, les marchandages.

Le roi s'apprêtait à quitter la salle quand le duc d'Orléans, Philippe, l'interpella. Procédé déjà cavalier.

— Sire, la séance qui s'achève était-elle un lit de justice ou une séance royale ?

— Une séance royale, répondit le roi, interloqué.

— Elle est illégale. Je demande qu'il soit mentionné que l'enregistrement est fait du très exprès commandement de Sa Majesté.

La foudre serait tombée du plafond qu'elle n'aurait pas étonné davantage l'assemblée. Quoi, un prince de la famille royale, l'arrière-petit-fils du Régent, contestait le roi ? On connaissait de longue date l'hostilité de Philippe d'Orléans à son parent, mais là, elle frisait l'inconvenance.

— C'est légal parce que je le veux, rétorqua Louis, décontenancé.

Il lui aurait volontiers fait donner les étrivières ! Il regagna Versailles en colère vers cinq heures de l'après-midi. L'infernale séance avait duré sept heures.

Marie-Antoinette le rejoignit dans son cabinet, où il se trouvait en compagnie des ministres ; il lui narra la journée.

— Ce personnage ne doit pas demeurer à Paris, observa-t-elle, partageant le courroux de son mari. Imaginez qu'il prenne la tête d'une coterie hostile, il serait dangereux du seul fait de son titre. A-t-il des complices ? Faites-les arrêter, dit-elle en se tournant vers Breteuil. S'il ne subissait aucun châtiment, chacun se verrait encouragé à vous défier publiquement.

— Vous avez raison, dit Louis d'un ton las. Mais cet homme aussi avait raison, une séance royale n'est pas un lit de justice. Cela a été mal pensé.

— Vous pouvez aussi y remédier, dit-elle.

Brienne hocha la tête.

Le lendemain soir, Breteuil intima à Son Altesse l'ordre de déguerpir à l'aube pour ses terres de Villers-Cotterêts. Deux de ses partisans, Sabatier de Cabre et Fréteau de Saint-Just, furent expédiés en prison.

Mais Louis annula l'enregistrement d'une séance, qui aurait été seulement consultative.

Antonia avait cru au bonheur ; elle s'avisa qu'elle n'avait connu que le plaisir. Elle les avait jadis confondus ; maintenant elle savait que le premier est un don, alors que le second s'achète.

Les bals, les robes, le luxe et les diamants avaient été payés d'argent. Mais ce que lui donnaient Louis et Axel, chacun à sa façon, venait du cœur. Sauvage et méfiant, Louis avait fini par s'abandonner à sa femme ; elle le savait, elle était le seul être en qui il avait confiance, au point de partager le pouvoir avec elle depuis près de trois ans. Le pouvoir, ce domaine qu'il surveillait jalousement, son bien le plus précieux, l'essence même de sa personne. Brûlant sous son armure de glace, Axel, lui, s'était donné d'emblée, sans réserves, sans conditions, sans espoir de retour.

— Je sais vos autres amours, lui avait-elle déclaré un soir, dans le secret de la « niche à poêle ».

Elle s'était amusée de son regard alarmé.

— Mlle de Saint-Priest, dit-elle d'un ton espiègle, en tendant vers lui un pied nu.

Il se redressa, de plus en plus inquiet.

— La fille du duc de Bristol, poursuivit-elle.

— Antonia !

— Croyez-vous que je vais vous les reprocher ? Mais non, mon ami, je sais que ce sont vos consolations.
— Mes consolations ? Comment le savez-vous ?
— Parce que je sais que vous vous languissez de n'être pas roi de France.
Il sourit.
— Il faut bien que vous meubliez vos loisirs.
Il la serra dans ses bras.
— C'est vrai ! s'écria-t-il. C'est vrai…
Elle aurait eu trop peur que la jalousie gâchât le bonheur qu'il lui donnait en troublant le sien.

Cependant, le bonheur était menacé par le mécontentement croissant dans le pays et par la guerre sans fin avec le Parlement. Elle comparait celui-ci à un attelage de chevaux rebelles, qui menaçait sans cesse de verser la voiture dans le fossé.

Quel fossé ? Elle n'en avait aucune idée, mais la violence des colères parisiennes avait fait sourdre en elle une peur diffuse, indéfinissable. Quand par exemple elle pensait qu'on avait, quelques mois plus tôt, failli brûler au Palais-Royal un mannequin à son effigie !

Par leur fronde, leurs récriminations, leurs noires insolences, les parlementaires fouettaient dans la populace un esprit de plus en plus hostile à la royauté. Et elle ne savait ce qu'il convenait de faire pour conjurer cette hostilité. Elle avait espéré que Brienne, partisan du dialogue, à la longue dompterait ces chevaux sauvages. Mais du seul fait qu'il était le chef du gouvernement royal, l'archevêque était selon eux l'homme à abattre.

Croyaient-ils donc que Louis était leur ennemi ? Ou celui du peuple ? Ils ne cessaient de le traiter de despote et de brocarder l'absolutisme. De quel côté se dressait donc la tyrannie ? De celui d'un roi qui tentait d'imposer la justice fiscale, ou bien de celui de gens farouchement attachés à leurs privilèges de sang et de robe ? Toute leur attitude démontrait qu'ils cherchaient l'épreuve de force.

Les appréhensions de Marie-Antoinette se trouvèrent justifiées.

Pour éradiquer le conflit qui s'éternisait et puisque le Parlement s'opposait à toute réforme des impôts, le roi, Brienne et Lamoignon avaient décidé d'attaquer le mal à la racine : ils rebâtiraient l'édifice vétuste et ténébreux qu'était la magistrature. Une véritable forteresse hantée de brigands et de dragons, semée de chausse-trappes, hérissée de mâchicoulis et pourrie de trous à rats, où la noblesse rouge et noire ainsi que le clergé se retranchaient depuis des générations pour défendre leurs privilèges au nom de la tradition. À l'aide de lois archaïques, d'arrêtés immémoriaux, de jurisprudences du temps de Mathusalem, les six cents avocats, huit cents procureurs, cinq cents huissiers et les hordes de la basoche, clercs, commis, écrivains, porte-chaises et autres saute-ruisseaux et porte-cotons, tous ancrés à un impénétrable maquis de juridictions auxiliaires, tels des arapèdes à des rochers, défendaient leur repaire avec acharnement. Un formidable fromage qui gouvernait le pays bien plus que le roi, la reine et leurs ministres à Versailles.

De plus, c'étaient ces gens qui faisaient les lois ou s'y opposaient, à leur convenance. La même cause était jugée différemment à Rennes ou à Dijon, et la justice du royaume était un labyrinthe.

Les trois hommes édifièrent donc un projet pour rationaliser cet antre d'injustices qu'était la justice, réduire le personnel et les compétences du Parlement aux affaires criminelles et aux affaires civiles.

Trois Hercule résolus à couper six des sept têtes de l'hydre de Lerne.

Les parlementaires se doutaient bien qu'à Versailles, on leur préparait un purgatif drastique, assorti des trois saignées et du clystère.

On l'apprit plus tard : sachant que le projet des édits devait évidemment être imprimé, il germa dans l'esprit du rondouillard calamiteux Duval d'Éprémesnil la machiavélique idée de corrompre la femme du typographe de l'imprimerie royale, afin de s'en procurer un exemplaire à l'avance. Après en avoir pris connaissance, il incita ses collègues à jurer de n'accepter aucun changement aux structures de la Constitution du Parlement. Le serment fit l'objet d'un arrêté. Le Conseil royal cassa celui-ci, et en fait d'arrêté, il y en eut deux, Duval d'Éprémesnil et son complice, Goislard de Montsabert.

Prévenus Dieu sait comment, les deux lascars avaient déguerpi de leurs domiciles pour se réfugier au Parlement, qui les plaça sous sa protection. Le lendemain après-midi, 5 mai 1788, une délégation parlementaire demanda à être reçue à Versailles. Se doutant de l'objet de leur démarche, le roi refusa : ils n'avaient pas requis d'audience. Le soir même à onze heures, les Gardes française et suisse investirent le Palais de Justice à Paris, baïonnette au fusil, suivies par des sapeurs armés de haches. S'il fallait forcer des portes, on les casserait. Ces gaillards voulaient l'épreuve de force, eh bien soit ! Louis, Marie-Antoinette, Brienne,

Lamoignon, bref tout le cabinet était bien décidé à montrer à tous de quel bois ils se chauffaient.

Les assiégés recoururent à une piteuse pantalonnade : ils commencèrent par ergoter sur l'ordre royal, puis firent observer à d'Agoult, capitaine des Gardes françaises, qu'il ne portait pas le hausse-col réglementaire !

Puis ils se mirent à crier :

— Nous sommes tous d'Éprémesnil et Goislard ! Si vous voulez les enlever, il faudra nous enlever tous !

Des magistrats ? C'étaient là des magistrats ? Des clercs de la Sorbonne se fussent montrés plus dignes. Dégoûté, d'Agoult se retira. Il revint le lendemain, accompagné de l'exempt*. Le 6 mai, à midi, d'Éprémesnil et Goislard avaient compris. Le Parlement siégeait depuis trente heures ; ils n'allaient quand même pas rester là jusqu'à l'Avent. Ils se rendirent.

Deux jours plus tard, les conseillers du Parlement, convoqués à Versailles, entendirent le roi et Lamoignon leur rappeler que l'unité du royaume garantissait celle de la loi.

Nulle mention de la réforme de l'impôt : c'était la nouvelle stratégie ; avant d'aborder ce sujet crucial, on commencerait par redresser les parlements.

Les conseillers le comprirent ou le devinèrent. Ils se réunirent à La Bonne Auberge, à Versailles, pour rédiger une protestation en bonne et due forme contre le saccage royal des coutumes sacrées du pays, dont ils étaient les protecteurs. On eût cru entendre, un siècle à l'avance, un air fameux du répertoire : « Gloire immortelle de nos

---

* Officier de police qui procédait aux arrestations.

aïeux… » Ils furent évidemment soutenus par la noblesse : six ducs et pairs désignés pour faire partie de la cour plénière qui entérinerait l'édit royal – Fitz-James, d'Uzès, Montmorency-Luxembourg, d'Aumont, Praslin et La Rochefoucauld – se récusèrent.

On n'avait pas avancé d'un pouce depuis le début de la révolution royale. On recula même : le clergé, réuni à Paris depuis le 5 mai, proclama que les biens de l'Église étaient sacrés et, dans une formule particulièrement papelarde, qu'il ne consentait pas « à voir changer en tribut nécessaire ce qui ne peut être que l'offrande de notre amour ». Autant dire qu'il ne paierait que les impôts qu'il voudrait bien payer.

La révolte devint générale et le parlement de Normandie prit une décision inouïe : son premier président cesserait toute correspondance avec le sieur de Lamoignon, garde des Sceaux de France. Le Béarn se déclara étranger à la France. Jamais le pouvoir royal n'avait été bafoué ainsi.

L'œuvre de Louis XIV et de Richelieu était tout entière anéantie. Ne pouvant se retrancher dans leurs châteaux et leurs abbayes, princes et prélats campaient sur leurs privilèges.

— À l'évidence, mon ami, dit la reine effrayée, ces gens n'entendront raison que des États généraux.

Le roi, accablé, répondit :

— Encore faudrait-il que les États entendissent eux-mêmes la raison.

À Arras, un juge seigneurial doublement petit – de par sa taille et de par sa renommée –, mais grand de par ses ambitions, Maximilien de Robespierre, trouva enfin l'occasion de se distinguer aux yeux du public : de sa voix nasale, il soutint avec indignation et ferveur le refus des États d'Artois.

Le 21 juin 1788, la salle épiscopale d'Arras, dont Robespierre était « homme de fief gradué », c'est-à-dire appartenant à l'institution, se refusa formellement à enregistrer les édits.

L'homme à la perruque toujours poudrée se rangeait du côté du clergé, dont il était stipendié, et de la noblesse locale, contre la réforme de la justice.

Nul n'imaginait que peu d'années plus tard, il serait imprudent de le lui rappeler.

Et les lettres anonymes continuaient de filtrer.

Et Paris devenait de plus en plus odieux. Marie-Antoinette appréhendait même d'aller au théâtre ; des murmures de protestations s'élevaient dès l'instant où elle apparaissait dans sa loge.

Au Théâtre-Français, pendant la représentation d'*Athalie*, en juin, un incident advint. Joad lançait sa tirade :

> *Confonds dans ses conseils cette reine cruelle,*
> *Daigne, daigne, mon Dieu, sur Nathan et sur elle*
> *Répandre cet esprit d'impudence et d'erreur,*
> *De la chute des rois funeste avant-coureur.*

Un hourvari éclata. Des applaudissements crépitèrent, des cris fusèrent, on se tourna vers la loge royale, des huées s'élevèrent.

Marie-Antoinette devint livide. Dans l'allée, des curieux se penchèrent pour regarder à l'intérieur de la loge. D'Artois se leva pour leur claquer la porte au nez.

Le 1er juillet, au Théâtre des Italiens, en quittant sa loge, elle trouva un placard ainsi conçu, accroché à la porte :

« Tremblez, tyrans, votre règne va finir. »

Elle manqua s'évanouir.

Comment, se demanda-t-elle en larmes, dans le carrosse qui la ramenait à Versailles, on la prenait pour l'ennemi du peuple ? Elle qui soutenait son époux dans ses efforts pour établir la justice et sauver le pays… ?

35

Le retour de Necker et les émeutes prémonitoires

CE 7 JUIN 1788, TOUT À TRAC, des détonations de mousquets s'ajoutèrent au fracas du tocsin et aux huées de la populace dans les rues environnantes. Une pluie de tuiles creuses et de pavés s'abattit des toits sur les grenadiers du régiment Royal Marine. L'un d'eux fut blessé au visage, un autre eut le bras cassé.

C'était à Grenoble.

— Monsieur ! s'écria, haletant, un sergent chez le maître des lieux, le duc de Clermont-Tonnerre, lieutenant général en Dauphiné. Ils encerclent l'hôtel… Ils sont munis de béliers… Les portes vont céder…

Comme pour illustrer ses propos, le vacarme d'un pavé retentit dans la cour. Il avait été jeté par-dessus la porte cochère.

Le duc fronça ses sourcils blancs.

— Mais je manque de troupes, marmonna-t-il.

— Devons-nous tirer en l'air ?

— Non, vous pourriez blesser l'une de ces gens sur les toits… Mais les portes vont céder, comme vous dites.

Perplexe, il se leva pour se saisir d'une cassette dans un secrétaire.

— Par où pourrais-je bien sortir ? marmonna-t-il, se dirigeant vers la porte.

— Les cuisines, monsieur. Mais vite ! Des chevaux attendent au fond des jardins.

Les murs résonnaient des coups assénés aux portes. Des bruits de mousquets claquaient aussi dans l'air.

— Par là, dit le duc, au bas de l'escalier, prenant le chemin des cuisines.

Dix officiers l'attendaient. Ils l'escortèrent. Une nouvelle détonation ébranla les murs, beaucoup plus violente et suivie de craquements. Une formidable clameur monta. Le petit cortège était parvenu à la porte des cuisines. Elle donnait sur les jardins. Par là, aucune trace d'assaillants. Le duc hâtait le pas vers les chevaux quand soudain, deux hommes déboulèrent derrière eux, armés de coutelas. Les grenadiers dégainèrent les sabres du fourreau.

— Halte !

Les agresseurs foncèrent. Ils furent transpercés. Les fuyards s'élancèrent vers les chevaux. De l'autre côté, celui de la rue, les grenadiers tiraient maintenant sans sommation. Trop tard, les assaillants étaient dans la place, dans les escaliers, dans les salons et les chambres. Le duc ni sa suite, partis au galop sur la route proche, ne virent le pillage et le mobilier qu'on défenestrait.

On appela ce jour-là « la journée des tuiles ». Tout cela parce que, à huit heures, les parlementaires, saisis par l'esprit de sédition qui faisait tache d'huile, avaient reçu l'ordre d'évacuer le Palais de Justice de la ville où ils tenaient leur inquiétante assemblée. Or, ces gens faisaient vivre Grenoble et la population avait donc pris leur défense.

Trois courriers venus de Grenoble informèrent Louis XVI, Marie-Antoinette et le Conseil royal. Le troisième rapporta que la troupe n'était pas de taille à résister à l'assaut incessant des Grenoblois et de gens venus d'ailleurs dans le Dauphiné, le duc de Clermont-Tonnerre, réfugié à Vizille, avait donné l'autorisation aux parlementaires de regagner leur Palais. Toutefois, les désordres continuaient.

Brienne avait tonné :

— Il n'est pas admissible que cette insurrection se poursuive ainsi.

— Clermont est trop vieux et trop conciliant, jugea le roi.

Le 11 juin, le maréchal de Vaux reçut de Lamoignon, garde des Sceaux, l'ordre de rétablir le calme à Grenoble ; il y arriva le 14 avec un régiment de Dragons. Les esprits se refroidirent. Ou peut-être ne restait-il plus de tuiles ?

La confusion la plus totale régnait dans les esprits, en Dauphiné comme ailleurs : abusé par les discours des parlementaires, pour lesquels l'instauration de l'égalité fiscale et la réforme de la justice procédaient de l'absolutisme, un avocat protestant, Antoine Barnave, publia un manifeste, *l'Esprit des édits enregistrés militairement au parlement de Grenoble le 10 mai 1788*. Outre qu'il devait à ce qu'il baptisait absolutisme l'édit de Tolérance à l'égard des protestants, et qu'il se montrait donc bien ingrat, Barnave témoignait d'une provinciale méconnaissance de la situation. Esprit léger, joueur impénitent, jouisseur avide de gloire, il enfourchait là un cheval inconnu. Mais son libelle connut un réel engouement. Sur sa lancée, et avec le concours d'un juge royal, Mounier, il organisa pour le 14 juin une réunion d'une centaine de notables dans la grande salle de l'Hôtel de Ville. Cette assemblée décida à son tour une réunion des trois ordres le 21 juillet au château de Vizille.

C'était, en réduction, une préfiguration d'une convocation des États généraux, à cette différence près que ceux du Dauphiné avaient été abolis en 1628 et que, comble d'insolence et d'anachronisme, les représentants des trois ordres arboraient les couleurs du dauphin Humbert II d'Anjou, aurore et azur, qui avait renoncé à ses droits sur la province, alors le Viennois, en 1343 !

Lorsqu'il apprit ces péripéties, Louis XVI ne put s'empêcher de rire.

— Mais on croit rêver ! s'écria-t-il. Vont-ils remonter aussi aux croisades ?

— Sire, ce n'est plus une rébellion, c'est une sécession, observa Brienne.

Le côté farce de cette assemblée apparut sans doute à plus d'un : Vienne, Valence, Montélimar, Gap, Orange, Bourgoin, bref les grandes villes des alentours ne dépêchèrent aucun député et le clergé s'abstint quasiment.

Le maréchal de Vaux n'intervint pas : mieux valait laisser ces gens se ridiculiser tout seuls.

Le rapport des espions royaux fut édifiant : la réunion de Vizille ressemblait à un monument de contradictions : d'une part, et sous couleur de s'opposer à la royauté, elle proclamait les causes mêmes que défendait en vain le roi, et d'autre part, elle reprenait les motions rendues célèbres par les parlementaires de Paris. En effet, ces derniers réclamaient la fin des privilèges fiscaux du clergé et de la noblesse, alors que Turgot, Calonne, Brienne et le roi s'étaient évertués à les imposer. Leur assemblée alla même plus loin : les roturiers devraient être admis à toutes les charges ; autant dire que ce serait la fin des trois ordres. Bien évidemment, ils demandaient la convocation des États généraux.

Ce salmigondis tonitruant fut cependant perçu par le reste du royaume comme un *Te Deum* héroïque.

Puis toutes les grandes villes de province postulèrent à la désignation de ces grands centres de justice prévus par la réforme que seraient les bailliages et les présidiaux.

Tout aurait été pour le mieux dans le meilleur des mondes, comme eût dit le Dr Pangloss, du *Candide* de Voltaire, si la France ne s'était trouvée au bord de la faillite. En août, il ne restait plus une livre au Trésor. Le 16, plus de paiements en numéraire : on paya la solde des troupes en billets à ordre, au taux de cinq pour cent.

La royauté revenait rue Quincampoix. Les guichets de la Caisse d'escompte furent pris d'assaut, tout le monde s'empressant de retirer son magot.

Où trouver de l'argent ? Ce diable de Necker, lui, le saurait à coup sûr.

Ah, Necker ! Pour un peu, on lui eût élevé des oratoires au coin des rues pour y brûler des chandelles !

Louis retomba dans son marasme. Il ne disait rien ou si peu, chassait avec plus d'obstination que jamais, bâfrait, souffrait de maux d'estomac et se couchait tôt.

Marie-Antoinette était aux abois, isolée, affolée.

Elle conseilla de rappeler Necker. La vanité aussi grosse que la bourse, gonflé de vindicte et de volonté de revanche, il n'avait pas digéré son renvoi. Ah non, il ne reviendrait pas pour être sous la férule de Brienne.

Il voulait le pouvoir en entier. Et il finit par l'avoir.

Le 24 août 1788, Brienne réalisa qu'il ne faisait pas le poids devant les charges qui s'amoncelaient et le spectre de la banqueroute. Il démissionna.

Malesherbes lui emboîta le pas.

Au Théâtre de Polichinelle, la succession des ministres qui passaient à la trappe n'amusait plus le peuple ; il attendait que le couple royal enfin reçût la bastonnade. Des émeutes éclatèrent un peu partout à Paris, de la place de Grève au marché Saint-Germain, les manifestants brûlèrent des effigies de Brienne et de Lamoignon, le garde des Sceaux. Pis, ils attaquaient des soldats du Guet. Ceux-ci chargèrent. Il y eut des morts. Si le maréchal de Biron n'avait rétabli l'ordre d'une poigne de fer, Paris tout entier serait entré en insurrection.

On eût été en droit de s'interroger : pourquoi le retour de Necker fut-il salué par l'enthousiasme général ? Pourquoi celui-là était-il parti dans les larmes des Parisiens et revenait-il sous leurs acclamations ? Parce qu'il représentait le métier de faire de l'argent ? Parce qu'il avait défié le pouvoir royal en publiant son *Compte rendu* ? Toujours fut-il qu'à la seule nouvelle de sa nomination, le cours des effets publics bondit de trente pour cent…

Sans doute savoura-t-il sa victoire, mais il fut assaisonné de peur : il avait vu les déchaînements de violence causés par le départ de Brienne et il ne connaissait pas ce Paris-là.

La potion fut amère pour Louis XVI et Marie-Antoinette ; il n'était plus question de témoigner une quelconque réserve à l'égard de ce Genevois passablement insolent. Ils observèrent les opérations du nouveau contrôleur, nommé pour la circonstance ministre d'État.

Necker emprunta ici et là, il avança même deux millions de sa poche. Mais parallèlement, il balaya tous les projets antérieurs de réforme de la justice. Il contraignit aussi Louis XVI à révoquer les lois que lui-même avait fait voter. Dans le conflit amorcé avec l'assemblée des notables, les deux camps avaient mis sur pied des projets, et les avaient approfondis. Si les États généraux avaient été convoqués entre-temps, ils auraient départagé le bon grain de l'ivraie. Là, tout à coup, les projets s'étaient volatilisés. Ni le roi ni ses adversaires n'avaient plus rien à défendre.

— Un tournoi se préparait. M. Necker l'a annulé, déclara le comte d'Artois pour résumer la situation. Le terrain est désert. Où va-t-on ? Personne n'y comprend plus rien. M. Necker est un financier, alors que c'est un politique qu'il nous faut.

Aussi les nouveaux désordres qui accompagnèrent le départ de Lamoignon ne prouvèrent-ils qu'une chose : c'est que la Nation, cette entité abstraite évoquée quelques mois plus tôt par Duval d'Éprémesnil, était en train de se souder en une inquiétante réalité. Elle formait désormais une masse sans projet ni but, mais emplie d'une colère aveugle : un fauve affamé et furieux humant les vents de l'opinion publique. Le retour de Necker n'avait été qu'une bouchée jetée à ce fauve : elle ne pouvait satisfaire son appétit ; il en demandait bien davantage.

Venue de Paris livrer des robes « rafraîchies », selon le souhait de Marie-Antoinette, Rose Bertin se montra avec une mine de déterrée, ce qui suscita les questions de sa cliente.

— Ah, Majesté, vous ne pouvez savoir… Les nuits sont cauchemardesques ! Des bandes de gens hurlent, braillent et font éclater des pétards jusqu'à l'aube. Ils mettent le feu à tout et n'importe quoi et nous vivons dans la crainte d'être brûlés vifs dans nos maisons ! Ils nous forcent à montrer des lumières aux fenêtres pour témoigner que nous sommes avec eux. Ce sont des bêtes sauvages ! Hier, place Dauphine, ils ont violé une jeune fille à plusieurs…

Les larmes lui coulèrent sur les joues.

Marie-Antoinette était livide. De telles scènes de sauvagerie ne se produisaient qu'en temps de guerre. Une guerre était-elle donc en cours ? Mais contre qui ? Les rues de Paris étaient donc devenues aussi dangereuses que les grands chemins des siècles passés : deux jours auparavant le carrosse de la duchesse de Lauzun avait été rançonné, et la même mésaventure était survenue à quelques autres.

Ce ne pouvait être un projet politique qui animait les malandrins.

Elle n'avait plus le cœur à essayer des robes et Mme Campan se désola. Elle conseilla à la modiste de rentrer à Paris avant le crépuscule.

Marie-Antoinette alla voir le roi. Rien qu'à traverser la Galerie des Glaces, on devinait aux airs inquiets et aux regards interrogateurs des gens qu'ils se demandaient où l'on allait.

— Que faut-il faire ? répondit-il. Que puis-je faire ? Dois-je traiter Paris comme une ville ennemie et la faire occuper en permanence par les soldats ? Je le vois bien : ce pays aspire à la convocation des États généraux. Mais nul ne sait ce qu'il en sortira, même pas ceux qui la demandent ! Autant invoquer les démons.

Elle ne voyait Axel que pour lui confier son anxiété. C'est à peine s'ils échangeaient trois caresses.

— Il faudra songer à vous replier sur une ville plus sûre.

L'idée la surprit.

— Vous voulez dire que je devrais quitter Versailles ?
— Les désordres parisiens finiront par gagner cette ville.
— Mais où irions-nous ?
— Au-delà du Rhin.
— Exilés ?
— Non, Madame, devançant la condition d'otages.
— Mais les gardes nous protègent ?
— Je ne peux jurer qu'ils tireraient sur la populace si elle assiégeait le château.
— Cela n'est pas pensable !
— Cela n'a pas été pensé.

Il lui saisit la main, pour la réconforter.

36
Le cercle vicieux

L'on arriva ainsi en septembre. Le Parlement se réunit le 25. Il requit la réunion des États généraux pour janvier 1789.

Au terme de ses débats, la confusion, déjà considérable à l'arrivée de Necker, atteignit son paroxysme. Le chaos s'installa dans les esprits.

Effacées, la réforme de la magistrature, de la justice et encore plus celle des impôts et l'égalité des trois ordres !

Ignorée, la révolution royale !

Écarté, le doublement des voix du Tiers État !

Avec une candeur désarmante, le Parlement demanda, *via* Duval d'Éprémesnil, Hugues de Sémonville, Robert de Saint-Vincent et l'abbé Le Coigneux, qu'on en revînt à l'état de la France en 1614, où les trois ordres votaient chacun par une voix, et comble des combles, que le Tiers État fût représenté par des gens de robe – autant dire, qu'il fût exclu de la représentation nationale.

L'extravagant archaïsme de la référence était déjà déconcertant : la dernière date de convocation des États généraux ne remontait-elle pas à 1614 ? Mais le bouquet, c'était que l'aristocratie et le clergé revendiquaient le pouvoir, tout simplement.

Le roi, Monsieur et d'Artois faisaient figure de tyrans pour avoir prôné l'égalité ! Et pour avoir requis une plus grande représentation du Tiers État ! On croyait rêver.

D'une heure l'autre, les libéraux d'hier furent déconsidérés, qu'ils fussent de la noblesse noire ou rouge, de sang royal ou du clergé. Le Front patriotique, qui réunissait les esprits éclairés, s'en trouva brisé. Nul ne savait plus qui représentait quoi, ni s'il était l'allié ou l'adversaire. Revenu de son exil à l'île Sainte-Marguerite, Duval d'Éprémesnil s'était attendu à des acclamations : à peine descendu de son carrosse, il fut accueilli par des pierres et des insultes. Par un absurde revirement, les nouveaux partisans du Parlement ne voyaient dans cet ennemi supposé et en tout cas autoproclamé de l'absolutisme qu'un néfaste agitateur.

— Les Français sont-ils devenus fous ? demanda Marie-Antoinette à un Mercy-Argenteau effaré.

— Peut-être ne faut-il pas s'en affliger autant, Madame. Le Parlement a dévoilé sa véritable nature rétrograde.

Pour le peuple et la bourgeoisie, la seule certitude fut de se retrouver cocus : les réformes proposées par le roi et qui abondaient dans leur sens, notamment avec le doublement des voix du Tiers, étaient rayées d'un trait de plume.

Tout cela au nom de la tradition et de la lutte contre l'arbitraire et l'absolutisme.

Bien entendu, le Parlement réclamait toujours les États généraux.

Pendant ce temps, les désordres persistaient. Apparemment, il y avait beaucoup de gens qui n'avaient rien d'autre à faire pour descendre en bandes dans les rues de Paris et des autres grandes villes pour saccager, incendier et voler. N'avaient-ils donc pas de travail ?

Non, et c'était le point que les prêcheurs de théories ne voyaient pas : à Abbeville, Troyes, Lyon, Sedan, Rouen, Louviers, Elbeuf, les industries textiles débauchaient par dizaines de milliers. Et pour cause : elles faisaient faillite. D'un mois l'autre, ouvriers et patrons se retrouvaient sans emploi, les seconds ayant sur les premiers l'avantage de pouvoir durer plus longtemps. La cause de la mévente n'était pas tant la libre concurrence des Anglais, qui vendaient leurs produits sans payer de droits de douane, que le fait que les Français n'avaient plus le sou. Et la vie n'arrêtait pas de renchérir. L'on se passait des soieries, du velours, du drap, de la ratine et de la toile. Force était donc de ravauder les vieux vêtements. Quant à acheter des meubles, de la verrerie ou des miroirs…

Les faillites et le chômage réduisaient les recettes fiscales.

Un cercle infernal s'était donc instauré : la crise s'entretenait elle-même et s'accélérait.

— Mangez un peu, mon cœur, vous n'avez rien mis en bouche depuis ce matin.

Des yeux trop grands dans un visage crayeux se levèrent vers la reine. Ils en disaient plus long qu'un discours. Ils s'abaissèrent vers l'aile de poulet dans l'assiette posée sur une tablette, en travers des accoudoirs de son fauteuil.

Mme Campan, Mme Poitrine et la jeune Mme Royale, Marie-Thérèse, assistaient à la scène avec un air navré.

L'évidence imposait au cœur ce que l'esprit refusait d'admettre : le Dauphin souffrait de consomption avancée. Ni les remèdes des médecins ni le bon air de Meudon n'y avaient rien fait. Il était de plus en plus bossu. Quand il marchait, c'était voûté, en s'appuyant sur une canne.

— Mangez un peu et je vous emmènerai voir les arbres que M. de Jussieu a plantés dans les jardins de Trianon.

— Mange, monseigneur, tu vois bien que cela fait plaisir à notre mère, s'écria Marie-Thérèse.

Un sourire malin creusa des fossettes dans le petit visage pâle.

— J'aime quand ma sœur me tutoie, dit-il.

Et il consentit à saisir la fourchette en or. Marie-Antoinette soupira. Elle-même avait perdu une bonne part de son appétit. Cela faisait des semaines qu'elle avait la gorge serrée.

Et Necker? Pour maintenir le crédit de l'État, il avait accepté la convocation des États généraux selon les modalités de 1614, donc. Sa tactique coulait de source : gagner du temps puis, une fois les États généraux réunis, tenter de manœuvrer au travers des factions.

Les 147 représentants des États furent rappelés à Versailles le 5 octobre pour débattre des questions préliminaires. L'hiver s'annonçait précoce : ils arrivèrent dans les premières gelées et s'installèrent aux Menus-Plaisirs, comme l'assemblée des notables. Première décision : ils rejetèrent à une écrasante majorité (111 voix contre 33) la double représentation du Tiers.

L'absurdité éclata une nouvelle fois aux yeux de tous : dans la minorité défaite, on comptait les ducs de La Rochefoucauld, de Mortemart, du Châtelet, le maréchal de Beauvau, La Fayette...

Le 12 décembre, jour de la clôture, il gelait à pierre fendre. Un nouveau renversement se produisit. Affolés par la teneur des discours réactionnaires qu'ils avaient entendus à l'Assemblée, cinq princes du sang, d'Artois, le prince de Condé, le duc de Bourbon, le duc d'Enghien et le prince de Conti remirent au roi un manifeste qui se résumait à peu près ainsi : ne touchons à rien, le trône est en danger, revenons, comme le demande l'Assemblée, aux États de 1614.

Après avoir soutenu la révolution royale, ils tournaient casaque.

La Bourse s'effondra.

Était-ce le froid qui rendait les cervelles aussi imprévisibles ? Marie-Antoinette n'avait plus que de rares occasions de voir Axel, ses devoirs officiels s'étant alourdis pendant l'Assemblée ; or, il était le seul avec lequel elle analysait librement les événements ; et ceux-ci se précipitaient. Le principal conseil qu'elle pût donner à son époux était de tenir bon sur la double représentation du Tiers, celle-là même qu'avait rejetée l'Assemblée :

— La noblesse nous a laissés choir, lui dit-elle. Le clergé aussi. Il ne reste que le Tiers sur lequel vous puissiez vous appuyer.

Elle et lui furent renforcés dans cette conviction par l'avertissement que le marquis de Lally-Tollendal avait adressé à Necker : « Si vous ne doublez pas le Tiers, il décuplera ! Une étincelle suffira à allumer un gigantesque incendie et à jeter six cent mille hommes dans les horreurs de la jacquerie. »

Six cent mille, c'est-à-dire toute la population de Paris.

La reine déclencha la surprise, en déclarant à un petit souper :

— Moi, je suis la reine du Tiers !

Et elle frémissait quand on lui rapportait les souffrances de ce Tiers dans le royaume. Necker n'avait-il pas fait acheter à l'étranger près d'un million et demi de tonnes de grains et de farine ? Pour autant, l'enchérissement n'en avait pas été freiné. En deux ans, le prix d'un pain était passé de quatre à neuf sols ; en trois mois, de novembre à janvier, il monta à douze sols. Et même quand il y avait du blé, dans plusieurs régions de l'Est et du Nord, on ne pouvait pas le moudre, les roues des moulins étant gelées. Encore eût-il fallu que le grain ne fût pas pourri, et c'était souvent le cas. La situation dans les campagnes était devenue atroce : comme il ne restait plus de bois, les vieillards et les enfants succombaient au froid. Le bétail n'avait plus rien à se mettre sous la dent, l'herbe et la paille étant gelées. À Paris, la Seine aussi était gelée et les moulins sur bateaux étaient pris dans la glace. On n'avait pas vu pareil hiver depuis soixante-dix ans.

Mais peut-être parviendrait-on à sortir de l'ornière où s'entêtaient les notables. En dépit de la confusion répandue par partis et factions, vingt millions de sujets ne demandaient qu'à s'unir à leur roi, contre deux ou trois cents magistrats, quelques centaines de grands seigneurs et la petite légion sacrée des évêques et consorts, comme l'écrivait l'avocat Michel Servan, du Parti national.

Mais il y avait Paris. Là se retrouvaient tous ceux qui défendaient leurs intérêts propres, aristocrates et prélats, mélangés à ceux qui se haussaient du col et pensaient avoir des intérêts à défendre, à commencer par leur renommée : bourgeois, avocats, petits juges, philosophes et commerçants frottés d'idées nouvelles. Ils étaient constitués en une myriade de clubs aux noms aussi variés que Société des Trente, Club des Enragés, Comité des Cent, Amis des Noirs, Club de Valois, sans oublier les Maçons, tous gens pérorant à perte de vue, publiant rapports, mémoires, pétitions, manuels d'explication, brochures patriotiques, libelles et placets. Paris était devenue une ville de législateurs et d'orateurs, Démosthène ou Cicéron, Rousseau ou Montesquieu, soudain baignés par le génie de la vérité, qu'elle fût antique ou moderne. À force d'être répétés, les mots d'absolutisme, de tradition, de Nation, y perdaient leur sens. Pour le déplorable Duval d'Éprémesnil, par exemple, le peuple était représenté par l'aristocratie ! Mais c'était aussi l'homme qui avait ciselé la mémorable formule : « Il faut débourbonnailler la France ! »

Aussi Paris soupira-t-il d'aise quand parut l'essai de l'abbé Sieyès *Qu'est-ce que le Tiers État ?* On y voyait un peu plus clair. Qu'était le Tiers État, en effet ? « Tout. Qu'a-t-il été jusqu'à présent dans l'ordre politique ? Rien. Que demande-t-il ? À devenir quelque chose. » Quant à la noblesse, qui prétendait par habitude descendre des guerriers francs, il invitait à la prendre au mot ! Qu'on renvoyât donc « dans les forêts de Franconie toutes les familles qui conservent la folle prétention d'être issues de la race des conquérants et d'avoir succédé à leurs droits » !

Plus d'un duc dans son club tressaillit d'horreur. Comment, ce misérable ensoutané se permettait de contester la légitimité de sa race ? Toutefois, l'ouvrage se vendit à des milliers d'exemplaires.

Pendant ces discours, le froid sévissait, et même à Paris l'on avait faim. Breteuil rapporta à la reine qu'on y comptait cent vingt mille indigents, le cinquième de la population. La reine fut horrifiée par le récit de la duchesse de Noailles qui, revenant de Paris au crépuscule, avait trouvé les bords des routes jonchés de gueux et de misérables en haillons.

— Ils étaient tellement affaiblis que certains n'avaient même plus la force de tendre la main pour demander l'aumône ! Mais que s'est-il passé ? s'écria-t-elle, comme si elle venait d'un autre pays.

Sur l'instigation de Marie-Antoinette, Louis XVI fit allumer de grands feux aux carrefours de Versailles et distribuer du pain aux indigents. Les curés ouvrirent des soupes populaires. On organisa des ateliers de charité pour occuper les chômeurs et les rétribuer un peu. Les granges, les réfectoires et les casernes désaffectés et autres lieux furent ouverts aux malheureux qui n'auraient pu passer une nuit de plus par - 18 degrés Réaumur.

L'on s'impatientait aussi.

Le Conseil et les fonctionnaires s'affairèrent : il fallait fixer les modalités des élections des représentants aux États. Vaste programme, infiniment compliqué, la France étant composée de provinces d'États, de pays d'États et de bailliages, sans parler du statut particulier de Paris, divisé en soixante-dix districts. Pour la noblesse, il s'agissait d'établir si l'on était détenteur d'un titre transmissible et pour le clergé, il fallait distinguer entre les paroisses, les chapitres des cathédrales et les ordres réguliers. Les couvents n'eurent droit qu'à une voix chacun.

Un vrai travail de chartiste. Marie-Antoinette n'en était informée que par bribes perçues au cours de ses visites chez son époux. Elle n'y comprenait rien. La France était un pays étrange.

Pendant que le cercle infernal tournait sur place, le grand jour vint enfin ; prévu pour janvier, différé à la fin avril, ce fut le 5 mai 1789.

Il en était temps : dans plusieurs villes, l'on en était venu aux mains ou plutôt aux armes. Dans toute la Bretagne, des affrontements sanglants opposaient jeunes Patriotes et sbires de la petite noblesse ; des armureries furent pillées. On tira donc et il y eut des morts. L'agitation fermentait aussi dans le Sud, à Marseille, Toulon, La Seyne, Salernes, Aups, Brignoles... Quelques jours avant l'assemblée des États, Aix tomba aux mains des émeutiers et la noblesse terrorisée vécut dans un camp retranché. Une horde sauvage pilla les édifices municipaux et les magasins à blé, car le grain était encore plus cher qu'en hiver.

Le clergé commença à pâtir de ses prises de position contre le Tiers État. On vit ainsi un évêque assiégé payer 50 000 livres aux émeutiers pour qu'ils ne missent pas le feu à son palais. Il était vrai que certains de ses pasteurs avaient préféré courir au secours des brebis affamées, tel l'abbé Mirabeau, pourtant marquis de son état, qui fut exclu de son ordre pour avoir vilipendé le dédain de la noblesse à l'égard des sujets sans fief.

Quand à Paris le fabricant de papiers peints parisien Réveillon proposa, fin avril, de diminuer les salaires de ses ouvriers, les manifestations indignées tournèrent aux pillages. Il fallut appeler la troupe ; elle installa même des canons légers. Non contents d'avoir saccagé des commerçants et des hôtels particuliers, ce qui leur permit de découvrir un luxe dont ils n'avaient même pas idée, les émeutiers ouvrirent le feu sur les soldats. Mais enfin l'ordre fut rétabli, et l'on compta du côté des forces du roi douze morts et quatre-vingts blessés ; du côté des trublions, les morts se comptaient par centaines ; le nombre de blessés demeura inconnu.

— Mais c'est la guerre ! murmura Marie-Antoinette.

Elle n'avait été reine que tant que son époux avait été roi. Mais l'était-il encore ?

39

Un cercueil de velours blanc clouté d'argent

LA FIN DE L'HIVER NE FUT pas plus clémente : le dégel entraîna des inondations formidables. Des routes furent coupées, l'approvisionnement interrompu. Les champs se muèrent en marécages et en fondrières.

De ces océans de boue il émergeait néanmoins une prise de conscience, à l'échelle du pays : le roi était l'allié du Tiers État. C'est le monarque qui avait plaidé pour le doublement de sa représentation, et même s'il ne l'avait pas obtenu, ses intentions étaient limpides. On l'avait bien constaté aux cris des manifestants durant maintes émeutes : « Vive le roi ! » L'image de la royauté demeurait sacrée, sinon intacte.

Et contre cette alliance, on le voyait bien, se dressait celle des privilégiés.

Marie-Antoinette reprit espoir, mais son cœur restait gros : le Dauphin n'allait pas bien. L'évidence était cruelle autant qu'indiscutable : cet enfant était une loque. Bossu, le corps tenu dans un corset de fer, livide, en proie à des accès de fièvre épuisants, il ne marchait que soutenu par deux personnes*.

De surcroît, elle entendait de sinistres prévisions sur les États généraux.

— Necker prépare un coup d'État, annonça d'Artois, le sourcil froncé, lors d'un petit souper. C'est un Cromwell. Vous allez voir qu'avec l'aide de Conti ou d'Orléans, ainsi que des deux ordres, il réussira à destituer Louis.

Marie-Antoinette poussa un cri d'horreur. La princesse de Lamballe se récria :

— Il n'en a pas le pouvoir, monsieur.

— Les deux premiers ordres ne bougeront pas d'un pied. Ils veulent s'emparer du royaume et du pouvoir. Ils ne concéderont pas la double représentation au Tiers. Il leur faut un instrument pour leurs menées, et c'est Necker, parce qu'il est aussi populaire que mon frère.

Cette nuit-là, Marie-Antoinette eut peine à trouver le sommeil.

Onze cents députés arrivèrent le 1ᵉʳ mai à Versailles, la ville choisie par le roi. Cardinaux, évêques, nobles et Tiers, ils étaient rigoureusement vêtus de la façon prescrite par le marquis de Dreux-Brézé, la tenue la plus modeste étant échue au Tiers, habit noir et tricorne sans ganse ni bouton.

Personne n'avait cure que ni la noblesse ni le haut clergé de Bretagne n'étaient présents. Pas question

---

* Il souffrait d'une tuberculose osseuse ou mal de Pott.

de se mêler à des délibérations qui ne pouvaient rien changer à leurs privilèges !

On vit bien le parti pris par le garde des Sceaux, Barentin, d'ailleurs de mèche avec la réaction : dans l'après-midi du 2, quand les députés furent présentés à Versailles, il n'ouvrit les portes qu'à un battant pour le Tiers État, alors que ç'avait été à deux battants pour les deux premiers ordres.

Marie-Antoinette s'en irrita et signala l'offense au roi, mais c'était trop tard.

— Barentin est un paltoquet à la solde du clergé et de la noblesse, grommela Louis XVI.

La veille de l'inauguration, une procession solennelle, menée par le roi, la reine et les princes du sang, de l'église Notre-Dame à l'église Saint-Louis, avait donné l'occasion d'une bourde à l'évêque de Nancy, Mgr de La Fare, au cours du sermon de la grand-messe. Une heure et demie ! Et pour quoi dire ? Marie-Antoinette enragea : pour se plaindre du luxe de la cour, comparé à la misère des campagnes, et pour récriminer contre les impôts. Et tout cela en chaire ! D'une part, le prélat désignait donc le roi et la reine à la vindicte publique, de l'autre il refusait de payer des impôts comme tout le monde.

Le lendemain fut le grand jour : les fameux États généraux, depuis tant de mois réclamés ou redoutés.

Quand tout ce monde se fut installé sur les gradins de la salle des Menus-Plaisirs, réaménagée pour la circonstance, et que les deux mille spectateurs eurent enfin trouvé leurs places, le roi et la reine entrèrent. Bien des députés ne les avaient jamais vus. Ils tendirent le cou.

En manteau de l'ordre du Saint-Esprit et coiffé d'un chapeau à plumes où scintillaient les diamants de la Couronne, dont le fameux Régent de 137 carats, Louis avança, d'un pas empesé, mais la mine empreinte de dignité et de bienveillance. En robe de satin mauve, accordée au violet du dais, sur une jupe de soie blanche, le front ceint d'un bandeau de pierreries piqué d'une aigrette, Marie-Antoinette rayonnait.

La royauté incarnée n'était jamais apparue avec autant d'éclat. Le roi et la reine constituaient les vivants joyaux du faste environnant.

Le couple royal salua l'assemblée et s'assit. Marie-Antoinette considéra d'un regard inquiet les députés. Onze cents juges. Elle frémit. C'était de ces gens que dépendait l'avenir. Tout à coup, elle fut prise d'une sourde terreur : tous ces regards fixés sur elle lui semblaient ceux d'un essaim de rapaces, les cardinaux en chape rouge pareils à des vautours, les évêques en soutane violette à des éperviers, et le reste, en noir, une bande de corbeaux prêts à fondre sur eux. Devenait-elle démente ? Elle eut la vision de leur envol vers le dais, dans des claquements d'ailes et de becs... Elle ne put réprimer un geste brusque. Louis tourna la tête vers elle et elle se ressaisit.

À la séance d'ouverture, il ne se passa presque rien. Louis XVI prononça un discours clair et ferme : le déficit des finances du royaume, déjà abyssal à son avènement, s'était aggravé sous son règne par la faute d'une guerre coûteuse, quoique honorable. Il avait réclamé des économies, qui ne suffiraient pas. Il attendait de nouvelles ressources de l'égalité fiscale.

Tout le monde écouta debout. Louis remit son chapeau et autorisa les députés à se couvrir ; ceux du Tiers pour manifester leur mécontentement – car ils étaient déjà mécontents – avaient conservé leurs tricornes alors que, selon l'étiquette, ils devaient être découverts. Le grand maître des cérémonies leur souffla plusieurs fois : « Découvrez-vous ! » Ils n'en eurent cure. Louis comprit leur humeur. Mieux valait éviter un incident : il se découvrit. Tout le monde fut obligé d'en faire autant.

Ces mômeries achevées, Barentin, dans une tenue de mirliflore, en simarre violette et cramoisie, cardinal et évêque à la fois, parla pour ne rien dire d'une voix inaudible. C'était là une pantomime.

Le grand discours revenait à Necker : il entreprit la lecture d'un texte, mais la voix lui fit défaut. Un député dut se substituer à lui parce que son timbre portait mieux. De toute façon, le discours était un écran de fumée, et de plus ennuyeux à périr, phraseur autant que séditieux. Le contrôleur prétendit que le déficit n'atteignait que 56 millions, ce qui était ignorer superbement la dette encourue. Marie-Antoinette eut un geste d'irritation. Suivit l'inventaire des dépenses de la cour, qui ne pouvait que renforcer les accusations selon lesquelles c'était la cour, et pourquoi pas la reine, qui était cause du déficit. Comble d'inconséquence, même favorable à l'égalité fiscale, il ne demanderait au clergé et à la noblesse que les impôts auxquels ils voudraient bien consentir. Singerie de foire : qui diable a jamais consenti à payer plus d'impôts ?

Nouveau geste d'impatience de Marie-Antoinette. D'Artois aurait-il donc raison ? Elle se tourna vers le roi : il semblait somnoler et s'il écoutait vraiment, sa moue exprimait son peu d'enthousiasme.

Et les modalités de vote ? Eh bien Necker n'était ni pour ni contre. Autant dire qu'il était contre, mais sans oser le reconnaître, de peur de s'aliéner le Tiers, dont il était le héraut.

Lamentable performance. Marie-Antoinette tenait sa vengeance contre cet homme toujours abhorré : Necker avait prouvé devant les députés de la Nation qu'il n'avait aucune idée maîtresse : il était un banquier, voilà tout.

— On se pincerait pour y croire ! s'écria-t-elle au sortir de cette séance.

Elle attendit au moins un esclandre. En vain. Les députés, ventre creux depuis l'aube, se jetèrent sur les buffets servis à l'issue de cette pénitence.

Maximilien de Robespierre – nom qu'il avait depuis peu changé en *Robetzpierre* –, député d'Arras, fut saisi par cette vacuité générale. L'obscur provincial, émerveillé de se retrouver dans cette auguste assemblée, s'était attendu à des joutes oratoires prodigieuses. Il n'assistait qu'à des épanchements de logorrhée. Pourquoi ces gens s'embarrassaient-ils de tant d'idées parasites ? Pour lui, l'affaire était simple : il y avait d'un côté les pauvres, les plus nombreux, et les riches, une négligeable minorité, auxquels il convenait de faire rendre gorge des biens qu'ils avaient indûment accaparés.

Le Bien et le Mal. Le Blanc et le Noir.

S'avisa-t-il qu'il ne possédait pas l'éloquence d'un Mirabeau ? Les maigres applaudissements qui saluèrent son premier discours – il avait annoncé qu'il détenait un moyen infaillible de mettre fin à la crise ! – le lui indiquèrent. Personne ne sut ce qu'était la recette miracle.

Sans doute sa voix de tête, fortement timbrée du nez, était-elle responsable de son peu de succès. Mais il n'en démordit pas : on tergiversait ! Il fallait, déclara-t-il plus tard, vouer la noblesse « à la haine publique » ! Le 4 juin, le ton monta d'un cran : il reprocha aux commissaires « de s'être trop occupés de conciliation et d'avoir excédé les bornes de leur pouvoir ». Deux jours plus tard, nouvelle surenchère, destinée à lui tailler un personnage intransigeant, celui d'un homme sachant ce qu'il veut : « Il faut dénoncer au roi la conduite du clergé comme séditieuse, il faut engager les ecclésiastiques, les évêques à renoncer à ce luxe qui offense la modestie chrétienne, à renoncer aux carrosses, aux chevaux, à vendre enfin, s'il le faut, un quart des biens ecclésiastiques. »

Il avait été moins féroce à l'égard de la noblesse, d'épée ou de robe ; dame, à Arras, il y comptait des protecteurs !

Mais les plus enragés parmi les Patriotes, il le savait, avaient remarqué ce jeune et bouillant député. C'était son but.

Jusqu'au 10 juin, soit pendant trente-quatre jours, des flots d'éloquence, mais aussi de verbosité, de rhétorique plus creuse qu'une noix de trois ans, menacèrent de suppléer aux inondations qui s'asséchaient enfin. Tout le monde, cependant, éludait les questions principales : accorderait-on au Tiers le doublement des voix ? Et *quid* de l'égalité fiscale ? Les circonstances s'y prêtaient mal : la noblesse ne voulait entendre parler d'aucun changement. Elle se déclarait constituée.

Maintes fois, Marie-Antoinette tenta d'arracher à son époux une révolte ; mais il était atone, comme privé de volonté. Elle lisait dans sa pensée : les forces en jeu dépassaient son pouvoir. Il avait fait son possible. En pure perte. À eux de se débrouiller entre eux. D'ailleurs, signe des temps, hormis ses vitupérations, le Tiers ne prenait aucune initiative. Même lui s'était résigné.

L'ange, qui dix-neuf ans auparavant avait suivi le cortège de la jeune archiduchesse de Vienne à Versailles, joignit les mains.

À Meudon, le 4 juin 1789, il était une heure du matin lorsque le Dauphin rendit son dernier souffle. Il avait sept ans et trois mois.

Marie-Antoinette avait été présente dans la chambre voisine : l'étiquette lui interdisait de voir le cadavre. Quand Louis arriva le lendemain, il vit tout le monde en larmes, le secrétaire du duc d'Harcourt, gouverneur du Dauphin, le duc lui-même, le Dr Brunier, le Dr Petit, Mme de Tourzel, la gouvernante des Enfants de France, Mme Thibaud, les domestiques...

Et Marie-Antoinette.

Il demanda à voir son fils ; on le lui interdit également.

— Mon fils est donc mort, puisqu'on refuse que je le voie.

Il s'était assis ; Marie-Antoinette se jeta à ses genoux, secouée de sanglots.

Puis ils se relevèrent : ils devaient retourner à Versailles.

Le trajet fut lugubre. À quelques mots, à peine articulés, Marie-Antoinette comprit que le roi voyait dans cette mort un présage. Ils pleuraient tous deux dans le carrosse. Louis était encore plus défait qu'il ne l'avait jamais été.

Il avait bien un autre fils qui devenait le Dauphin ; sur le moment, cela ne sembla pas alléger son accablement. Celui qu'il avait perdu était son préféré : c'était le sien.

Également pénible fut l'indifférence de la Nation. Les églises sonnèrent le glas, les théâtres furent fermés et la cour décréta un deuil de soixante-quinze jours. Le corps embaumé du Dauphin avait été porté à la basilique de Saint-Denis, dans un petit cercueil de velours blanc clouté d'argent, et son cœur au Val-de-Grâce.

Mais le pays ne manifesta aucune émotion à sa disparition. C'était probablement un autre signe du destin. La France, en effet, était grosse d'un événement bien plus considérable, elle le savait, elle souffrait les affres d'une grossesse monstrueuse.

Les États généraux reprirent.

À Versailles, Marie-Antoinette retrouva Axel de Fersen. Il représentait l'autre épaule sur laquelle elle pouvait épancher sa douleur.

— Antonia, dit-il, il faut songer à partir.

Où ? Comment ?

39
L'Alouette

Au trente-quatrième jour, le 10 juin donc, le Tiers s'enhardit ; il somma solennellement les deux autres ordres de se rallier pour vérifier les pouvoirs. Qu'il n'en eût pas lui-même le pouvoir, il s'en fichait : il s'en emparait.

Stupeur. Le maître des cérémonies et le garde des Sceaux s'abstinrent prudemment de formuler une quelconque observation ; ils se seraient fait rembarrer. Ni la noblesse ni le clergé ne réagirent à la sommation.

Le 12, le Tiers entreprit de valider tout seul l'élection des députés, bailliage par bailliage. Le culot ! Le 14, trois curés du Poitou décidèrent de se joindre au Tiers. Ils furent acclamés. Le 16, le Tiers décida de rebaptiser l'assemblée. « Représentants de la Nation », proposa Sieyès. « Représentants du peuple français », suggéra Mirabeau. « Assemblée nationale », avança un certain Jérôme Legrand. Le 15, Sieyès fit voter cette dernière appellation par 491 voix contre 89 et proposa d'en faire part à Louis XVI, aux cris de : « Vive le roi ! »

Doyen du Tiers, le député Bailly fut élu président de la nouvelle assemblée. Et le rez-de-chaussée, que Dreux-Brézé avait, par dédain, attribué au Tiers, devint la Salle de la Nation.

L'après-midi, l'Assemblée nationale décréta sa souveraineté en matière d'impôts, jusqu'alors « illégalement établis et perçus » et en autorisa provisoirement la levée. Fait inouï, elle se déclara garante de la dette publique. Diverses commissions furent constituées, dont l'une pour établir le prix des céréales.

Il y avait donc transfert de fait du pouvoir royal au Tiers, sans que le Conseil du roi eût même été consulté.

Mais que faisait donc Necker? Un spectre qui refuse d'apparaître.

Accompagné de Breteuil, le comte d'Artois se rendit chez la reine pour l'informer de l'événement.

— L'outrecuidance du Tiers est encouragée par Philippe d'Orléans, déclara-t-il. Cela fait des semaines qu'il paie des pamphlétaires pour publier des injures contre nous et pousser le peuple à toutes sortes d'excès. Voilà le résultat.

Breteuil hocha la tête.

— Le duc d'Orléans régente son quartier du Palais-Royal à Paris comme une citadelle ennemie, dit-il.

— Necker ne peut l'ignorer. Qui ne dit mot consent. Il est donc de mèche avec l'Orléans, ajouta d'Artois.

— Que pouvons-nous faire? demanda Marie-Antoinette.

— Obtenez du roi qu'il dissolve les États généraux. Sans quoi, dans une semaine, le Tiers lui imposera ses projets.

Quelques moments plus tard, Louis écouta le conseil.

— Dissoudre les États généraux en ce moment serait perçu comme une provocation. Ce serait aussi un affront au Tiers, qui me soutient. Ce ne sera pas une mauvaise chose s'il parvient à réformer les impôts.

Marie-Antoinette fut abasourdie.

— Dans ces conditions ?

— Dans celles-ci ou d'autres, l'important est le résultat.

— Mais s'ils disposent des Finances, ils vont bientôt vous dicter leurs volontés.

— Comme si ce n'était déjà fait ! répondit-il avec accablement. Il vaut mieux essayer de calmer les esprits.

— Mais comment calmeriez-vous les esprits ? demanda-t-elle.

— Je ferai clôturer la salle des Menus-Plaisirs pour deux ou trois jours. Quand le Tiers n'aura plus de lieu où se réunir, il se donnera le temps de réfléchir.

Le 19 juin au matin, soudain inspirés, les délégués du clergé décidèrent, par une petite majorité, de se joindre au Tiers ; ils furent 149.

D'Artois, le duc de Polignac, le duc de Noailles et Breteuil s'affolèrent. Ils se rendirent de nouveau chez la reine : le ralliement du clergé au Tiers sonnait le glas des trois ordres ! Le roi n'avait-il donc pas commandé au moins la fermeture des Menus-Plaisirs ? Mais c'est que l'affaire n'était pas si simple : il fallait prévenir tout un petit état-major : le comte de Gouvernet, intendant des Bâtiments du roi, Laurent de Villedeuil, secrétaire d'État à la Maison du roi, le marquis de Dreux-Brézé, grand maître des cérémonies, Thierry de Ville-d'Avray, chef du garde-meuble… En début de soirée, tous ces gens-là prirent enfin leurs mesures. Dès que les députés du Tiers partirent se restaurer, les portes de la salle furent verrouillées.

Quand les députés du Tiers y arrivèrent le 20 au matin, sous une pluie battante, ils trouvèrent portes closes et personne pour leur en expliquer la raison. Des affiches annonçaient la tenue d'une séance royale le 22. Le public commençait d'arriver en nombre et s'étonnait aussi. Les députés s'impatientaient :

— Il va nous annoncer la dissolution des États généraux ! clama l'un d'eux.

— Il n'y a en tout cas aucune raison de faire fermer les portes de l'Assemblée, renchérit un autre.

Députés et public demeurèrent un moment à grommeler sous la pluie quand un médecin, Joseph Guillotin, inventeur d'une machine à décoller proprement les condamnés à mort qui faisait beaucoup parler d'elle, proposa de se replier sur la salle du Jeu de paume, située non loin de là, rue Saint-François. Ils s'y rendirent et découvrirent une longue salle qui servait aux joueurs de paume, mais qui comptait seulement quatre ou cinq bancs. Pas question de s'asseoir pour délibérer et l'on n'allait pas rester debout toute la journée. De plus, les députés ne disposaient ni de leurs dossiers ni d'un ordre du jour. Mais aller à Paris leur eût pris le plus clair de la journée. Ils demeurèrent donc sur place et, dans ces circonstances, décidèrent de prêter un serment solennel, qui serait leur charte.

« L'Assemblée nationale, considérant qu'appelée à fixer la Constitution du royaume, opérer la régénération de l'ordre public et maintenir les vrais principes de la monarchie, rien ne peut empêcher qu'elle continue ses délibérations, dans quelque lieu qu'elle soit forcée de s'établir, et qu'enfin partout où ses membres sont réunis, là est l'Assemblée nationale.

« Arrête que tous les membres de cette Assemblée prêteront à l'instant le serment solennel de ne jamais se séparer et de se rassembler partout où les circonstances l'exigeront, jusqu'à ce que la Constitution du royaume soit établie et affermie sur des fondements solides, et que, ledit serment étant prêté, tous les membres et chacun d'eux en particulier, confirmeront par leurs signatures leur résolution inébranlable. »

Les acclamations firent vibrer les trois hautes fenêtres de la salle.

D'Artois et Breteuil apprirent en début de soirée, par des témoins dans le public, la teneur de la séance du Jeu de paume.

— Cela n'a aucune valeur, jugea d'Artois, le roi n'a pas donné son approbation. C'est une mômerie.

Mais il partit quand même pour Marly, où résidaient le souverain et son épouse, afin de les informer. À ces nouvelles, soudain Marie-Antoinette changea de camp ; elle avait voulu être la « reine du Tiers », mais ces gens-là poussaient le bouchon trop loin, ils réduisaient le roi à un soliveau. Elle se déclara acquise au parti des frères du roi, des Polignac, des Castries, bref des défenseurs d'une attitude forte qui tiendrait désormais le Tiers en respect.

Elle et d'Artois se mirent en quête des intentions du roi.

Louis XVI était muet. Après lui avoir retiré le pouvoir financier, l'Assemblée, puisqu'il fallait bien l'appeler par ce nom, prétendait lui ôter le pouvoir législatif. On le plumait comme une alouette à rôtir.

Marie-Antoinette s'échauffa :

— Comment, Monsieur, laisseriez-vous le Tiers se déclarer Assemblée nationale ?

— Ce n'est qu'un mot, répondit le roi.

— Il a pris un arrêté pour déclarer illégale la manière actuelle de lever l'impôt, insista d'Artois.

— Ma foi, marchand qui perd ne peut pas rire, et comme c'est lui qui paie l'impôt, il ne me surprend pas en voulant qu'on régularise la levée.

Décidément, le roi paraissait inerte, incapable de sursaut.

— Il vient de s'arroger le droit de rédiger une future Constitution, reprit d'Artois.

Marie-Antoinette n'y tint plus.

— Monsieur, s'écria-t-elle, tout ce que nous avons vu ces dernières semaines prouve que des factieux veulent ébranler le trône. Il existe une conspiration flagrante dans ce but et elle vise à changer l'ordre de succession au trône.

Là, Louis XVI sembla ragaillardi. Paradoxalement, quand il avait affronté des forces aussi énormes que les trois ordres, il avait paru amorphe, incapable de prendre une résolution. Mais à l'idée que Philippe d'Orléans complotait pour prendre le trône, il se piqua. Affalé dans un fauteuil, il releva la tête.

La reine avait vu juste.

— C'est d'Orléans, poursuivit-elle, désignant alors le coupable, qui subventionne tous ces faiseurs de libelles qui agitent le peuple et la populace. Le Tiers État est son instrument et votre indulgence pour lui ne fait qu'aider un prince ténébreux à s'emparer de la Couronne…

À ce moment-là, on annonça au roi une députation secrète du Parlement de Paris. Le garde des Sceaux, Barentin, et M. d'Éprémesnil s'y étaient joints. M. d'Éprémesnil ! Qu'avait donc à ajouter ce turlupin à ses sottises ? Le roi, la reine et d'Artois écoutèrent la députation : elle suppliait le roi de dissoudre les États généraux, parce que leur tournure menaçait la monarchie.

Le garde des Sceaux tint un discours parallèle :

— Sire, il serait dangereux de tolérer plus longtemps les audaces du Tiers, car elles enflamment Paris au-delà de toute raison. Ces gens-là, avocats, juges subalternes, curés, ne sont rien d'autre que des ambitieux n'aspirant qu'à un soulèvement général où ils s'imaginent qu'ils se tailleraient une renommée.

Sur quoi la comtesse de Polignac fit son entrée, tenant le Dauphin dans les bras et Mme Royale par la main. Marie-Antoinette, en pleurs et dans un état d'exaltation extraordinaire, les poussa dans les bras du roi.

— Monsieur, je vous en conjure en leur nom, ne tardez plus à confondre les ennemis de notre famille !

Louis parut ému.

Il déclara qu'il devait réviser ses projets et, le temps lui faisant défaut, il annula la séance royale annoncée pour le 22 à Versailles : il tiendrait d'abord un conseil.

Trouvant une nouvelle fois portes closes, les députés se dirigèrent comme la dernière fois vers le Jeu de paume. Ils apprirent que la salle avait été louée pour la semaine. Par qui ? Par le comte d'Artois ! Qu'à cela ne tînt, ils se réunirent à l'église Saint-Louis. Les membres du clergé qui s'étaient ralliés au Tiers les y rejoignirent : 144 curés et 5 évêques. Plus deux membres de la noblesse du Dauphiné, le marquis de Blacons et le comte d'Agoult.

Quelqu'un cita approximativement *Le Cid* : « Nous partîmes cinq cents, en arrivant au port… »

Apprenant les défections du clergé, Marie-Antoinette piaffa d'impatience. Il lui tardait d'assister à la réaction publique de son époux. S'entretenant avec Fersen, elle s'écria :

— La preuve du complot est faite. Au Conseil royal, Necker a appris la décision du roi de mettre enfin un frein aux débordements du Tiers. Et que croyez-vous ? Il l'a désavouée. Voilà qui démontre à l'envi qu'il entendait laisser le Tiers pousser encore plus loin. Il est donc de mèche avec Orléans.

Fersen hocha la tête. Tout cela était bel et bon, mais bien des barrières étaient déjà tombées et trop de dégâts avaient été commis.

— Pardonnez-moi de le rappeler, Madame, mais je vous l'avais dit : la force seule des armes arrêtera ces gens. Pardonnez-moi aussi de vous engager à songer à une ville où vous pourriez battre en retraite. Le Tiers occupe quasiment Versailles. Le peuple le suivra.

Elle répliqua :

— Non. Attendez la séance royale. Par les armes, nous materons les rebelles.

39

Des têtes sur des piques et des cadenas aux portes

La déclaration de fermeté royale n'eut qu'un effet visible : à la fin de la séance, le Tiers, renforcé de ses nouveaux adhérents, refusa de quitter la salle des Menus-Plaisirs, défiant ainsi le roi.

— Je crois que la Nation assemblée ne peut pas recevoir d'ordre, répondit son président, Bailly, au marquis de Dreux-Brézé, grand maître des cérémonies.

Sur quoi le marquis de Mirabeau, tel un taureau furieux – il en avait l'encolure – bondissant par-dessus l'enclos, sauta par-dessus les bancs et apostropha Dreux-Brézé :

— Prévenez ceux qui vous ont envoyé que nous sommes ici par la volonté du peuple et que nous n'en sortirons que par la force des baïonnettes.

On n'allait quand même pas charger des députés à la baïonnette, jugea le roi, qui était retourné au château. Il répondit :

— Ils veulent rester. Eh bien, foutre, qu'ils restent !

La journée ne s'acheva pas là : Necker, conscient de son impuissance, avait expédié sa lettre de démission au roi. Le bruit courut à Versailles : « Necker est parti ! » S'il était parti, bien sûr, c'est qu'il avait été congédié.

Le monarque avait donc doublé sa déclaration de fermeté par le licenciement du ministre favori du peuple. La foule en colère assiégea le château, força les grilles et se répandit dans les cours, les escaliers et jusqu'aux portes des appartements royaux.

Marie-Antoinette avait senti le vent du boulet. Elle exécrait Necker, mais l'heure n'était pas aux rancunes. À six heures du soir, elle l'envoya chercher à l'hôtel du Contrôle général. Il fut escorté tout le long du trajet par des enthousiastes, criant des vivats. Elle le mena chez le roi. Celui-ci, d'un ton égal, le pria de renoncer à sa démission.

Necker avait vu l'agitation s'installer à Versailles. On l'appelait donc au secours. Il accepta. Sans conditions. Il n'était pas plus maître que le roi de ce vaisseau en folie qu'était le royaume de France, et c'était par couardise qu'il avait présenté sa démission, car l'Assemblée ne manquerait pas de lui reprocher son inertie ; il avait espéré rejeter la faute sur le roi. Toutefois, mis au pied du mur, il ne pouvait se dérober. Il entretenait l'espoir d'une ultime revanche. Une fois de plus, l'intuition de Marie-Antoinette avait été juste. Cependant, le roublard tergiversa et parla des concessions déjà consenties. Louis XVI lui coupa la parole :

— Sachez, monsieur, que c'est moi qui ai fait tous les sacrifices, qui les fais de tout mon cœur, et vous vous en attribuez le mérite. Vous voulez attirer à vous toute la reconnaissance.

La réplique était sèche comme un coup de trique, et Marie-Antoinette craignit que le Genevois en prît prétexte pour se récuser définitivement. L'ambition domina ; Necker ravala son refus. La vanité était plus forte que l'orgueil : prié de sortir discrètement, il décida de prendre un acompte sur sa revanche. Il quitta le château par la cour de Marbre, certain de trouver une foule qui l'acclamerait une fois de plus. Ce fut bien le cas. Il savait que les clameurs de joie retentiraient auprès du couple royal et de ses alliés comme autant d'insultes.

Le chambard était complet : en deux semaines, Louis XVI et Marie-Antoinette étaient passés du camp du Tiers à celui de la réaction.

De retour dans ses appartements, à bout de forces, Marie-Antoinette donna congé à sa femme de chambre et à sa dame d'atours, qui l'y attendaient. Elle voulait être seule. Elle retenait difficilement ses larmes. Axel était-il là ? Elle introduisit la clé dans la serrure du cabinet secret. Il était assis dans un fauteuil, à la clarté d'un simple flambeau de trois bougies, absorbé dans des réflexions qui ne semblaient pas heureuses. Il se leva pour l'accueillir et se força à sourire.

Toute l'attitude de Marie-Antoinette exprimait l'épuisement et l'affliction ; le visage avait vieilli de plusieurs années et l'amertume avait creusé des plis aux coins des lèvres. À trente-trois ans, Antonia était devenue une vieille femme. Axel s'assit près d'elle et la consola du geste et de la voix. Il était au fait du rappel de Necker ; il avait observé le cortège triomphal du financier sur le chemin du retour.

— Je devine l'effort que cela vous a coûté, dit-il. Vous avez témoigné de votre courage et de votre sens politique.

Il semblait toutefois avoir d'autres choses sur le cœur ; elle se tourna vers lui.

— Cependant, reprit-il, cette victoire a son revers. Vous avez perdu votre seul allié par le discours du roi. C'était le Tiers. Désormais, celui-ci est persuadé qu'il vous a imposé de rappeler Necker. Entretemps, les trois ordres ont virtuellement disparu au bénéfice du Tiers. La noblesse et le clergé vous en tiennent responsables, vous et le roi.

Elle demeura songeuse.

— Vous en déduisez que le trône est toujours en péril?

— Les pouvoirs du roi sont amoindris. Leur reconquête sera difficile tant que les désordres se poursuivront.

Elle se passa les mains sur le visage, comme pour en essuyer la fatigue et le souci.

— Mon ami, que le roi vous entende!

Au souper, le roi entendit en effet l'avertissement de la bouche de Fersen. L'étranger du Nord avait sur les autres conseillers l'avantage de n'appartenir à aucune faction. Le soir même, le roi prit ses mesures : vingt-cinq mille hommes furent rappelés de leurs cantonnements en province pour aller renforcer la troupe déjà postée à Paris et dans ses faubourgs : les régiments d'infanterie de Reinach, Nassau, Bouillon et Provence, les régiments des dragons du Dauphin, les régiments de cavalerie de Lauzun, d'Esterhazy, de Bercheny. Ni Necker ni aucun ministre n'en fut informé.

La situation évoluait plus rapidement que l'avait escompté Louis XVI. Du 24 au 26 juin, quarante sept nobles et plusieurs évêques rallièrent le Tiers. L'archevêque de Paris fit de même : ironie du sort, il manqua être écharpé par la foule dans une rue de Versailles. Puis Philippe d'Orléans alla lui aussi grossir les rangs du Tiers.

— On peut toujours être certain de le voir courir dans le sens du vent, dit Marie-Antoinette.

Autre insulte du sort : la noblesse, qui avait mené la partie si dure à Louis XVI et qui était la cause première de la rébellion puis du triomphe du Tiers, se rallia soudain à lui pour le conjurer de dissoudre les États généraux. Elle refusa même de se rendre à l'Assemblée : sur le conseil de Marie-Antoinette, le roi le lui ordonna.

Fut-il une fois de plus piqué par l'observation de Fersen, selon laquelle le Tiers nourrissait l'illusion de lui avoir imposé Necker ? Toujours fut-il que, le 11 juillet, il donna courtoisement à ce ministre l'autorisation de se retirer. C'était audacieux : fort de sa popularité, Necker pouvait soulever contre lui le Tiers et, pourquoi pas, la Nation entière. Marie-Antoinette nota l'anxiété extrême de son époux, tout en approuvant sa décision : le Tiers lui avait arraché la moitié de ses prérogatives, Necker lui disputait maintenant le prestige auprès du peuple. À ce train-là, le roi de France n'aurait plus qu'à demander à ses sujets la permission d'aller chasser.

Necker allait s'attabler pour le repas de midi, quand il reçut la lettre de congé du roi. Il n'en souffla mot à personne : à six heures du soir, il était dans son carrosse avec sa femme, en route pour Bruxelles. Entre un pays à dompter et une vie à achever paisiblement, il avait choisi. Il avait fait taire son ambition et réalisé l'intention déjà mûre de se retirer de l'arène. De Bruxelles, il gagna

Genève, où il apprit que son successeur aux Finances était Breteuil. Le baron était, en effet, en rapport avec les financiers. Bonne chance !

Juillet arriva.

Le prix du pain montait toujours. Et quel pain ! Dieu seul savait avec quoi des meuniers indélicats mélangeaient le grain ; de la terre, à en juger par la couleur du produit. Il ne nourrissait pas, il rendait malade ; il donnait la colique et râpait la gorge. Les enfants le vomissaient.

Et les troubles persistaient dans le pays. Une rumeur jaillissait-elle ? Dans telle abbaye, dans tel château, il y avait du grain, et du bon. Ou de la farine. Aussitôt des bandes se formaient, faux et crocs sur l'épaule, pour aller s'emparer des sacs de la vitale denrée. Manger ! Avoir l'estomac plein !

Partout aussi l'on se répétait une autre rumeur ; des seigneurs méchants avaient conclu un pacte avec les accapareurs pour affamer le peuple, le fameux « Pacte de famine ». Comment, la France était riche ! On n'y avait jamais eu faim. Et soudain, le pain devenait atroce ou introuvable ? Allons ! C'était pour punir le Tiers de son audace. Et c'était sûr, ces profiteurs allaient tenter un coup de force contre l'Assemblée. Passant de bouche en bouche, ces fables s'amplifiaient et prenaient vite un tour fantastique.

L'intolérance monta. Pour un mot, on se prenait au collet. À Paris, une bourgeoise cracha sur un portrait de ce Necker qui n'avait pas su acheter assez de blé. On s'empara d'elle, on la déculotta et on la fouetta en public.

Le renvoi de Necker avait en effet échauffé les esprits, déjà volatils. Le 12 juillet dans l'après-midi, au café de Foy, à Paris, sitôt la nouvelle diffusée, des orateurs improvisés montèrent sur les tables et haranguèrent la foule.

— Ce que nous promet ce gouvernement, c'est le désastre pour les pauvres et la répression des seigneurs. Il a tant gaspillé nos deniers en fêtes et en costumes qu'il ne lui reste plus un liard pour nous acheter du grain ! Parisiens, il est temps de faire entendre votre voix ! Il est temps de mettre fin à cette incurie despotique dont vous et la Nation faites les frais !

Bien qu'affecté de bégaiement, un jeune avocat et journaliste, Camille Desmoulins, camarade de lycée de Maximilien de Robespierre, s'adjugea un petit succès en mettant la foule en garde contre une Saint-Barthélemy des Patriotes. Il arborait au chapeau un ruban vert, couleur de l'espérance. Faute de ruban, ses enthousiastes accrochèrent des feuilles d'arbre à leurs couvre-chefs.

L'agitation s'envenima.

Une foule échauffée se croit tenue d'agir, au péril de sa dignité. Et comment agir, si ce n'est d'abord en marchant ? Plusieurs milliers de personnes défilèrent boulevard du Temple. Au passage, certaines s'emparèrent des statues de Necker et du duc d'Orléans au Musée de cire et les promenèrent voilées de crêpe noir. Car les deux personnages passaient pour des bienfaiteurs et des amis du peuple. Jusque-là, ce n'était pas bien grave, mais ce le devint : en arrivant place Louis XV* et au jardin des Tuileries, les manifestants se heurtèrent au régiment Royal-Allemand,

---

* L'actuelle place de la Concorde.

commandé par le prince de Lambesc. Là advint un incident alarmant : les gardes françaises se joignirent à la foule pour donner l'offensive aux cavaliers du prince. Désemparé, se refusant à contre-attaquer des militaires français en armes, et de surcroît bombardé de pierres et de chaises, le Royal-Allemand se fit durement damer le pion. On le rappela au Champ-de-Mars.

Des gardes françaises avaient donc déserté.

À ceux qui s'en étonnèrent, ils rappelèrent qu'ils se recrutaient dans le civil et qu'eux aussi en avaient assez de manger du pain noir.

Encouragés, les manifestants attaquèrent des armureries, puis des boutiques, puis des entrepôts de grain, dont le couvent Saint-Lazare, puis ils mirent le feu là où bon leur semblait ; ils incendièrent ainsi les quatre cinquièmes des barrières de l'octroi. Dans la nuit du 12 au 13 juillet, Paris fut livré à l'émeute.

Au matin du 13, le canon tonna dans les fumées d'incendie ; les troupes du commandant militaire de Paris, le baron de Besenval, entraient enfin en action. Arrivées pendant la nuit, elles n'avaient pu mater les émeutiers, en raison de l'obscurité. Un calme précaire fut rétabli.

Les nouvelles parvenues à Versailles semèrent la consternation. On n'avait encore rien vu.

Dans la matinée, les bourgeois de Paris craignant de perdre la vie après leurs biens dans des émeutes incessantes autant qu'aveugles, se réunirent à l'Hôtel de Ville et formèrent une milice de 18 000 hommes ; encadrée par des gardes françaises, elle fut confiée au commandement du marquis de La Salle. En début d'après-midi, ses effectifs étaient montés à 48 000. Ils n'avaient pas d'uniforme :

une cocarde bleue et rouge au chapeau en ferait office. Les miliciens ne lambinèrent pas : ils arrêtèrent les meneurs et quand ils les saisissaient en flagrant délit de pillage, ils les pendaient sans tarder.

— L'ordre est donc revenu ? demanda le roi au courrier de Besenval qui l'informait.

La mine embarrassée du courrier intrigua le roi. Il l'interrogea. La réponse donna froid dans le dos à tous ceux qui l'entendirent, et d'abord à Marie-Antoinette. Les bourgeois avaient pris le parti des insurgés et, s'ils maintenaient désormais l'ordre, en effet, c'était à leur seul profit. Et ils ne voulaient plus céder au pouvoir royal : des barricades disposées aux principaux accès dans Paris en interdisaient l'accès. Les bourgeois se battraient contre les troupes royales.

Le maréchal de Broglie faisait piteuse mine : il était bien question d'une offensive ! Les commandants des diverses unités avaient fait savoir à Besenval qu'il ne pouvait compter sur elles : elles refusaient de tirer sur le peuple.

Les miliciens ne le surent que le 14 au matin, au terme d'une nuit d'anxiété. Mais quand ils l'apprirent, ils explosèrent de joie. À eux le pouvoir !

Ils s'élancèrent vers l'Hôtel des Invalides, l'un des deux grands dépôts d'armes et de munitions de la ville. Ni le gouverneur, le marquis de Sombreuil, ni sa garde n'étaient en mesure de résister. La foule s'empara de 32 000 fusils et 12 canons. La Salle exigea qu'ils fussent réservés aux miliciens. Au diable ! Tout le monde était milicien !

Mais on n'avait pas trouvé de poudre aux Invalides, alors qu'il y en avait à la Bastille. On y alla donc.

Le gouverneur, de Launay, refusa de baisser le pont-levis. Des manifestants grimpèrent sur le toit des échoppes qui flanquaient les murs et sectionnèrent à coups de hache les cordes des balanciers. La foule se précipita dans la cour intérieure. Une fusillade éclata. À coup sûr, ce gredin de Launay défendait la forteresse. Il demanda à se rendre. On le traîna à l'Hôtel de ville. Il n'en avait même pas gravi les marches qu'il fut massacré. Le garçon cuisinier Desnot se targua de savoir travailler la viande ; il lui coupa la tête avec un couteau de poche. Flesselles, le prévôt des marchands nommé la veille, encore commandant de la milice, fut également décapité parce qu'il avait refusé de donner de la poudre à ceux qui n'étaient pas miliciens. Quatre officiers et quatre soldats de la garnison subirent le même sort. On promena leurs têtes au bout de piques tenues par des mains poissées de sang. Un manifestant brandissait même les intestins d'une victime.

Les nouvelles n'atteignirent Versailles qu'à neuf heures du soir, en raison du blocus des ponts de Sèvres et de Saint-Cloud. Quand le duc de Liancourt décida de les communiquer au roi, ce dernier se trouvait déjà au lit.

— C'est une révolte ? demanda-t-il.

— Non, Sire, c'est une révolution.

Marie-Antoinette, elle, n'apprit la chute de la Bastille qu'à l'aube du lendemain. Elle se mura dans ses appartements avec ses enfants et demanda qu'on allât quérir plusieurs personnes de la cour. Le page revint lui annoncer qu'il avait trouvé des cadenas aux portes. Seule la duchesse de Polignac répondit à l'appel. Mais il faut dire qu'elle était la gouvernante des Enfants de France.

Versailles était déserté.

« Nous voulons fricasser son cœur et ses foies ! »

Levé à l'aube, Louis convoqua un conseil restreint : la reine, Monsieur, d'Artois, Lambesc, Coigny, Liancourt.

— Sire, déclara d'Artois, il faut donner l'assaut.

— Ne comptez pas sur moi pour faire couler le sang de mes sujets.

— Mais que voulez-vous faire ? demanda la reine.

— Obtenir le soutien de l'Assemblée.

Celle-ci, horrifiée par les récits des émeutes et des assassinats barbares parvenus dans la nuit, puis dans la matinée, toujours plus nombreux et détaillés, s'était retrouvée dans la salle des Menus-Plaisirs. L'inquiétude, jointe au peu de sommeil, crispait les visages : les délégués devinaient bien qu'ils n'étaient pas en mesure de ramener à la raison une ville saisie de folie, forte de ses armes et sûre de son impunité, puisque les troupes refusaient de tirer contre leurs compatriotes.

Néanmoins – on le comprit aux échanges qui se tenaient dans les gradins et qui transpiraient parfois à l'extérieur –, l'Assemblée interpréta les événements comme une victoire : elle tenait le roi à sa merci. Armée rebelle, noblesse impuissante, Louis XVI ne disposait plus d'aucun moyen d'action ; il n'existait plus guère que par le principe de la royauté.

Une délégation se rendit au château pour le sommer d'intervenir, de sortir le pays du péril. Il arriva alors, accompagné de ses frères. Allait-il les menacer ? Il résuma les événements de la veille.

— Eh bien, c'est moi, qui ne suis qu'un avec ma Nation, c'est moi qui me fie à vous ! déclara-t-il. Aidez-moi en cette circonstance à assurer le salut de l'État : je l'attends de l'Assemblée nationale. Comptant sur la fidélité de mes sujets, j'ai donné aux troupes l'ordre de s'éloigner de Paris et de Versailles. Je vous autorise, je vous invite même à faire connaître mes dispositions à la capitale.

Ils en demeurèrent pantois : il avait prononcé les mots de « Nation » ? d'« Assemblée nationale » ?

Il n'avait pas évoqué le retour de Necker, mais il ne pouvait ignorer que le sujet brûlait toutes les lèvres. Toutefois, il en avait dit assez : il capitulait. Quatre-vingt-huit députés conduits par Bailly gagnèrent Paris dans quarante voitures. Non sans mal, ils se rendirent à l'Hôtel de Ville. On leur réserva un accueil triomphal. Bailly et La Fayette contèrent la visite du roi aux Menus-Plaisirs. Des cris de soulagement fusaient, on donna le commandement de la milice à La Fayette ; elle fut rebaptisée « Garde nationale ». Bailly fut nommé sur-le-champ maire de Paris. L'enthousiasme s'enflamma à la perspective de la paix retrouvée. Les députés allèrent chanter un *Te Deum* à Notre-Dame, afin de célébrer l'union du roi et de l'Assemblée, de celle-ci et de la Commune de Paris. Dans les rues, on pleurait de joie.

Mais pourquoi le roi ne venait-il pas en personne ? Pourquoi n'annonçait-il donc pas le rappel du héros du peuple, Necker ?

Il le savait : s'il n'allait pas à Paris, rien ne serait résolu. Une vague de révolte déferlait, balayant tout sur son passage. Il était le dernier bastion de l'ordre ancien. Elle le balaierait aussi.

Dans la nuit du 15 au 16 juillet, il manda un second Conseil.

Mais dans l'après-midi, sur les prières ardentes d'Axel, Marie-Antoinette avait déjà rassemblé ses bijoux dans un coffret, ce qui restait de sa cassette dans un autre, et préparé ses robes et les vêtements du Dauphin et de Mme Royale pour la fuite. Elle regarda sa chambre, les meubles et les tentures soigneusement choisis, les jardins... Il faudrait abandonner tout cela. Et ensuite ?

À la porte du cabinet royal, d'Artois lui souffla :

— Madame, je vous en conjure ! Il faut partir. L'incendie est à nos portes !

Il n'énonçait que l'évidence. Le soleil n'arrêtait pas de baisser sur le trône de France, quelles que fussent les saisons.

Elle, Mercy-Argenteau, l'ambassadeur d'Espagne, Monsieur et d'Artois écoutèrent le maréchal de Broglie répéter l'impensable : les troupes n'obéiraient pas à un ordre d'assaut contre la capitale. Même les régiments étrangers avaient été contaminés par la révolte.

Le comte d'Artois s'agenouilla devant son frère. Il l'adjura de quitter Versailles pour une ville éloignée de l'insurrection. Metz par exemple, dont la forteresse permettrait de résister aux assauts des révolutionnaires.

La reine joignit ses prières à celles de son beau-frère.

— Nous pouvons partir pour Metz, observa Broglie. Mais que ferons-nous une fois là-bas ?

C'était le bon sens même : en s'éloignant de Paris et de Versailles, le roi donnerait l'impression de se dérober, et la cour y perdrait le peu d'influence qu'elle détenait encore sur l'Assemblée nationale.

Monsieur estima que c'était là beaucoup de désarroi.

— Ces désordres sont provoqués par quelques meneurs, et je pense que les députés de l'Assemblée pourront leur faire entendre raison. Nous avons vu que les Parisiens sont bien disposés à leur égard et qu'ils ont fait le meilleur accueil à votre discours. Ne cédons pas à la panique.

Louis XVI écouta ces avis d'un air renfrogné. Sur quoi l'on annonça Bailly, nouveau maire de Paris, qui décrivit la situation : des dizaines de milliers de fusils aux mains de la population, gueux, vauriens et bourgeois aussi bien, les risques d'émeutes toujours présents, la difficulté de payer les rentes… Et le fait que la capitale ne disposait que de trois jours de vivres.

— La population de la ville au grand désir vous voir, Sire. Je pense que cela la rassurerait.

— C'est aussi mon intention, répondit Louis.

Marie-Antoinette blêmit : Paris ? Mais il s'y ferait écharper !

— Votre Majesté, reprit Bailly, préfère-t-elle aller à Notre-Dame ou bien aux Tuileries ?

— Non, j'irai à l'Hôtel de Ville. Quand on fait les choses, il faut les faire complètement.

Bailly parti, Marie-Antoinette en pleurs s'élança vers son mari :

— Je vous en supplie, n'y allez pas ! Une balle perdue pourrait mettre fin à vos jours ! N'avez-vous pas entendu ce qui est survenu à ce pauvre Launay ? Un fanatique se jetterait sur vous…

Louis demeura impassible.

— Ils vous garderont en otage, s'écria-t-elle.

— Contre quoi, mon amie ? répondit-il calmement. Otage, je le suis déjà. Que reste-t-il à perdre ?

Elle regagna ses appartements, toujours en larmes. Cette fois-ci, tout était perdu. Une fois le roi dans la capitale, la populace envahirait Versailles et le château. Elle entrevit les scènes d'horreur. Au moins pourrait-elle les épargner à ses amis. Elle fit prévenir la duchesse de Guiche de quitter Versailles au plus vite. Puis la duchesse de Polignac, gouvernante de ses enfants.

— Mais comment partirais-je ? se lamenta la duchesse. Vous quitter ? Quitter ces enfants ?

Le Dauphin et Mme Royale observaient la scène d'un air désolé. L'objet du drame leur échappait.

— Il le faut, mon amie, pour votre sécurité.

— Mais vous, Madame ?

— J'aviserai.

Incapable de retenir plus longtemps ses larmes, la duchesse quitta le salon. Marie-Antoinette s'assit à son secrétaire et rédigea l'ordre de réquisition d'un attelage et d'un carrosse pour la duchesse de Polignac. Elle y joignit un billet :

Adieu, la plus tendre des amies. Ce mot est affreux, mais il le faut. Voici l'ordre pour les chevaux. Je n'ai que la force de vous embrasser.

MARIE-ANTOINETTE

Et comment assurerait-elle sa sécurité et celle de ses enfants ? Des rumeurs que Breteuil avait recueillies au Palais-Royal grâce à ses espions prétendaient que la reine avait expédié à son frère Joseph II des centaines de millions de livres pour subventionner une offensive des troupes impériales contre la France. Pour Breteuil, c'était Philippe d'Orléans qui colportait ces mensonges. Ni les gardes ni les domestiques du château ne seraient en mesure de résister à un assaut des fous sanguinaires qui avaient dévoilé leur férocité deux jours auparavant. Son idée était prête : elle irait se réfugier à l'Assemblée. Elle commença à rédiger son discours :

> *Messieurs, je viens vous remettre ma personne et la famille de votre souverain ; ne souffrez pas qu'on désunisse sur la Terre ce qui a été uni dans le ciel...*

Le 17 juillet, une tristesse funèbre s'abattit sur le château, déjà en proie à l'anxiété. Ceux qui avaient pu dormir ne l'avaient fait que peu d'heures. À dix heures du matin, le roi embrassa la reine et ses enfants, puis il confia la lieutenance générale du royaume pendant son absence à son frère, Monsieur, comte de Provence. Enfin, escorté de ses gardes du corps, il prit place dans son carrosse, accompagné du maréchal de Beauvau, des ducs de Villeroy et de Villequier, du vice-amiral d'Estaing et du marquis de Nesle.

Toute la journée, Marie-Antoinette attendit les messagers porteurs de la nouvelle fatale. Ou la populace qui viendrait envahir le château et… et quoi ? Elle n'osait y penser.

Son seul réconfort fut Axel. À part Mme Campan et Mme Thibaud, d'ailleurs, il ne restait plus personne au château. D'Artois était parti à l'aube pour Chantilly, d'où il avait gagné Charleville avec sa femme. Le prince de Condé, le duc de Bourbon, le prince de Conti s'étaient débinés à cheval, déguisés l'un en médecin, l'autre en garde-chasse, que sais-je. Les Polignac, les Guiche et leurs suites étaient partis vers l'est, sans doute Metz. Et ce n'était pas tout : des listes de proscrits circulaient au Palais-Royal, sans doute établies par le duc d'Orléans, à en juger par leur précision. Elles désignaient les personnalités les plus marquantes de la cour à la vindicte populaire. Et celles-ci avaient évidemment fui.

Fersen n'osa même plus renouveler ses suggestions de départ ; en l'absence du roi, elles auraient été malvenues. La reine et lui jouèrent aux dames.

À la nuit tombée, l'inquiétude de Marie-Antoinette atteignit un pic. Elle allait et venait, incapable de tenir en place, tantôt pâle et tantôt congestionnée. Mme de Tourzel, qui avait remplacé Mme de Polignac, et Mme Thibaud lui apportèrent de l'eau de fleurs d'oranger.

Un quart d'heure après le carillon de dix heures, elle perçut du mouvement à l'étage et bondit du siège où l'épuisement l'avait forcée à s'asseoir. La porte s'ouvrit. Louis ! Défait, mais vivant.

Elle s'élança et les larmes jaillirent de nouveau.

— Je suis heureux de me retrouver ici avec vous et nos enfants, dit-il.

Que s'était-il passé ?

— Heureusement, dit le roi, le sang n'a pas coulé, et je jure qu'il n'y aura jamais une goutte de sang français versé par mon ordre.

Ils soupèrent, frugalement. Louis rapporta que ses derniers pouvoirs royaux lui avaient été arrachés. Il avait dû accrocher la cocarde bleu et rouge à son chapeau.

— Vous a-t-on contraint de rappeler Necker ?

— C'est l'évidence.

Pour autant, la visite du roi n'avait pas apaisé la soif de sang. Le 22, le conseiller d'État Foulon et l'intendant Bertier de Sauvigny furent massacrés et leurs têtes tranchées.

Des fauves étaient sortis de leurs cages et personne n'avait le pouvoir de les y ramener.

Le 29, Necker revint de Suisse. Il fut acclamé tel Jésus-Christ, à cette différence près qu'il était, lui, bien incapable de sauver plus que sa peau. Vaniteux comme un paon, il s'exposa avec délices à l'adulation de Paris, descendu en masse dans la rue pour l'acclamer. À Versailles, il se montra arrogant avec le roi et la reine, arguant que rien ne l'obligeait à la reconnaissance.

— Grand bien lui fasse ! grommela Marie-Antoinette. La France est devenue ingouvernable. Cette outre de suffisance est-elle donc aveugle de surcroît ?

Ministres et informateurs traçaient de la situation un tableau effrayant.

D'une part, l'Assemblée s'efforçait de maintenir un semblant de légitimité, de l'autre la rue et bientôt les campagnes rejetaient toute forme de contrôle. L'on arrivait à la saison des moissons, et donc des dîmes et fermages à acquitter. Bouillonnant de colère à l'idée qu'on vînt leur réclamer de l'argent au nom de chartes d'un autre âge, les paysans attaquèrent les châteaux, les abbayes, les monastères. Aucune force ne pouvait les contenir, puisque l'armée avait déclaré forfait, et que les insurgés le savaient.

Le 30 août, une horde de forcenés marcha sur Versailles. Ils n'étaient pas trop nombreux. La Garde nationale daigna les arrêter.

Pendant ce temps, l'on délibérait toujours dans la salle des Menus-Plaisirs. L'Assemblée s'échinait à arracher au roi les bribes de pouvoir qui lui restaient. Le 11 septembre, elle lui consentit tout juste le droit de veto et celui de nommer ses ministres : il ne pouvait plus édicter de lois, il gardait à peine le droit de s'y opposer. Le trône semblait ne plus être qu'un accessoire symbolique, maintenu pour donner bonne conscience aux législateurs.

Fersen évoqua de nouveau, cette fois devant le roi, l'opportunité d'un départ. Le roi, la reine et lui en débattirent, parfois avec Broglie, parfois Beauvau ou Villeroy, mais jamais Necker. Les noms de Metz, de Compiègne, de Rouen furent évoqués, mais au terme de chaque discussion, Louis en revenait à sa principale objection : ce serait laisser la place libre au duc d'Orléans. Il se contenta de faire venir des troupes pour protéger la ville et le château.

Septembre passa, morne et brun.

Une distraction rompit le cours sinistre des jours d'automne. Les officiers des gardes du corps invitèrent ceux du régiment de Flandre à un banquet dans la salle de l'opéra du château. L'assistance fut élégante, comme aux beaux jours d'antan. Louis XVI et Marie-Antoinette, portant le Dauphin dans ses bras, entreprirent de s'y rendre. On les applaudit à tout rompre. On cria : « Vive le roi ! Vive la reine ! Vive le Dauphin ! » On dansa.

Mais on oublia de boire à la Nation.

Le 3 octobre, un follicule extrémiste, *le Courrier de Versailles à Paris*, s'offusqua de la criminelle omission et broda dessus jusqu'à la folie. Elle inventa qu'on avait foulé aux pieds la cocarde du Tiers et qu'on avait en revanche porté la cocarde noire de la reine en proférant des injures contre l'Assemblée. Paris s'émut, puis s'agita. C'était donc vrai, le roi et la reine ainsi que leurs sbires s'étaient proclamés ennemis de la Nation !

Le 5 octobre, les troubles reprirent à Paris : toujours pas de pain.

Là apparurent des acteurs d'un genre nouveau dans la révolution. C'étaient plutôt des actrices : des femmes, en effet. Astuce magistrale de Philippe d'Orléans : elles incarnaient un pouvoir privilégié. Quel homme aurait le cœur de tirer sur une femme ? Et pourtant, elles se montraient dans l'action aussi redoutables que les hommes.

À sept heures du matin, plusieurs centaines de harengères, blanchisseuses, ouvrières, bouquetières, artistes en goguette, filles de rue, envahirent l'Hôtel de Ville, saccageant tout sur leur passage et volant ce qu'elles pouvaient, de l'argent ou des armes. À midi, la confusion était à son comble, car non seulement les Gardes nationaux n'intervenaient pas, faisant fi des ordres de La Fayette, mais encore ils se mêlaient aux émeutiers.

Entretemps, le nombre de ces poissardes s'était monté à quelque six mille. Elles voulaient marcher sur Versailles. Qu'y faire ? Y demander du pain, pardi ! Un meneur, Maillard, s'offrit à les conduire ; il était des braves qui avaient pris la Bastille ; un vrai patriote du peuple, quoi, pas un damoiseau ni un bavard ; elles lui confièrent la charge.

Personne ne s'étonna de voir tant de femmes réunies, ni pourquoi elles seules s'étaient assemblées, comme si elles s'étaient donné le mot. Où étaient donc les hommes ? En réalité, il y en avait bien quelques-uns égaillés dans la foule, mais ils passaient inaperçus : dame, ils étaient travestis en femmes ! Plus étrange encore, les femmes ne s'en étonnèrent pas.

Cette horde était férocement armée : non seulement de fusils et de piques, mais encore de crocs de boucher et de couteaux fixés au bout de bâtons. Trois canons et des barils de poudre précédaient leur convoi. Singulier équipement pour réclamer du pain ! Maillard fit battre les tambours, sept ou huit, et en avant.

Un peu avant midi, Marie-Antoinette s'était rendue au Hameau nourrir ses canards et ses poissons chinois quand un page haletant lui apporta un billet émanant de M. de Saint-Priest, ministre de la Maison du roi : il la suppliait de rentrer immédiatement au château.

Que se passait-il ?

Elle le sut peu après : les mégères arrivaient à Versailles pour réclamer du pain. Necker, Saint-Priest, les archevêques Champion de Cicé et Le Franc de Pompignan, le maréchal de Beauvau, les comtes de La Luzerne, de Montmorin et de Montmorency, le marquis de La Tour du Pin étaient réunis autour d'une table, discutant de la conduite à suivre. Ils se levèrent pour accueillir la reine et quelques moments plus tard le roi, rappelé d'urgence alors qu'il chassait dans les bois de Verrières.

Saint-Priest proposa un plan stratégique pour protéger Versailles et le château. Necker le trouva exagéré. Louis XVI rejeta vivement l'idée d'opposer la troupe à des femmes.

Le ciel, qui avait été noir toute la matinée, décida de dissoudre ses nuages de chagrin en pluie. Les tricoteuses arrivèrent crottées et transies, ce qui ne les empêcha pas d'assaillir les gardes du corps de pierres et de paquets de boue à l'entrée du château. Les grilles étant fermées, elles allèrent à celles qui étaient défendues par la Garde nationale, qui les laissa évidemment passer. Elles s'élancèrent vers l'Assemblée. Le président Mounier en choisit cinq. Il les emmena au château pour présenter au roi leur demande de pain et de farine.

Louis les reçut.

— Que voulez-vous ? demanda-t-il avec bonté à l'une d'elles, Louison Chabry, posticheuse au Palais-Royal.

— Du pain…

Sur quoi elle défaillit. L'émotion de se trouver en présence du roi. On lui apporta un verre de vin. Elle reprit ses esprits et demanda la permission de baiser la main du roi.

— Vous valez mieux que cela, répondit-il.

Il l'embrassa sur les deux joues. Elle crut retomber en pâmoison.

Les cinq émeutières rejoignirent leurs compagnes en criant : « Vive le roi ! »

— Et le pain ? réclamèrent les autres, prêtes à les étriper.

Elles durent retourner demander pain et farine. Louis fit rédiger l'ordre de ramener du blé de Senlis et de Lagny.

Les tricoteuses ne décollaient pas.

À six heures du soir, elles étaient plusieurs à danser sur la place d'Armes en criant :

— Nous ferons rôtir le cœur de l'Autrichienne et nous grillerons les gardes du corps.

Les autres avaient pris possession de la salle des Menus-Plaisirs et, en guise de plaisirs, elles trouvèrent leurs contents : du pain, du vin, du saucisson, du pâté, du cervelas et de l'eau-de-vie, que Mounier leur avait fait porter.

Elles étaient transies. La panse pleine mais le cul froid, elles se déshabillèrent et mirent leurs culottes, jupons et bas de laine à sécher sur les poêles.

La place était à elles.

À six heures du matin le 7 octobre, ayant digéré la collation offerte par le prévenant président de l'Assemblée, elles voulurent passer aux choses sérieuses : en finir avec l'Autrichienne.

Elles se lancèrent d'abord dans la chasse aux gardes du corps. L'un d'eux, Pagès des Huttes, fut assassiné en un tournemain. Un autre, Varicourt, qui se tenait sur l'escalier de marbre menant aux appartements de la reine, fut massacré puis décapité. Les tricoteuses se barbouillèrent le visage du sang des suppliciés. Dans la salle des Gardes, un troisième, Miomandre de Sainte-Marie, se retrouva entouré d'émeutières et d'émeutiers – car des hommes avaient rejoint leurs rangs. Avinées toute la nuit dans les estaminets de Versailles, elles criaient leurs intentions :

— L'Autrichienne, on lui coupera la tête ! Nous voulons fricasser son cœur et ses foies ! Et ça ne s'arrêtera pas là ! Nous jouerons à la boule avec sa tête ! Nous ferons des cocardes blanches de ses tripes !

Il parvint à s'enfuir. On le poursuivit jusqu'à la chambre du Grand Couvert. Il fut blessé à la tête. Il cria à la femme de chambre de la reine, Mme Augié, que le fracas avait réveillée :

— Madame, sauvez la reine ! Ses jours sont en danger !
Puis il tomba.

Mme Augié verrouilla les portes et se précipita vers la chambre de la reine, suivie de Mme Thibault, qui était accourue, elle aussi alarmée par les cris.

Marie-Antoinette était déjà réveillée. Mais qu'étaient donc ces cris et ces hurlements ?

— Madame, hâtez-vous ! Nous sommes en péril !

Elles l'habillèrent à la va-vite et la poussèrent dans le passage secret qui menait aux entresols, ceux où, jadis, elle avait retrouvé Axel.

Elle avançait à tâtons dans l'obscurité que dissipait à peine le bougeoir emporté par Mme Thibault.

— Mais que leur ai-je donc fait ? gémit-elle. Où est Mme de Tourzel ? Et mes enfants ?

Soudain, elle vit des lumières devant elle. Elle entendit des voix. Elle reconnut celle de Louis.

Il était là. Le Dauphin aussi, dans les bras de Mme de Tourzel. Mme Royale. Et les autres, Mme Élisabeth, Monsieur, son épouse, Mme Adélaïde et quelques personnes de leurs suites.

Des appartements, on pouvait entendre les cris de haine des émeutiers.

— À mort l'Autrichienne !

Des coups de feu retentirent.
— Qui tire ? demanda le roi.
La Fayette, qui venait d'arriver – il avait le sommeil lourd –, répondit :
— Vos gardes fidèles, Sire.
Il y en avait donc encore ! Après avoir sauvé la vie de leurs camarades, dans la salle où avait déjà péri Pagès des Huttes, ils faisaient évacuer le château.

Mais non les parages : la foule s'était massée dans la cour de Marbre, enrichie de portefaix, de forts des Halles, de quelques bourgeois et oisifs déguenillés. Et elle pointait contre le château les trois canons traînés depuis Paris.

Protégée par les gardes loyalistes, la famille royale avait alors gagné le salon de l'Œil-de-Bœuf, d'où le roi se rendit dans la salle du Conseil. Il y retrouva un Necker blême et les ministres accourus. Aucun d'eux ne savait quel parti prendre.

— À Paris ! hurlait la meute.

La Fayette alla parlementer et revint pour tenter de convaincre le roi et la reine de céder. Le roi, suivi des ministres, avait alors gagné l'ancienne chambre d'apparat de Louis XIV. Mais il s'était effondré dans un fauteuil, muet d'horreur. Sur les instances de Saint-Priest, il s'arracha difficilement à sa paralysie.

— Je vais leur parler, dit-il alors.

La Fayette ouvrit la fenêtre centrale et sortit l'annoncer au balcon. On l'acclama. Louis sortit à son tour, certain d'affronter la mort. Il ne put articuler un mot, tant sa gorge était serrée.

— Vive le roi ! La reine au balcon ! L'Autrichienne au balcon ! brailla la meute.

La Fayette alla chercher la reine ; elle était dans la chambre de Louis XIV, avec ses enfants.

— Madame, cette démarche est absolument nécessaire pour calmer la multitude.

— En ce cas, répondit-elle, dussè-je aller au supplice, je n'hésite plus.

Elle suivit son mari sur le balcon, tenant par la main le Dauphin et Mme Royale.

— Pas d'enfants ! cria encore la foule.

Mme de Tourzel vint les prendre.

Si près d'un désastre, Marie-Antoinette regarda calmement cette foule gonflée de haine. Les braillards furent saisis. Comment ? Ils ne lui faisaient donc pas peur ? Sacrée bonne femme quand même !

— À Paris ! répéta la foule.

Louis hocha la tête et retrouva un peu de voix :

— Mes amis, j'irai à Paris avec ma femme et mes enfants. C'est à l'amour de mes bons et fidèles sujets que je confie ce que j'ai de plus précieux.

— Vive le roi !

— À présent nous sommes prisonniers, dit la reine à son époux. Pour moi, je remets mon sort entre les mains de Dieu.

Comme une statue de faux or dépouillée de son lustre par les intempéries, Necker était blanc. Sa morgue l'avait quitté. Il n'avait pas osé se montrer à la foule. Il ne possédait plus aucun pouvoir ni prestige, et il en avait conscience.

Marie-Antoinette songea aux prières d'Axel. Mais il était bien tard. Trop tard sans doute.

91
« Le boulanger, la boulangère et le petit mitron »

Il fallait donc plier bagage. Dans ses appartements, Marie-Antoinette fondit en larmes devant Mmes Augié et Thibault :

— Qu'allons-nous devenir entre les mains de ces barbares ? Que deviendront mes pauvres enfants ?

— Vous ne resterez sans doute pas longtemps à Paris, Madame, lui dit Mme Thibault.

Marie-Antoinette secoua la tête :

— Non. Je sens que nous ne reviendrons plus ici. Mes pressentiments ne m'ont jamais trompée.

Un peu plus tard, avant de monter en voiture, le roi avait recommandé au comte de Gouvernet :

— Tâchez de préserver mon pauvre Versailles.

Lui aussi se doutait qu'il n'en reverrait pas les salons ni les jardins.

L'ange, le même que celui qui avait suivi un autre cortège dix-neuf ans plus tôt, pleurait en voyant le carrosse quitter Versailles, le 6 octobre 1789, peu après midi.

D'abord venaient deux lascars à pied, portant des perches au sommet desquelles étaient attachées les têtes des gardes assassinés, Varicourt et Pagès des Huttes.

Suivait un détachement de gardes du corps. Désarmés.

Puis le malheureux Miomandre de Sainte-Marie, la tête entourée de pansements et l'uniforme ensanglanté, encadré par deux miliciens portant sabre au clair.

Puis des Gardes du roi, à cheval, portant en croupe des miliciens, des Suisses, des soldats du régiment de Flandre.

Un grand carrosse rouge et or avançait lentement.

À l'intérieur étaient entassés le roi, Marie-Antoinette, leurs enfants, les Provence, Mme Élisabeth et Mme de Tourzel.

Les trois pièces de canon emmenées à Versailles l'escortaient, chevauchées par des tricoteuses avinées, à demi nues et braillant : « Vive la Nation ! »

Une centaine de voitures fermaient la marche, dont quelques chariots de blé et de farine, réquisitionnés à Versailles. Dans l'un des véhicules les plus proches du carrosse royal se trouvaient Fersen et la princesse de Lamballe.

Dans un autre, un Necker au comble de la vexation. Il n'avait pas été réclamé.

C'était un cortège funèbre.

À droite et à gauche, des miliciens, des gueux, des brigands, dépoitraillés et hirsutes, agitaient des branches de peuplier, car le vert de l'espérance brandi par Camille Desmoulins était la couleur de la Nation. Détail qui révélait l'appartenance de ces gens à la bande du Palais-Royal.

— Qui c'est dans le carrosse ? s'enquéraient les badauds massés le long du trajet.

— Le boulanger, la boulangère et le petit mitron ! s'esclaffaient les drôlesses sur leurs canons, les mégères agitant leurs crocs, les voyous hilares.

De temps à autre, un excité tirait un coup de mousquet, un autre l'imitait plus loin, puis un autre encore.

De l'intérieur du carrosse, on entendait des chansons grivoises ou révolutionnaires.

L'abominable voyage dura plus de six heures.

Les domestiques encore au château eurent la surprise de voir un carrosse s'arrêter vers quatre heures de l'après-midi devant la cour de Marbre et un élégant individu en frac gris, badine à la main, en descendre, suivi de deux valets ! D'où venait-il, celui-là ? N'était-il pas au courant des événements ? L'un de ceux qui détenaient encore quelque autorité dévisagea ce mystérieux gandin. Il faillit en choir de stupeur.

Le duc d'Orléans !

Il se promena une ou deux bonnes heures, la badine à la main, souriant.

Dame, il faisait l'inventaire des lieux.

En partant, il croisa quelques émeutiers dans la cour de Marbre. Sans doute le reconnurent-ils, car ils s'arrêtèrent pour le saluer. Il plaisanta avec eux un bon moment, puis remonta dans sa voiture.

Nul ne sut toutefois ce qu'ils se dirent.

Le cortège arriva au crépuscule, comme il se devait, aux barrières de Paris. Là attendait le maire, Bailly. Il se lança dans un discours assommant, qui ne tenait compte ni des circonstances sanglantes, ni des émotions endurées depuis la veille par les voyageurs, sans parler de leur fatigue.

— Je viens avec plaisir dans ma bonne ville de Paris, répondit le roi. Mais où irons-nous à partir d'ici ?
— À l'Hôtel de Ville, Sire.

Marie-Antoinette et la comtesse de Provence se récrièrent.
— La reine ne peut-elle en être dispensée et se rendre tout de suite aux Tuileries ?

Bailly et La Fayette répondirent non d'une même voix :
— Sa vie serait en danger, Sire. Si elle ne sacrifiait pas à cette obligation, elle paraîtrait dédaigner la maison de la Nation.

Bon, le plus tôt ce serait fait, le plus vite la famille royale pourrait prendre un peu de repos.

Il fallut donc traverser le tumulte, se forger une mine de circonstance, répondre aux uns et autres avec aménité et, bien évidemment, se montrer au balcon de l'Hôtel de Ville, devant les miliciens, les tricoteuses, les bourgeois ébaubis, les patriotes de tout poil et les assassins des heures précédentes. Vivats et acclamations, mais désormais Louis et Marie-Antoinette savaient ce qu'il fallait en penser. Il ne servait plus à rien de dissimuler la vérité : ils avaient été pris en otages par la lie des Parisiens.

Ce ne fut qu'à neuf heures et demie du soir qu'à bout de forces, couverts de la poussière des chemins, affamés et rendus, le couple royal, ses enfants et ses proches purent se rendre au château des Tuileries. Ils s'installèrent au Pavillon de Flore, sur la Seine. Rien n'y était prêt pour les accueillir, les lieux étaient froids et sinistres. Les domestiques étaient en effet devenus de plus en plus négligents depuis les récents incidents : au lieu de veiller aux préparatifs, faire du feu, achalander les luminaires, ils étaient allés au spectacle de l'Hôtel de ville. Les premiers valets du roi, Thierry de Ville-d'Avray et Chamilly, restés fidèles, n'osaient commander à ces faquins, n'étant même pas assurés de retrouver leur maître.

L'on campa donc sur des lits de fortune. Les Provence étaient mieux lotis : ils partirent pour leur demeure parisienne, le Palais du Luxembourg.

Le lendemain, le roi et la reine se partagèrent les appartements. La foule vint et insista pour voir les captifs. Louis sortit au balcon, impassible et bonhomme, apparemment sourd aux invectives. Ah, le voilà, le bonhomme ! Il avait voulu empoisonner les Parisiens avec du pain de terre !

La municipalité et le corps diplomatique présentèrent leurs hommages. Ils étaient consternés par les conséquences des épreuves sur le roi, qui parlait à peine, et sur son épouse, dont les mains tremblaient et qui semblait sans cesse près de fondre en larmes.

Après leur départ, Marie-Antoinette écrivit à Mercy-Argenteau, qui avait fui la veille pour Chennevières. Elle le tranquillisa sur son sort. Elle reçut ensuite ceux de ses amis encore présents et qui, comme les ministres, avaient dû s'installer en ville. L'un des premiers fut Fersen. À peine entré dans le salon du rez-de-chaussée, il s'arrêta, comme frappé.

— Mon ami, qu'avez-vous ? lui demanda-t-elle.

— Madame… Pardonnez-moi de le dire, mais vos cheveux semblent avoir blanchi sur les tempes. Serait-ce la poudre ?

Elle prit un miroir et s'examina.

— Non, mon ami, non. Ils auront blanchi hier.

Et elle pleura. Il chercha les mots les plus tendres, et les trouva. Cela ne fit que redoubler le chagrin d'Antonia. Le miroir le lui avait annoncé : elle était passée du printemps à l'hiver. Mais après celui-là, le printemps ne viendrait plus.

À l'Assemblée, demeurée à Versailles, les plus audacieux, enhardis par le triomphe des poissardes, s'enhardissaient encore. Marie-Antoinette ne l'apprit que plus tard, à Paris.

Le lendemain du départ du roi et de la famille royale pour Paris, Maximilien de Robespierre – on avait fini par admettre l'usage de cette particule incongrue – se leva pour haranguer l'auditoire sur les formules utilisées par le roi afin de promulguer une loi, sans s'aviser apparemment que ce pouvoir lui avait été retiré.

La formule traditionnelle, qu'il récita de sa voix de tête, avec les mêmes accents nasaux, était : « Louis, par la grâce de Dieu, de notre certaine science, pleine puissance et autorité royale, car tel est notre bon plaisir. »

Il considéra l'Assemblée d'un air martial pour déclarer :

— J'estime nécessaire de remplacer cette formule, aux relents de despotisme, par une forme noble et simple, qui annoncerait le droit naturel et le caractère sacré de la loi.

« Droit naturel » : à ces termes chacun reconnut la dévotion quasi religieuse et proclamée de M. de Robespierre à Jean-Jacques Rousseau.

— Je propose donc la formule suivante : « Louis, par la grâce de Dieu et par la volonté de la Nation, roi des Français, à tous les citoyens de l'empire français : peuple, voilà la loi que ses représentants ont faite et à laquelle j'ai apposé le sceau royal. Que cette loi soit inviolable et sainte pour tous »…

Il fut saisi en plein vol par une remarque émise par une voix inconnue, à l'accent méridional, parfumée d'ail :

— Ce n'est point des cantiques qu'il nous faut !

Soudain, l'Assemblée éclata. Un fou rire agita les gradins. Les députés se tapaient sur les cuisses, incapables de retenir leur hilarité.

Maximilien de Robespierre, piqué, toisa les députés. Ils riaient toujours.

— Peut-être voudriez-vous une formule plus simple encore ? proposa-t-il.

Mais sa voix se noyait dans les rires.

Il se rassit. L'humiliation confinait maintenant à la rage.

Il en était lui-même convenu : « J'ai toujours eu infiniment d'amour-propre. »

Il se vengerait. La fureur de vengeance s'inscrivait en lettres de sang dans le cœur de celui qu'on appelait déjà « l'Incorruptible ».

Comme si les épreuves endurées n'avaient pas été suffisantes au goût du ciel, il en advint une qui plongea

Louis XVI dans une colère d'autant plus effrayante qu'elle était sourde et muette. La reine s'en aperçut le jour de Noël.

— Mais qu'avez-vous, mon ami? lui demanda-t-elle avec douceur.

Il tourna vers elle des yeux rouges et embués.

Dans l'heure qui suivit, elle fut avertie par La Fayette.

42
Provence ou l'infamie

Habituellement si souriant, le sémillant Gilbert de La Fayette n'était guère plus serein que le roi. Une violente colère l'agitait lui aussi.

— Madame, commença-t-il, vous avez échappé à un grand danger.

Un de plus ?

— Hier dans la nuit, j'ai fait arrêter deux conspirateurs. Un nommé Favras et sa femme. Ils projetaient de faire enlever Leurs Majestés et leurs enfants.

Un cri échappa à Marie-Antoinette.

La Fayette ajouta en lançant à la reine un regard féroce :

— Avec la complicité du comte de Provence.

Un autre cri jaillit de la gorge de la reine. Elle joignit les mains sur sa poitrine.

— Tout à l'heure, j'ai reçu ce billet, poursuivit-il, sortant la missive de sa poche et la tendant à Marie-Antoinette.

Elle la déchiffra. Son menton trembla.

Le dénommé Favras avait projeté de faire d'abord assassiner La Fayette et Bailly, avant d'enlever le roi et sa famille. Et tout cela, sur ordre du comte de Provence. C'était signé Barrauz.

La reine était dans un état tel que Mme Thibaud s'empressa d'aller chercher des sels. Elle fit boire à sa maîtresse un verre d'eau additionnée d'extrait de fleurs d'oranger.

— Mais qui est ce Favras ? demanda Marie-Antoinette. Qui est Barrauz ?

— Barrauz, je l'ignore. Cela semble un nom d'emprunt. Favras, lui, est un épouvantable aventurier. De son vrai nom Thomas de Mahy de Favras, il a été lieutenant de vos Gardes suisses. Il s'est affublé du titre de marquis, mais personne ne connaît son titre. Peu importe. Il est marié à la fille d'une princesse allemande, mais cela ne leur a évité ni à l'un ni à l'autre d'être à l'heure actuelle sous les verrous du Châtelet.

— Mais le comte de Provence... ? balbutia-t-elle. Quelle preuve... ?

Le jour tombait sur les jardins des Tuileries. Mme Thibault alluma les flambeaux.

— Il y a plusieurs semaines que mes agents avaient repéré Favras. Lui et sa femme vivaient soudain sur un grand train, alors qu'ils n'ont pas de moyens. Il avait obtenu un emprunt de deux millions de livres, soi-disant pour régler des dettes. Cela ne tient pas debout : il n'aurait jamais pu faire autant de dettes. Or cet emprunt a été consenti sur la garantie du comte de Provence.

Un silence de pierre tomba dans le salon.

— Croyez-vous que cela prouve le projet d'enlèvement ? objecta la reine. Et la complicité du comte ?

— Favras a parlé, Madame. Il projetait de vous faire enlever par une petite troupe armée. C'est à la stipendier qu'auraient servi les deux millions. Vous auriez été conduits à Péronne. Cela aurait eu l'air d'une fuite.

J'ignore incidemment quel aurait été votre sort à Péronne, aux mains de malfrats corrompus.

Marie-Antoinette rassembla ses forces pour demander :

— Êtes-vous certain que Favras ne ment pas ? Cela ne semble pas accabler Monsieur ?

La Fayette parut agacé.

— Et pourquoi donc, Madame, le comte de Provence aurait-il garanti l'énorme emprunt de Favras ? Ne voyez-vous pas l'évidence ? À votre disparition, des troubles auraient éclaté et personne n'aurait été là pour les réprimer, puisque Bailly et moi-même aurions été égorgés. Au bout de quelques jours, l'Assemblée aurait évidemment déclaré le roi déchu. S'il ne s'agissait que d'un projet de fuite, pourquoi diantre aurait-on voulu nous assassiner Bailly et moi ?

L'indignation affleurait à ses lèvres. Marie-Antoinette guettait la suite des révélations.

— Le comte de Provence se serait fait proclamer d'abord régent du royaume, puis roi, sous le nom de Louis XVII[*].

---

[*] Le futur Louis XVIII s'est plus tard défendu d'avoir conçu pareil plan. Dans un texte dicté à M. de Blacas, il déclara : « Je n'aurais pas dû écouter les projets de M. de Favras, et je n'aurais pas dû les désavouer. » Formulation ambiguë s'il en fut : en effet, s'il les « écouta », c'est qu'il les approuva, comme le prouve l'emprunt couvert au bénéfice de Favras. Le deuxième terme de la phrase est énigmatique : quand donc les désavoua-t-il ? Il avait ajouté en note : « Je dois dire pourtant que, s'il y entrait, en effet, des assassinats, je les ai ignorés. Je n'ai connu qu'un plan d'évasion. » Autre inexactitude : il s'agissait d'un enlèvement, pas d'une évasion. Mais aurait-il pu souscrire à un plan d'évasion aussi spectaculaire sans en envisager les suites ? Il faudrait pour cela lui attribuer de la sottise.

Elle se refusa à croire à tant d'ignominie.
— Avez-vous interrogé le comte ?
La Fayette toisa la reine.
— Madame, il faudrait pour cela le faire arrêter. Cela infligerait au trône un choc violent. Le moment n'est pas opportun. Si vous le permettez, je vais prendre congé de vous.

Elle remercia chaleureusement La Fayette, qui n'en parut pas ému outre mesure. Puis elle se rendit chez le roi. Il parla enfin.
— Je ne peux le croire. Provence aura voulu nous faire fuir, puisque nous n'en prenons pas la décision de nous-mêmes. Mais le reste est plus que douteux.

Elle demeura perplexe. À quoi tenait donc la contrariété du roi ? Au fait que son frère eût tenté de le faire enlever sans l'en prévenir ? Ou bien à des soupçons plus graves ?

Mais elle connaissait Louis : il se serait plutôt fait hacher menu que d'avouer sa terrible conviction : son frère était bel et bien capable d'un complot aussi infâme pour lui enlever le trône.

D'abord Philippe d'Orléans.
Ensuite Louis Stanislas.

Le projet d'assassinat avait-il été réel ? Toujours était-il que La Fayette sembla le croire ; il ne lâcha pas sa proie. Pour commencer, il fit imprimer le billet anonyme à un grand nombre d'exemplaires. Cela réveilla les ardeurs des Patriotes, qui déduisirent que le comte de Provence n'aurait pu monter son plan sans l'aval du roi et de la reine.

Provence s'inquiéta des rumeurs qu'il suscitait. Il alla s'en expliquer chez son frère. Louis l'écouta placidement.

— Vous couvrez de bien gros emprunts, Monsieur, au bénéfice de gens imprudents. En tout cas, veuillez ne plus devancer mes projets en me faisant fuir de force.

Le lendemain, Provence se rendit à l'Hôtel de Ville pour y faire enregistrer une déposition : il avait bien couvert l'emprunt de Favras, mais il ignorait tout du projet d'enlèvement de son frère et des assassinats.

On se gaussa. Le comte était décidément bien riche pour avancer ainsi tant d'argent à un ancien garde suisse ! Et maintenant, il n'en reverrait plus un sou !

Le seul dont la perte fût évidente était le second couteau, le faux marquis de Favras. Son dossier d'instruction regorgeait de preuves recueillies par le lieutenant civil du Châtelet, Omer Talon, un séide de La Fayette.

Le procès public dura trois jours. La salle d'audience et le parvis du tribunal débordaient d'une foule indignée. Marie-Antoinette et son mari s'en tinrent informés de près. Ils se rongeaient d'anxiété. Si Favras dénonçait le comte de Provence, la monarchie subirait un coup de plus. L'aveu démontrerait que les Bourbons avaient forfait au sens de l'honneur, puisqu'un frère puîné avait trahi l'aîné. Il renforcerait les rumeurs selon lesquelles le couple royal voulait fuir et rejoindre les troupes autrichiennes.

Mais Favras n'avoua que le projet d'enlèvement.

Quel en était le but ? demandèrent les juges.

Soustraire le roi aux périls de fureurs sanguinaires.

Les assassinats de La Fayette et Bailly ?

C'était une calomnie anonyme ; il n'en avait jamais été question.

— Qui vous a inspiré ?

— Personne. Ancien Garde suisse, je suis fidèle à mon roi. J'ai tremblé pour lui après les assassinats de deux de mes anciens compagnons d'armes.

C'était plausible, mais le crime de tentative d'enlèvement et de corruption de miliciens était avéré. Le 18 janvier au soir, Favras fut condamné à mort.

Il fut pendu le lendemain soir, place de Grève, à la lueur des lampions.

— Allez, saute, marquis ! lui lança quelqu'un dans la foule.

Le silence de Favras avait sauvé la monarchie d'un scandale dont elle n'avait aucun besoin.

Restait à savoir s'il n'aurait pas laissé une confession écrite. Breteuil, qui avait toujours des gens en place, rapporta au roi que Favras avait en effet rédigé la veille de son exécution un mémoire de quatre pages. Talon s'en était emparé*.

---

* Ce mémoire n'a pas été retrouvé. Une rumeur voudrait que c'est pour l'avoir remis à Louis XVIII que la fille de Talon, Zoé Victoire, devenue comtesse du Cayla, fut admise à la cour comme favorite du roi. Quand on sait les capacités sexuelles de Louis Stanislas, on peut douter du sens qu'il faudrait donner à « favorite ». Et l'on est en droit de s'interroger sur la faveur de Mme du Cayla et la coïncidence qui fit une favorite de la fille de celui qui recueillit justement les confessions de l'infortuné Favras. La biographe de Mme du Cayla (Catherine Decours, *Zoé du Cayla, le grand amour de Louis XVIII*) juge la rumeur « ridicule ». On a toutefois vu plus ridicule et véridique.

— Ne peut-on l'avoir ? demanda Marie-Antoinette.

— J'ignore ce qu'il en est advenu. Mais je ne serais pas surpris qu'il soit dans les mains de M. de La Fayette.

« Gilles-César » s'en servirait-il pour faire pression sur le roi ? sur Provence ? Et que contenait donc ce mémoire ? Mystère.

— L'essentiel, dit le roi, est que ce gentilhomme n'ait compromis personne d'autre que lui.

Le lendemain, il chargea M. de Septeuil, trésorier de la Liste civile, de faire remettre 30 000 livres à la veuve Favras, fille de la princesse d'Anhalt-Bernburg-Schaumburg.

Le soir de l'exécution de Favras, le comte de Provence fut informé par un messager personnel que le condamné était mort sans avoir mis personne en cause.

— Ouf ! s'écria-t-il. Allons souper.

95
« *On vous accusera d'adultère !* »

Les jours passant, à Paris, la famille royale s'accommoda cependant de ses nouveaux quartiers. Elle fit venir de Versailles meubles et objets familiers. Mieux, La Fayette, Bailly et leurs coteries reconstituèrent progressivement la cour.

Ce n'était ni par nostalgie, ni pour y tenir un rang, ni même par affection pour le roi, mais par intérêt. Car le sémillant Gilbert de La Fayette, « Gilles-César » pour Mirabeau, « l'Américain », pour les autres, bouillonnait d'ambition. Et Bailly n'était pas moins calculateur : il ne pourrait poursuivre sa carrière qu'à l'ombre du trône, eût-il rapetissé. Or il fallait parer à toute éventualité. Plusieurs des discours extrémistes du Palais-Royal et de l'Assemblée, qui avait suivi le roi à Paris et qui s'était installée dans la salle du Manège, évoquaient ouvertement la République de la Nation. La république, horreur ! Si La Fayette, avec l'argent de la monarchie française, avait bien soutenu celle des insurgés américains, et si Bailly avait été porté à la mairie de Paris par les tricoteuses, les barboteuses et les gueuses, ils n'en devinaient pas moins, l'un et l'autre, que la république les précipiterait dans un cul-de-basse-fosse. Ils s'inquiétaient des proclamations aventureuses autant qu'exaltées d'un jeune député d'Arras, tête de mule prétendument romaine et adversaire proclamé de la royauté de droit divin, un certain Maximilien de Robespierre.

Ils s'attachèrent à renforcer le prestige royal, auquel même les assassins du 14 juillet et du 6 octobre 1789 restaient sensibles.

Ils œuvrèrent. En juin 1790, soutenus entre autres par Mirabeau, qui s'était apparemment détaché de Philippe d'Orléans – probablement lassé de payer ses dettes de jeu et de filles –, ils obtinrent de l'Assemblée une liste civile de 25 millions, plus la libre disposition des revenus de plusieurs terres royales.

Les Tuileries virent renaître la Maison du roi. 677 huissiers, valets de chambre, contrôleurs de la Bouche et du Gobelet apparurent, plusieurs d'entre eux revenus de Versailles où ils se languissaient. Les cérémonies du lever et du coucher furent restaurées, l'étiquette fut rétablie, quoique simplifiée.

Marie-Antoinette reprit des couleurs. Rose Bertin revint lui livrer des toilettes, bien plus modestes, sur les ordres de la reine.

Certes, ce n'étaient plus les Cent-suisses ni les gardes du corps qui assuraient la sécurité des Tuileries, mais la Garde nationale, formée à la suite des événements de juillet 1789. Certes, les députés de l'Assemblée poursuivaient leurs attaques contre le despotisme. Mais peut-être un jour la vie reprendrait-elle son cours. Presque comme avant…

Tel n'était pas du tout l'espoir de certaines factions.

Les enragés n'appréciaient pas la popularité retrouvée du couple royal, qui se permettait de traverser Paris sous les acclamations pour aller visiter l'asile des Enfants trouvés ou la manufacture des Gobelins, faubourg Saint-Antoine. Les efforts des Patriotes avaient-ils donc été vains ? Dans le fond, encouragées par les reculades successives de Louis XVI, des fractions croissantes de ces clans ruminaient un projet fou. Et la folie même de leurs propres propositions les enivrait. Elles brûlaient de se débarrasser de la royauté et, pour reprendre la formule de Duval d'Éprémesnil, de débourbonnailler la France. Le roi, s'il devait rester, ne serait plus qu'un magot sans pouvoir.

Mais au train présent des choses, ce diable de grand flandrin de Bourbon et son Autrichienne finiraient par regagner Versailles et tout recommencerait comme auparavant.

En février déjà, il leur avait coupé l'herbe sous le pied par son grand discours à l'Assemblée :

> *… Je crois le moment arrivé où il importe à l'intérêt de l'État que je m'associe d'une manière plus expresse et plus manifeste à l'exécution et à la réussite de tout ce que vous avez concerté pour l'avantage de la France…*

« Tu parles ! » ricanaient les extrémistes dans les clubs et les cafés. « Un roi démocrate ! Comme si l'on avait jamais vu ça ! »

> *… Je ne dois pas le mettre en doute : en achevant votre ouvrage, vous vous occuperez sûrement*

avec sagesse et sincérité de l'affermissement du pouvoir exécutif, cette condition sans laquelle il ne saurait exister aucun ordre durable…

— On croit rêver ! s'écria Desmoulins. Que veut-il dire ? Qu'il confierait l'exécutif à l'Assemblée ? Qu'il y renoncerait de lui-même ? Ce ne peut être qu'une ruse.

Mais lui et les autres enragés restaient inquiets de l'ascendant que le roi gagnait sur les modérés, les « monarchiens », comme on les appelait par dérision, grâce à ses références à la Nation et à la liberté publique. À les en croire, le roi se plaçait à la tête de la révolution. Inimaginable ! Dangereuse illusion !

— Citoyens, les aristocrates et les tenants du despotisme tentent de nous endormir ! Ouvrons l'œil ! clama Desmoulins.

Et le soupçon s'infiltrait à l'égard de tous ces gens, les Bailly, La Fayette, Mirabeau, dont on ne savait finalement pas de quel côté ils penchaient. Était-ce du lard ou du cochon ? De toute façon, ils fréquentaient beaucoup trop la cour pour être honnêtes.

Recueillant les journaux après que son époux les eut lus, *le Père Duchesne*, *l'Ami du Peuple*, *les Actes des apôtres*, Marie-Antoinette devinait bien que les esprits ne s'étaient pas tous calmés. L'insolence des invectives allait en augmentant.

Elle n'avait d'autre recours que d'en discuter avec Fersen. La famille royale s'était en effet installée depuis le 6 juin au château de Saint-Cloud, dont le parc et la disposition permettaient à Marie-Antoinette de redevenir fugitivement Antonia pendant quelques heures. Parfois aussi, elle s'en entretenait avec le comte de La Marck, député à l'Assemblée constituante.

Que pouvait-on faire pour mettre enfin le trône à l'abri des violences ?

Ce fut La Marck qui lui suggéra d'entendre Honoré Gabriel Riqueti, comte de Mirabeau, un homme avisé.

Elle l'avait d'abord exécré. Car elle ne l'ignorait pas plus qu'un autre : ce taureau vérolé de Mirabeau était un homme vénal. Il jouait, et gros. Il bambochait allègrement, tenant table ouverte en douteuse compagnie, en plus des grisettes du Palais-Royal et d'autres créatures d'expérience. N'étant guère argenté, il était donc couvert de dettes. Sa suffisance et son sourire narquois en exaspéraient plus d'un.

Néanmoins, ses idées et ses talents d'écrivain et d'orateur lui avaient conféré une influence enviable à l'Assemblée. Révolutionnaire, il était cependant un serviteur convaincu de la monarchie, à la condition qu'elle se réformât. À cet égard, jugea-t-elle, il n'était pas différent de Turgot, de Calonne ni même de Necker. C'est-à-dire qu'il n'était pas le diable, il le tirait tout juste par la queue !

Il nourrissait de grandes ambitions, au su de tous. Ministre, un jour. Il avait besoin d'un allié dans la place. Justement, Marie-Antoinette aspirait à jouer un plus grand rôle en politique ; elle suppléerait, elle, à la naïveté et aux indécisions trop fréquentes de son époux. Elle rétablirait dans le royaume une situation vivable. Pour ce faire, elle avait besoin d'un agent qu'elle pût manipuler et qui eût ses entrées dans les milieux où elle n'avait pas accès, l'Assemblée pour commencer et le Club des Jacobins pour suivre, afin de l'informer. En effet, depuis que Breteuil avait rejoint le flot des émigrés, elle ne recevait quasiment plus d'informations en sous-main ; ce fut ainsi qu'elle admit enfin Mirabeau en sa présence. Rendez-vous fut pris le 3 juillet dans le parc de Saint-Cloud, qui fut tout à fait secret.

Il accepta de servir de conseiller en échange du paiement de ses dettes, 208 000 livres, d'un stipende mensuel de 6 000 livres et d'un dédommagement d'un million à la séparation de l'Assemblée.

Les sommes étaient pharaoniques, mais Mirabeau les déclara indispensables pour influencer des députés en sa faveur. On eût pu se demander ce qu'ils gagneraient au paiement des dettes de Mirabeau et à son indemnité d'un million, mais enfin l'on avait besoin de lui, puisqu'on le sollicitait. Le roi donna son accord en maugréant.

Mirabeau avait une idée et un projet. La première était que l'affaiblissement des deux ordres de la noblesse et du clergé renforçait l'autorité royale, contrairement à ce qu'on avait cru. Le second était que le roi devrait quitter Paris pour échapper à la pression populaire qui s'exerçait sur lui sans relâche aux Tuileries ; il ne retrouverait sa liberté d'action que dans une autre ville, Rouen, par exemple ; de là, soutenu par une douzaine de milliers d'hommes armés, il isolerait les factieux, dissoudrait l'Assemblée constituante et convoquerait une nouvelle Assemblée.

Cela revenait à déclarer la guerre à Paris. Répugnant comme toujours à verser le sang de ses sujets, Louis s'y opposa.

Mirabeau ne servit plus à rien.

Entre-temps, le soulagement suscité par l'apparence du calme revenu et la fin de ce que les bourgeois avaient appelé « la grande peur » parurent accréditer les espoirs du roi.

Les Gardes nationaux et divers clubs exprimèrent spontanément le désir d'un rassemblement ; ils comptaient cimenter le sentiment national, surgi dans les derniers mois. Le projet prit corps ; on décida d'organiser une grande fête au Champ-de-Mars, pour célébrer l'anniversaire de la prise de la Bastille ; ce serait la Fête de la Fédération. L'Assemblée en établit le cérémonial ; un amphithéâtre de trente rangées de gradins serait érigé sur les lieux et, lui faisant face, un autre à l'École militaire pour les corps civils. Le roi, la reine et leurs enfants disposeraient des balcons de l'École. Un gigantesque autel fut dressé au milieu d'une enceinte : l'Autel de la Patrie.

La pluie ne découragea pas les ardeurs : une foule immense se répandit sur la colline de Chaillot, abritée par des parapluies multicolores. Il y avait bien là trois cent mille personnes, la moitié de Paris. Une salve d'artillerie annonça l'arrivée de Leurs Majestés. Les nouveaux drapeaux de la Nation, bleu, blanc, rouge, tentèrent de claquer au vent, mais ils étaient détrempés et ce fut dans les bourrasques de l'orage qu'ils daignèrent se déployer.

Les troupes défilèrent, corps par corps, au son de la musique militaire.

Du haut du balcon, le Dauphin, en costume de Garde national, et Mme Royale observèrent le spectacle, les yeux écarquillés.

— Qu'est-ce qu'on fête, maman ? demanda le petit.
— La paix, répondit la reine.

Mgr de Talleyrand, évêque d'Autun, monta à l'autel, bénit les drapeaux et célébra la messe, tandis que les coups de vent endiablaient son aube et son surplis.

Puis le général de La Fayette, nommé par le roi major général de la Fédération, gravit les marches de l'autel pour y déposer son épée. Et il prononça son serment civique à la Nation, au Roi et à la Loi.

Des milliers de sabres dressèrent leurs lames vers le ciel, auquel le défi n'agréa sans doute pas, car le tonnerre gronda.

Les regards se tournèrent vers le trône sur le balcon.

La suite, Marie-Antoinette la connaissait par cœur ; elle avait été établie au mot près avec le concours de La Fayette :

— Moi, roi des Français, je jure à la Nation d'employer tout le pouvoir qui m'est délégué par la loi constitutionnelle de l'État, à maintenir la Constitution déléguée par l'Assemblée nationale et à faire appliquer ses lois.

Cris, vivats. La reine, coiffée d'un chapeau de plumes tricolores, leva plusieurs fois le Dauphin dans ses bras et les rafales de pluie.

Le roi et les siens rentrèrent aux Tuileries. Le soir, 22 000 invités soupèrent aux frais de la patrie dans les jardins de La Muette.

— Allons, dit Louis dans le carrosse qui le ramenait, tout va bien. C'était en fin de compte une fête royale.

Les lampions furent vite éteints.

En octobre 1790, le pain restait aussi rare qu'avant. Où passait donc le grain ? Les émeutes reprenaient en province.

Les finances du pays restaient critiques et Necker avait perdu toute autorité auprès de l'Assemblée. Bien pis : à son passage rue Saint-Antoine, des manifestants menacèrent de le pendre à la lanterne. Sa vanité en fut ulcérée, et sa peur exacerbée. Il envoya sa lettre de démission. Les députés se mirent à rire. De lui, qu'un an auparavant la foule idolâtrait !

Les clameurs des Jacobins, les Marat, Desmoulins, Pétion, Choderlos de Laclos, Robespierre, s'élevaient de plus en plus haut. Que voulaient-ils ? Le pouvoir, tout le pouvoir. La régénération du pays, les grands mots de l'heure, ne pouvait s'accomplir avec l'Assemblée telle qu'elle était : à l'exception de Pétion et Robespierre, ce n'était qu'un « ramassis de nobles, de prêtres, d'intrigants, de ministériels, de contre-révolutionnaires ou d'imbéciles », pour reprendre les mots de Desmoulins.

Le plus paradoxal était que les émeutes elles-mêmes bloquaient le transport du grain, comme on l'avait vu en avril à Dieppe : des centaines de mendiants de la région avaient terrorisé la ville et interrompu les convois. La Garde nationale elle-même n'en pouvait mais : quand elle réagissait, on la menaçait de mort.

Mais le chaos et les meurtres étaient justifiés aux yeux de Maximilien de Robespierre : pour lui, les gens lynchés avaient été « condamnés à mort par le peuple ».

La situation en France n'arrêtait pas de se dégrader et, à chacune de ces aggravations, Louis XVI descendait un degré supplémentaire dans une sorte de stupeur qui confinait à l'abrutissement. Il n'existait plus que par sa femme. Elle seule parvenait à le ramener à sa conscience de roi et à un semblant de lucidité.

La formule de Mirabeau avait fait florès : « Le roi n'a qu'un homme : c'est sa femme. »

Sous couvert de calmer les Jacobins, La Fayette commença par persuader le roi de changer son cabinet. Louis suivit le conseil : il nomma une flopée de gens incolores ; c'étaient presque tous des gens de « Gilles-César », à l'exception de Montmorin, qui gardait les Affaires étrangères.

Puis Marie-Antoinette s'avisa que les lazzis du peuple devenaient de plus en plus venimeux. Il ne s'écoulait pas de semaine qu'une main anonyme ne déposât sur sa table des pamphlets orduriers. Elle les jetait au feu.

Mais décidément, s'étonna-t-elle auprès de Mme Thibault, la haine populaire contre elle avait été mystérieusement ranimée.

Puis un jour, après avoir raccompagné Fersen venu lui rendre visite à Saint-Cloud (comme il le faisait régulièrement), le commandant de la Garde nationale l'interpella. Saisie par la grossièreté du ton, elle s'arrêta :

— Croyez-vous que le peuple soit aveugle ? s'écria-t-il.

— Que voulez-vous dire, monsieur ?

— Qu'on ne tardera pas à vous rechercher en adultère[*], citoyenne.

Elle en demeura interdite. Elle s'apprêtait à répondre quand l'autre renchérit :

---

[*] C'était l'expression de l'époque pour « accuser d'adultère ».

— Et si ça ne suffit pas, on déclarera que le Dauphin est un bâtard !

Elle lui lança un regard de mépris et s'en revint au château, ulcérée et songeuse.

Le commandant de la Garde nationale était une créature de La Fayette. Et ce dernier savait par ses espions que le Suédois rendait fréquemment visite à la reine.

Il voulait l'effrayer et la séparer du roi en la discréditant. De la sorte, Louis serait à sa merci. Le beau Gilbert était décidément bien ambitieux.

29
L'apostasie, non !
La fuite alors !

Elle rapporta l'incident à son époux.

— Si vous le souhaitez, je cesserai de voir M. de Fersen.

Il connaissait le poids de cette privation supplémentaire. Et il était conscient de n'être pas d'un grand réconfort amoureux. Il secoua la tête.

— Non, laissez dire. Je suis sourd à ces vilenies. C'est moi qu'elles visent autant que vous. Nous avons bien d'autres tracas.

Il en était en tout cas un qui dominait les autres.

Necker parti, le dernier espoir d'un rétablissement miraculeux des finances s'était volatilisé. La dette publique atteignait deux milliards. Et dans cette crise, les biens du clergé luisaient d'un éclat de plus en plus tentateur.

Marie-Antoinette eut raison des scrupules de Louis :

— Mon frère, qui se tient pour le protecteur de l'Église catholique, n'a pas hésité à confisquer les biens du clergé.

Ces gens sont riches. Trop riches. Leur opulence ne correspond guère à l'enseignement de Jésus.

Louis s'était donc laissé convaincre.

En octobre, l'évêque d'Autun lui-même, Mgr de Talleyrand, proposa de nationaliser les biens en question, afin d'éviter les impôts indirects et de salarier les ministres du culte.

Belle et bonne idée pour éviter la dispersion des terres et domaines en question, mais cela non seulement n'enrichirait pas l'État d'un fifrelin, mais encore alourdirait ses charges.

Les biens du clergé avaient donc été vendus à quelque 80 000 acquéreurs.

Cependant, il apparaissait que les intentions de l'Assemblée constituante n'étaient pas dictées par les seules considérations financières. Quelques mois plus tôt, en février 1790, elle avait ainsi décrété que la loi ne reconnaissait plus les vœux monastiques, contraires à la Déclaration des droits de l'homme. Les ordres et congrégations avaient été dissous. Tous les réguliers, hommes et femmes, pouvaient quitter leurs couvents. Plusieurs étaient passés à l'acte.

Puis, deux jours avant la fête de la Fédération, l'Assemblée avait soumis au roi la loi sur la Constitution civile du clergé, à laquelle il lui était interdit de rien modifier : l'Église de France était changée en ministère ; évêques et curés devenaient des fonctionnaires élus, sur lesquels Rome ne détenait plus aucune autorité. De plus, ils devraient prêter serment à la Nation, à la loi et au roi. De Dieu, nulle mention.

La couleuvre était dure à avaler. Qui donc aurait désormais autorité sur ces élus ?

Le pape Pie VI, pourtant conciliant, mit le roi en garde contre le schisme, « et peut-être contre une guerre cruelle de religion ».

— Cela fait de nous des gens pires que les hérétiques! s'écria Louis. J'ai tout donné. Faut-il que l'on me prenne jusqu'à ma nature de chrétien?

Il n'était pas le seul révolté. Des protestations s'élevaient en province contre les acquéreurs des biens du clergé. Les consciences des fidèles, troublées, les poussaient à la désobéissance civique.

Louis espéra une atténuation des décisions. Nenni : les Constituants durcirent leur position; le 27 novembre, ils décrétèrent que les ecclésiastiques qui n'auraient pas prêté serment seraient remplacés immédiatement à la tête de leurs diocèses.

Louis fut horrifié. Il pria le pape de se prononcer sur cette aberration. Pie VI comprenait bien ce qui se passait dans ce royaume saisi de folie. Qu'il condamnât ou pas ce serment et la Constitution civile du clergé, la dérive était consommée. Il ne répondit pas, espérant donner du temps au roi et aux esprits agités des Constituants.

Deux jours avant Noël, les perturbateurs manifestèrent sous les fenêtres des Tuileries. Le cœur déchiré, Louis accepta le décret. Le lendemain, il déclara à Fersen :

— J'aimerais mieux être roi de Metz que de demeurer roi de France dans une pareille position. Mais cela finira bientôt.

Fersen lui lança un long regard : roi de Metz? C'était la première ville qu'avait suggérée d'Artois pour la fuite.

— L'apostasie, non! cria presque le roi.

Puis il retomba dans sa prostration antérieure. Mais que signifiaient donc les mots : « Mais cela finira bientôt »?

Fersen questionna la reine ; elle ne sut que répondre. Le cauchemar commencé en octobre se poursuivait. Le reste n'avait été que brèves illusions.

— Madame, dit-il, savez-vous que toute la noblesse de ce pays émigre ?

Elle hocha la tête.

Non vraiment, la France devenait invivable.

L'affaire d'Avignon et du Comtat-Venaissin sembla lever un moment la chape de plomb qui pesait sur le pays. Ces territoires étaient des enclaves pontificales, que les Patriotes voulaient annexer. La France n'avait vraiment pas besoin d'une guerre en ce moment. En janvier 1791, l'Assemblée envoya des troupes les libérer. L'autorité pontificale fut rétablie.

On espéra qu'en gratitude Pie VI accepterait enfin que les curés fussent des stipendiés de l'État, comme les gabelous et les clercs d'intendance. Point. En mars 1791, le bref *Quod aliquantum defferre* condamna la Constitution civile du clergé. Le nonce pontifical, Dugnani, quitta Paris. Les Constituants ne s'y trompèrent pas : c'était la rupture avec Rome. Ils annexèrent Avignon et le Comtat Venaissin.

Un mois plus tard, Louis voulut faire ses Pâques. Mais dans quelle paroisse ? Auprès d'un prêtre jureur ? L'évêque de Clermont le lui déconseilla. Point de Pâques. L'apostasie.

La damnation sur terre.

Marie-Antoinette frisait la folie. Prisonnière dans une ville dont les habitants foulaient aux pieds toutes les valeurs qu'elle considérait comme éternelles : la royauté de droit divin et la fidélité à l'Église. Seuls les soins de ses enfants et la présence désormais vigilante de Fersen lui évitèrent de sombrer dans le même désespoir obtus que Louis.

Après les insultes du commandant de la Garde nationale, elle avait accepté enfin le projet de fuite.

Tous ses fidèles en furent soulagés ; ils échafaudèrent donc des plans. Selon l'un, elle partirait avec ses enfants pour Vienne, afin de demander l'aide de son frère, l'empereur Léopold II ; mais elle se refusait farouchement à laisser le roi seul à Paris. Selon un autre, la famille royale s'enfuirait dans une montgolfière, à destination de Lyon ; pure folie ! Confier son sort et celui de sa famille à l'un de ces engins volants ! Un troisième proposait d'emprunter un souterrain menant à la Seine et de là, de filer vers Le Havre. Un quatrième reprenait le plan de Favras, celui d'un enlèvement nocturne.

Ce fut le plan de Fersen qui prévalut.

Breteuil fit parvenir au roi un mémoire secret, par l'entremise de Mgr d'Agoult. Il l'y informait que le marquis de Bouillé, militaire émérite et royaliste modéré, organiserait les modalités de la fuite et commanderait les troupes chargées de protéger le roi. Mais où iraient donc le roi et sa famille ? On avait évoqué Metz ; Bouillé la déconseilla, la population étant « mauvaise ». Besançon ? Trop loin. Valenciennes alors ? La route était trop fréquentée. Le choix général s'arrêta sur Montmédy, proche du Luxembourg autrichien.

En février, soit juste après l'expédition du Comtat Venaissin, on débattit des modalités. Fersen proposa deux diligences anglaises, légères et rapides, l'une pour le roi, l'autre pour la reine et les enfants. Marie-Antoinette refusa énergiquement d'être séparée de son époux. Mais elle accepta que Monsieur fît partie du voyage : demeuré seul à Paris, en effet, il risquait de céder une fois de plus à la tentation de se faire proclamer régent.

Outre lui-même et sa femme, déclara Louis, quatre personnes seules étaient dans le secret : l'empereur d'Autriche, Bouillé, Breteuil et Fersen*.

Mirabeau, qui avait été le premier partisan d'une fuite sur Metz, fut exclu du projet. Cet homme-là parlait trop. Il avait suggéré que Léopold II simulât une attaque sur la France, en massant ses troupes à la frontière luxembourgeoise. Mirabeau serait alors intervenu pour proposer à l'Assemblée une union sacrée autour du roi. Mais ce n'était plus de circonstance. D'ailleurs, le tribun mourut en avril. Le projet tomba à l'eau.

Cependant, la situation chauffait à blanc.

En mars, l'Assemblée avait décrété que le roi ne pourrait s'éloigner d'elle de plus de vingt lieues. Louis XVI était donc bien prisonnier de façon officielle.

Le 17 avril, dimanche des Rameaux, il assista à l'office célébré par le cardinal de Montmorency-Laval, aux Tuileries.

---

* C'était là une illusion : le comte de La Marck était au courant et fit part du projet à Mirabeau, comme l'indique la lettre de ce dernier à La Marck du 26 janvier 1791. Ce détail a été mis en lumière par Évelyne Lever dans *Marie-Antoinette – Correspondance 1770-1793* (Tallandier, 2005).

Danton et Desmoulins poussèrent les hauts cris. Quoi, le roi restait donc fidèle aux prêtres qui n'avaient pas voulu prêter serment ! Les excités le dénoncèrent comme parjure. Quand Louis annonça qu'il se rendrait à Saint-Cloud, comme l'année précédente, ce fut un tollé. Ah, on le voyait bien ! Il s'apprêtait à célébrer des Pâques inconstitutionnelles ! L'affaire tourna à l'attentat. Les manifestants, massés place du Carrousel, arrêtèrent la voiture du roi et poussèrent des clameurs obscènes, des soldats se joignirent aux émeutiers, les grenadiers de la Garde nationale menacèrent de transpercer les postillons ! Le cardinal de Montmorency-Laval fut mis en joue, des membres de la cour furent malmenés.

Marie-Antoinette était livide.

Louis passa la tête à la portière :

— Il serait étonnant qu'après avoir donné la liberté à la Nation, je ne fusse pas libre moi-même !

La Fayette, averti, menaça de faire proclamer la loi martiale. Louis s'y opposa, fidèle à sa détermination de ne pas faire couler de sang. Il résolut de regagner les Tuileries. Les grenadiers l'y escortèrent. Dans leur impudence, ils s'apprêtaient à suivre la reine jusque dans ses appartements. Louis se retourna et leur ordonna

— Halte-là, grenadiers !

Ils s'arrêtèrent. Pétrifiés.

La fuite devenait urgente. Le lendemain soir, 18 avril, Marie-Antoinette annonça à Fersen :

— Le roi vous donne carte blanche.

C'était vite dit, elle le savait : six cents Gardes nationaux surveillaient les lieux. Ils patrouillaient dans les cours, les escaliers, les corridors. Ils étaient postés aux issues du jardin, sur la terrasse donnant sur la Seine. La nuit, ils dormaient dans les galeries et les salons. Et les domestiques étaient autant d'espions possibles à la solde de La Fayette. Protégeaient-ils vraiment la famille royale? Ou bien l'épiaient-ils?

Mais Axel était ingénieux. Il trouverait bien le moyen de les faire sortir de cette geôle.

Le 20, elle écrivit à Mercy-Argenteau, qui avait fui à Bruxelles :

> *Notre situation est affreuse ! Il faut absolument la fuir dans le mois prochain.*

La date fut fixée au 6 juin.

— Qu'allons-nous devenir? gémit Rosalie Mécourt, fermière à Cuisy, en Argonne.

Son mari, Baudouin, était assis dans la grande salle du bas, la faux à la main. Rosalie tenait la fourche.

La barre qui condamnait la porte avait été mise en place ; elle résisterait bien à l'assaut de quelques voleurs. Les six sacs de grain étaient dans le grenier de la maison. Mais l'étable était facile à attaquer.

L'objet de leurs alarmes était simple. Le petit François, neuf ans, qui s'était levé pour pisser, avait eu la curiosité de regarder par la lucarne qui éclairait sa chambre et avait vu une lanterne se balancer dans les prés devant la forêt de Montfaucon. Une lanterne à cette heure-là ? Il avait entendu assez d'histoires de brigands pour s'alarmer. Ces gens désentripaillaient tout le monde, volaient tout, incendiaient les maisons et emmenaient les enfants en esclavage.

François avait réveillé ses parents. Mécourt était allé voir à la lucarne.

— Ce n'est pas une lanterne, mais deux, observa-t-il. Et je vois six hommes.

Rosalie poussa un cri. Des brigands ! Et la ferme était à une demi-lieue de la maison la plus proche. Impossible d'appeler du renfort.

François observa ses sœurs aînées, Berthe et Justine, s'armer des deux couteaux les plus longs. Justine mit l'œil au judas et annonça :

— Ils sont entrés dans la cour. Des gueux. Ils tiennent deux piques et une escopette.

— Holà ! cria une voix de l'extérieur. Ouvrez !

Mécourt serra les dents.

— Ouvrez !

— Passez votre chemin ! tonna Mécourt.

On entendit de gros rires à travers la porte.

— Ben, si vous ouvrez pas, on va ouvrir, nous ! On va bouter le feu !

Mécourt rugit de colère.

— Je crois qu'ils cherchent une botte de foin, dit Justine, toujours collée au judas.

Dans la pénombre, personne ne s'était avisé que François avait disparu.

Soudain, on entendit à l'extérieur un cri, puis des jurons.

— Qu'est-ce qui se passe ? demanda Mécourt.

— Je ne sais pas, répondit Justine. Un homme est tombé tout à coup.

Mécourt écarta sa fille et jeta un coup d'œil à l'extérieur. À la lueur des deux lanternes, il vit cinq hommes penchés sur leur complice, étalé par terre. Celui-ci saignait de la tête. Peut-être même était-il mort. Une nouvelle bordée de jurons jaillit. Les cinq brigands, car c'en étaient, se tournèrent vers la porte de la ferme. Celui qui tenait l'escopette alluma la mèche à la chandelle, versa la poudre d'un cornet à sa ceinture, fourra une balle dans le canon, ajusta la porte de la ferme... et chuta à son tour.

Un silence consterné s'abattit dans la cour. Les quatre survivants se regardèrent, ahuris. Ils levèrent le nez en l'air et ne virent rien.

— Un autre est tombé, annonça Mécourt, aussi surpris que les brigands.

— François ! balbutia Rosalie. Ce doit être François !

On le chercha du regard. Il n'était pas là.

— Il sera monté sur le toit, chuchota Justine.

Mécourt hocha la tête.

— Ils ne sont plus que quatre, grommela-t-il.

— Bon, le feu, on va le mettre tout de suite ! hurla un des malandrins.

Il disparut du champ de vision de Mécourt ; il était sans doute allé à l'étable. On l'entendit encore jurer, se débattant avec la porte.

Ce fut le moment que choisit Mécourt pour lever la barre, ouvrir la porte de la ferme et s'élancer dehors avec la faux. Du premier coup, il décapita l'un des malandrins. La tête roula, le corps s'écroula, un flot de sang se répandit sur le sol de la cour.

Les deux hommes crièrent au secours et s'apprêtèrent à déguerpir. Rosalie courut derrière l'un d'eux et lui enfonça la fourche dans le dos. Le larron qui tentait de forcer l'étable saisit la scène et prit ses jambes à son cou. Trop tard. Justine le rattrapa et lui planta de toutes ses forces le couteau dans le dos. Il râla et s'effondra. Elle retira le couteau et le planta de nouveau. Puis une troisième fois.

Un seul brigand avait réussi à s'enfuir.

Mécourt, sa femme et leurs deux filles revinrent haletants dans la cour.

François apparut, pieds nus, la fronde à la main. C'était lui qui, du haut des toits, avait mis ses talents en pratique. Radieux, son père sourit et l'embrassa.

— Toi, tu feras un sacré petit soldat !

Sa mère en larmes l'embrassa aussi.

Puis ils contemplèrent les cadavres.

— Ils vont attirer les loups, dit Mécourt. Faut les enterrer tout de suite.

— Une seule fosse suffira, jugea Berthe. Ce ne sont que des mécréants.

Son père lui lança un regard amusé. Elle apprenait vite, pour douze ans.

C'était une scène ordinaire de la vie campagnarde à la fin de l'Ancien Régime.

95
« Il n'y a plus de roi en France ! »

À DIX HEURES DU SOIR, Marie-Antoinette fit réveiller le Dauphin et Mme de Tourzel. Le Dauphin revêtit une robe de toile et un bonnet de fille. Elle les conduisit, lui et Mme Royale, à la cour des Princes. Ils furent accueillis sur le perron par un Fersen déguisé en cocher. Suivi de la reine et de Mme de Tourzel, il les mena à la cour Royale et, contournant les voitures qui y étaient stationnées, fit monter les enfants dans un fiacre de louage. Puis il sauta à la place du cocher et franchit le porche sans encombre.

Marie-Antoinette et Mme de Tourzel rejoignirent au salon Louis XVI, Monsieur, la comtesse de Provence et Mme Élisabeth. À onze heures, Monsieur et sa femme quittèrent les Tuileries, comme s'ils s'apprêtaient à rejoindre le palais du Luxembourg pour la nuit. En réalité, Monsieur devait partir à minuit, déguisé en Anglais, et sa femme suivrait un autre chemin ; tous deux avaient rendez-vous avec le reste de la famille royale à Thonelle, près de Montmédy. La Fayette entretint longuement le roi sur la procession de la Fête-Dieu qu'organiserait le clergé jureur pour le jeudi suivant.

Louis se rendit enfin à sa chambre, suivi des gens venus assister, comme chaque soir, au grand coucher. Il se déshabilla, enfila la chemise qu'on lui tendait, et se mit au lit. Les domestiques tirèrent les courtines et sortirent avec les courtisans. Sachant qu'ils se déshabillaient dans l'antichambre, le roi quitta prestement le lit et descendit chez la reine ; là, il revêtit un costume de voyage, une redingote verte, ajusta une perruque grise et se coiffa d'un chapeau rond.

C'était l'heure à laquelle les gens venus pour le grand coucher reprenaient leurs voitures pour regagner leurs pénates. Une certaine animation régnait donc dans la cour Royale. Louis XVI, suivi d'un garde du corps, Moustier, un fidèle, traversa les cours la canne à la main, tel un courtisan allant rejoindre sa voiture. Aucun factionnaire ne le remarqua. Aussi, depuis quinze jours et sur instructions de Fersen, Coigny, dans la même tenue, traversait la cour à la même heure, s'efforçant d'adopter la démarche du roi.

Il perdit une boucle de chaussure. Il se pencha calmement pour la ramasser, puis rejoignit le fiacre de Fersen devant un hôtel garni, le Gaillarbois, et y monta. La reine, en robe de soie grise, une voilette sur le visage, escortée aussi d'un garde, Maldent, un autre des fidèles du couple royal, puis Mme Élisabeth firent de même.

Fersen se rendit d'abord à l'hôtel de Crawfurd*, pour s'assurer que la berline de voyage qu'il avait commandée était bien partie à l'heure pour les devancer. Puis il franchit la porte Saint-Martin sans anicroche.

Il espérait trouver la berline sur la route, au-delà de la Villette. Point de berline. Le roi s'impatienta et descendit :

---

* Détail piquant : Fersen était l'amant de l'épouse de Quentin Crawfurd, Eleonora Sullivan – entre autres femmes –, qui fit confectionner les provisions de bouche des fugitifs. Crawfurd était un Irlandais installé à Paris.

un quart d'heure plus tard, on la trouva un peu plus loin. Une haute voiture vert foncé, aux roues jaunes, attelée à six chevaux limoniers ; elle était parfaitement équipée : des provisions (du bœuf à la mode et du veau froid), du vin, de l'eau, plus des commodités de voyage, vases de toilette et pots de chambre en cuir bouilli.

Et l'on partit. À la maison de poste de Bondy, l'équipée accusait un retard de deux heures et demie sur le programme prévu. Fersen fit ses adieux. Il gagnerait la Belgique à cheval, emportant le grand sceau de l'État, que lui avait confié le roi. Tout le monde se retrouverait deux jours plus tard à Montmédy.

Valory* partit en éclaireur pour avertir les relais. À quatre heures et demie, alors que le soleil se levait sur la Saint-Jean, la berline retrouva au relais de Claye le cabriolet de Mmes de Neufville et de Brunier, qu'on avait expédiées à l'avant sans les prévenir de quoi que ce fût. Cris de joie.

L'on reprit la route, Maldent escortant les deux voitures à cheval et Moustier assis à côté du postillon de la berline.

En cas d'interrogatoire à l'un des postes-frontières, l'on distribua les rôles : Mme de Tourzel était la baronne de Korff, se rendant en Russie via Francfort-sur-le-Main. Elle était flanquée de sa gouvernante, Mme Rochet, la reine, de son intendant, M. Durand, le roi, de sa dame de compagnie, Rosalie, Mme Élisabeth, et de ses deux filles, Amélie et Aglaé. C'était d'ailleurs ce que précisaient les passeports en bonne et due forme.

---

* François de Valory, ancien garde du corps, l'un des trois qui accompagnaient les équipages.

Le roi se détendit.

À l'étape de Meaux, la faim pointa et l'on fit bonne chère.

À Fromentières, le roi, soudain léger, enfreignit la consigne et descendit de la berline. Il bavarda même avec les paysans sur les moissons. Le garde Moustier lui rappela la consigne d'anonymat.

— Je ne crois plus cela nécessaire, répondit Louis. Mon voyage me paraît à l'abri de tout accident.

Il croyait toujours qu'en dehors de l'aire des excités parisiens, le bon peuple l'adorait.

Au Petit-Chaintry, un hameau de trois maisons, son imprudence devint grave. Non seulement il descendit de nouveau, mais il fut reconnu par le gendre du maître de postes, Gabriel Vallet, qui l'avait vu à la Fête de la Fédération l'année passée. Eh oui, c'est bien lui, le roi ! Il en rit. On l'entoura, stupéfait, on le flatta. La reine ne fut pas plus avisée : elle accepta aussi qu'on l'eût identifiée et offrit à ses hôtes deux écuelles d'argent.

Fatale erreur : les postillons savaient maintenant qu'ils ne transportaient plus l'intendant Durand, mais le roi de France et sa famille dans un voyage officieux, pour ne pas dire clandestin, voire criminel. À Châlons, ce furent eux qui prévinrent le maire que le roi passait par sa ville. Le maire feignit de n'avoir pas entendu. Sans doute était-il plus informé qu'on l'eût pensé pour un élu de province.

Châlons avait été considérée comme l'étape la plus dangereuse, en raison des nombreux Jacobins de la ville.

Tout le monde soupira d'aise de l'avoir dépassée. L'on arriverait sous peu dans la zone de protection de Bouillé, dont un avant-poste de quarante hussards, commandé par le duc de Choiseul-Stainville, accueillerait les deux voitures au relais de Pont-de-Somme-Vesle. Mais parti en éclaireur, Valory ne trouva pas trace des hussards.

Il était alors six heures et quart. Le roi s'alarma. Le calme du relais de Pont-de-Somme-Vesle lui rendit un peu d'assurance. Bon, l'on trouverait les hussards à l'étape suivante, Sainte-Menehould.

Valory, parti commander les attelages, trouva le village agité. L'officier des dragons d'Andoins lui en fournit la raison. Il avait vu, le matin, les quarante hussards partir en direction de Pont-de-Somme-Vesle et ne savait ce qu'ils étaient devenus. Mais quand trente dragons de plus avaient déboulé, les habitants s'étaient agités. La population, croyant à une attaque, s'était armée.

Les voitures étant arrivées, les curieux s'attroupèrent, établissant un lien de cause à effet : ces dragons étaient là pour protéger sans doute des aristocrates qui émigraient avec leurs trésors.

Moustier hâta le changement d'attelage et « fouette cocher ». Mais le mal était fait : les postillons avaient répandu le bruit que c'était le roi qui se trouvait dans la berline. En fait, ils l'avaient propagé d'étape en étape depuis le Petit-Chaintry.

Les fugitifs l'apprendraient plus tard : après leur départ, la fièvre gagna Sainte-Menehould. Le maître de postes, Jean-Baptiste Drouet, fut interrogé : il avait manqué au devoir en ne réclamant pas leur passeport aux voyageurs. D'Andoins fut arrêté. Quels étaient ses ordres de mission ? Il argua qu'il avait été chargé de protéger un convoi de fonds pour l'armée.

Sur quoi le maître de poste de Châlons accourut, essoufflé : il apportait la nouvelle de l'évasion du roi, parvenue de Paris à huit heures, et un décret ordonnant d'arrêter une berline à six chevaux dans laquelle se trouverait la famille royale en fuite.

La berline et le cabriolet couraient dans la nuit claire.

Ils atteignirent Clermont-en-Argonne à neuf heures et demie du soir : six heures de retard. Les voyageurs y trouvèrent le colonel de Damas, qui expliqua qu'il avait dû envoyer ailleurs une partie de ses cent quarante dragons, dont la présence alarmait la ville. Celle-ci était, comme Châlons, dans une excitation anxieuse, partagée entre les craintes d'une répression royale, qui massacrerait les Patriotes, des brigands, qui massacreraient tout le monde, et de la vengeance révolutionnaire, qui sévirait contre ceux qui manquaient de patriotisme.

Le convoi poursuivit sa route vers Varennes. Il y arriva à onze heures du soir. Point de relais*.

Près d'un jour entier de voyage avait épuisé les fugitifs. Le roi alla frapper du poing à la porte de la bâtisse. On lui ordonna de passer son chemin.

Les postillons ne voulaient pas avancer : ils tenaient impérativement à laisser reposer les chevaux. Mais bien

---

* L'histoire établit plus tard qu'il avait été préparé dans la ville haute et non la ville basse. Il y avait eu un malentendu.

pis, un cavalier arriva à bride abattue et leur donna l'ordre de ne pas bouger et de dételer. Moustier s'affola.

Le cavalier était Drouet. Il trouva quelques Gardes nationaux qui s'attardaient à l'auberge du *Bras d'or*. Il leur expliqua qu'il fallait arrêter une berline transportant probablement le roi et sa famille en fuite. Puis il sonna le tocsin et réveilla le procureur-syndic de la commune, un certain Sauce.

Bientôt la population sortit de chez elle, échevelée. Les rumeurs se répandirent. Même si elles avaient pu poursuivre leur chemin, les voitures devaient passer sous une longue voûte jouxtant l'église de Saint-Gengoult : or Drouet avait fait fermer le portail à l'autre extrémité. Le cabriolet des femmes de chambre y était déjà arrêté.

Sauce arriva, muni d'une lanterne et suivi d'une demi-douzaine d'hommes. Il demanda leurs passeports aux occupantes. Elles répondirent qu'ils étaient dans la voiture derrière. Marie-Antoinette vit la lanterne s'approcher et se lever au bout du bras :

— Vos passeports, je vous prie, mesdames et messieurs.

Sauce et les autres tendirent le cou pour dévisager les voyageurs. Rien d'insolite. Les visas furent examinés à l'auberge. Ils étaient dûment remplis. Sauce eût dû laisser les deux véhicules poursuivre leur voyage ; mais Drouet s'agitait comme un diable et les Gardes nationaux menaçaient de faire feu. Il résolut donc d'inviter les voyageurs à passer la nuit à l'auberge. Ils descendirent de leurs voitures. Sauce avait fait mander un juge, Destez, qui avait fréquenté Versailles. Celui-ci reconnut le roi sur-le-champ.

— Ah, Sire ! s'écria-t-il, mettant un genou en terre.

Marie-Antoinette crispa la main sur sa poitrine.

— Eh bien oui, je suis le roi, répondit Louis. Voici la reine et la famille royale. Je viens vivre parmi vous, dans le sein de mes enfants que je n'abandonne pas.

Était-ce une ruse? Mais laquelle? En tout cas, elle fut efficace: tout le monde céda à l'émotion. Le roi embrassa les gens qui l'entouraient, Sauce compris. La grand-mère du procureur s'agenouilla pour baiser les mains du Dauphin, avant de s'éloigner en larmes.

Sauce fit servir un en-cas aux voyageurs. À l'extérieur de l'auberge, la foule grossissait en dépit de l'heure: presque trois heures du matin. Louis apparaissait presque serein.

Mme de Tourzel monta pour coucher le Dauphin et Mme Royale.

— Ne peut-on faire taire ce tocsin? demanda Marie-Antoinette.

Enfin, le gong lancinant s'interrompit.

Puis arrivèrent Choiseul-Stainville et Damas, autant dire les hussards. Mais où était donc Bouillé?

— Quand partons-nous? demanda le roi.

— Quand il plaira à Votre Majesté.

Aussitôt dit aussitôt fait. Sauce accepta de rendre leurs passeports aux voyageurs. Mais on parlementa, Choiseul-Stainville proposant de prendre ceux-ci en selle, sous sa protection. Le roi refusa. Puis Sauce suggéra d'attendre l'aube.

— Monsieur, dit Marie-Antoinette, je souhaite que nous nous hâtions.

Mais Louis monta dans la chambre où dormaient le Dauphin et Mme Royale.

Quand l'aube pointa, il y eut un remue-ménage à Varennes.

Le capitaine Bayon, à la tête du septième régiment de la Garde nationale, venait d'arriver de Paris. Il portait un ordre de La Fayette et un décret de l'Assemblée. L'aide de camp de La Fayette, Romeuf, monta le remettre au roi.

Ordre était donné aux fonctionnaires publics, aux Gardes nationaux et aux troupes de ligne d'empêcher le roi et les individus de la famille royale de poursuivre leur chemin.

— Il n'y a plus de roi en France, déclara Louis, las, en jetant le papier sur la couverture du Dauphin.

— Je ne veux pas que ceci souille mes enfants ! s'écria Marie-Antoinette en jetant l'ordre par terre.

En bas, la foule vociférait :

— À Paris ! À Paris.

96
Les illusions et le spectre

Le 22 juin au matin, il fallut remonter dans les voitures et, escortés par le septième régiment de Bayon, reprendre la route de Paris. Les trois gardes du corps loyaux furent enchaînés sur le toit de la berline, où des Patriotes montèrent les surveiller.

À l'évidence, Varennes avait hâte de se débarrasser de son encombrant otage : les habitants craignaient une armée ennemie. Laquelle ? Ils l'ignoraient. L'armée des émigrés, par exemple.

Marie-Antoinette s'en avisa quand elle descendait pour se rafraîchir dans une auberge ou l'autre : d'étape en étape, tout le long de la route, le convoi s'enrichissait de carrioles et de véhicules de toutes sortes, chargés de Patriotes, gueux, mouches du coche, équipés d'armes de fortune, toujours les mêmes, faux, piques, crocs, couteaux.

— Étions-nous donc les rois d'une Nation de pillards ? murmura-t-elle.

La vieille rumeur renaissait et même s'enflait : le roi avait voulu prendre la tête d'une contre-révolution pour massacrer les insurgés. La reine n'avait-elle pas envoyé des dizaines de millions à son frère, l'empereur d'Autriche, pour subventionner une armée ?

Aussi les humeurs étaient-elles sanguinaires, comme le prouva la tragédie de Dommartin-la-Planchette. Un gentilhomme de Clermont, M. de Dampierre, étant venu présenter ses hommages au couple royal, il fut abattu d'un coup de mousquet et déchiqueté à coups de pioche. Puis l'on agita ses vêtements sanguinolents devant les fenêtres de la berline.

À Châlons, le 23, jour de la Fête-Dieu, la famille royale assista à la messe dans la chapelle de l'Intendance. Elle était célébrée par un prêtre jureur, mais pour une raison inconnue, à la fin de l'office, des Gardes nationaux firent irruption, brandissant leurs armes, hurlant des obscénités, menaçant de se confectionner des cocardes avec les tripes du roi et d'Antoinette et des ceintures avec leurs peaux.

Louis resta calme. Il quitta la chapelle comme si de rien n'était. En revanche, Marie-Antoinette fut terrifiée. Un geste imprudent, et la famille royale aurait été massacrée : ce peuple les haïssait. À mort. À Chouilly, un manant s'accrocha à la berline et, passant la tête à la portière, cracha au visage du roi ; celui-ci s'essuya sans mot dire. À Épernay, quand la famille royale descendit à l'hostellerie de Rohan, le temps d'un changement d'attelage, elle trouva la même foule haineuse qui l'agonissait d'injures. Un garde prit le Dauphin dans ses bras pendant que Marie-Antoinette tentait de se frayer un passage. Le fils criait après sa mère, qui manqua de peu être écharpée. Sa robe fut déchirée. Sur la route de Reims, le curé de Vauciennes fut enlevé, attaché à un cheval et achevé à coups de baïonnette, sous les yeux de « Capet et de sa nichée ».

À Boursault, trois commissaires envoyés par l'Assemblée, La Tour-Maubourg, Pétion et Barnave, rallièrent le cortège pour l'escorter jusqu'à Paris. Les deux derniers montèrent dans la berline et La Tour-Maubourg dans le cabriolet. Marie-Antoinette espérait qu'ils les garderaient de la foule. Espoir vain : dans la forêt de Bondy surgit soudain une meute de gueux qui prenait les voitures d'assaut et en faisait descendre les occupants. Il fallut la Garde nationale pour les mettre en déroute.

Dans la berline, Pétion* se comportait en malappris, mangeant et buvant sous le nez de la famille royale et lançant les os de poulet par la fenêtre, au risque de les jeter au visage et dans le giron du roi.

Marie-Antoinette observait Barnave, qui restait silencieux. Quand le petit voulut pisser, le roi le défit et tint une tasse d'argent pour recueillir l'eau.

Une fois, ce fut Barnave lui-même qui tint la tasse.

Paris était noir de monde. Y compris sur les toits. Mais un silence de plomb s'était abattu sur la capitale.

Ils regardèrent tous le lugubre convoi descendre les Champs-Élysées jusqu'aux Tuileries. Il était sept heures du soir.

Enfin, le roi put descendre de voiture, Marie-Antoinette se sentit chanceler. On l'aida à monter chez elle.

---

* Bellâtre avantageux, l'ultradémocrate Jérôme Pétion s'imagina même avoir séduit Mme Élisabeth, comme il le raconte dans ses *Souvenirs*. Malgré sa fatuité, l'homme n'était pas sot. Traqué ensuite par la Révolution, il se suicidera en 1793.

Quand elle fut ragaillardie, elle se regarda dans une glace. Cette fois-ci, tous ses cheveux avaient blanchi. À trente-cinq ans.

Les domestiques aidèrent le roi à se rafraîchir et se changer. La Fayette, tout fringant, vint lui demander :

— Votre Majesté a-t-elle quelque ordre à me donner ?

— Il me semble, répondit le roi, que je suis plus à vos ordres que vous ne l'êtes aux miens.

Comment allait-on sortir de ce bourbier ?

L'évidence était là : il ne restait plus à Louis XVI aucun pouvoir. Au reste, l'Assemblée avait suspendu les semblants, ceux qu'il avait détenus avant sa fuite. Louis et Marie-Antoinette étaient prisonniers des Tuileries, surveillés jour et nuit comme ils ne l'avaient jamais été.

À Mons, où il se trouvait, Fersen avait jaugé la situation, comme en témoignait l'une de ses dernières lettres : il y proposait au roi, désormais impuissant à faire régner l'ordre dans le pays, de s'adresser à l'Assemblée et de remettre les pleins pouvoirs soit à Monsieur, soit au comte d'Artois.

Louis l'accepterait-il ? C'était pour le moins douteux.

Elle rédigea un billet, priant Axel de ne plus écrire, pour ne pas les compromettre, elle et le roi. Mais elle en avait à peine saupoudré l'encre qu'elle y ajouta un autre :

> *Je puis vous dire que je vous aime et n'ai même le temps que de cela. Je me porte bien. Ne soyez pas inquiet de moi. Je voudrais bien vous savoir de même. Écrivez-moi en chiffres par la poste à*

> *l'adresse de Mme Brown, dans une enveloppe double pour M. de Gougens. Faites envoyer les lettres par votre valet de chambre. Mandez-moi à qui je dois adresser celles que je pourrai vous écrire, car je ne peux vivre sans cela. Adieu, le plus aimé et le plus aimant des hommes. Je vous embrasse de tout cœur.*

Elle ne pouvait plus que subir les événements.

Son frère Léopold, l'empereur, ne lui témoignait guère qu'une indifférence polie. Point de secours à attendre de ce côté-là.

Avant de quitter les Tuileries, Louis avait laissé un mémoire expliquant qu'il ne pouvait plus gouverner un pays déchiré par les factions et que l'Assemblée elle-même était sous l'influence de l'une de celles-ci, les Jacobins.

Le mémoire avait attisé la fureur de ces excités.

L'Assemblée interrogea le roi sur les raisons de son départ. Il répondit par son attachement à la Constitution et le fait qu'il ne pouvait plus gouverner depuis le 23 juin 1789. Les Jacobins s'indignèrent, mais les partisans de La Fayette et de Bailly, ainsi que les royalistes modérés, les monarchiens et ceux qu'on appelait désormais les Feuillants, l'emportèrent : ils conclurent à l'innocence du roi.

Le Père Duchesne multipliait les attaques ordurières contre la famille royale : « D'un bout à l'autre de la France, il n'y a qu'un cri contre toi, contre ta foutue Messaline, contre ta bougresse de race ! vitupérait un plumitif débridé. Plus de Capet, voilà le cri de tous les citoyens. Nous te foutrons à Charenton et ta garce à l'hôpital... »

En réalité, ces infamies ne faisaient que refléter le conflit de plus en plus violent entre les deux camps de l'Assemblée : d'une part les modérés, monarchiens, Feuillants, partisans de La Fayette et de Bailly, tels que Mounier, Lally-Tollendal, La Luzerne ; de l'autre, la Société des Amis de la Constitution, le club des Cordeliers, les Jacobins.

Surmontant son désespoir, Marie-Antoinette résolut de sauver ce qui pouvait l'être. Elle trouva un allié discret autant qu'influent : c'était Antoine Barnave, celui-là même qui avait accompagné les fugitifs dans le périple de Varennes à Paris. C'était lui qui avait emporté la décision d'innocenter le roi en mettant en garde l'Assemblée contre la tentation d'aller plus loin, d'abolir d'abord la royauté, puis le droit de propriété.

Elle et lui entretenaient une correspondance secrète.

Ils en étaient convenus : il fallait empêcher l'affrontement entre les modérés et les excités de s'envenimer. C'était compter sans la frénésie de surenchère qui enflammait les plus extrémistes des révolutionnaires, les Marat, Danton, Desmoulins et Robespierre, et qui, d'ailleurs, avaient fini par fracturer leur propre camp.

Le 16 juillet 1791, les Cordeliers et leurs alliés jetèrent les masques : reprenant le vieux projet de république, ils voulaient en finir avec le roi et la royauté. Ils rédigèrent une pétition qu'ils projetèrent de déposer sur l'autel de la Patrie, au Champ-de-Mars. Forts de six mille signatures, ils exigeaient que le sort du roi fût fixé par un tribunal populaire.

C'était en réalité un défi lancé à La Fayette.

Le lendemain, dimanche 17, les excités s'étaient rassemblés dans l'enceinte de l'autel. Combien étaient-ils ? Cinq mille ? Dix mille ? Toujours fut-il qu'à sept heures du soir, La Fayette entra dans l'enceinte, à la tête de la Garde nationale, qui déployait au pas de course les drapeaux rouges de la loi martiale.

Le roi et Marie-Antoinette avaient été informés de la répression. Lui était soucieux, elle était aux affres. À moins d'une lieue des Tuileries, un affrontement meurtrier était inévitable. L'issue pouvait s'en avérer catastrophique. Les salves des mousquets, qui résonnaient par-dessus la Seine, la firent sursauter.

Là-bas, en effet, les excités avaient lancé des pierres sur la Garde. Alors les salves partirent. Des corps tombèrent. Le sang souilla l'autel. Les survivants décampèrent.

Le couple royal l'apprit moins d'une heure plus tard. La reine observa sombrement :

— Vous n'avez pas voulu faire couler le sang des révolutionnaires. Maintenant, ce sont les soldats de la révolution qui s'en chargent.

Maximilien de Robespierre avait appris la prudence, sinon la ruse, à Louis-le-Grand. D'abord tenté de signer la pétition, il s'était ravisé, puis abstenu. La Fayette et Bailly séviraient sans nul doute. Peut-être risquait-il même de perdre sa place à l'Assemblée. La fusillade du Champ-de-Mars lui prouva qu'il avait bien manœuvré : tous les meneurs de cette provocation avaient fait l'objet de mandats d'arrestation. Danton avait fui à Londres, Marat s'était caché on ne savait où et Desmoulins, évaporé.

Quant à lui, il siégeait toujours à l'Assemblée.

Il redressa son profil avantageux.

À l'angle de la lumière et à la couleur du ciel à une certaine heure, on s'avise soudain que la saison nouvelle est là. Aux nuages coquins vagabondant sur les premières lueurs de l'aube, on devine le printemps. Puis on pressent la fin de l'automne à ce qu'on allume les flambeaux bien avant l'heure.

Les insolences innommables qu'elle avait affrontées depuis tant de mois, sans parler des risques physiques encourus avec son époux, n'étaient pour Marie-Antoinette que trop éloquents. Le soleil se couchait sur la royauté.

Au lendemain de ce qu'on appela le « massacre du Champ-de-Mars », elle songea avec un frisson que le soleil se couche toujours dans le sang.

Mais il ne faisait aucun doute que le jour déclinait. Le 14 septembre, quand le roi, contraint d'accepter la Constitution, se rendit à l'Assemblée pour donner son accord, Marie-Antoinette, à qui l'on avait réservé une loge, s'étrangla de stupeur : point de trône ni de fauteuil d'honneur ! Rien qu'un siège à gauche du président ! Le roi prêta serment. Comble d'insolence, les députés s'assirent à ce moment-là. C'était l'abrogation du protocole et un manque de respect évident. Louis XVI n'était plus qu'un citoyen-roi auquel on ne devait plus d'hommages.

Le 4 octobre, le député du Cantal, un paralytique, demanda l'abrogation des titres par lesquels on s'adressait au roi, « Sire » et « Majesté ». On l'applaudit à tout rompre et on vota le décret. Mais Louis résista : s'il en était ainsi, il ne se rendrait plus à l'Assemblée ; intimidée, elle abrogea l'abrogation.

Par ailleurs, comme celui de l'automne, le ciel politique s'encombrait de nuages de plus en plus lourds.

Aux trois camps qui se livraient désormais en France une guerre de tranchées – les modérés, les Jacobins et leurs nouveaux ennemis, les Girondins –, s'en ajoutait un, mais à l'étranger : les émigrés. Partisans de la monarchie absolue, ils s'agitaient comme de beaux diables, multipliant les déclarations incendiaires. De Coblence, où il avait recréé une cour royale, prétentieuse copie de Versailles, Provence avait demandé à son frère de lui transmettre les pleins pouvoirs, ce qui eût fait de lui un roi de France en exil. Louis XVI ne tint pas compte de la ridicule requête et lui conseilla la prudence. Néanmoins, Monsieur avait créé deux armées placées sous le commandement respectif du prince de Condé et du comte d'Artois. Ce dernier avait convaincu l'empereur Léopold II et le roi de Prusse Frédéric-Guillaume de signer une déclaration commune : si la France n'établissait pas les bases d'un gouvernement monarchique respectant les droits du souverain autant que ceux du peuple, ils interviendraient militairement.

Naturellement, ces nouvelles firent les choux gras des Jacobins et des plumitifs, qui y virent un défi indirect du roi et de la reine, puisque d'Artois et Léopold II étaient les frères de l'un et de l'autre. Ces monstres s'apprêtaient à faire écraser le peuple français par les tyrans étrangers.

Mais non contents de leur impunité, les émigrés reprochèrent au roi d'avoir prêté serment à la Constitution.

— Les lâches, s'écria Marie-Antoinette, après nous avoir abandonnés, ils veulent que seuls nous nous exposions et seuls servions.

De plus, prétendant faire agir leur propre diplomatie, intervenant auprès des puissances de l'Europe, les émigrés, à commencer par Monsieur, ruinaient le projet qu'elle avait mûri avec Barnave : celui d'un congrès des nations, qui aurait tenté de ramener la France à la modération.

Une fois de plus, elle ne put que constater son impuissance dans une situation qui, même en politique extérieure, lui échappait entièrement.

Pis : ces rumeurs de menaces que les princes étrangers faisaient peser sur la Révolution finirent par agiter les députés et le peuple. Leur fibre nationaliste s'éveilla : eh bien, ce seraient les Patriotes qui la feraient, cette guerre. Et contre qui ? L'Autriche, pays de la reine ! Puis les princes allemands ! Puis tous les rois, ennemis naturels de la révolution.

Cependant, les partisans d'un tel conflit escomptaient que le roi s'y opposerait, sous la pression de son épouse. Un matin, Louis et Marie-Antoinette furent informés par Barnave que de graves périls menaçaient la reine : la veille, au cours d'une réunion chez Condorcet, La Fayette, Pétion, Brissot, Sieyès avaient fomenté le projet de la traîner devant la Haute Cour sous dix-neuf chefs d'accusation.

— Lesquels ? demanda le roi, cependant que Marie-Antoinette, sous le coup de l'émotion, s'était laissée tomber sur un siège.

— Je l'ignore, Sire, répondit Barnave, quoique je puisse en deviner quelques-uns, tels que des dépenses excessives et une correspondance avec les émigrés.

— C'est une querelle d'Allemands. J'y vois plutôt un chantage à la guerre.

— Sans doute, Sire.

Traîner la reine au tribunal ! Un pas supplémentaire avait été franchi dans l'abaissement public de la royauté.

Le seul moyen d'éviter l'abominable procès que mijotaient ces gredins était de modifier le cabinet pour les satisfaire. Louis nomma donc des ministres qui leur étaient proches.

Le 18 avril, le Conseil des ministres pria le roi de requérir à l'Assemblée la déclaration de guerre. Ni Louis ni Marie-Antoinette n'étaient plus dupes : Assemblée et ministres espéraient secrètement que le roi opposerait son veto à la guerre. Ainsi trouveraient-ils le moyen de l'incriminer de trahison. Bref, cette guerre sans motif était bel et bien dirigée contre lui. Mais il était piégé. Les yeux mouillés, il alla donc la demander.

Les périodes de répit n'étaient que des illusions.

Un spectre de plus en plus immonde s'approchait du couple royal. La nuit, Marie-Antoinette croyait parfois entendre ses pas.

Ce n'étaient que ceux des gardes dans les couloirs des Tuileries.

47
La longue marche vers le désastre

La guerre fut donc déclarée. Cent soixante mille Patriotes s'apprêtaient à en découdre avec « le roi de Bohême et de Hongrie ». Avec une raison certaine, à défaut de motif véritable : la déraison qui s'était emparée de la révolution.

Ce fut un désastre. La Fayette battit en retraite devant les uhlans ; Biron fut défait devant Valenciennes ; Rochambeau, chef de l'armée du Nord, démissionna ; l'armée de Théobald Dillon, commandant de la place de Nancy, se débina à la seule idée d'affronter l'ennemi et massacra son chef aux cris de « Sauve qui peut ! On vous trahit ! », puis jeta son cadavre au feu ; trois régiments, dont le Royal-Allemand, passèrent à l'ennemi.

Inquiétantes nouvelles. L'humiliation de la défaite ne pouvait qu'alimenter la hargne de ces gens qui ne savaient comment se défaire de la royauté.

Le 29 mai, l'Assemblée décréta la dissolution de la Garde royale, quelque deux mille Suisses chargés de veiller à la protection du roi, invoquant une « orgie », la distribution de cocardes blanches et de munitions, toutes imaginaires, et aussi parce que c'était un repaire d'émigrés.

Le roi sombra dans une dépression muette.

Le 8 juin, après avoir décrété l'arrestation des prêtres non jureurs pour trahison, l'Assemblée voulut créer un camp de 20 000 Gardes nationaux fédérés près de Paris. Louis XVI s'extirpa de sa torpeur pour opposer son veto, puis le retira.

On parlait de plus en plus ouvertement d'en finir avec le roi, « ce cochon vautré dans son or », comme l'écrivait Marat, et la reine, « l'Autruche ».

Mais pourquoi les tuer ? se demandaient certains. Qu'on leur donnât une pension de 50 000 livres et qu'on les mît à la porte ! Dans l'anarchie croissante, leur influence déclinait sans cesse.

Depuis plusieurs mois, une force nouvelle renforçait le camp des Jacobins : c'étaient les sans-culottes, ainsi nommés parce qu'ils ne portaient que des pantalons et des carmagnoles – des blouses courtes. Cette coalition d'ouvriers, d'anciens forçats, de boutiquiers illettrés et d'aventuriers avait été constituée par Santerre, un brasseur, Alexandre, un clerc de notaire, Saint-Huruge, ci-devant marquis, et Fournier, dit « l'Américain », assassin notoire. Son but était de prendre la succession des Gardes nationaux, désormais trop proches d'un La Fayette devenu l'homme à abattre, et de disposer d'une force capable de semer la terreur dans Paris et ses faubourgs. Car les Jacobins aspiraient au pouvoir.

Ces derniers décidèrent de célébrer l'anniversaire du serment du Jeu de paume. Le 20 juin, précédés d'une jeunesse portant des bouquets de fleurs, des milliers de sans-culottes brandissant piques et haches se massèrent devant la salle du Manège. À la demande des Girondins, on les laissa y pénétrer. Ils occupèrent les lieux pendant deux heures, en chantant : « Ça ira ! Les aristocrates à la lanterne ! » Puis ils allèrent aux Tuileries.

Le roi se trouvait dans sa chambre, en compagnie de la reine, de leurs enfants, de Mme Élisabeth ainsi que de quelques courtisans et domestiques.

— Ils vont forcer les portes, dit-il. Ouvrez celle de l'Œil-de-Bœuf. Madame, emmenez ma sœur et les enfants.

Marie-Antoinette courut à la chambre du Dauphin, dont les portes avaient été forcées. Elle retourna alors se réfugier dans la chambre du roi et en ferma les accès.

Entre-temps, les sans-culottes avaient fait irruption par la porte opposée. Quelques grenadiers seuls étaient présents. Le roi monta sur une banquette dans une embrasure. À la fenêtre voisine, un sans-culotte pointait son couteau sur la gorge de Mme Élisabeth.

— Vous ne voudriez pas me faire du mal, lui dit-elle avec un sang-froid digne de son frère. Écartez votre arme.

Dans la chaleur, les corps des insurgés dégagèrent une puissante odeur de suint et de corps mal lavés.

Un sans-culotte tendit au roi un bonnet phrygien au bout d'une pique, nouvel emblème des Patriotes et insigne des esclaves affranchis ; il le saisit pour s'en coiffer. On l'insulta. Plusieurs autres montrèrent au roi des placards ainsi rédigés : « Tremblez, tyrans, le peuple est armé », ou bien : « Union des faubourgs Saint-Antoine et Saint-Marceau. » Puis un cœur de veau ensanglanté avec la pancarte « Cœur des aristocrates ».

À la recherche de « l'Autrichienne », la racaille défonçait les portes, ouvrait les placards et faisait main basse sur tout ce qu'elle pouvait empocher. Elle trouva Marie-Antoinette. Les injures fusèrent. Le fils d'un boucher braqua sur elle un pistolet. Elle le fixa du regard. Surpris, il rengaina l'arme.

À l'Œil-de-Bœuf, Louis s'avisa que la culture politique de ces gens était à la hauteur de leur crasse : ils exigèrent l'approbation des décrets contre les prêtres non jureurs et du camp des fédérés, de même que le rappel des ministres renvoyés.

Il eut soif ; on lui apporta une bouteille d'eau, mais sans verre ; il but au goulot. On brailla devant le geste populaire. Toutefois, le sang-froid du monarque eut le don d'impressionner les émeutiers.

Cela prit trois heures. À six heures du soir, le nouveau maire, Pétion, arriva enfin, ayant sans doute jugé que l'épreuve avait assez duré. On l'acclama.

— Le peuple s'est présenté avec dignité, dit-il au roi d'un air goguenard. Le peuple s'en ira de même. Votre Majesté peut dormir sur ses deux oreilles.

Ensuite, il entreprit d'expliquer à l'Assemblée que le peuple de Paris était allé présenter une pétition au roi.

Le jour suivant, Louis observa, à l'intention d'une Marie-Antoinette à peine remise de l'épreuve :

— L'Assemblée s'est laissé envahir par une plèbe indisciplinée et n'a rien fait pour défendre la famille royale. Elle a ruiné son crédit.

Seulement qui en avait encore ? La Fayette, informé à Maubeuge des événements de la veille, accourut à Paris, projetant de marcher contre les Jacobins ; il avait espéré rallier trois cents de ses amis de la Garde nationale aux Champs-Élysées ; il en compta à peine cent et rentra se coucher.

Aux raisons déjà écrasantes de découragement, Marie-Antoinette en voyait surgir une autre : son impopularité. Elle écrivit à Fersen :

> *Si j'agissais, ce serait donner des armes aux ennemis du roi : le cri contre l'Autrichienne, contre la domination d'une femme, serait général en France.*

Il s'en fallait qu'après leur triomphe du 20 juin, les sans-culottes se tinssent tranquilles. Ils dominaient Paris et les discours des agitateurs leur donnaient l'illusion de la toute-puissance. Ils déferlaient dans les églises, volaient les troncs, prétendant que Jésus était un sans-culotte comme eux, mais abattaient les statues de la Vierge Marie.

Le 30 juillet, l'arrivée à Paris du bataillon des Marseillais, précédé d'une réputation de férocité sans pareille, fouetta leur sentiment d'invincibilité. Le lendemain même, une de leurs sections, celle de Mauconseil, abattit ses cartes : elle ne reconnaissait ni la Constitution ni le roi, soupçonné de projets sanguinaires contre la capitale.

Une nouvelle fois, le monarque accepta les projets de fuite montés à la va-vite par certains, comme le duc de La Rochefoucauld-Liancourt. Il irait en Normandie, une province demeurée loyaliste.

Mais les événements se précipitèrent. Les 47 autres sections de la Commune de Paris souscrivirent à la demande de déchéance du roi. Le 4 août, anniversaire de la fameuse nuit d'abandon des privilèges, Robespierre dénonça son projet de fuite. À l'évidence, quelqu'un avait trop parlé, voire trahi.

Marie-Antoinette annula les préparatifs d'évasion : se remémorant les mésaventures de celle de Varennes, elle pensait que les risques seraient bien pires cette fois-ci.

Mise en demeure par la Commune, l'Assemblée comprit que son existence même était en péril et voulut gagner du temps : elle répondit que le rejet de la Constitution était contraire à la souveraineté nationale. Il était bien question de légalisme !

L'affrontement entre Jacobins et sans-culottes d'un côté, et modérés de l'autre était inexorable. Les premiers le fixèrent au 9 juillet de cette année 1792.

Aux Tuileries, qui représentaient évidemment la cible des nouveaux insurgés, on suivit de demi-heure en demi-heure la progression des événements dès cinq heures de l'après-midi. Les informateurs rapportèrent qu'un des projets des sans-culottes consistait à s'emparer de Marie-Antoinette et à l'enfermer dans une cage, comme un fauve.

En plus de bataillons de la Garde nationale, de grenadiers et de canonniers, un millier de Suisses constituaient alors la garde du château, sous les ordres du commandant de la garde, le marquis de Mandat. On pouvait aussi bien espérer être défendu que redouter un conflit.

Et le temps était lourd.

À onze heures du soir, le tocsin, d'abord sonné par le clocher des Cordeliers, fut répété par les autres clochers de Paris. Leur son lugubre emplissait la nuit étouffante. L'insurrection avait commencé.

Marie-Antoinette se tenait auprès de ses enfants, prête à toute éventualité. Un premier groupe de Gardes nationaux fit défection, puis un autre.

À deux heures du matin, les députés arrivèrent salle du Manège, se demandant que faire. Par les fenêtres, ils voyaient les premiers sans-culottes défiler, s'égosillant et agitant des armes.

À cinq heures du matin, Mandat fut appelé à l'Hôtel de Ville. Cette fois, il résolut enfin de s'y rendre. Peu après, le roi apprit que les sans-culottes qui occupaient l'édifice l'avaient arrêté. Le jour à peine levé, un des associés de Danton l'avait abattu d'un coup de pistolet sur les marches de l'Hôtel ; achevé à coups de sabre, il avait été jeté à la Seine. À sa place avait été nommé le brasseur Santerre, l'un des chefs des sans-culottes.

— Louis, il faut vous lever, dit la reine, penchée sur le lit de son rejeton. Les méchants sont arrivés.

— Maman, pourquoi feraient-ils du mal à papa ? demanda-t-il. Il est si bon…

Elle ne répondit pas. Elle frissonna en jetant un coup d'œil par les fenêtres du côté de la place du Carrousel : derrière la grille, une masse de sans-culottes hurlait : « Déchéance ! Déchéance ! »

Louis venait d'admettre un visiteur dans sa chambre : le constitutionnel Roederer, Jacobin légaliste.

— Sire, réfugiez-vous promptement au sein de l'Assemblée. Les jours de Votre Majesté et de votre famille ne peuvent être en sûreté qu'au sein de l'Assemblée du peuple.

Mais le roi se refusait à capituler.

Vers huit heures du matin, de guerre lasse, se disant que son départ mettrait peut-être fin à l'émeute, il accepta de se diriger vers l'Assemblée. Une heure après, il descendit, flanqué de la reine défaite qui ravalait ses larmes. Elle tenait le Dauphin par la main et s'appuyait sur François de La Rochefoucauld, sur Mme Élisabeth en prières, sur Mme Royale qui pleurait chaudement, sur la princesse de Lamballe et sur Mme de Tourzel.

À peine étaient-ils réfugiés dans la salle du Manège que les sans-culottes envahissaient les Tuileries. Un coup de feu claqua. Le massacre commença. La meute hurlante des manifestants déferla dans les salons et les appartements, tuant tous ceux qu'elle rencontrait, les embrochant sur ses piques, leur fracassant le crâne, les défenestrant. Des Suisses furent traînés les uns sur la place Louis-XV, d'autres place de Grève, où ils furent taillés en pièces. Les mégères, couteau à la main, émasculaient les cadavres. Ces scènes de sauvagerie prirent fin vers onze heures du matin, le 10 août.

On dénombra un millier de morts, dont un tiers chez les assaillants.

Effrayée, cernée par des sans-culottes qui s'époumonaient à crier à la déchéance du roi, l'Assemblée craignit pour sa survie. Elle décréta la suspension des pouvoirs du roi.

Elle trahissait ainsi la Constitution qu'elle lui avait elle-même imposée. En effet, un tiers seulement des 745 députés étaient présents, et le roi n'avait commis aucun des crimes définis pour justifier sa déchéance. Mais il ne fallait pas s'arrêter à des considérations de légalité alors que les assassins étaient aux portes.

Le coup de force de la seconde révolution avait pratiquement réussi. L'Assemblée se révélait n'être qu'une fiction, ses décrets des torchons et son autorité celle d'une barboteuse terrifiée par un maquereau.

Saccagées et ensanglantées, les Tuileries étaient inhabitables. Le soir, des commissaires de l'Assemblée menèrent la famille royale au couvent des Feuillants, qui jouxtait la salle du Manège. On leur y avait réservé quatre petites chambres : presque des cellules. Des visiteurs parvinrent à se faufiler à travers la foule qui encombrait les accès pour remettre aux semi-prisonniers du linge frais et de l'argent.

Où allait-on serrer les prisonniers ? Car la Commune était bien décidée à contrôler leur sort. On songea à les installer au palais du Luxembourg, qui avait appartenu à Monsieur. « Trop difficile à surveiller », jugea un homme de la Commune. Il indiqua le Temple, un ancien palais qui avait appartenu au comte d'Artois. Un peu plus tard, on proposa l'archevêché. Non, ses souterrains le rendaient également difficile à garder. Les sans-culottes s'impatientaient : que d'égards pour des embastillés ! Bon, va pour le Temple alors !

Le 13 août, à six heures du soir, les détenus y furent conduits sous la garde de milliers d'officiers. Le palais était habitable. Louis en inspecta les pièces. Mais avant de partir, les délégués des sans-culottes l'informèrent que ce ne serait pas dans le palais même que lui et sa famille habiteraient, mais dans la tour, sinistre vestige féodal.

Un donjon. Leur dernière demeure sans doute.

98

« La royauté est un crime de lèse-humanité ! »

Deux prêtres jureurs étaient dévolus à la surveillance du roi. L'un, Jacques Roux, chantait à tue-tête, la nuit, des hymnes révolutionnaires pour empêcher la famille royale de dormir ; l'autre, Jacques Claude Bernard, déversait des injures immondes sur la famille royale quand elle se mettait à table.

Cependant, celle-ci vécut là quelques jours de confort relatif, ignorant quasiment tout ce qui se passait à l'extérieur. Presque : en effet, ils recevaient puis transmettaient des messages à l'encre sympathique, et un colporteur venait crier les nouvelles du jour sous leurs fenêtres d'une voix de stentor.

Or l'angoisse montait. Les révolutionnaires s'étaient mués en assiégés. Ils savaient le monde extérieur ligué contre eux. Leur haine pour les otages augmentait d'autant. En revanche, ils ignoraient comment les tourmenter le mieux. Dans la nuit du 19 au 20 août, la princesse de Lamballe, Mme de Tourzel et sa fille furent menées à la prison de la Petite Force. Les deux valets du roi, Huë et Chamilly, furent également arrêtés. Le 23 août, les Austro-Prussiens s'emparaient de Longwy. Le 24, après minuit, des municipaux s'introduisaient dans la chambre du roi pour lui réclamer son épée. L'humiliation était à son comble. Le 31, Verdun capitula sous l'assaut des Prussiens.

— Je n'attends plus rien, murmura Marie-Antoinette.

Elle ne craignait plus qu'une chose : être séparée de son mari et de ses enfants.

Privée de son objet principal, la rage sourde des révolutionnaires s'enflamma jusqu'à sombrer dans la folie la plus bestiale. Elle était assoiffée de sang.

Le 2 septembre 1792 marqua le début des Massacres de Septembre. Des tueurs déguisés en juges populaires convoquaient n'importe qui pour rendre une justice expéditive : les condamnés, surtout choisis parmi les aristocrates et les prêtres, étaient liquidés sitôt après, n'importe comment : on les égorgeait parfois dans la rue. La fureur sanguinaire s'exerçait contre des misérables parfaitement ignorants de la chose politique : à la Salpêtrière et à Bicêtre, par exemple, les assassins tranchèrent le cou à des malades, des fous, des prostituées, des vagabonds, des « droits communs », des enfants de quinze ans, des vieillards grabataires surpris dans leurs cellules ou dans leurs lits. Sans motif. Les sans-culottes en firent même venir de province pour les assassiner à Paris. On en dénombra un millier un tiers*.

Ces nouvelles filtrèrent quand même dans la tour du Temple, ajoutant à l'effroi constant des prisonniers. Le 3 septembre, un incident affecta particulièrement Marie-Antoinette : vers quatre heures de l'après-midi, des émeutiers montèrent à sa chambre, porteurs d'un trophée immonde : la tête de la princesse de Lamballe fichée au bout d'une pique. La reine chancela.

Celui qui tenait la pique, un Garde national à en juger par son uniforme, lui lança :

— On voulait vous cacher la tête de Lamballe qu'on vous apportait pour vous faire voir comment le peuple se venge de ses tyrans. Je vous conseille de paraître en bas, si vous ne voulez pas que le peuple monte ici !

Marie-Antoinette s'écroula.

— Nous nous attendions à tout, monsieur, dit le roi au garde, mais vous auriez pu vous dispenser d'apprendre à la reine ce malheur affreux. Montrez plutôt ce trophée au Palais-Royal.

— Bonne idée ! jugea l'autre, qui redescendit.

La reine ne reprit ses esprits que pour fondre en sanglots.

---

* Des historiens modernes ont établi que le nombre des victimes se situait entre 1250 et 1392. Ils ont également fait valoir que pendant cette période, Paris aurait vécu dans la plus parfaite sérénité et que la terreur était surtout répandue par les Jacobins. Ces derniers voulaient effrayer les Girondins avant les élections de la Convention. Cela n'atténue ni la sauvagerie ni l'aveuglement des assassins, qui s'en prenaient à des innocents nullement suspects de sympathies royalistes.

Que faisait donc l'Assemblée ? Vitupérée par Robespierre comme repaire d'intrigants, accusée des malheurs de la France, elle était coiffée par la nouvelle Convention. Assemblée, Convention, Commune, ces trois Parques régissaient donc le pays.

Au soir du 21 septembre, le gardien Cléry entra dans la chambre de Louis XVI pour lui annoncer :

— La République est proclamée.

La suite était prévisible.

Louis XVI n'avait pas lu la déclaration de l'abbé Grégoire, évêque constitutionnel de Blois : « Les rois sont à l'ordre social ce que les monstres sont à l'ordre physique. » Il savait seulement qu'une commission de vingt-quatre membres nommés par la Convention examinait les papiers saisis aux Tuileries par les émeutiers. Il y en avait des masses. Qu'allaient-ils y trouver ?

Le 7 décembre, sur ordre de la Commune, un municipal vint confisquer tous les objets tranchants en possession du roi, rasoirs, couteaux, cure-dent et même ses lunettes.

— Et ces pincettes que je tiens à la main, s'indigna-t-il, ne sont-elles pas aussi un instrument tranchant ?

On redoutait qu'il ne se suicidât, et qu'il échappât ainsi à la justice populaire.

Le 11 décembre, à onze heures, on le sépara du Dauphin avec lequel il jouait au jeu de siam. Les municipaux vinrent l'emmener en voiture à la salle du Manège. Cent cavaliers de la gendarmerie et de l'École militaire ainsi que trois colonnes de cent fusiliers protégeaient la voiture. Devant le nouveau maire, Chambon de Montaux, et le brasseur meneur des sans-culottes, Santerre, promu général et bombant le torse dans un uniforme rutilant, on lui donna lecture du décret ordonnant que « Louis Capet soit traduit sur-le-champ à la barre de la Convention ». Il portait une barbe de trois jours, il était amaigri, ses vêtements étaient rapiécés. Mais point diminué : il demeura impassible.

— Je ne m'appelle point Capet, répondit-il calmement. Seuls mes ancêtres ont porté ce nom.

Mais était-ce la Convention ou l'Assemblée qui le jugeait ?

— Louis, la Nation française vous accuse. L'Assemblée nationale a décrété le 3 décembre que vous seriez jugé par elle. On va vous lire l'acte énonçant les délits qui vous sont imputés. Vous pouvez vous asseoir.

Tyrannie, attentats à la liberté et à la souveraineté du peuple, suspension de l'Assemblée, complot avec l'étranger, imposition de lois iniques... C'était risible : on lui reprochait d'avoir exercé ses pouvoirs selon les lois. En réalité, on lui tenait rigueur d'avoir été roi.

Il ignorait les propos tenus par Robespierre à l'Assemblée le 3 décembre : « La royauté est un crime de lèse-humanité ! Je demande que la Convention déclare Louis traître à la Nation française, criminel contre l'humanité. » Un tonnerre d'applaudissements s'était ensuivi.

Il ignorait également l'opinion d'un pâle jeune homme aux cheveux noirs et bouclés, un certain Antoine de Saint-Just, selon lequel le roi n'avait pas à être jugé, parce que sa culpabilité résidait dans le pouvoir royal qu'il avait exercé.

Mais Louis comprit quand même que cette cour se donnait les gants de le juger selon la loi, tout en ayant fixé son sort à l'avance. C'était une cour de Grands Menteurs.

Ils se composaient de Grands Menteurs girondins, qui voulaient que la légalité fût à peu près respectée, et de Grands Menteurs jacobins, qui n'avaient cure de la légalité et voulaient la mort de l'inculpé. Mais ils demeuraient tous des menteurs.

Les accusateurs, dont le ministre de l'Intérieur, Roland, faisaient grand cas d'une prétendue armoire en fer découverte aux Tuileries et contenant des documents décisifs sur la culpabilité de Louis Capet. Or il n'y avait pas d'armoire en fer et les documents ne faisaient que trahir la mauvaise foi des interprétations*.

Au terme de quatre heures d'interrogatoire, Louis réclama des avocats. Le député Marat aboya que le tribunal ne voulait pas de « chicanes de palais ». Le député Robespierre déclara que ce serait « étaler une fausse humanité que de donner des défenseurs à l'accusé ».

Pendant ce temps, Marie-Antoinette dépérissait à vue d'œil. Sans doute ne reverrait-elle plus son époux : ils l'assassineraient sur place.

Il revint pourtant à six heures et demie du soir. Mais alors, les geôliers lui apprirent que pendant tout le procès, Louis Capet ne pourrait plus communiquer avec sa famille. Elle s'effondra. Elle ne le reverrait plus. Elle

---

* Il a été démontré par la suite que l'affaire de « l'armoire en fer » fut une des falsifications les plus éhontées du tribunal révolutionnaire. Il n'y en avait pas plus qu'il n'y eut de « serrure secrète » confectionnée par Louis XVI ou sur son initiative.

devina la détresse qui était la sienne, et cela ne fit qu'ajouter à la sienne propre. Elle ne savait plus rien.

Les jours passèrent. N'était-ce pas bientôt Noël ? Elle ignorait que la Commune avait fait interdire la célébration de la messe de minuit.

Elle n'entendit pas le petit étudiant de Louis-le-Grand – qui jadis lui avait adressé sous la pluie un discours en latin – glapir que le roi était perdu et que « la clémence qui compose avec la tyrannie est barbare ».

Le dimanche 20, vers deux heures de l'après-midi, elle entendit un remue-ménage dans la Tour. Des gens arrivaient. Que se passait-il ? Elle tremblait. Une heure auparavant, elle avait cru percevoir, de la voix du colporteur qui faisait toujours ses rondes dans la rue, que Louis Capet avait été condamné à mort, mais elle s'était refusée à le croire. Le geôlier lui apprit froidement qu'une délégation de notables était venue annoncer à Louis Capet, « dernier roi des Français », sa condamnation à mort pour conspiration, exécutoire dans les vingt-quatre heures.

Elle cria. Le Dauphin prit peur et Mme Royale, qui avait tout compris, se mit à sangloter.

À six heures, elle fut informée que le roi était autorisé à rencontrer sa famille, sans témoin. Dans quel état elle se trouvait ! Il serait effrayé à sa vue. Et les enfants ! Dans les conditions de leurs cellules, ils se refirent une apparence honnête. À huit heures, ils descendirent enfin. Les gens présents, dont l'abbé Edgeworth de Firmont, se retirèrent derrière une cloison vitrée.

Marie-Antoinette, Mme Élisabeth, Mme Royale et le Dauphin enlacèrent le roi, l'époux, le père, le frère. Ils voulurent passer la nuit avec lui. Il refusa. Il avait besoin de tranquillité.

À onze heures du matin le lendemain, 21 janvier 1793, les geôliers apprirent aux trois femmes et au Dauphin que le roi avait été décapité à la guillotine à dix heures vingt-deux.

Dans leur malheur, la captivité leur évita d'assister aux scènes immondes qui s'étaient ensuivies, comme ces Parisiens changés en charognards qui s'étaient précipités sur l'échafaud pour boire le sang du supplicié et s'en enduire le visage.

— Il avait trente-neuf ans cinq mois et neuf jours, observa Mme Royale.

99
Midi et quart, place de la Révolution

LA MORT ÉTAIT CERTAINE, mais qu'elle vînt donc vite !

Comme par honte, elle reculait. Des monstres la supplantèrent. Le premier lui arracha le Dauphin. Par ordre du Comité de Salut public, ratifié par la Convention, le petit Louis lui fut enlevé le 3 juillet 1793 à neuf heures et demie du soir.

Pourquoi ? Elle se morfondait jusqu'à mettre sa vie en péril. Seule l'affection de Mme Élisabeth et de Mme Royale, pourtant tout aussi affligées, parvint à la tirer de sa prostration.

Quel sort lui préparaient-ils ? Allaient-ils le guillotiner, lui aussi ?

Le deuxième monstre, qui sévit le 1er août, fut le transfert des trois femmes à l'ignoble prison de la Conciergerie. Même la tour du Temple avait été un havre de paix en regard. La cellule réservée à la ci-devant reine était grande comme un placard, éclairée par un soupirail presque à ras du sol. Un lit de sangle, une literie douteuse et c'était tout. Certes, Marie-Antoinette ne possédait plus rien que deux robes de deuil et quelques paires de bas, mais ce réduit ! Et que signifiait le bidet de cuir rouge, assorti de la seringue ? Allait-on la traiter comme une fille de joie ? Elle frémit.

Étouffant en cette saison, le réduit devait être glacé l'hiver. Si du moins elle le voyait, cet hiver-là.

Mme Élisabeth et Mme Royale étaient tout aussi mal loties dans leur cellule commune. Les trois femmes avaient cependant une consolation : la compassion de l'épouse du concierge de la prison, Mme Richard, qui devinait leurs épreuves et leurs privations et qui les approvisionnait en petits luxes, de l'eau de Ville-d'Avray, des fruits.

Grâce à elle, elles apprirent enfin le sort réservé au Dauphin : il était à l'étage du dessous. Son éducation avait été confiée à un nommé Simon, savetier de son état.

Le troisième monstre fut le plus ignoble.

Mme Royale, convoquée un jour d'octobre à l'étage inférieur, en remonta bouleversée. Sa mère et Mme Élisabeth eurent toutes les peines du monde à lui faire arracher l'objet de son indignation.

— Louis Charles a signé une déposition infâme ! marmonna-t-elle, effondrée.

— Une déposition ? À son âge ?

Mme Royale hocha la tête.

— Il prétend…

Elle hoqueta.

— … Que nous lui avions appris… que nous avions des rapports… Ah, non, je ne peux pas !

Marie-Antoinette avait compris. Pour que sa fille fût bouleversée à ce point, il fallait que sa pudeur eût été affreusement blessée.

— Ses manières, son langage… Je ne veux pas vous les décrire !

Un municipal monta appeler Mme Élisabeth. Dans la salle où elle fut menée, elle vit des inconnus assis autour d'une table. On lui apprit que l'un d'eux était M. Pache, maire de Paris. Le Dauphin était également présent. On lut sa déposition. Même prévenue, Mme Élisabeth eut un haut-le-corps.

— Monstre ! lui cracha-t-elle au visage. Tu n'as pas honte ?

Il la regarda avec une tranquille insolence. Était-ce lui, le « chou d'amour » ? Comment avaient-ils pu, en quelques semaines, l'avilir de la sorte ? Un infâme voyou masturbateur, voilà ce qu'était devenu Louis Charles de Bourbon, le Dauphin de France.

Elle expliqua aux enquêteurs que son neveu avait une mauvaise habitude et que sa mère l'avait déjà sermonné à ce sujet. Ils ricanèrent.

Mme Élisabeth rapporta la conversation à sa belle-sœur. Celle-ci blêmit.

Pourquoi la mort tardait-elle tant ?

Le 14 octobre 1793 s'ouvrit le procès de la veuve Capet, ci-devant Marie-Antoinette, archiduchesse d'Autriche, reine de France.

Son teint était d'une blancheur de craie. Non seulement à cause des épreuves endurées, mais aussi parce que depuis plusieurs jours, elle souffrait d'une hémorragie utérine qui commençait de la vider de ce sang dont les Parisiens étaient assoiffés.

L'accusée découvrit alors la bassesse des soi-disant défenseurs du peuple, héros vengeurs de la liberté et vainqueurs du despotisme. Hébert, Fouquier-Tinville,

Robespierre. Deux vieillards vicieux et un obsédé solitaire, le deuxième compatriote et âme damnée du troisième.

Le substitut du parquet Hébert déballa les ordures qu'il avait concoctées sur les rapports incestueux de Louis Charles avec sa mère et sa tante.

Les avocats, Chauveau-Lagarde et Tronson du Coudray, étaient atterrés. Leurs regards et ceux des jurés se tournèrent vers Marie-Antoinette. Elle ne répondait pas. Hébert récidiva, traitant le roi de « gros cochon ». Elle ne répondait toujours pas. Un juré fit observer au président de la cour, Hermann, que le silence de l'inculpée valait consentement.

Elle se leva :

— Si je n'ai pas répondu, c'est que la nature se refuse à répondre à une pareille accusation faite à une mère.

Un brouhaha parcourut l'audience. L'accusation se discréditait en recourant à pareilles charges.

La leçon fut bonne : le lendemain, on accusa Marie-Antoinette d'avoir conspiré avec des puissances étrangères, d'avoir employé des agents secrets, de s'être acharnée à détruire la liberté, d'avoir foulé aux pieds la cocarde tricolore pour arborer la blanche, d'avoir dilapidé les finances de la France…

Les avocats répliquèrent avec fougue et tant que la salle s'émut. Pour un peu, ces deux hommes feraient acquitter la veuve Capet ! L'accusateur public Fouquier-Tinville enragea : il les fit arrêter sur-le-champ, en plein tribunal. Quelle ne fut pas la surprise des jurés !

Puis ceux-ci délibérèrent. Dans une pièce voisine de la grande salle, l'accusée attendait le verdict. Elle eut soif. Le lieutenant Debusne lui apporta un verre d'eau*. Elle avait demandé à changer de linge, à cause de son hémorragie. On le lui refusa.

À quatre heures et demie du matin, un huissier vint la chercher. Même à cette heure-là, la salle était pleine. À l'entrée de l'accusée, la foule se tut.

Marie-Antoinette gravit l'estrade et toisa calmement cette assemblée d'assassins.

— Antoinette, lança le président Hermann, voilà le résultat de la délibération du jury. La peine de mort. Le présent jugement sera exécuté sur la place de la Révolution**.

Elle demeurait impavide.

On la ramena à la Conciergerie. Elle réclama au concierge, Bault, deux bougies, de l'encre, une plume et du papier et rédigea une lettre testament à l'intention de Mme Élisabeth :

> *C'est à vous, ma sœur, que j'écris pour la dernière fois. Je viens d'être condamnée, non pas à une mort honteuse, elle ne l'est que pour les criminels, mais à aller rejoindre votre frère***…*

À sept heures, la domestique Rosalie la pria d'accepter du bouillon chaud ; elle le prit pour lui faire plaisir.

---

* Le jeune officier fut arrêté quelques heures plus tard pour cet acte de compassion.
** Actuelle place de la Concorde.
*** La lettre, bien plus longue, ne parvint jamais à sa destinataire, parce qu'elle fut confisquée par Fouquier-Tinville. Après l'exécution de ce dernier, le 7 mai 1795, sur ordre du même Tribunal révolutionnaire, ses papiers furent saisis. La lettre ne fut retrouvée qu'en 1816, dans les papiers du conventionnel Courtois.

Un peu plus tard, la même Rosalie dut demander au gendarme venu chercher la condamnée de laisser celle-ci s'habiller loin de ses regards, au nom de l'honnêteté. Il ne se détourna pas. Elle enfila une de ses deux robes blanches, couleur du deuil royal.

Le curé de Saint-Landry se présenta pour la confesser et l'assister dans ses derniers moments. Un curé jureur : elle ne lui adressa pas la parole. Le bourreau, Henri Sanson, vint ensuite ; c'était le fils de celui qui avait décapité le roi. Il lui fit ôter son bonnet, lui tailla les cheveux et lui lia les mains dans le dos. Puis il la fit avancer, tenant la corde attachée aux mains. Sous l'effet du froid, elle éprouva un besoin pressant. On lui indiqua un réduit, la Souricière, dans le greffe. Elle s'accroupit.

Puis elle monta dans une charrette, une bétaillère. L'abbé Girard, un autre prêtre jureur, s'assit près d'elle. Elle ne lui adressa pas non plus la parole. Elle regardait droit devant elle, à la fin soulagée de s'en aller. Elle avait trop souffert. Elle ne serait pas présente quand sa belle-sœur, sa fille, son fils seraient à leur tour envoyés à la mort*.

Tout le long de la rue Saint-Honoré, des gens sont massés. Elle ne se doute pas qu'ils s'apprêtent à prendre

---

* Mme Élisabeth demeura à la Conciergerie jusqu'à son exécution, le 8 mai 1794. Mme Royale, Marie-Thérèse Charlotte, fut échangée la même année par la Convention contre des prisonniers que détenait Dumouriez. Elle épousa son cousin, le fils du comte d'Artois.

la charrette d'assaut et à la libérer. Ils ont été recrutés par une dentellière, mais ils ignorent qu'ils ont été trahis.

Il est midi ce 16 octobre 1793, quand la charrette arrive place de la Révolution. La foule y est nombreuse et étrangement silencieuse.

L'accusée gravit les marches de l'échafaud. Sanson lui enleva son bonnet. À midi et quart, le couperet trancha la rose d'Autriche et la tête d'Antonia roula dans le panier.

Les anges sont parfois vengeurs.

Dix-neuf mois plus tard, la tête du même Fouquier-Tinville, comme celles de la plupart des fauves qui avaient envoyé à la mort un roi qui avait refusé de faire couler le sang et une femme trop comblée par les grâces, roula dans le même panier.

Il avait été précédé le 28 juillet 1794 dans cette décollation par Maximilien de Robespierre, celui dont l'éloquence avait fouetté sans relâche la fureur sanguinaire des révolutionnaires et peint la France en rouge. Envoyé à la prison du Luxembourg, dont le geôlier avait refusé de l'incarcérer, dans la nuit du 9 au 10 thermidor, et sachant que la réaction allait s'emparer de lui, il avait tenté de se suicider, mais la balle de son pistolet lui avait seulement fracassé la mâchoire, mettant un point final à ses discours. Et ce fut ce blessé à demi inconscient que, dans son inlassable cruauté, la Révolution dépêcha le lendemain sous le couperet de la guillotine.

Il avait inventé l'Être suprême et proclamé l'immortalité de l'âme.

L'ange regarda un moment cette âme errante voltiger parmi les corbeaux, égarée, cherchant le faux dieu qu'elle avait inventé, puis il se détourna avec mépris.

Postface

Les pages qu'on vient de lire racontent l'histoire d'une femme, d'une reine sacrifiée non par « le peuple », notion particulièrement floue et encore plus en l'occurrence, surtout sous le nom de « Nation », mais par deux bourreaux inattendus : la classe même à laquelle elle était censée appartenir – la noblesse –, puis par un petit groupe d'intellectuels qui attisèrent la haine du roi, coupable du « crime suprême d'être roi », selon les immortels propos de Robespierre, et de sa femme, parce qu'elle était sa femme.

Ce ne sont ni le faux scandale du collier, ni ses goûts dispendieux qui ont poussé Marie-Antoinette vers l'échafaud, c'est l'aveuglement inouï de la noblesse française, Philippe d'Orléans, les ducs de La Rochefoucauld, Praslin, Uzès, Fitz-James, Montmorency-Luxembourg, d'Aumont et autres, et celui d'un clergé recruté dans la même noblesse, dont les dignitaires se proclamaient « princes de l'Église » et revendiquaient les mêmes droits que la noblesse d'épée. La noblesse de robe, caste de parvenus concussionnaires, singea la noblesse rouge dans ses prétentions. On sait le prix que tous payèrent pour ce qu'il faut bien appeler leur crapuleuse bêtise.

En refusant de toutes les forces qui leur étaient conférées la réforme fiscale de Turgot, de Calonne, puis de Necker, les deux premiers ordres déclenchèrent les troubles qui menèrent progressivement à la convocation des États généraux, puis à la Commune, à la Convention et aux déchaînements aveugles de la Révolution.

Dès lors, ils s'étaient exclus de l'histoire de la France. N'ayant plus droit à l'action, ils subirent les conséquences des colères que quelques hommes de robe, écrivains, aventuriers, tels Robespierre, Danton, Marat, Desmoulins, Saint-Just et bien d'autres battirent en mousse, toujours au profit de leurs ambitions.

La Révolution française fut l'événement majeur du XVIIIe siècle. Pas seulement en France, mais dans le monde entier. Elle servit de modèle aux révoltes des siècles suivants pour l'instauration de républiques, souvent confondues avec des démocraties. Ou l'inverse. Elle a donc suscité assez d'ouvrages des meilleurs auteurs pour emplir à elle seule une vaste bibliothèque. Tout semble avoir été dit là-dessus, le moindre document scruté par des générations d'experts, les motivations des plus obscurs acteurs du drame analysées *ad nauseam*, des milliers d'heures des plus illustres penseurs, de Jules Michelet à Karl Marx, prodiguées pour expliquer ce séisme exemplaire.

Je ne crois donc pas que ces pages endigueront le tsunami d'idées préconçues sur Louis XVI et Marie-Antoinette. L'un et l'autre ont été caricaturés jusqu'à l'absurde. On a fait du roi un obtus balourd ne comprenant rien à l'aspiration de son peuple à la démocratie, et de sa femme, une cocotte autrichienne microcéphale, égoïste et folle de plaisirs. L'examen des faits montre que Louis XVI voulut autant que les libertaires du temps modifier un régime archaïque en instaurant l'égalité des classes devant l'impôt, et que sa femme l'a secondé de près dans cette entreprise. Démocrate, il le fut autant, sinon plus que leurs bourreaux communs, dont le misérable Robespierre. Il voulut l'égalité devant l'impôt. Elle n'est toujours pas établie. L'indigent caractériel qu'était Philippe d'Orléans, le futur Philippe Égalité, par exemple, meneur ignoble des manifestations du Palais-Royal contre son cousin, se scandalisa de devoir payer 500 000 livres sur un revenu annuel de sept millions. Quand il se montra trop insolent, ce fut elle qui convainquit le roi de le faire exiler sur ses terres de Villers-Cotterêts. La « cocotte autrichienne » avait plus de tête que les faiseurs de romans gommeux lui en ont prêté – quand ils lui ont même concédé d'en avoir une avant de la perdre sous la guillotine.

« Le roi n'a qu'un homme, c'est sa femme. » Mirabeau avait vu juste. D'où l'acharnement que les meneurs du temps, à commencer par La Fayette, mirent à discréditer Marie-Antoinette et à la séparer de son époux.

Si j'ai retracé le détail des événements politiques du temps, c'est pour montrer qu'elle avait une conscience de son métier bien plus claire que celle des bavards.

Mais la mythologie pseudo-républicaine – je dis bien : pseudo – s'est perpétuée pendant deux siècles. À l'en croire, la fin sur l'échafaud du couple royal ouvrit la voie

– royale évidemment – de la liberté républicaine. Mais non : ces deux meurtres l'ouvrirent au pouvoir impérial dix ans plus tard. Si le peuple avait été à ce point ennemi du pouvoir, l'aurait-il rétabli dans une rigueur qui évoquait bien plus le temps des rois capétiens que celui du monarque quasi constitutionnel qu'avait été Louis XVI ? On peut en douter. Dès la réaction thermidorienne, la France était écœurée des excès prétendument républicains.

Sa plus illustre victime fut alors son principal bourreau, Robespierre, fanatique illuminé par des visions métaphysiques aussi prétentieuses qu'inhumaines.

Les vertus de la Révolution furent différentes : elle débarrassa la France de trois castes vampiriques, les deux noblesses et le clergé, qui lui avaient sucé le sang jusqu'à l'épuisement. Car l'alliance du clergé avec les ennemis du pouvoir royal fut aussi responsable tout à la fois de la mort du roi et de la reine, de la Terreur, de ses propres déboires. En refusant de payer les impôts comme tout le monde, sous prétexte que les biens du clergé étaient sacrés, ils sciaient la branche sur laquelle ils étaient assis.

Si ces trois ordres, car ils furent trois et non deux, ne s'étaient pas opposés fanatiquement, systématiquement, frontalement à la révolution royale, les excès monstrueux de la Révolution, à commencer par les massacres de septembre 1792, auraient été évités, la transition se fût faite pacifiquement, les bains de sang de la Terreur auraient été empêchés. Incidemment, ces trois ordres auraient évité l'échafaud, la dépossession et l'exil.

La France se fût peut-être aussi épargné l'hécatombe napoléonienne – un million de morts ! – qui en fit un pays désertifié, alors qu'elle était le pays le plus peuplé d'Europe.

Les inlassables tentatives de récupération de la Révolution, qui se poursuivent jusqu'au XXIe siècle, n'occulteront jamais le fait qu'elle offrit un modèle déplorable aux césarismes du XXe siècle et notamment à la Révolution bolchevique. L'examen des procès de Louis XVI et de Marie-Antoinette donne le vertige : ce sont les préfigurations exactes des sinistres procès de Moscou : mêmes falsifications, mêmes intimidations des témoins et des avocats, mêmes parodies de justice enguirlandées d'attifets juridiques. Et quand on relit les comptes rendus des interventions d'un Fouquier-Tinville, on croit voir Andrei Vychinsky ! Et l'on se prend à songer qu'il est quasi miraculeux que la IIIe République en soit issue.

Ce n'est pas du sentimentalisme que d'affirmer que la Révolution française fut la période la plus inhumaine de l'histoire de France.

Citer une bibliographie serait aventureux. Tout historien lit sans cesse de l'histoire. Je commençai jadis par Michelet, Lacour-Gayet et Madelin ; je n'ai pas cessé. Je me limiterai donc à citer deux des ouvrages les plus récents qui m'ont paru les plus accomplis : le *Louis XVI* de Jean-Christian Petitfils (Perrin, 2005), et *Marie-Antoinette – Correspondance 1770-1793*, d'Evelyne Lever (Tallandier, 2005). En ce qui concerne Robespierre, l'un des personnages les plus sinistres, creux et surfaits de l'Histoire, je ne vois hélas que le *Robespierre* de Friedrich Sieburg (publié en 1958 en allemand, et en 2003 chez Mémoire du Livre, dans la remarquable traduction de Pierre Klossowski), qui est encore trop complaisant. Craignant sans doute de passer pour réactionnaires, comme les thuriféraires de Staline et de Mao Zedong il n'y a pas si longtemps, ils se sentiraient indignes de ne pas verser dans l'hagiographie*.

Pas davantage que Danton, Marat et d'autres de leurs séides, Robespierre ne fut jamais républicain : il était le précurseur parfait de Goebbels et de Beria. C'est une tout autre chose.

---

* Le personnage continue de fasciner, sans doute autant que Hitler : ainsi, les historiens taisent quasiment, ou déguisent sous des artifices de style la tentative de suicide de Robespierre peu avant son arrestation par la garde républicaine. Dans son édition de 1962, l'*Encyclopaedia Britannica* écrit ainsi qu'il fut « blessé par un jeune gendarme appelé Meda, mais que, par la suite, on supposa que Robespierre s'était infligé lui-même la blessure ». Le doute n'est franchement levé que dans l'édition de 1994, où il n'est plus question de Meda. D'autres historiens, toutefois, glissent pudiquement sur cette autodestruction, peut-être parce qu'elle obscurcirait l'aura de ce fanatique.

Table

1. Pourquoi l'ange devint maussade 7
2. Une nuit stérile 15
3. Pornographie de cour et politique des ébats conjugaux 23
4. Agent secret à dix-sept ans 33
5. « Encore quarante jours et Ninive sera détruite ! » 41
6. « Sire mon neveu, vous êtes seul » 55
7. Le visiteur du vendredi 13 65
8. Bon garçon ou rustaud ? 73
9. Le secret, partout le secret ! 85
10. Les déconvenues d'Antonia 95
11. Les cris et la crise 101
12. Le vent du boulet 109
13. Les larmes d'Antonia dans le fracas du couronnement 119
14. Premières bévues 129
15. L'affaire Guines : les illusions de la reine 139
16. Les corbeaux, l'hirondelle, les dindons et la perruche 149
17. La visite du Père Fouettard 157
18. « Qu'est-ce donc que la réalité, grands ciels ? » 169
19. Une rêveuse sur la scène des marionnettes 183
20. L'avènement de l'opinion publique 197
21. Le retour d'Odin 207
22. Satins et velours 219

23. Les mystères de l'entresol 229
24. Duperies et embrouilles 241
25. Le brouet du scandale 255
26. Le bosquet de Vénus ou la boîte de Pandore ... 271
27. Les erreurs de la haine 285
28. Dans les premiers coups de tonnerre,
    une visite inutile 297
29. Un roi révolutionnaire, une reine mise
    à la porte 313
30. La Semaine sainte 327
31. La rage et le deuil 339
32. Le cercle infernal 347
33. Un portrait critiqué, un page effrayé et Paris
    assiégé 359
34. « Tremblez, tyrans, votre règne va finir ! » 369
35. Le retour de Necker et les émeutes
    prémonitoires 381
36. Le cercle vicieux 391
37. Un cercueil de velours blanc clouté d'argent ... 401
38. L'Alouette 411
39. Des têtes sur des piques et des cadenas
    aux portes 419
40. « Nous voulons fricasser son cœur et
    ses foies ! » 429
41. « Le boulanger, la boulangère et le petit mitron » 447
42. Provence ou l'infamie 455
43. « On vous accusera d'adultère ! » 463
44. L'apostasie, non ! La fuite alors ! 475
45. « Il n'y a plus de roi en France ! » 487
46. Les illusions et le spectre 497
47. La longue marche vers le désastre 509